SV

György Konrád
Melinda und Dragoman

Roman

Aus dem Ungarischen von
Hans-Henning Paetzke

Suhrkamp Verlag

Originaltitel: Melinda és Drágoman

Erste Auflage 1991

Satz und Druck: F. Pustet, Regensburg
Printed in Germany

Melinda und Dragoman

Erstes Kapitel
Melinda Kadron stellt sich vor

Melinda
Jeremias (1)
Jeremias (2)
Dragoman
Das Testament
Sarah
Antal Tombor
Überblick

Melinda

Melinda heiße ich, allein stehe ich auf der Bühne, lichtumflutet, ich habe das Wort. Die Beleuchtung, lieber Leser, ist für dich da, Lampen ersetzen die untergehende Sonne. Unter Birken, Platanen und Nußbäumen sitzt ihr auf Gartenstühlen um mich herum im Kreis. Gegen einen Baumstamm gelehnt, hält jemand Ausschau nach mir. Denn dieses Haus hier, die Terrasse und der langgestreckte Garten gehören mir; das Motorengeheul der Autos dringt nur gedämpft zu mir herein. Euer Lärmen schlägt an mein Ohr, trotzdem fühle ich mich allein, und es kann auch sein, daß mir nichts von alldem über die Lippen kommt.

Vor euch habt ihr eine achtunddreißigjährige Mutter von zwei Kindern. Makelloses Gebiß, unter den Augen Fältchen. Das offene schwarze Haar reicht bis zu den Hüften, die Lebenserfahrung hat ihm einen Silberschimmer verliehen; bei Rampenlicht allerdings wirkt es noch kräftig und glänzend. Breite Schultern, schlanke Taille und lange Beine hat auch meine Mutter. Sie ist weder flachbrüstig, noch sind die Hüften zu schmal. Dunkelbraun unsere Augen, die Stimme tief, ein Lippenbartansatz nicht zu entdecken. Hundertdreiundsiebzig Zentimeter bin ich groß, wiege sechzig Kilo und trage Schuhgröße vierzig. Meine langen Röcke sind so geschnitten, daß sich die muskulösen Schenkel demjenigen, der sie sehen möchte, darbieten.

Niemand wird genötigt, in dieses Wohnzimmer, auf diese Terrasse und in diesen Garten zu kommen. Dem Gast wird etwas angeboten, die Gebäckschale und die Weinflasche sind selten leer. Den Lichtschalter finde ich im Dunkeln. Die technische Instandhaltung unserer physischen Existenz beansprucht in diesem Haus weniger Überlegungen als anderswo.

Die alten Läden und Handwerker gibt es noch. Wenn es gleichgültig ist, wohin es mich durch den Dämon der Geburt verschlägt, dann kann ich eben mit meiner Familie auch hier in Buda, in der Oleander utca, wohnen. Wohl fühle ich mich da, wo sie sich wohlfühlt, und sie fühlt sich dort wohl, wo ich mich wohlfühle. István, mein Sohn, ist jungenhaft, Ninon, meine Tochter, ist mädchenhaft, gut gelungene und schöne Kinder sind sie. Mich brauchen sie nicht mehr, sie könnten auch auf eigenen Füßen stehen. Unser Zusammensein ist weniger ausdauernd als ungestüm.

Elf Jahre alt ist Ninon und traurig. Sie sitzt im Wohnzimmer auf dem Kanapee, stützt sich auf die hochgezogenen Knie und erklärt, daß sie vielleicht nie ein Kind zur Welt bringen werde. Sie gibt zu, daß es sehr witzig sein mag, wenn jemand im Bauch herumstrampelt, sich dreht, breitmacht und wächst, doch danach hat Ninon kein Verlangen. Weder nach Brechreiz noch nach Unpäßlichkeit. Es ist vorauszusehen, daß Haut und Muskeln nach zwei Kindern, denn ein Kind wäre zu wenig, nicht mehr die ursprüngliche Frische zurückgewinnen werden. Zwar wäre es furchtbar, ja bestialisch, doch Ninon kann sich vorstellen, daß ein Ehemann seine schwangere Frau betrügt. Nein, Ninons Entschluß steht fest. Und überhaupt hört sie es lieber, daß ihr werdendes Kind als Blume auf einem See schwimmt. In dieser Gegend kreist ein Storch, fischt sie heraus, fliegt zum Fenster hinein und läßt sie zwischen einen Mann und eine Frau fallen. Dort zwischen ihnen liegt die Blume, und wenn auch sie es wollen, wird sie sich in ein Kind verwandeln. Das wirkliche Leben, das muß man zugeben, ist ein bißchen ungustiös. Und dann kann ich, Melinda, mir die Bemerkung nicht verkneifen, daß es auch ungustiös sei, wenn jemand mit der Kirschmarmelade auf seinem Hörnchen alles vollkleckert.

Ich habe einen Mann und einen Geliebten. Den schweigsamen Antal und den geschwätzigen János. Beides attraktive Männer. Schon in der Grundschule waren Antal und János Banknachbarn. Ich habe sie an die Kette gelegt, durch sie beschleicht mich ein Gefühl der Behaglichkeit, sie gehören mir. Seit sechzehn Jahren bin ich mit Antal Tombor verheiratet. Filme macht er und manchmal Statuen, während ich mich mit schwererziehbaren Kindern beschäftige. Ich fotografiere gern Häuser, Höfe, Heime. Im Budapester Museum gehe ich einer Nebenbeschäftigung nach. Straße für Straße ordne ich meine Fotos in Kartons ein, Kunstfotos sind das nicht, der Betrachter aber versinkt in einer Atmosphäre der Erinnerung. An beiden Arbeitsstellen bin ich schon seit mehr als zehn Jahren tätig, auf der Karriereleiter höher zu klettern, daran habe ich keinerlei Interesse, aus den Streitigkeiten am Arbeitsplatz halte ich mich heraus. Mein Vater übersetzte fremdsprachige Bücher ins Ungarische, wenn er müde war oder wenn der Abgabetermin bedrohlich naherückte, half ich ihm. Einmal ließ er ein ganzes Buch von mir übersetzen und veröffentlichte die Übertragung dann unter meinem Namen. Ich war stolz, derselbe Name, wir werden miteinander verglichen. Würde ich die Sache schlecht machen, bekäme ich keinen Auftrag, die Lektoren arbeiten nicht gern anstelle des Übersetzers. Ich bin zäh und beharrlich, außerdem ziemlich freundlich. Mein Reich ist die Beständigkeit. Argwöhnisch halte ich Ausschau nach den unvermeidlichen Veränderungen.

In diesem dicken Heft versuche ich, einen Eindruck von meinen Helden zu vermitteln, die ich liebe und vielleicht zu Grabe tragen werde. In diesem Garten bin ich es, der für die Wurzeln das feinste Gespür entwickelt hat. Das Teufelshandwerk des Klarblicks steht in jeder Generation nur einem zu. Und das ist weder János Dragoman noch Antal Tombor und auch nicht Kobra, mein Vater, sondern Melinda, Jeremias Kadrons einzige Tochter, die dieses Haus nur noch verlassen wird, um auf den Friedhof zu kommen. Allerdings ist es durchaus möglich, daß die alte Schachtel auch noch im einundzwanzigsten Jahrhundert, zwischen den beiden Greisen auf den Stock gestützt, einherwandelt. Heute jedoch, in den achtziger Jahren, fallen sie, nach einem langen Raufhandel, in jener Höhlenintimität keuchend vor mir auf die Knie, während die Wände Moos ansetzen und im Rundfunk ein Salonorchester Wiener Walzer spielt. Luftschutzkommandant in dem Romanbunker ist eine Frau. Und sie, vor deren teuflischem Urteilsvermögen die männlichen Schemen zurückweichen, verteilt auch die Brotrationen.

Man wirft mir vor, eine Streberin zu sein, das überrascht mich nicht. Seit wir geheiratet haben, hatte Antal eine Schar von Geliebten; János Dragoman ist mein erster Geliebter. Ich brauche beide. Verzichten werde ich weder auf den einen noch auf den anderen. Leicht ist das nicht, das weiß ich. Meine Lieben besitzen die ärgerliche Eigenschaft, von Zeit zu Zeit Dinge zu wollen, die mir nicht gefallen. Von irgendeiner Autonomie phantasieren sie. Den Aufstand pazifiziere ich natürlich, und zwar immer wieder mit anderen Methoden. Daß es mir schon gelungen wäre, die Hydra des Widerspruchs zu ersticken, könnte ich nicht behaupten. Ja, es hat den Anschein, als zeigten unsere Wertpapiere eine Abwärtstendenz. Jedenfalls sitzen wir hier auf der Terrasse, im Haus meines Vaters, sturmgepeitscht und heiter. Auch in so einem Haus braucht es jemanden, der gewisse Vorstellungen hat und der das Haus zusammenhalten will, denn sonst zerfällt alles.

Von dem weiteren Freundeskreis aufgenommen zu werden, ist nicht allzu schwer, vom engeren Freundeskreis hingegen sehr. Fremde Einflüsse lasse ich nur allmählich an mich herankommen. Was ich nicht kenne, esse ich nicht gern. Ich möchte nicht irgendwas in mich hineinstopfen. Ich überlege es mir zweimal, ob ich mich in jemandes Nähe setze, von dem mich mein Empfinden fernhält. Zimperlich wie ein Pferd bin ich, aus einem schmutzigen Eimer trinke ich nicht. Im Garten ein müde gewordenes Rehpärchen, im Abendrot das Brummen eines Aufklärungshubschraubers. Mit Hilfe einer Gartenschere habe ich heute nachmittag die Haselnußsträucher beschnitten und eine Menge der abgesägten Äste zersägt, neben mir stolzierten die Rehe einher, Lehrer der lautlosen Rede; Angst voreinander haben wir nicht, mit meinem Sohn István aber verbindet sie ein rätselhaftes Einvernehmen.

In Begleitung des anderthalbjährigen Zsiga und des fünf Monate alten Döme treffen Kobra und Regina ein. Angenehmes Plaudern. Döme setze ich auf die Sessellehne, leutselig verweilt er dort und studiert die Schrankecke. Einige Male quietscht er vergnügt, zirpende Laute lassen ihn lächeln. Dem Fellpinguin holt er die rote Wollmütze vom Kopf, neugierig erwartet er irgendein Kunststück, eine Belustigung, eine Grimasse. Nachsichtig kichert er, wenn ich ihm meine Nase in den Bauch bohre. Auf unartikulierte Seufzer antwortet er mit Jauchzen, auch Gurren und Krächzen mag er. Erwischt er mich an den Haaren, so zerrt er daran mit eiserner Hand.

Feldsteinmauer, Haselnußsträucher als Zierhecken, den Rasen hat mein Vater bis zuletzt gemäht, er pflegte den Nußbaum und die Feigen, jetzt, da er weggegangen ist, kümmert sich ein rüstiger Rentner aus der Nachbarstraße um den Garten, auch kleine Reparaturen erledigt er, mit ziemlich pfiffigen, allerdings nicht immer erfolgreichen technischen Verfahren. Natürlich gibt es einen Liegestuhl, eine Hängematte und auch eine Schaukel. Ruhig dahinplätschernde Unterhaltungen auf der Terrasse, Antal Tombor schnitzt etwas, Herr János, der alte Narr, tanzt mit mir ein paar Schritte, in den fünfziger Jahren nannte man das Tango. Ihr, meine verbrauchten Liebhaber, seid die Klügsten. Warum ihr so klug seid? Weil ihr euch hier an meinen Rockzipfel hängt. In meine herbstliche Melancholie hält das Urbild der Weihnacht Einkehr. Gern schon würde ich Kohlrouladen kochen, panierten Fisch, Sülze. Wie serviert werden muß am Ostermontag und am Sederabend, weiß ich. Bis zum Morgengrauen amüsieren wir uns, draußen tagt es, wir aber bleiben drinnen bei künstlichem Licht, in jener Höhle, von Kerzenschein erleuchtet. Morgenglanz, abgebrannte Fackeln, Pestglocke, Trunkenheit, Märchen. Scheherezade in diesem Haus bin ich.

Ja natürlich, auch aus dieser Geschichte wird Toni einen Film machen, selbst wenn ich ihm zwischendurch einen Schlag auf den Schädel versetze. Aufstehen wird er, seine Hose ausklopfen und einen preisgekrönten Film machen. Die Goldene Palme wird er bekommen, den Goldenen Löwen, den Goldenen Bären. Beklage ich mich nach einem scheußlichen Tag bei ihm über die Grobheit der Menschen, obwohl ich, wie schon gesagt, keine Mimose bin, und sicher läßt sich nicht an einer Hand abzählen, wie viele blitzschnelle Ohrfeigen ich Männern schon verabreicht habe, so schnell, daß es ihnen nicht im Traum einfiel zurückzuschlagen, wenn also jemand in Budapest nicht zu Hause hockt, ist er unterschiedlichen Widrigkeiten ausgesetzt, na schön, auch das hat was für sich, und trotzdem, wenn ich mein Verletztsein in hübsche kleine Geschichten fasse, ist Toni ungläubig erstaunt. Er bedauert, daß ihm nicht solche phantastischen Abscheulichkeiten widerfahren, obwohl er doch Regisseur ist, Künstler, und durch das Fernsehen bekannt. Wen er trifft, das sind alles freundliche und achtenswerte Persönlichkeiten. Jedenfalls informieren sie Antal ausführlich über ihre familiären Verhältnisse und ihre Alpträume. Alle tragen sie eine Liebesgeschichte vor, die in Antals Wiedergabe trivial, unüberlegt und pornographisch wie eine Sülzwurst wirkt. Manchmal bedaure ich Antal, also Toni, meinen Mann, seine Bedeutung nimmt allmählich gar zu viel Raum ein, doch ich habe den Eindruck, daß er den Kulminationspunkt überschritten hat, und es gibt genug Leute, die ihm gern ein Bein stellen würden. Dein Tod, mein Einziger, wird deinen Anhängern ein breites Betätigungsfeld verschaffen. Schon jetzt treten sie, hinter dir in der Schlange stehend, nervös von einem Bein aufs andere. In immer enger werdenden Kreisen umzingeln sie das Haus. Die nachrückende Generation braucht Raum, und deshalb mußt du von der Bildfläche verschwinden. Nachdem du zu Boden gegangen sein wirst, entwickelt sich die Frage, wer das Museum beziehen und wer erfolgreich um die Hand der Witwe anhalten wird, zum Gegenstand öffentlichen Interesses.

Aus dem Halbdunkel der Bewußtlosigkeit und der mangelnden Erinnerungsfähigkeit will ich uns herauslösen. Alle miteinander sind wir ein Gelaß, in das ich jederzeit eintreten kann. In das Gelaß gelangt mehr hinein, als von dort herausgeholt wird. Zeile für Zeile reihen sich meine Aufzeichnungen in dem dicken Schreibheft aneinander, jeder Abend wird durch seine unverwechselbare Wirklichkeit geprägt. Die alten Begegnungen bleiben zurück in der vergangenen Zeit, doch wenn ich nach deren Figuren greife, so ist dies bereits ein anderes Ereignis, eine vergebliche Bewegung meiner Hand. Dieser Satz ist in seiner gegenwärtigen Gestalt gültig; wenn ich ihn geschaffen habe, kann ich ihn nicht zurücknehmen. Was in dieses handschriftlich geführte Heft mit der dünnen Feder des Füllfederhalters hineingelangt, das bleibt auch drinnen.

Die gegensätzlichen Lebensprinzipien, wie sie in Antal und János brennen, stelle ich einander gegenüber. Das kann ich tun, denn beide trage ich in mir. Es gab einen Augenblick, da beide mich verprügeln wollten. Dann hielten sie plötzlich inne. János ließ eine Tirade vom Stapel, Antal vollführte eine Handbewegung. Blasen sind wir in einem Aquarium. Ein Dreieck, eine verstörte Dreifaltigkeit. Eine Wegkreuzung, auf die elektrisches Licht fällt. Laut Geburtstag bin ich Skorpion, laut Geburtsstunde Krebs. Es würde zusammenpassen, wenn die Dialektik von Ortsverbundenheit und Fernweh in meinem Gemüt Gestalt annähme. Die Männer um mich herum sind derartige Schelme, daß mir nichts anderes übrigbleibt, als unser gemeinsames Wurzelwerk zur Entfaltung zu bringen. Ein jeder von ihnen soll an meinem Tisch seinen Platz einnehmen, das ist die einzige Lösung. Im Keller steht noch ein Faß alten Landweins, die Freunde von den entferntesten Punkten des Erdballs, hier sind sie zusammengekommen, hier an meinem uralten, bemoosten Tisch sollen sie sich begegnen, so ist es am natürlichsten. Das Wohnzimmer und die Terrasse sind ein immer wieder auftauchender Schauplatz der gemeinsamen Mythologie. Unser Vater, unser Gemahl und unser Geliebter, alle sollen sie hier zu unserer Rechten und Linken verweilen. Das Haus, die Ehe und auch der Hausfreund sollen erhalten bleiben. Neben dem großen Korb voller Jonathanäpfel nimmt sich das Kilo löchrigen Emmentaler Käses gut aus.

Da nähert sich unser Liebster, der verdächtige Herr János, der dunkelhäutige Pirat. Meerestiefes Muschelrauschen umgibt ihn. Seine langen Wimpern verdecken das üppige Weiß in den Augen, in der Mitte schließlich das schwarzgraue Fenster, das er in königlicher Launenhaftigkeit schließt und öffnet. Durch den Genuß der vielen Rauschmittel wird das Weiße in den Augen immer dichter von Äderchen durchzogen. In diesem Heft erwische ich Herrn Dragoman und packe ihn am Kragen. Ich bediene mich seiner Stimme, lasse ihn reden. Vergebens sträubt er sich, ich reiße ihm seine Masken vom Gesicht. Vielleicht gelingt es mir nicht einmal, zu seinem wahren Gesicht vorzudringen; immer mehr Masken versperren mir den Weg. Das Gesicht des Liebhabers der Porträtschriftstellerin ist eine Fundsache, ihr eigenes ebenso. Ich entziffere ihre Runenschrift. Daß alle Ereignisse stumm seien, auch zu einem solchen Schluß könnte ich gelangen. Doch ich könnte auch das an mich gerichtete Telegramm öffnen. Es ist eine Frage der inneren Einstellung, ob ich meine Begegnungen für bedeutungsvoll halte oder nicht. Wer Zeichen nicht sehen will, der sieht auch keine. Daß meine beiden Liebesbeziehungen absolut keinen Sinn haben, ist als Annahme nicht interessanter als die Vorstellung des Gegenteils.

Indem ich Dragoman hierherzitiere, nimmt er für mich erst wirklich Gestalt an. Möglicherweise existiere auch ich nur auf diese Weise. Ich trinke leichten trockenen Weißwein. Zwischen den Bäumen im Garten fliegt eine Waldohreule umher. Niemand ist hier, nur diese einsame Stimme. Eine Frau, fröstelnd in Tücher gehüllt, blickt zum Gartentor. Sie sieht zum Fenster hinaus und vergnügt sich mädchenhaft. Am Kaminfeuer streichelt sie eine Katze, in dicken Skisocken schreitet sie lautlos einher, jede Ecke erhält von ihr einen eigenen Namen. Dieses gastfreundliche Haus ist mein Hauptwerk, jedes Buch und jeder Hemdenknopf haben darin ihren Platz. Lange betrachte ich eine Fotografie, worauf ich die in einer Golfhose steckende Gestalt nicht mehr identifizieren kann. Unser Haus in der Oleander utca habe ich bisher gut in Schuß gehalten. Am Berghang wohnen wir, von wo aus man auf die Stadt blicken kann. An der alten Villa, die noch mein Großvater gebaut hat, ist immer etwas zu reparieren: das Dach, die Regenrinne, die Steigleitung, die elektrischen Leitungen, das Parkett. Morgen werde ich im Garten die Hecken stutzen, aber vielleicht lasse ich sie einfach wuchern. Der Ort, wohin es uns verschlagen hat, mit den dort Lebenden und all ihren Beschwerlichkeiten, ist unsere Opfergabe, ist unser Kreuz.

Ich habe meinen Vater angerufen, er ist noch nicht zurück, ich kann mir nicht vorstellen, wo er sich jetzt in der weiten Welt herumtreibt. Auch meine Mutter habe ich angerufen, wenn nichts dazwischenkommt, wird sie bestimmt erscheinen, hat sie nicht einen alten Schauspieler dringend ins Krankenhaus zu schleppen, oder muß sie nicht für einen hinkenden Hund einen Herrn suchen. Die Kinder machen einen Schulausflug, durch Wälder fahren sie mit der Kleinbahn zu einem Gebirgssee. Toni arbeitet in Ófalu, er schleift den Berg, vielleicht kommt er noch vor Mitternacht zurück, am Vorabend meines Geburtstags. Kobra gab nachmittags telefonisch Bescheid, daß er sich mit Regina etwas verspäten werde, sie hätten zwar ein Mädchen, das über die Träume der Kinder wache, doch sie seien von unerwarteten Gästen überrascht worden, sie wollten sie eventuell mitbringen.

Es kann auch sein, daß Toni nur telefonieren wird. Daß er Franziska zuliebe dort bleibt und sich mit jener unverantwortlichen und massigen Person vergnügt. Was will er von dieser Frau, warum ist er mir ausgerechnet mit ihr untreu geworden, nur weil sie ihn dort umgarnt und bezirzt? Weil sie mehr Wasser als ein Walfisch verdrängt, wenn sie in ihren Swimmingpool springt? Kann es sein, daß Antal weder morgen noch zu Weihnachten kommen wird, weil er mir grollt, weil ich nicht getan habe, was er von mir verlangt? Das werde ich auch morgen nicht tun. Heimtückisch wie das Krokodil, so sind die Männer. Wo ist die alte großartige Gewißheit geblieben, daß meine Lämmchen hier im Garten gemächlich weiden werden? Unter Umständen werden sie mich versetzen. Ich will nicht den Teufel an die Wand malen, doch müßte ich von der begründeten Schreckensvision ausgehen, daß mich an meinem Geburtstag niemand besuchen wird. Sollte János seine Drohung wahrgemacht haben und weggegangen sein? Aber warum ruft er von Wien aus nicht an? Oder von San Francisco? Wo ist unser starker Ehemann und wo unser hartnäckiger Geliebter? Ich habe sie an der kurzen Leine gehalten. Ich habe Angst, dieses Haus, das reich nicht genannt werden kann, gemütlich aber schon, hat einen Zustand erreicht, daß sich plötzlich jeder von ihm fernhalten will. Hier ist alles, glaube ich, schrecklicher und phantastischer, vielleicht aber auch glücklicher als in einem normalen Budaer Einfamilienhaus. Ich habe Angst, daß niemand kommen wird. Auch allein bin ich in der Lage, mich in einen Rauschzustand zu versetzen. Selbst auf die peinlichen Stunden vermag ich in Dankbarkeit zurückzublicken. Ich habe Freunde, die mich unter Druck verraten, doch nicht alle tun dies. Andere wiederum schulmeistern mich, wenn ich mich schwach zeige, doch manche sind dann besonders lieb. Ich möchte mich freimachen von der anheimelnden menschlichen Idiotie. Im leeren Raum nehmen meine Ahnungen Gestalt an. Das Zimmer füllt sich mit meinen Bekannten. Die Karten sind ausgeteilt, noch haben wir uns nicht richtig angesehen. Wir verschlingen uns gegenseitig. Ein gelöster Blick, es schlängelt sich die Komplizenschaft hervor, wir bewegen uns aufeinander zu. Beim freundschaftlichen Wangenkuß gleitet der Mund wie zufällig auf die Lippen, und dort verharrt er eine Weile. In der verschneiten Gartenlaube umarmen sich die frischgebackenen Liebsten. Eine Zeitlang existiert der Körper nach eigenem Vermögen, bittet nicht um Nachsicht, siecht nur dahin.

Jeremias (1)

Wenn hier im Wohnzimmer eine Gesellschaft zusammenkommt, strömen die Menschen immer dorthin, wo mein Vater gerade steht, sie suchen seine Nähe, während umgekehrt er sich nie bemüht. Sein Lächeln sagt dir, du bist sehr nett, aber ich bin davon noch nicht überzeugt. Später vielleicht. Ein bißchen muß man meinen Vater immer beneiden. Was er auch anzieht, es steht ihm gut. Er schläft wenig und tief, an seine Träume erinnert er sich selten. Hockend an einen Baum gelehnt, liest er im Wald. Mit dem Werkzeug weiß er umzugehen, als Lehrling bat er die Meister, ihnen helfen zu dürfen. Jeden Morgen um fünf steht er auf, geht den Berg hinauf, spaziert hinüber zum Schwimmbad, um zehn sitzt er am Schreibtisch, bis drei Uhr nachmittags übersetzt er, er blickt kein einziges Mal von den großen braunen Spiralheften auf. Mit zunehmendem Alter vernachlässigt er seinen Brotberuf gern und widmet sich verschiedensten Unsinnigkeiten. Nach dem Mittagessen geht er spazieren, besucht seine Freunde, wozu er auch seine Freundinnen rechnet, und mit Sicherheit läßt er die Krone nicht links liegen. Abends liest er, macht sich Notizen und läßt sich aus seinem Eulennest zu uns herab. Sein Tagesablauf ist recht präzise organisiert, doch die alten Leute, die sich mit ihrem regelmäßigen Leben brüsten, verabscheut er. Etwas anderes ist ihnen nicht geblieben, nur ihr Gerippe.

In den letzten Wochen hat mein Vater oft seinen seligen Freund Arnold Kobra getroffen, und auf der Terrasse führten sie laute Gespräche. Mit deinem Besuch, Arnold, erweist du mir eine Ehre, sei mir willkommen, mein Lieber. Ich bin schon ziemlich alt, ich hätte allen Grund, mich vor unser beider Gespräch mit altmodisch metaphysischen Differenzierungen zu befassen, doch laß uns lieber über unsere Grenzen hinausschwimmen. Was führt dich her, Arnold? Ich, weißt du, bin gerade im Begriff fortzugehen. Ich habe keinen Kalk gegessen, damit ich auch meinen hundertsten Geburtstag in der Krone, in deinem Nachtlokal, feiern kann. Rentner war ich lange genug, bald werde ich eine Grille sein. Es naht der Morgen, da mein Chauffeur den Schiffskoffer in den alten winkligen Austin packt, ich stülpe mir die karierte Reisemütze auf den Kopf und verlasse auf rollenden Rädern das Land. Ich begebe mich auf eine Weltreise. Die Ellenbogen auf unbekannte Tresen gestützt, werde ich bei Schankfräulein mit auffallenden Lidschatten unbekannte Getränke bestellen. Mit meinen restlichen Zähnen will ich in einen südostasiatischen gelben Hintern beißen. Es verlangt mich danach, an afrikanischen Schamhaaren zu schnuppern, an einem weichen Schanker allerdings liegt mir nichts. Melinda, meine Harpyie, bildet sich ein, daß ich mir aus Frauen nichts mehr mache. Schon jetzt muß ich lachen,wenn sie erfahren wird, was sie noch nicht weiß, die Naseweise. Du kannst dir nicht vorstellen, Arnold, was für eine Hysterie das ist. Nur Ärger hat man mit den Frauen. Mutter, Ehefrau, Tochter – alle entpuppen sie sich als Hexen. Das Gift steckt in ihnen, ebenso wie in der Viper. Früher oder später, das muß dir klar sein, werden sie dich beißen. Solange du parierst, wirst du verschont. Melinda, ich hätte gern noch Kaffee! Sie bringt mir Kaffee, während ich mich ihren Launen ausliefere. Na, es lohnt nicht, darüber zu reden. Nur eines will ich dir sagen, Arnold, deine Zsuzsa war eine Königin. Sieh dich doch um, schau dir meine griesgrämige Tochter an, na und erst meinen vertrottelten Schwiegersohn und deinen von Weltschmerz geplagten Neffen David Kobra. Du verstehst, nicht wahr, daß ich hier von allzu mürrischen und an die Scholle gebundenen Wesen umgeben werde. Ich vermisse die feurigen Blicke. Der Greis hat das Bedürfnis, sich in einem Meer des Lächelns zu baden. Die Menschen hier, weißt du, sind ziemlich geschickt, nur ein bißchen verschlossen. Sie denken in Strukturen von Ebenen, wo sich alles über oder unter ihnen befindet. Daran, in

Raumstrukturen zu denken, wo auch etwas weiter weg sein kann, haben sie sich noch nicht gewöhnt. Für den Schlüssel, lieber Arnold, danke ich dir. In den dreißiger Jahren, noch während des Krieges, habe ich des öfteren aus der silbernen Feldflasche getrunken, und zwar immer Slibowitz, damit auch hernach ein bißchen Wohlgeruch sich verbreiten sollte. Ach ja, schon die bloße Berührung versetzt mich in einen Fieberwahn. Weihnachten vierundvierzig, vor deinem gewaltsamen Tod, trank ich das letzte Mal daraus.

Mein Vater konnte sich anpassen. Als sie ihn zwangsumgesiedelt hatten, bekam er auch von den Verlagen keine Arbeit. So kaufte er in Ófalu zwei Pferde und einen Leiterwagen und fuhr Kohlen, Brennholz und Baustoffe aus. An seiner Tätigkeit als Fuhrmann wurde er nicht gehindert. Wohnung bekamen wir bei einer gewissen Tante Sarolta, die in einem Haus wohnte, das man ihr zugewiesen hatte, sie nahm uns bei sich auf, im übrigen hatte dieses Haus meinem Vater gehört, bevor es enteignet worden ist. Ein bißchen kompliziert das alles, aber im Jahr meiner Geburt, 1949, waren die Dinge nicht so einfach. Manchmal schlief der Papa auf dem Kutschbock ein, vielleicht hatte er auch nur zu viel getrunken, die Pferde fanden ihren Weg von selbst. Auf einer Waldlichtung pausierte er, sammelte Pilze und Walderdbeeren, kaute Brombeeren, auch mir brachte er in seinem aus dem Weltkrieg stammenden Kochgeschirr immer welche mit. Das am Dorfrand zwischen Wald und Friedhof gelegene Haus tünchte er in regelmäßigen Abständen. Munkás, die billigsten Zigaretten, rauchte er, in der Kneipe trank er Rum, denn der war nicht gepanscht, dazu bestellte er sich Bier. Nie saß er allein, stets war er umgeben von Menschen, denn er verstand sich aufs Erzählen, allerdings auch darauf, andere erzählen zu lassen. Für ihn war ein Platz am Ecktisch reserviert. Er war imstande, eigenhändig ein Schwein zu schlachten und entsprechend zu verarbeiten, wenn von Pökelfleisch oder vom Räuchern der Knackwurst die Rede war, leuchteten seine Augen.

Nach der Zwangsumsiedlung beschloß mein Vater, sich fortan nur noch über konkrete Dinge zu unterhalten. Nebenverdienstmöglichkeiten wußte er zu schätzen, er übernahm die Grabpflege für Leute, die nach dem Friedhofsbesuch bei ihm einkehrten. Er fragte sie über die Toten aus, auf die Weise bekam die Grabpflege doch einen tieferen Sinn. Aus dem Fallobst seiner zahllosen Obstbäume entstanden nach Gärung unter Umgehung des staatlichen Alkoholmonopols Destillate. Aus einem kleinen Silberbecher schlürfte mein Vater das Gebräu. Guten Wein kaufte er von den Winzern, er lagerte ihn in Fässern, Wasser trank er so gut wie nie, manchmal gestand er, berauscht zu sein. Er hatte die Gesetze seiner verschiedenen Lebensperioden erkannt und ließ sich bei der Erfüllung dieser Gesetze nicht stören. Auf dem Fahrrad brachte er Päckchen zur Post, seinen Freunden schickte er eine Kleinigkeit, ein bißchen Honig, Pflaumenmus, Kirschschnaps, Eier von herumscharrenden Hühnern, Dauerwurst. Jacke und Kniehose waren aus Hirschleder, seine einstige Jägermontur, eine phantastische Arbeit, unverwüstlich, das war ihr anzusehen, und wenn ihm der ortsansässige Schneider sagte: »Dieser Hirschlederanzug ist ein Schmuckstück, Herr Kadron, das lassen Sie sich gesagt sein«, dann war er glücklich. Die Art, wie mein Vater mit dem Fräulein von der Post plauderte, erweckte in mir den Eindruck, daß diese viel zuviel von mir weiß. Manchmal blieb der Papa nachts weg, er sagte, er könne keinen Schlaf finden, er wolle spazierengehen. Kein Wunder, daß er an Schlaflosigkeit litt, wenn er sich mit dem Fräulein von der Post vergnügte. Auf sein Vergnügen solle man nie verzichten, sagte er, und schickte mich spielen. Ich solle getrost den frommen Tóths einen Besuch abstatten oder den torkelnden Galabárs.

In letzter Zeit hatte ich so ein Gefühl, daß mein Vater zu Scheinrendezvous ging. Er organisierte die Sache, putzte sich heraus, machte sich verdächtig, stolzierte von dannen, um zwei-drei Stunden später strahlend zurückzukommen, wie ein sieggewohnter Kater, der sich die saure Sahne vom Schnurrbart leckt. Doch ich habe so ein Gefühl, daß er traumversunken im nächsten Café saß, einige Worte mit dem neuen schnauzbärtigen Besitzer wechselte, von Zeit zu Zeit einen Blick auf die Uhr warf, wann er endlich würde nach Hause kommen dürfen, um sich auf dem Kanapee auszustrecken, das für ihn in der einen Ecke des Wohnzimmers stand. Meinetwegen veranstaltete er das ganze Theater, ich sollte mir wegen seines Verfalls keine Sorgen machen. War ich aber beleidigt und verhätschelte ihn nicht, seufzte er verdrießlich, um die Aufmerksamkeit auf sich zu lenken. Für seinen Geschmack machte ich mir um seine Gesundheit zu viele Gedanken, ich deckte ihn zu, wickelte ihm Tücher um Hals und Taille. Vielleicht machte das den Papa auch deshalb nervös, weil er insgeheim der Meinung war, daß er so lange leben werde, wie er es wollte. Solange er wirklich hier sein wollte. Sollte er seines Daseins überdrüssig sein, dann würde er sterben. Dann würde er einfach einschlafen. Alles in allem aber hatte er von seinem Leben noch lange nicht genug.

Magda, seine verwitwete Freundin, war überzeugt davon, daß die Liebesstürme des Alten nur ein letztes Aufflackern seien, daß er in Wirklichkeit schon sehr müde sein müsse. Als sie sich kennenlernten, war mein Vater fast siebzig, Magda fünfundvierzig, ein normaler Altersunterschied, ein viertel Jahrhundert. Mit fünfundsechzig wurde Magda von einer Virusgrippe dahingerafft. »Wenn du mich schön beerdigt hast, Alter, kannst du mir hinterherkommen, allmählich hast du auch deine letzte Ruhe verdient.« Man konnte sich des Eindrucks nicht erwehren, daß Magda aus lauter Feingefühl gestorben war. Durch ihr Hiersein wollte sie meinem Vater nicht im Weg sein, mit einem Wort, sie wollte den alten Herrn nicht dabei stören, wozu er insgeheim die größte Lust verspüren mochte, nämlich zu sterben. Mein Vater brachte Magda unter die Erde, wie es sich gehörte, folgen aber wollte er ihr noch nicht.

Ein alter Baumstumpf, noch war er nicht ausgetrocknet. So oft schon hatte er sich auf dem Friedhof gesehen, an dem von ihm ausgewählten Ort, daß er jetzt Lust hatte, anderswo zu sterben. Finstere Furchen auf Jeremias' Gesicht wissen von dunklen Wegen zu berichten. Weggehen werde ich von hier, um zur Grube zu fahren, ich will keinerlei Risiko eingehen. Ich kann machen, was mir beliebt. Selbst zu einem Attentat bin ich imstande, so brüstete sich der Papa.

»Auf Wiedersehen, meine liebe Tochter, will ich dir nicht sagen, es ist an der Zeit, daß du mich nicht mehr siehst. Es ist nicht nötig, daß du mir die Augen zudrückst. Nachts hatte ich einen langen Traum und habe gut geschlafen, heute morgen habe ich mich schmuck gemacht, so, wie ich jetzt vor dir stehe, so sollst du mich zum letzten Mal sehen. Zum Abschied kannst du von mir ein paar Fotos machen.« Jenen anderen Weggang wollte mein Vater diskreter abwickeln. Der Leichenwäscher sollte ein Fremder sein.

Als der Erste Weltkrieg ausbrach, war er siebzehn Jahre alt. Dann kamen die Revolution, Konterrevolution, Restauration, der Präfaschismus, Faschismus, ein bißchen Demokratie, schließlich die lange Phase des Kommunismus mit ihren strengeren und milderen Jahreszeiten. Stets herrschte ein anderer Text, ihm aber waren all die Worte fremd. Mein Vater betrachtete die demonstrierende Menge vom Bürgersteig aus und gab sich mit den Beobachtungen eines Außenstehenden zufrieden. Friedlich durch die Straßen und Gassen schlendern, das war seine Passion. Berühmt war er nicht, trotzdem wurde er auf seinen Spaziergängen von ziemlich vielen Leuten gegrüßt. Das Unglück kommt auf leisen Sohlen, das Schicksal muß man dazu nicht herausfordern. In dem Haus, in dem er wohnte, fühlte er sich wohl. Mit seiner Denkart aber war er in Budapest nicht zu Hause. Das wäre er vermutlich nirgendwo gewesen. An der Reklame hingegen konnte er Gefallen finden. In modischen Tiefen erkannte er sogleich das Klischee. Er freute sich darüber wie über einen alten Bekannten. Die verworrenen Streithähne, die räsonierenden Haarspaltereien kommen dem Beobachter gerade gelegen. Mit Oliver, dem Papagei, sprach er gern auf diese Weise. In der Nachbarschaft gab es einen professionellen Denunzianten, mit ihm plauderte mein Vater gern, ein interessanter Charakter, sagte er, nicht nur von seinen Interessen läßt er sich leiten, sondern auch von Neid und Schadenfreude, er möchte in meinem Bett liegen und über die nächsten Anzeigen spekulieren. Jemand muß sich doch die kleinen Schurkereien merken, denn von denen berichten die großen Zeitungen der Welt nichts, und sie finden auch keine Aufnahme in die historischen Jahrbücher. Wie auch die kleinen guten Taten nicht.

Mein Vater zog sich zurück in sein vornehmes Wesen, das sich scheinbar mit niemandem anlegen wollte. Er war kaum wahrnehmbar, wie der Schatten eines Schwalbenflügels. Seine geistige Einsamkeit verheimlichte er, denn er wußte, daß er sonst nur die Feindseligkeit all derer herausfordern würde, die Einsamkeit nicht ertragen konnten. Er selbst war ziemlich sanft, doch er wußte, daß die Menschen roh waren. Niemand ist sicher vor der Lust am Töten. Auch mein Vater hat gemordet, dabei hatte er seine erste Frau geliebt. Die zwanziger Jahre hatte er deshalb vorwiegend im Gefängnis zugebracht. Bei seiner Entlassung hatte er sich gelobt, ein anständiges Leben zu führen, kurze Zeit darauf aber entführte er die Tochter seiner Geliebten. Auch als alter Mann konnte er den Frauen nicht widerstehen. Hin und wieder zahlte er dafür, daß sich eine vor ihm auszog. Manchmal rührte er sie nicht einmal an. Er nickte nur. »Dankeschön, mein Fräulein«, sagte er, »Sie sind wirklich sehr schön.« Dafür wurde der greise Voyeur von den Frauen während des Entkleidens mit anmutigen Bewegungen belohnt. Der Spion der Vergangenheit befand sich hier in der üppigen Gegenwart, er hatte das Gefühl, daß ihn die Toten umschwärmten, selbst im Wachzustand erschienen sie ihm. Er neigte zu der Deutung, aus dem Jenseits eine Einladung erhalten zu haben. »Ich will meine Haut in Sicherheit bringen, vielleicht ist der Sensenmann zu faul, einem so alten Mann hinterherzurennen, vielleicht wird er mich vergessen. Weißt du, meine liebe Tochter, wer es geschafft hat, alt zu werden, der nimmt die romantischen

Reden nicht mehr ernst. Der Mensch ist für ein langes Leben bestimmt.« Zu seinem Arzt, der einen Herzschlag erlitt, während er seinen Brustkorb abklopfte, ließ der Papa einen Arzt kommen. Nur Dumme wollen früh sterben.

Jude ist mein Vater durch seine Mutter; zumindest zur Hälfte, denn es ist nicht auszuschließen, auch wenn es sich nicht beweisen läßt, daß er zur anderen Hälfte Zigeuner ist. Die Großmutter ließ den Papa, ohne ihrem Mann ein einziges Wort davon zu sagen, beschneiden. Nach der jüdischen Religion also war mein Vater ein richtiger Jude geworden. Aber auch der Großvater ließ sich nicht unterkriegen. Nachdem er des Mangels ansichtig geworden war, brachte er meinen Vater in die katholische Kirche, um ihn taufen zu lassen, denn, so sagte er, auch der Herr Jesus sei ein guter Christ gewesen, obwohl der Beschneidende selbst ihm zum Zeichen des Bundes im Säuglingsalter die Vorhaut seines Gliedes geraubt hatte. Großvater bereitete es vermutlich Vergnügen, daß sowohl der Rabbi als auch der Pfarrer betrogen wurden. Für sich genommen, hatte mein Vater gegen die körperliche und geistige Vermischung jüdischer und ungarischer Bestandteile nichts einzuwenden. Zusammenpassende und sich ergänzende Elemente. In sich registrierte er das Duell der beiden Seelen. Für sich allein genommen, sind die Juden schwerer zu ertragen, das Paradox des universalen Gottes und des nationalen Auserwähltseins können sie nicht überwinden. Der Nächste, den man angeblich lieben muß, ist nicht notwendigerweise ein Jude. Meine Mutter wenigstens mußte dieser Meinung gewesen sein. Mein Vater neigte zum Dösen und Träumen, meine Mutter brachte Themen ein, munterte ihn auf oder machte ihn zumindest ärgerlich. Meine Mutter war überzeugt davon, daß sie das Leben meines Vaters durch ihr quirliges Wesen verlängerte. Am zähesten ist jenes Volk, das sowohl in Gedanken als auch im Bett sich mit anderen Völkern vereinigt, trotzdem aber nicht darin aufgeht. Es bewahrt seine eigene Identität.

Man muß nicht unbedingt berühmt sein, sagte der Papa, denn das schadet dem Denken. Es verursacht eine Ich-Aufblähung, die den klaren Blick behindert. Die bedeutende Persönlichkeit verdeckt die Welt vor den eigenen Augen. Die Berühmtheit wird ein Schwätzer, weil sie von vielen um ihre Meinung befragt wird. Gezwungenermaßen wiederholt sie sich also. Aus dem Stegreif gibt sie Banalitäten von sich und gewöhnt sich daran, daß sich für jede Belanglosigkeit ein Käufer findet. Selbstverständlich wird alles gekauft. Je gewöhnlicher, desto besseren Absatz findet es. Noch zu Lebzeiten erlebst du deinen eigenen Tod. Du spürst, daß dich die jungen Leute gern für geistig tot erklären würden. Mein Vater blieb von dem kollektiven Fehler der Alten verschont, sich bei der Jugend süßholzraspelnd anzubiedern, nur um von dieser nicht verletzt zu werden. Lieben wird man sie erst wieder bei ihrer Beerdigung. Den Papa ließ es kalt, was über ihn geredet wurde, sich mit so etwas zu beschäftigen, dafür hatte er keine Zeit. Der Aufklärer soll mit dem Gelände verschmelzen, seine Sache ist es, aus einem versteckten Winkel seine Beobachtungen anzustellen. Meinem Vater kam es zustatten, daß niemand vor ihm Angst hatte, die Menschen unterhielten sich mit ihm und nicht mit einem über ihn gelesenen Lexikonartikel. Da er nicht berühmt war, gab es nur wenige, die ihm heimtückisch eins auswischen wollten. Wenn jemand das Wort um so öfter an sich reißt, je älter er ist, so ist dies der Kläglichkeit der Seele zuzuschreiben. Am schrecklichsten ist das rückblickende Gejammer. Die langwierige Aufzählung durchgemachter Leiden, Verfolgungen, einer schrecklichen Kindheit, Armut und Entbehrungen. Eine Weile hörte sich mein Vater so etwas an, dann half er dem Sprechenden hinüber auf die Blumenwiese der Prahlerei.

Mit Hilfe seiner Tarnungsaktionen vermied der Papa jegliche Zwangslaufbahnen. Den Diktaturen war er dankbar, daß sie ihn in der Disziplin der inneren Emigration bestärkt hatten. Als seine Freunde bereits alle auf der Bühne im Rampenlicht standen, war der Papa lediglich ein gebildeter Dilettant und ein guter Übersetzer geblieben. Das war für niemanden zu viel, ihm blieb Zeit, seinen Neigungen nachzugehen. Jeremias watschelte über den Berg, ging ins Schwimmbad, fuhr mit dem Bus, ließ sich chauffieren, erkundete die Stadt, sah zum Fenster hinaus. All das mit der ermäßigten Monatskarte für Rentner. Dereinst war er in seinem Redefluß kaum zu bremsen, dann ließ er sich seltener vernehmen, er gefiel sich in Andeutungen. Man kann gar nicht wortkarg genug sein. Ist es vorstellbar, daß er an dem jetzigen, mir unbekannten Ort erneut lebhaft plaudert? Daß er vielleicht hier nur an meiner Seite geschwiegen hat? Er zog sich in eine Ecke zurück wie ein Nachtschrank. In Gesellschaft döste er manchmal vor sich hin, während er seinen Lieblingskieselstein zwischen den Fingern rieb. Aufgeschreckt gab er sozusagen zufällig einen Satz von sich, über den man auch am nächsten Tag noch nachdenken konnte.

Marginalien eines Freidenkers in einem an Freiheit mangelnden Kontext. Wer sich nirgendwo einordnen läßt, tut gut daran, vorsichtig zu sein, damit ihm auf der Erde ein langes Leben beschieden sein wird. Schleich inkognito im Donaubecken umher. Durchbruch zum Geschehenen. Ein extra Leben, ein extra Werk gibt es nicht. Mein Vater lebte für die Chronik wie ein Diplomatenspion. Er war der Agent der noch nicht geborenen Säuglinge. Wenn du wissen willst, wie die anderen Menschen leben, dann solltest du nicht anders leben wollen als sie. Der Chronist ist ein weltlicher Mönch. Der Chronistenorden hat seine ungeschriebene Regellehre. Wissen muß er zum Beispiel, daß die Kämpfer, die zum Kampf Verdammten, auf den Glanz ihrer Ehre achtgeben. Versuche nicht, sie vom Kampf abzuhalten, rühre nicht an ihr Gewissen, du kannst sie höchstens aufs Papier bannen. Wo es kollektives Pathos gibt, dort ergreift die Wahrheit die Flucht. Der Papa verzichtete lieber auf schriftstellerischen Erfolg, als auf präzise Formulierungen. Beim Anhören seiner Anekdoten konnten sich die Zuhörer kein klares Bild von ihm machen, verlegen lachten sie. Er sagte, er lege keinen Wert darauf, daß ich in der Nähe seines Grabes wohnen würde. Ich sollte ihn nicht fortwährend auf dem Friedhof besuchen! Auch er würde nicht um mich herumschleichen.

»Ich freue mich nicht sehr darüber, mein Junge«, sagte mein Vater dem schon etwas älteren Kobra, »daß du ein Held politischer Skandale geworden bist.« Dieses Duzen war ein Zeichen für das emotionale Übergewicht. Üblicherweise hielt sich mein Vater an das Siezen. So hatten sie es von Anfang an eingeführt, das Sie war der Achtungsbeweis vor dem Gymnasiasten. »Sie, mein Lieber, haben einen ziemlich harten Schädel, so daß Sie auch das verstehen sollten, was sich Ihnen in den Weg stellt. Jenen gerecht zu werden, die Ihnen feindselig gesinnt sind, ist sehr schwer. Und noch schwerer ist es, diejenigen objektiv zu beschreiben, die Sie mögen. In der politischen Arena muß man nicht nur mit den Gegnern, auch mit den Freunden sehr vorsichtig sein. Doch wie ich sehe, Herr Professor, sind Sie ein solides Mitglied der oppositionellen Oligarchie geworden. Es ist lobenswert, daß Sie nicht an die oberste Spitze vorgedrungen sind, weniger erfreulich aber ist es, daß die Opposition in all ihren Ideen mit Ihnen rechnen kann. Das ist fast so, als wären Sie ein zuverlässiger Mann der Regierung.

Die Theorie vom Staatsmenschen halte ich nicht für eine schlechte Beobachtung. Wenn sie denn richtig ist, dann ist in diesem Land der staatliche Aspekt interessant, die Staatsbühne die wahre Bühne, und die Kunst besteht darin, was dort zu spielen erlaubt ist. Geben Sie sich doch mit dem zufrieden, was Sie hier tun dürfen. Sie kehren ja immer wieder hierher zurück, so gesehen, haben Sie dieses Land nicht nur bekommen, sondern auch gewählt, und zwar zusammen mit dem bestehenden System. Warum also sind Sie so verdrießlich? Was wollen Sie hier noch enthüllen? Hier ist ohnehin schon alles so enthüllt, wie ein gerupftes Huhn. Und außerdem sind diese öffentlichen Erklärungen ein bißchen gewöhnlich. Es gibt Dinge, über die ein anständiger Mensch nicht spricht. Auf dem Gruppenbild sind auch jene drauf, Herr Professor, denen Sie Auge in Auge gegenüberstehen, noch dazu in einer atmosphärischen Verwandtschaft, die Ihnen ein Lächeln abnötigt. Sie zusammen werden für die Nachwelt Objekte höhnischer Nostalgie sein.

Ziehen Sie Ihre Krallen ein, stellen Sie hinter halb geschlossenen Augen Ihre Beobachtungen an und schreiben Sie keine Texte, in denen abstrakte Substantive überhandnehmen. Sie verirren sich in Situationen, und aus der einen folgt die andere. Sie hängen Ihnen ein Etikett an, Herr Professor, und schon müssen Sie die zufällig übernommene Rolle weiterspielen, nunmehr aus Anstand. Gezwungenermaßen müssen Sie sich als Wortführer der Hoffnungen und Ängste der Gemeinschaft annehmen. Gesenkten Hauptes umarmt der Krieger seine Gemahlin und geht dorthin, wohin ihn die Pflicht ruft. So sind die Jungen nun mal. Auch manche Hagestolze handeln so, wer weiß aufgrund welchen geheimnisvollen Einflusses von Leseerlebnissen in der Grundschule. Dabei wäre es interessanter, die geistige Welt des Gegenspielers zu besetzen, wenn jemand schon unbedingt irgendeine Wirkung erzielen will. Was natürlich ein fragwürdiges Ziel ist.«

Ein Mannschaftsspieler war mein Vater auch deshalb nicht, weil er in jeder Mannschaft einen Menschen fand, mit dem er sich ganz gut unterhalten konnte. Seinem Verlangen nach Geschichten entsprachen sogar die verrücktesten Ideen. Die Neugier verdrängte bei meinem Vater die Antipathie. Ein jeder idealisiert, dichtet, verschleiert, ein jeder schleppt eine Maske aus dem Kostümverleih nach Hause. Wenn der Mensch Glück hat, verfeinert sich mit zunehmendem Alter sein Geruchsorgan. Er bekommt ein Gespür dafür, ob jemand, der ihm gegenübersitzt, die Wahrheit sagt oder lügt, ob er beharrlich oder schwach ist. Es läßt sich auch ahnen, ob er im Unglück zu uns halten oder uns im Stich lassen wird. Mein Vater betet manchmal darum, daß nicht eintreffen möge, was er vorhersieht, und daß er nicht recht behalten möge.

Hier in dem großen Wohnzimmer hatte mein Vater ziemlich viele Gäste; seine und meine Gäste waren häufig ein und dieselben. Selbst wenn jemand langweilig war, fand er dennoch etwas Interessantes an ihm. Selten beschimpfte er jemanden, eher schon nahm er einen eigenartig nachdenklichen Standpunkt ein. Er war sich darüber im klaren, daß in einer so aufgeheizten Atmosphäre selbst der trockenste Tatsachenbericht als Beleidigung, Verleumdung, Aufwiegelung hingestellt werden kann. Die Empfindlichkeit in unserer Stadt ist sehr intensiv. Der auf Abenteuersuche befindliche Berichterstatter muß sich verstellen, er muß versuchen, einen harmlosen Eindruck zu erwecken. Die Verschleierungsstrategie des Bauern ist wirkungsvoller als die der Herren. Der Herr gibt sich moralisch, der Bauer dumm. Der Papa gab manchmal spitzbübisch empörende Einfältigkeiten von sich. Vielleicht hoffte mein Vater insgeheim, daß ich seine großen braunen Spiralhefte lesen würde, wo er keineswegs einfältig war und die er mit verschiedenen Federn schrieb. Er besaß Füllfederhalter, Kugelschreiber und Filzstifte. Eine schöne Schrift hatte er mit jedem seiner Schreibgeräte, dennoch entsprach keines seiner Vorstellung. Die Hefte habe ich nie gelesen. Wie auch hätte ich mich dazu hinreißen lassen sollen? Wir waren schamhaft, selbst in unsere Gesundheitsprobleme weihten wir uns gegenseitig nicht ein. Allerdings war mein Vater so gut wie nie krank.

Täglich kopiere ich seine Aufzeichnungen mit der Textverarbeitungsmaschine. Die Chronologie der Entstehung lasse ich dabei außer acht, ausschlaggebend ist vielmehr, in welcher Reihenfolge ich die Sachen in die Hand bekomme. Manchmal habe ich den Eindruck, daß er die Kapitel eines auch ihm unbekannten Werks außer für sich nur für mich geschrieben hat. Ich weiß nicht, ob ich sie überhaupt jemandem zu lesen geben soll. Am liebsten sah ich meinen Vater im Sakko und mit Fliege. Manchmal steckte ich ihm eine Blume ins Knopfloch. Auch wenn er seine Wanderkleidung anzog, gefiel er mir, am besten stand ihm die Imkerkleidung, ein dunkelblauer Overall. In dem Tagebuch ist mein Vater, wenn auch nicht nackt, so doch nur mangelhaft bekleidet zu sehen. Obwohl ich selbst nicht gerade keusch zu nennen bin, kann ich das doch meinen Eltern am wenigsten nachsehen. Zusammen mit Dragoman versuchte ich, in das heillose Durcheinander Ordnung zu bringen. Mein Vater hatte mir diesen Menschen zur Seite gestellt, damit wir uns gegenseitig auf die Finger sehen sollten. Zweifellos ist Dragoman in unserem Kreis derjenige, der Gefühle am kühlsten zu behandeln versteht. Ihm fällt also die Aufgabe zu, unangenehme Dinge auszusprechen: »Nein, Melinda, das lassen wir weg. Das ist keine kritische Ausgabe, das soll doch für den Leser gemacht werden, und Jeremias würde ihn auch nicht langweilen wollen.« Vom Redigieren hatte mein Vater keine Ahnung, er schrieb kein Werk, sondern ein mehrere Seiten umfassendes Fragment, einfach so um seiner selbst willen. Was aber sollte ich aus diesem Monstrum auswählen? Wie aber würde aus einzelnen zusammenhanglosen Passagen ein Buch zusammenzufügen sein, das auch das Interesse eines Verlages finden könnte? Ich glaube, mein Vater erwartet von mir, daß ich mit dem fotokopierten Manuskript soweit fertig bin, wenn er hereingeschneit kommt.

Vielleicht habe ich noch ein paar Jahre, um den Panzerschrank zu ordnen, um die kalligraphischen Delirien meines Vaters zu verfolgen. Die Hefte betrachte ich in ihrer physischen Wirklichkeit, sowohl die Seiten als auch die Abbildungen, als Werk. Auf die Drucklegung verzichtete mein Vater immer, denn der neue Text interessierte ihn mehr. Seine Korrekturen sind nicht immer überzeugend, oft ist die erste

Fassung besser, die Abschrift ist zwar klarer und konzentrierter, sie aber ist bereits das Destillat eines anderen Tags. Wiederholungen gibt es reichlich, parallele Improvisationen in erschreckender Menge. Auf unsere Weise füge ich mit Dragoman die uns gefälligeren Passagen zusammen. Meine Sache ist die Innerlichkeit, János' Sache die der Distanz. Zur Komposition bedarf es einer gehörigen Portion Waghalsigkeit.

Bevor mein Vater verschwand, hatte er von all dem genug. Manchmal schlage ich die schwere Tür des Panzerschranks zu und drehe den Schlüssel im Sicherheitsschloß der Korridortür zu seiner Wohnung zweimal herum. Ich bin wütend auf ihn. Sein Weggang ist eine an mich gerichtete Herausforderung. Ich, die kleine besorgte Lektorin an der Seite des umherflatternden Geistes, soll an seiner Statt Ordnung machen? Auch in mir hat er nur unverfroren geblättert, hat mich an- und ausgeschaltet wie ein Radio. Für eine Weile hat er mir sein Interesse geschenkt, um es mir dann wieder zu entziehen. Der Himmel über mir verdunkelte sich. Ich fand es unerträglich, daß ihm das Denken mehr Spaß machte, als mir zuzuhören. Eine Schweinerei, daß er meine Mitteilungen nur als Sprungbrett für die eigenen Phantasien benutzte. Manchmal macht es mich einfach gereizt, daß ihm fast zu allem etwas einfällt. Neunzig Jahre ist er alt. Was ist das schon für ihn? Rein gar nichts. Sehr gut, daß du dich davongemacht hast, lieber Papa! Mehr als genug hast du die Luft im Haus verpestet.

Mein Vater fühlte sich wohl bei dem Gedanken, daß Budapest die ganze Welt sei. Er war ein Kosmopolit, der Budapest so gut wie nie verließ. In den Meinungsäußerungen derer, die aus dem Ausland zurückkamen, nahm der Papa verdrießlich die ungeschickten Verallgemeinerungen wahr, in die sich immer ein bißchen Verachtung und ein bißchen Nostalgie mischte. Der Papa hielt von keinem dieser Gefühle etwas. Die große Welt fand auch im Haus und im Garten statt, der Papa erzählte von uns. Tagtäglich konnte er sich wundern, und Angst kannte er fast überhaupt nicht. Ich schließe mich in sein Zimmer ein und setze mich vor seine intelligente Schreibmaschine. Dragoman sitzt im Lesesessel. Mit meinen eigenen Sachen komme ich nicht voran, alles ist ins Stocken geraten. Ich vergleiche Dokumente miteinander und entdecke, daß das Tagebuch auch eine Fiktion ist, eine glasklare Spiegelung. Dann kommen zum Glück Wochen und Monate, in denen er nichts geschrieben hat. Von Zeit zu Zeit überfiel ihn eine unendliche Faulheit, und ich machte mir Sorgen, daß er endgültig müde geworden und an nichts mehr interessiert sei. Nicht nur gegen die Menschen war mein Vater argwöhnisch, sondern auch gegen Gott. Er war ärgerlich, wenn jemand Schicksal und Moral miteinander verwechselte. Die Erleuchteten machten ihn nervös, in ihnen lagerte viel Schlacke, mehr sogar vielleicht als in den kleinen Verworrenen. Vor seinen eigenen Unverschämtheiten flüchtet sich der Mensch in höhere Regionen.

Wo wird den alten Schwindler der Schlag treffen? Du könntest getrost hier angeschlurft kommen, lieber Vater! Es ist nicht auszuschließen, daß er noch heute abend auftaucht, denn die Zwillingsphänomene verdichten sich. Zwillingsgurken, Zwillingserdbeeren, Zwillingsstreichhölzer. Er wird kommen, denn eigentlich ist er mein Zwillingsbruder. Im Garten finde ich eine Natter, ich schlinge sie mir um die braune Faust. Ein bißchen Zauberei, und schon tippelt der Papa an meiner Seite. Noch nie zuvor war er so gesund, er ist sonnengebräunt, und es hat den Anschein, als wäre auch sein Gehör besser. Wie war es allein in der weiten Welt? »Nicht so gut, wie mit dir«, sagt er. In meiner Bewegtheit gestehe ich dem alten Herrn, daß ich vielleicht schwanger bin. Jeremias ist glücklich. Von wem? Ich bin mir nicht sicher. Selbst das stört ihn nicht. Entweder von dem einen oder von dem anderen. Diese Unsicherheit kennt mein Vater schon von Klara. Ich mag es nicht, mit jemandem verglichen zu werden.

Gerade erst ist er angekommen, und schon haben wir es geschafft, uns zu verkrachen. Mit meinem Vater zu schimpfen ist ein Genuß. Es kommt vor, daß ich ihn beleidige, woraufhin er schweigt. Ekelhaft. Woraufhin ich gegen ihn intrigiere, wie eine Furie. So lange, bis auch er aufbegehrt. Und dann werfen wir uns lauter unverzeihliche Dinge an den Kopf, allerdings nicht ohne mit einem Auge die Anerkennung eines Treffers zu signalisieren. Schließlich haben wir genug davon, lachen über uns selbst, und schon bringt der Papa eine Flasche. Wir genehmigen uns einen Schluck. Sag doch, was soll der gedeckte Tisch? Wen hast du erwartet?

Wieder werde ich meinen Vater gleichgültig erleben, was mich ziemlich nervös macht. Wegen der menschlichen Boshaftigkeiten regt er sich nicht sonderlich auf, solange sie nicht hierher ins Haus eindringen. Oft dachte ich, er ist schon so alt, daß er weder Mitleid noch Trauer kennt. Als er Magda, seine Freundin, beerdigte, fünfundzwanzig Jahre war sie jünger als er, eine sympathische Witwe, die er jeden Tag besucht hatte, ging er ein Jahr lang tagtäglich an ihr Grab, er ließ aber mit keinem Wort verlauten, daß ich ihn irgendwann einmal an Magdas Seite beisetzen solle. Er hatte nicht die Absicht, sich schön ruhig neben jene Frau zu legen, die er zwanzig Jahre lang Tag für Tag besucht hatte. Nachdem er der Trauer den Tribut gezollt hatte, kehrte seine Energie zurück, und er ging weg. Wie ich sehe, gibt es mit der Energie des alten Herrn auch jetzt keinerlei Probleme. Mein Vater verbreitet eine Atmosphäre, worin die kleinen Zeichen der Lebensfreude Platz haben. Wir passen gut zusammen. Wollen wir nicht noch eine Flasche Rotwein aufmachen?

Dragoman

Im Monat März, in der Zeit der von Vitaminmangel geprägten Müdigkeit und der an Lebenslust mangelnden Vergänglichkeiten, tauchte Dragoman in diesem Zimmer auf, als bekäme man hier, wo der Import von Südfrüchten ziemlich primitiv ist, eine Kiste Apfelsinen, Bananen, Avocado und Kiwi. Diese seltenen Naturphänomene wirken hier in den kühlen und wolkenverhangenen Frühlingstagen wunderbar. Dabei ist ein Wunder nicht nur ungewohnt, sondern will auch eine Botschaft verkünden.

An jenem Tag war ich schon früh um sieben Uhr im Schwimmbad. Im Wasser strecke und recke ich mich, allmählich erwachen meine Glieder, und ich gewinne die Kontrolle über meinen Körper zurück. Es ehrt mich, wenn jüngere und ältere Herren mein Vorankommen durch ihre Schwimmerbrille verfolgen und zu der Feststellung gelangen, daß ein Hintern, wenn er denn schön ist, während des Schwimmens noch schöner wird. Als junges Mädchen betätigte ich mich als Sportschwimmerin. Einen Liebhaber, der mich im Schwimmbecken abgehängt hätte, hatte ich noch nicht. Allerdings hatte ich alles in allem nur zwei: Antal, meinen Mann, und jetzt den János. Ich gleite an ihnen vorbei wie ein Delphin. Für das Wasser habe ich ein besonderes Gefühl, von hier, aus der Physik der Festkörper, schwimme ich hinaus, schwimmend entwinde ich mich den ziemlich nachteiligen Bedingungen. Es versinkt der Grund des Bassins, abwärtstreibend können wir in eine andere Welt hinüberschwimmen. Unter Wasser öffne ich die Augen; Gesichter blicken zu mir auf. Einem Vorhang gleich zerschleißen die blauen Fliesen, in der Tiefe des Beckens tauchen Wasserpflanzen auf. Zwischen Büschen und Korallen hockende, geschundene Figuren. Aus dem Waschraum wird ein nackter Körper gezerrt, mit einem

Schlauch wird das Blut zum Ausguß und hinuntergespült. Straßen erstrahlen dort unten im Licht, die Wände der Unterwasserhäuser glühen, was alles durchscheinend macht. Viele nackte Menschen gibt es dort unten, irgendein Fest wird gefeiert, blutleer irren die von Blutgier Getriebenen umher, sie gehen und kommen, können ihren Platz nicht finden. Mit ihren gewaltigen Reißzähnen fallen sie übereinander her, sie bearbeiten, beißen und prügeln sich, erproben die Zähigkeit des Fleisches, versuchen, irgendeinen eigenartigen Zorn freizusetzen. Unter der Dusche beobachtete ich silbergraue, knochentrockene Matronen, die durch abwechselnd warmes und kaltes Wasser die Ausbreitung ihrer Gefäßkrankheiten aufhalten. Hier schützt sich ein jeder gegen den Tod. Auch ich. Mit nonnenhafter Beständigkeit.

An jenem Tag hatte ich viel zu tun, als ich nachmittags gegen sechs mein Wohnzimmer betrat und Dragoman am Flügel saß, erkannte ich ihn sogleich, obwohl ich ihn zwanzig Jahre nicht mehr gesehen hatte. Ein Possenreißer ist er, seine langen Hände legte er auf die Klaviatur, huschte darüber hinweg, und im Zeichen schillernder Ironie, den Kopf im Nacken Arien schmetternd, spielte er auf Zuruf, was immer sich die Anwesenden wünschten. Und was noch komischer war: Antal blies das Saxophon, während Kobra auf den Tisch trommelte. Normalerweise kam so etwas hier nicht vor. Als Klassenkameraden waren sie einst ein Trio. »Als wir das spielten«, sagte Kobra, »trug Dragoman eine schwarze existentialistische Lederjacke und rauchte Zigaretten. Er versicherte, daß ihn die Frauen absolut nicht mehr interessierten, daß er total ausgebrannt sei. Noch nicht einmal sechzehn waren wir. Wenn diese beiden Scheißkerle zu mir kamen, kritzelten sie neben der Wohnungstür irgendwelche Texte an die Treppenhauswand: ›Die hohen vertragschließenden Parteien stimmen darin überein, daß Kobra 1 Kamel ist, des weiteren, daß Kobra 1 Ochse ist.‹«

»Phantastisch, dieser Kobra«, sagt Dragoman. »Er hat sich selbst seine Enkel gemacht. Zsiga und Döme befreiten ihn, den ohnehin tierisch Zähen, von jeglichen Selbstmordgedanken, die in unserem Alter gelegentlich ans Fenster klopfen. Der große Procreator, der verkleidete Lümmel, stülpt sich die neue Maske der Ehrwürdigkeit über seine inspirierten Arschbacken.« Jetzt spürte ich wirklich, woher dieser Stil kam, er stammte von Kobra und meinem Mann, zu dritt hatten sie ihn in der Schule geprägt.

Wenn Kobra mit seiner Familie bei uns zu Besuch ist, holen meine Kinder für Döme das große alte Laufgitter hervor. Als ich eintrat, lag Döme schon mitten im Wohnzimmer im Laufgitter auf dem Bauch, umringt von einer ganzen Tierschar, sein Hinterteil gleichmäßig nach hinten bewegend und das Zebra mit dem Lächeln des Erkennens begrüßend. János sagte, von allen Ungarn könne er sich mit Zsiga und Döme bisher am besten verständigen. Obwohl Zsiga Männern gegenüber sehr vorsichtig ist, schöne Frauen, Ninon und ich, haben bei ihm schnell Erfolg, von Männern aber zieht er sich zurück, er wartet ab, sie sollen sich ruhig anstrengen und um seine Gunst buhlen. Mit Dragoman tauschte er seinen Kummer aus, das heißt, sie stießen ihre Köpfe zusammen. Je menschlicher eure Eminenz werden, desto mehr ergreift die Arglist von deinem Herzen Besitz. Zsiga wiederholt gern die interessanten Wörter. Arglist, eure Eminenz.

Die Zeit vergeht schrecklich schnell, sagte ich Dragoman. Es ist nicht lange her, daß ich die Kobras besuchte, als Regina dort im Sessel saß und die Sachen für ihr erwartetes Baby betrachtete, wie sie sich in den Regalen anhäuften. Der Bauch war riesig. Die mächtige Winzigkeit ließ auf sich warten, nur geschwollene Füße gab es, Nierenbeschwerden, Müdigkeit und Keuchen. Am liebsten hätte Regina schon einen flachen Bauch gehabt. Auch der Körper fordert das Seine, nach der Entbindung träumen die Frauen vom Schwimmen. Wir haben genug davon, unseren großen Bauch stöhnend von einer unbequemen Lage in die andere zu befördern. Trotzdem aber wissen wir, daß nicht nur der Verzehr, sondern auch das Backen des Kuchens interessant ist. Zsiga saß bereits auf meinem Schoß, und, so könnte man sagen, wir bissen uns gegenseitig, was Regina leicht eifersüchtig, Dragoman ein bißchen verwundert, verfolgte. Gewissermaßen als Sentenz fügte ich hinzu: Die vergehende Zeit muß gestaltet werden.

Vor zwei Wochen noch hockte János Dragoman am Damaskustor in der Altstadt von Jerusalem und räumte in seiner Phantasie, grob zusammengefaßt, folgenden Gedanken einen Platz ein: »Wer gern Pfeife raucht, der hat auch gern viele Pfeifen zu Hause. Denn an dem einen Tag sind Rauch und Griffigkeit der einen Pfeife wohltuender, an einem anderen Tag der einer anderen. Wer gern hablibablit, den Rauch durch die Wasserpfeife einsaugt, der betrügt seine Lieblingshablibabli mit einer anderen Hablibabli, insbesondere dann, wenn er auf Reisen ist. Natürlich ist es sonderbar, wenn jemand ständig unterwegs ist. Während der Pausen aber, zwischen größeren Ausflügen, kehrt er zu seiner ursprünglichen, fundamentalen, legitimen Hablibabli zurück. Substantiell bleibt auch so ein Windbeutel wie meinesgleichen seiner Frau treu, sofern er eine hat. Die richtige Frau ist nicht immer diejenige, an deren Rockzipfel man ständig hängt, sondern die, zu der man immer wieder zurückkehrt. Aus Erfahrung weiß ich, daß die alternden, wehleidigen Abenteurer schrecklich gern zurückkehren. Wenn sie den Höhepunkt des Lebens überschritten haben, ist das Verlangen nach dem Mund fremder Frauen nicht mehr so groß, denn sie wissen, daß der, wie es in der Bibel geschrieben steht, nur vorübergehend süßer ist als der der legitimen. Verwahrlost, unrasiert, mit Halsschmerzen träumen sie lieber davon, daß ihnen eine gute Seele eine Tasse Hagebuttentee mit Honig und Zitrone auf den Nachttisch stellt, sie zudeckt, ihnen das Buch aus der Hand nimmt, den Kopf streichelt und sagt, bevor sie das Licht ausschaltet und aus dem Zimmer geht, bis morgen wirst du gesund sein. Ein Mensch sitzt hier meiner Frau gegenüber, der sich nicht schämt, sich mit Salben einzureiben, und auch nicht dafür, daß er zielgerichtet mit den Fingern die Fußsohlen bearbeitet. Wenn mich meine Frau narzißtischer Zimperlichkeit bezichtigt, pflichte ich ihr fröhlich bei. Wenn ich abgeschlafft bin, erschöpft, mit einem Wort reduziert, wenn eine Erkältung im Anzug ist, dann sehne ich mich in der Regel nach einem Schaukelstuhl, wie er hier steht, wo sie mir gnädigerweise einen Platz zugewiesen hat, und ich meinerseits versäume nicht, den Hals in mehrere Seidenschals zu hüllen. Ob Sie es glauben oder nicht, meine Dame, ich stülpe mir eine weiße Mütze mit Bommeln über den Kürbis. Und ich erlaube mir anzumerken, daß es von einer solchen Mütze nur eine einzige gibt. Hätte ich doch nur eine so treffliche Gemahlin, wie deine Lieblichkeit es ist, ich würde mich nicht scheuen, sie über die hauchzarten Veränderungen meines Befindens verständnisinnig zu unterrichten.« Soweit der überschwengliche Dragoman. »Das wäre sehr aufregend«, erwiderte ich kühl.

Von der anderen Seite des großen grünen Tisches beobachtete Dragoman, wie ich das Innere der geknackten Walnuß hervorhole und knabbernd verzehre. Es entging mir nicht, daß er den Weg der Walnuß zwischen meinen Zähnen verfolgt, bis auch er durch meine Speiseröhre hinabgleitet und mir in den Magen hineinsieht, oder besser gesagt, er ist schon dort, treibt sich in meinen Organen umher, bastelt an ihnen herum, schließlich läßt er sich in meiner Gebärmutter nieder. Warte nur, balde ruhest du auch. Wie auf dem Spielplatz seiner Kindheit, so findet sich dieser bei mir eingekehrte Fliegengott in mir zurecht. Dragoman stand auf und trat ans Fenster. Derart plötzlich entzog er mir seine Aufmerksamkeit, daß ich zu frieren begann. Schlanker und jungenhafter als seine hiesigen Freunde stand er lässig und hager, die Hände in den Hosentaschen, am Fenster. Sein in einer Fliege auslaufender Brustkorb verbreiterte sich nach oben hin unauffällig, und ich ertappte mich dabei, daß ich unter dem Seidenpopelinhemd gern mit beiden Händen die eigentlichen Formen von Brustkorb und Flanken des Gastes feststellen würde. Es läßt sich nicht leugnen, ich möchte den Leib hinauf- und hinunterkriechen. Ich bin verloren, eine fleischfressende Pflanze bin ich, meine Hände sind Haftscheiben geworden. Ich schlug die Augen nieder. Mit der linken Hand knackte ich eine Nuß, nur so. Dann mußte ich lächeln. Der schmiegt sich an uns und macht sich aus dem Staub. Ein bißchen amüsiert er sich, dann zahlt er's unserm lieben Gemahl heim. Als mich Dragoman wieder ansah, hatte es den Anschein, als hätte er sich während eines Schneesturms in einen warmen Mantel gehüllt.

All das, was Sie sagen, mein Herr, ist uns in gewissem Sinne fremd und vertraut zugleich. Grimmige Recken sind unsere Männer, mit ihren Schmerzen und Schwächen prahlen sie nicht, sie geben sie nicht einmal zu. Eigentlich fühlen sie sich pudelwohl. Doch Hagebuttentee und Liebkosungen würden sowohl mir als auch, so glaube ich, Regina guttun. Aber selbst wenn wir derlei bekommen, ändert das nichts an der Tatsache, daß unsere Männer mit der Arbeit verheiratet sind. Sie leiden an Arbeitssucht. Jetzt, da die Kinder größer geworden sind und sich der lästigen mütterlichen Aufsicht entledigt haben, kann ich nicht leugnen, daß die Reserven meiner Fürsorglichkeit wieder zugenommen haben. Ein Liebesscheusal bist du, sagte mir einmal mein Vater, der in diesem Hause unterm Dach wohnt. Nacht für Nacht schnauft auf die gleiche Weise in den Schlafzimmern des Hauses ein freundliches Wesen, das sich meinen Weckdiensten anvertraut und von mir eher ein englisches denn ein kontinentales Frühstück erwartet.

»Die junge Hausfrau bestärkt mich in dem Eindruck« – so Dragoman –, »daß dieses Haus eine Behaglichkeit ausströmt, die einen hergelaufenen verwitweten Hypochonder in eine eigenartige Stimmung versetzt, ihn, der nach langer Abwesenheit mit einer Urne und zahlreichen Vitaminpräparaten von seinen Streifzügen in die Heimatstadt zurückkehrt, dort unseren einstigen braven Klassenkameraden und Busenfreund besucht, der im Gegensatz zu uns, hageren Luftikussen, die Natur liebt, den Garten umgräbt, die Erde stampft und knetet, der nach Besäufnissen ein Schlammbad nimmt, sich in etwas frommerer Verfassung hemmungslos mit Roggenbrot, Schinken, Preßkopf und Grieben den Wanst vollschlägt, bis schließlich nur noch Bier und Schlummer guttun. So etwas fällt dem Reisenden zur Hablibabli und zur Ehefrau ein, während er die angetraute Frau des alten Freundes und Tochter seines Meisters betrachtet, die der Gast zum letzten Mal als Backfisch gesehen hat. In diesem Haus wird der Blick des Gastes von der Hausfrau gefesselt, die Nüsse knackt und verzehrt.

Damit ihr meine von Sucht nach Modischem und Selbstmitleid geprägte Dekadenz klar erkennt, leugne ich nicht, aus der zivilisierten Welt vielerlei Tabletten, pflanzliche Wundermittel und unheimlich viele makrobiotische Abscheulichkeiten in diese barbarische Welt mitgebracht zu haben. Ich habe mich schon erkundigt, ob ich eine Masseuse bekommen könnte, eine, die Hausbesuche macht, allerdings denke ich nicht an eine Tonne von Weibsbild, sondern, sagen wir, an eine dreißigjährige Diskuswerferin, die die östlichen und westlichen Techniken der Heilmassage souverän beherrscht, an eine kultivierte Dame, die Brokkoli, Spargel und Fahrradtouren mag. Zuverlässige Informationen habe ich eingeholt über die Verseuchung der Schwimmbäder und einzelner Bassins. Im kühleren, im sogenannten Männerbecken des Lukács Bades ist die Verschmutzung noch am erträglichsten, von morgen an werde ich also in der Frühe dorthingehen.« Ich merkte an, daß heute morgen auch ich dort gewesen sei. Am nächsten Tag, am dritten und auch am vierten Tag, traf ich János im Schwimmbad. Diese Treffen am frühen Morgen wurden eine ständige Einrichtung. Wenn wir uns verpassen, kommt er zu mir in die Erziehungsberatung oder ruft mich wenigstens an. Meine Kolleginnen sind ausgesprochen rücksichtsvoll und hilfsbereit, wie umgekehrt auch ich es ihnen gegenüber bin.

Schon am ersten Abend hatte ich das Gefühl, daß uns der Gast gern an den Hüften packen würde, während wir über ihm eine Brücke schlagen. Doch noch Monate vergingen, bevor eintraf, was zu erwarten war, und ich mich fast jeden Tag zu ihm hinaufstahl. Der Gast nahm die ausgemergelte Brustwarze, meine, in den Mund. Über sich erlebte er den zitternden Tanz von Melindas Schenkeln und Schamlippen. Ein bis zwei Stunden verbrachte ich bei ihm, dann ging ich hübsch brav nach Hause, als gute Mutter meiner Kinder, als gute Ehefrau meines Mannes. Einmal rief ich Antal an, was er für den Abend einkaufen sollte, denn, nicht wahr, er erinnerte sich doch, wir würden Gäste haben, indem ich den Telefonapparat auf János' Bauch legte und mich zwischen seinen Schenkeln auf die Ellenbogen stützte. Ich liebte Geheimnisse, in meiner Handtasche ließ ich keinerlei verräterische Anzeichen zurück, ich war diszipliniert. Von Dragoman war in diesem Haus schon sehr viel die Rede, jetzt endlich war er angekommen.

Das Testament

Im Alter von neunzig Jahren begab sich mein Vater mit jenem fragwürdigen Chauffeur auf eine Weltreise. Jetzt, da er durch seinen jüngeren Bruder zu einer kalifornischen Erbschaft gekommen war, zog er sich aus meiner Nähe zurück und brachte mich in Schwierigkeiten. Überraschend für uns alle ließ er János kommen und vertraute ihm seine Manuskripte an. Was für ein Mensch ist er, dieser Dragoman. Nun ja, ich sage es rundheraus: Dragoman läuft den Frauen hinterher. In einer Calvin-Klein-Bluse und Yves-St.-Laurent-Hose. Ein echter Schürzenjäger hat heutzutage Seltenheitswert, diese Spezies ist im Aussterben begriffen, die Sehnsüchte gehen den Weg des Verzichts. Er dagegen tut mit ihnen, was sie von ihm erwarten. Wollte er mich ärgern und war die Frau besonders hübsch, brachte er sie einfach mit nach Hause. Tatsache ist allerdings, daß ich zu Zeiten meines Vaters solche Turbulenzen nicht zu erdulden hatte. Natürlich weiß ich, all das war nur Taktik, es ging ihm nur darum, mich nervös zu machen. Denn von Anfang an, seit sich unsere Blicke das erstemal gekreuzt hatten, war ich das Ziel. Er bestellt ein Taxi und begleitet die Dame bis zum Gartentor. In die Wohnung am Klauzál Platz bringt er keine Frau mit, niemals. Sofort nach dem Abschied am Gartentor versichert er mich dreist seiner tiefen Ergebenheit. Die Damen warten nur auf eine günstige Gelegenheit, um lästige Konkurrentinnen zu verdrängen, vergebens, Dragoman ist unfähig, an der Seite eines würdigen Gesponses auszuharren. Er liebt einfach nur unser Geschlecht. Er verläßt uns,um zurückkommen zu können. Das Schicksal hat ihn zum Vagabunden bestimmt. Ob er wohl von den Dingen überwältigt wird? Oder ist es seine innere Unruhe, die ihn herausfordert? Jedenfalls trägt er die Zwistigkeiten leidenschaftlich aus. Ein Gespräch mit Dragoman ist eine zweckbestimmte schiefe Ebene, auf der unsereins in den

Abgrund hinabgleitet. Herr János berührt uns, läßt seine Hand auf unserem Schenkel ruhen. Der Widerstand der Dame erlahmt, die Hintergedanken überlagern sich. Nur absichtliches Bremsen verzögert das Herannahen jenes Augenblicks, in dem das Entkleiden unaufhaltsam seinen Lauf nimmt. Ich werde die Schenkel fest zusammenpressen. Dragoman indes wird sie auseinanderdrücken, um sich voranzuarbeiten. In die Grube falle ich nicht. Würdevoll und aus freien Stücken werde ich ihm Einlaß gewähren, sobald die Zeit dafür gekommen ist. Ich bin im Vorteil, befinde mich auf eigenem Platz, wo seine Ausgangsposition nicht gerade die günstigste ist. Nach dem Duschen und Ankleiden lenkt Dragoman das Gespräch auf unverfängliche Themen. Mit brennendem Gesicht verlasse ich ihn. Ein Anflug von Wahnsinn ist dort oben bei ihm zu Hause. Ein geistesabwesendes Gespenst inkognito. Nicht um die Grenzen zu verhärten, ist er gekommen, sondern um sie zu öffnen.

János wird die Tradition weitertragen, die Chronik muß er fortsetzen, sagte mein Vater. Jawohl, so einem Weltenbummler, so einem internationalen Halunken hatte er sein Vertrauen geschenkt, denn dessen Verstand war sprühend und dessen Kritik scharf. Tombor und Kobra waren in den Augen meines Vaters zu schwerfällig. Und ich würde ihn zensieren. Er ermunterte János, seine Phantasie anzustrengen, sich dem Budapester Druck zu entziehen und nicht verbittert zu sein. Dienst an der Tradition? Zuverlässige redaktionelle Bearbeitung. Zusammen mit dem Schlüssel für den Panzerschrank bekam Dragoman die im Obergeschoß gelegene Wohnung meines Vaters. Nun war es an jenem, aus den dort vorgefundenen Manuskripten ein Buch zu machen. Er bekommt ein Sparbuch, das ihm für drei Jahre eine sorgenfreie Existenz sichert. In dieser Zeit muß er mit dem Redigieren fertig werden, auch Freizeit wird ihm genügend bleiben, damit er die Arbeit nicht sattbekommt. Noch weiß mein Vater nicht, wo er sich niederlassen wird, aber wohin es ihn auch in seiner

Launenhaftigkeit verschlagen mag, immer wird es einen Friedhof in der Nähe geben. Das ist beruhigend. Die Entscheidung des Erblassers wurde Dragoman hier in der Veranda am Abend nach seiner Ankunft zur Kenntnis gebracht. Mein Vater wartete schon auf ihn, Dragoman war in Kobras Begleitung eingetroffen. Wir beide, Antal und ich, wußten von seinem Kommen nichts. Antal freute sich schrecklich über den unerwarteten Gast, seinen Schulkameraden, ich beobachtete ihn scheu und mit Herzklopfen. Das Angebot meines Vaters hatte Dragoman vollkommen aus der Fassung gebracht. Trotzdem lehnte er nicht ab. Hier sind die Schlüssel, sagte mein Vater, und überreichte János die Schlüssel zur Wohnung und zum Panzerschrank.

Mein Vater ging, als Dragoman kam. Er hatte etwas heraufbeschworen, das er nicht als Zeuge miterleben wollte. Nachts um eins wurde mein Vater von einem hübschen Chauffeur im dunklen Anzug abgeholt. Mein Vater küßte uns alle und folgte dem Chauffeur, der mit den zwei Reisetaschen in der Hand vorauseilte. Der Pepitaanzug des Chauffeurs vermochte dessen weibliche Reize nicht ganz zu verbergen. Selbstherrliche Neigungen sind meinem Vater nicht fremd. Er hat es nicht für nötig gehalten, Dragoman zu fragen, ob er die Sache überhaupt machen wolle oder nicht, er hat ihn einfach zu sich nach Hause beordert. Als hätte er gewußt, daß er alles akzeptieren werde. Nicht nur János zwang er ein anderes Leben auf, sondern auch mir, seiner Tochter. Er setzte mir diesen Menschen vor die Nase. Zwar, sagte Dragoman gedämpft, werde er die Manuskripte hier ordnen, wohnen aber wolle er in seiner Wohnung am Klauzál Platz. Das war annehmbar. Davon, was für eine feminine Wallfahrt durch meinen Garten er veranstalten würde, war keine Rede. Was hatte mein Vater mit mir vor? Warum wollte er meinen Mann bestrafen? Hatte doch meine Heirat mit Antal seine Zustimmung gefunden, weil der so athletisch gebaut sei. Doch wieder war er es, der selbstherrliche Jeremias, der an seinem Schreibtisch jetzt János Platz nehmen ließ. Antal, David und János waren Schüler meines Vaters. Mit zwei Jahren ritt ich auf ihren Schultern, sie machten damals Abitur. Ich war anspruchsvoll, sie sollten sich mit mir beschäftigen. Als Heranwachsende gab ich mich der Hoffnung hin, daß sie sich in heimlicher Leidenschaft nach mir verzehren. Es würde mir nichts ausgemacht haben, wenn sie mich für unausstehlich gehalten hätten, nur gleichgültig wollte ich ihnen nicht sein. Jeder Mann, außer meinem Vater, glich ihnen. Ich glaube, sie fanden Gefallen an mir. Ja, Antal und David waren ernst und vielleicht auch gewichtig, daß aber János, der grau werdende Draufgänger mit seinem weltmännischen, kindischen, manchmal sogar gnadenlosen Sarkasmus, der Nachfolger sein sollte, über diese Abschiedsentscheidung muß ich nachdenken.

Dragoman geriet am Schreibtisch meines Vaters in die Gefangenschaft der großen braunen Spiralhefte. Als erstes entweihte er das Sofa meines Vaters gehörig, was verständlich ist. Dann gab er plötzlich seine Frauengeschichten auf, und in der Mittagspause avancierte er zum Fachmann für umherwandelnde Meditation; sein Bedarf an Umgang mit anderen Menschen nahm ab, liebenswürdig kürzte er die Dauer jeglicher Kontakte ab, und es hatte den Anschein, als sei er sich selbst genug. Die Zeit, die er anderen schenkte, war nicht schlechter, als die, die er selbst bekam. An seiner Statt hat mir mein Vater den verführerischen Betrüger hiergelassen, der alles um sich herum durcheinanderbringt. Doch jetzt weiß ich nicht, wo sich Dragoman gerade aufhält, und das ist mir unangenehm. Vorhin hatte ich die Augen geschlossen, ich sah ihn, wie er über einen Zaun nach draußen kletterte. Unter dichten Novemberwolken trottete er nach Eintritt der Dunkelheit eine unbeleuchtete Landstraße entlang, warum, das weiß ich nicht, jedenfalls aber taumelnd.

Säße mein Vater hier in der Sterntalkneipe am obersten Ende des Ecktisches in der Gruppe der Stammgäste, so wäre das in Ordnung. Der Daumen würde das Schnapsglas fast verdekken. Der Alte hat es nicht zugelassen, daß in seinem Zimmer eine Gasheizung installiert wurde, den Kachelofen heizt er selbst mit Holz, die gesägten Holzkloben hackt er mit tatkräftigem Sachverstand vor dem Holzschuppen. Das Gras mäht er nicht mit Hilfe des Rasenmähers, sondern mit der Sense. Außer ihm darf nur Antal die Sense in die Hand nehmen, zu niemandem sonst hat er Vertrauen, andere würden ihr durch falsche Schwingbewegungen Scharten beibringen. Die Geschichten meines Vaters lassen die Zuhörer durch das zwanzigste Jahrhundert schlittern. In der Silvesternacht der Jahrhundertwende fuchtelte mein Vater auf dem Schaukelpferd wild mit einem Husarenschwert herum, sicher hatte er auch Sekt getrunken. Nach dem dritten Glas in der Kneipe drückt mein Vater seine abscheuliche Zigarre aus, deren Genuß ich ihm in unserem Haus verboten habe. Dank meinem Vater bin ich stark genug, um sowohl Antal als auch János zu halten. Wir könnten durchaus auch zu dritt unter einem Dach leben. Ich nehme mich zusammen, erledige meine Arbeit, die Kinder leiden keinen Mangel. Lasche Resignation lehne ich ab, die Lebenskräfte müssen gesteigert werden. Auch ich habe etwas von der verfluchten Unverwüstlichkeit meines Vaters. Würde ich versprechen, auf meinen Mann oder meinen Geliebten zu verzichten, so wäre das nur eine Komödie. Gekommen ist die Zeit des Matriarchats. Stark ist, wer die Bedingungen diktiert. Was ich unbedingt will, das wird geschehen. Wäre ich schwächer, würde ich mit meinem Geliebten Schluß machen, würde aber verhindern, daß Antal eine ernsthafte Liebesbeziehung hätte. Wäre ich noch schwächer, dann hätte nur er eine Geliebte. Würde meine Schwäche noch gravierendere Ausmaße annehmen, dann könnte ich weder meinen Mann noch meinen Geliebten halten. Manchmal unternimmt der Anstand den Versuch, durch die finstere Astronomie hindurchzuschimmern. Mit geschlossenen Augen sitze ich im Schneidersitz, mich hin- und herwiegend, und denke nur an meine Sehnsucht.

Jetzt knarrt vielleicht das Gartentor, und, wie üblich, sich langsam mit dem Stock vorantastend, trottet mein Vater die Stufen empor. Kreischend falle ich ihm um den Hals. Ich wußte nicht einmal, wo er die ganze Zeit war. So heiter hatte er sich von mir verabschiedet, als gehe er nur in die Kneipe an der Ecke. Vor einem halben Jahr erklärte er mir am Telefon, daß dort, wo er sich aufhalte, die Steine echte Steine, die Apfelsinenbäume echte Apfelsinenbäume seien und das Blut echtes Blut. »Wann kommst du nach Hause?« fragte ich ihn. »Nach Hause? Hier ist es jetzt ziemlich amüsant.« Er hatte die Stirn, mir so eine Antwort zu geben. »Na, dann amüsier dich gut!« sagte ich und knallte den Hörer auf. Einmal fuhr mein Vater auf die Insel Korčula, von dort schickte er mir eine ganze Menge Ansichtskarten, auch Fotos, auf denen er am Fuße eines kleinen Doms mit nicht mehr allzu jungen, dennoch aber feschen Damen kichert. Er rief mich an, er wolle noch einen Monat dort bleiben. Ich war deprimiert. Fünf Minuten später kam er keuchend mit seiner Tasche den Kiesweg entlang, offensichtlich hatte er mich aus der Telefonzelle ums Eck gefoppt.

»Du hast mir meine Augen ersetzt, Melinda, du hast immer meine Brillen gefunden, die sich vor mir versteckt hatten.« So schmeichelte er mir. Um seine Abhängigkeit von mir zu demonstrieren, gab er sich unglücklicher, als er in Wirklichkeit war. Wenn nötig, glänzte mein Vater durch Aufmerksamkeit und Geschicklichkeit, gab es aber jemanden in der Nähe, der ihm die häuslichen Arbeiten und organisatorischen Dinge abnahm, hatte der Papa absolut nichts dagegen einzuwenden. Hier auf der Terrasse saß er, suchte in seinem geliehenen Sony-Kurzwellenempfänger irgendwelche Sender und ließ sein Gebrumm vernehmen. »Was für Idioten! Was sagst du dazu, Oliver?« Je stupider eine Phrase, desto lieber wiederholte er sie vor Oliver, dem Papagei. Der seinerseits plusterte sein feuerrotes Halsgefieder auf, glotzte glücklich, das grüne Stirnhäubchen leicht vorgeschoben, in der Gegend umher und stänkerte: »Idioten! Idioten!« In den letzten Jahren hatte Jeremias sein Leben so eingerichtet, daß er seinen Passionen ohne Einschränkungen nachgehen konnte. Er tat alles, worum ich ihn bat, dennoch mußte ich ihn des öfteren daran erinnern, weil er seine Verpflichtungen gern vergaß. Vielleicht war das der Grund dafür, daß er meine Heirat mit Antal unterstützte. Auf die Weise zogen ein Chauffeur, ein Gärtner und ein Tausendkünstler ins Haus, dem sich noch dazu eine ganze Schar von Leuten gefällig erweisen wollte. Ein idealer Schwiegersohn – Antal und Jeremias nebeneinander sitzen zu sehen, war herzerfrischend.

Allmählich verschaffte ich mir Autorität. Wenn es etwas zu erledigen gibt, bin ich einfach besser als die Männer, weil ich mir einen klaren Blick für die Wirklichkeit bewahrt habe. Wenn sich die Männer, die mit Vorliebe Verwirrung stiften, mit mir auf eine Diskussion einlassen, stellt sich im nachhinein nicht selten heraus, daß ich recht hatte. Dann schmeicheln sie mir und bekunden ihre Dankbarkeit, ich aber lasse sie spielen, denn das ist für sie das Wichtigste. Worin ist eine Frau den Männern überlegen? Ich lenkte das Spiel auf ein Gebiet, auf dem ich nicht zu schlagen bin: Ich mache aufmerksam auf den ganzen Haushaltskram. Meine Freundinnen, vergeßt nicht zu zwitschern und euch zu zieren, ihr seid stärker; Erbarmen, das ist unsere Hauptattraktion. Aus dem Bauch der Mutter macht sich ein Junge auf den Weg, um die Welt kennenzulernen, schließlich findet er zu dem Bauch einer anderen Frau.

Ich bin eine der Wortführerinnen der Budapester Mythologie, wer mit wem verheiratet gewesen, wer von wem verlassen worden, wer wessen viertes Kind aus dritter Ehe ist, all das bewahre ich im Gedächtnis. Was zählt, das ist die große

Familie. Die blutsmäßig und seelisch durch und durch miteinander verwobene Verwandtschaft. Wir kümmern uns einer um den anderen. Wen wir aufgenommen haben, der wird nicht untergehen. Allerdings sehen wir uns genau an, wen wir aufnehmen. Das wahre Leben spielt sich zu Hause in den eigenen vier Wänden ab, hier arbeiten wir und geben unser bißchen Geld aus. Hier in diesem Zimmer kommen wir zusammen, das ist billiger als in einer Gaststätte. Hier müssen wir niemanden ertragen, den wir nicht sehen wollen. Hier kannst du zwischendurch aufspringen und während der Unterhaltung wild fuchtelnd gestikulieren. Alle Kräfte konzentrieren sich hier in diesem Haus, wo die Herrschaft in unseren Händen liegt. Ich liebe diese Stadt so, wie sie ist. Ich denke nicht daran, mich dafür zu entschuldigen. Hier bin ich zu Hause. Sicher ist es nicht leicht, die komplizenhafte, liebevolle, verworrene und dezente Moral unserer Familie zu verstehen. Richtig lachen kann ich nur mit jemandem, der begreift, worum es geht. Mit den Einheimischen, jenen mehreren hundert Menschen, die überall in der Stadt anzutreffen sind, mit den schrecklichen Onkeln und Tanten. Wer abwesend ist, dem schreibe ich nicht, irgendwann wird er schon kommen. Wenn ich angerufen werde, plaudere ich gern, allerdings greife ich selten selbst zum Telefon. Der Oleander ist ein Krebs der Straße, ich kauere mich hin.

Sobald ich von jemandem schreibe, fragt eine Stimme in mir: Ist das wahr? Ist das ein Porträt oder eine Karikatur? Darf ich von demjenigen, den ich mag, ein Zerrbild entwerfen? Darf ich denjenigen, der noch lebt, mit den kleinen Vorzeichen des Todes darstellen? Darf ich meine Lieben objektiv beschreiben? Wo die Liebe regiert, dort tut die kritische Observierung gut daran, sich in den Winkel zurückzuziehen. Über Tote also nur Gutes oder gar nichts, flüstert mir die eine Stimme zu. Doch die andere Stimme in mir entgegnet darauf: Du schuldest deinen Nächsten die Aufzeichnung dessen, was euch widerfahren ist. Wer würde beleidigt sein, wenn er zum

Geburtstag die eigene Büste geschenkt bekäme? Die moralische Ernsthaftigkeit und die moralische Verdächtigkeit sind Zwillinge. Gemeinsam wanken die vornehme Kunst der Porträtzeichnung und der schwülstige Klatsch von dannen in die zweifelhaften Zeiten nach unserem Tod. Von manch einem überleben nur einige Anekdoten, doch selbst das ist mehr als nichts. Vielleicht entspricht nicht einmal das Protokoll des Leichenbeschauers der Wahrheit. Erschaudernd möchte ich an das Märchen glauben, jenseits allen Wissens. Meine Kinder brauchten ebenso Märchen wie mein neunzigjähriger Vater. Es gibt mehr als nur den praktischen Selbsterhaltungstrieb. Es gibt mehr als nur das Wissen. Es gibt mehr als nur die Liebe. Das Märchen von all dem. Es ringen miteinander die ungestüme Sehnsucht nach Expressivität und die bildnerische Verschmelzung. Je erbitterter der Kampf, desto erträglicher der Text. Geschwafel verabscheue ich. »Das ist deine aggressive Vorliebe für das Wesentliche«, sagte Dragoman. Seine monströse Neugier paarte sich bei ihm mit einem zwanghaften Hang zur Geschwätzigkeit. Schnatternden Gänsen gleich.

Meine Mutter kommt allein phantastisch gut zurecht, das bewunderte ich immer an ihr. Ich lebte ständig mit anderen unter einem Dach: mit meinem Vater, meinem Mann, meinen Kindern. Die körperliche Nähe des anderen ist mir wichtig, ich brauche Menschen um mich herum, ihr Kommen und Gehen. Meine Mutter hockt gern einsam in ihrer Wohnung und telefoniert. Auf der Bühne sieht man sie oft genug. Tagtäglich rufen wir uns gegenseitig an, manchmal schreiben wir uns sogar Briefe, intrigante; dezent weisen wir auf den erschreckenden, freilich aber bezeichnenden Unverstand der anderen Seite hin. Es kommt vor, daß wir wie die Außenminister zweier Großmächte miteinander verhandeln. Schon mehrfach haben wir festgestellt, daß der Papa unter meiner Oberhoheit lebt, daß die beiden alten Verschwörer desungeachtet eine eigene Stimme besitzen. Meine Mißerfolge und körperlichen Gebrechen, so habe ich beobachtet, versetzen meine Mutter in Hochform; wenn ich krank bin, kann sie mich wunderbar bedauern. Nach der Beerdigung ihrer Kolleginnen vom Theater weint sie viel und fühlt sich wunderbar.

Mit meinem Vater hat meine Mutter nur kurze Zeit zusammengelebt, dann überließ sie mich ihm, dem dreißig Jahre älteren Jeremias, er sollte mich aufziehen, während sie zurück nach Budapest ging, um Schauspielerin zu werden. Zwanzig Jahre war sie alt, vermutlich hätte sie mit mir ohnehin nichts anzufangen gewußt, sie war anderweitig interessiert, sie hatte andere Bedürfnisse. Bei meinem Vater war ich gut aufgehoben. Als kleines Mädchen nahm mich mein Vater an seiner großen Hand und brachte mich zur Schule, er holte mich auch ab; er war in der Lage, seine Lebensweise den Bedürfnissen meines Tagesablaufs unterzuordnen. Dem Alter nach hätte er mein Großvater sein können, er war verrückter als ich. Voller

Erwartungen bereiteten wir uns beide auf die Besuche meiner Mutter vor. Auf dem Tisch ein schönes Teeservice, auf einem Silbertablett Gebäck, die eine Gesichtshälfte verhüllt vom Schatten eines Platanenblatts. Bei solchen Gelegenheiten machte sich die liebe Mama keine Sorgen um ihr Kleid und auch nicht um sich selbst. Ich klammerte mich an sie, kroch in sie hinein, rang sie auf dem Diwan nieder, wälzte mich mit ihr umher und quietschte vor Vergnügen. Dann saß ich nur zu ihren schönen Füßen, zu ihren schönen Schuhen auf dem Boden und klammerte mich an sie, sie solle nicht weggehen. Trotzdem huschte sie davon.

Mein Vater und ich, wir waren Mamas Hinterland, Mamas Burgfestung, von wo aus sie ausschwärmen konnte, um mit einem jungen Dichter oder einem winzigen Jockey zwischen den Zähnen in ihre Räuberhöhle zurückzukehren. Mein Vater und ich – ein kleines Erlebnis kann uns für drei Tage in den Bann ziehen, die Mama dagegen braucht viele Erlebnisse, sie ist ein Großverbraucher. Zehnmal so viele Eindrücke verbraucht sie, wie wir zu zweit. In jüngster Zeit allerdings neigt sie eher dazu, die Literatur in Buchform mit ins Bett zu nehmen. Sicher kann man sich bei ihr natürlich nie sein. Die Mama unterliegt Modeströmungen, Gesinnungswechseln, Häutungen. Ganz nach Lust und Laune wechselt sie ihre Identität. Sie kundschaftet deine geheimsten Sehnsüchte aus, und schließlich inszeniert sie ein Stegreifspiel, indem sie entlarvt, wonach dir der Sinn steht. Ohne den geringsten Gewissenskonflikt vermag sie demjenigen untreu zu werden, den sie gestern noch in den Himmel gehoben hat, ja selbst ihr eigener Auftritt vom Tag zuvor muß nicht mehr aktuell sein. Allzu dekadent sei ihre Erscheinung gewesen? Esoterisch und vor jeglicher Vulgarität erschaudernd? Von einem Tag auf den anderen ist sie derart laut und ordinär geworden, führt unflätige Reden, daß ich Kopfschmerzen bekomme und Stoßgebete gen Himmel schicke, sie möge sich endlich entfernen! Wenn meine Mutter nervös ist, dann ist sie imstande, alles im Haus durcheinanderzubringen, meinen Vater, meinen Mann, meine Kinder, ja sogar die Katze und auch den Papagei. In ihrer Nähe überkommt einen jeden auf unerklärliche und quälende Weise eine undefinierbare Erwartung, irgend etwas, so wünscht sich jeder, müsse geschehen. Ob gut oder schlecht, das spielt schon keine Rolle mehr, Hauptsache, es passiert etwas! Vielleicht geht das nicht nur aus ihr hervor, sondern aus der Erde, aus dem Wetter, in Gesellschaft meiner Mutter aber verstärkt sich dieses Gefühl. In ihren rhapsodischen und schrecklichen Allüren zeichnet sich der Pfad ab, der geprägt wird nicht von der Hoffnung, sondern vom Schicksal. In einer Art erschütternder Objektivität spürt meine Mutter, woher du kommst und wohin du gehst. In ihrem Leben, sagt meine Mutter, sei diese Terrasse ein Knotenpunkt, ein Ort, an dem sich immer etwas herausstellt. Vor allem natürlich in der Gesellschaft von Papa. Sogar seine Boshaftigkeiten fehlen uns, uns, die wir so unschuldig sind.

»Abschied nehmen heißt es, meine Lieben, etwas geht hier zu Ende. Jeremias ist weggegangen, Papa Kádár will sich, wie ich höre, auf sein Altenteil zurückziehen, und auf der Bühne sollen neue Jungs auftreten. Ich behaupte nicht, daß sie außergewöhnlich nett oder charakterfest wären, ich kann nicht einmal sagen, daß sie sonderlich begabt wären, nur eben daß sie neu sind. Sie haben andere Sprüche parat, unser bisheriges Leben ist nicht mehr aktuell. Allmählich habe ich das Gefühl, daß wir Figuren einer vorangegangenen Ära sind. Das Schwärmen überlasse ich den jungen Leuten, ich meinerseits trauere bereits dem Ancien régime nach, selbst meine Taillenweite war damals ein bißchen idealer. Dieser Dragoman ist wie ein jaulender Hund, er spürt das bevorstehende Erdbeben. Doch statt davor wegzulaufen, eilt er stehenden Fußes zum Ort des Geschehens. Er spürt das nervöse Gesumm, die Spannung im Bienenkorb, er spürt, wenn etwas in der Luft liegt, wenn sich der Pulsschlag beschleunigt. Seht ihn euch an, den János, wie ein Reiher ist er, tief über dem See fliegend, berührt er mit den Flügeln fast das Wasser. Spürst nicht auch du, Melinda, meine Tochter, irgendeine Unruhe? Kreisen nicht auch um deinen Kopf die Vorzeichen? Siehst nicht auch du die Risse in der Wand? Fangen nicht auch deine Fußsohlen die warnenden Stöße des Erdrutsches auf?« Auf das theatralische Gefrage meiner Mutter entgegne ich lediglich: »Mein Vater unternimmt eine Weltreise, anschließend nimmt er wieder seinen Platz ein.« »Und wenn er tatsächlich dort in der Fremde sterben sollte? Vielleicht hat er gerade von uns genug! Mit neunzig Jahren, so stelle ich mir vor, obwohl ich so alt noch nie war, hat man von seinen Angehörigen die Nase voll.« »Nach seiner Weltreise wird er zu uns zurückkehren.« Diese meine feste Überzeugung beruhigte die Mama für gewöhnlich ein bißchen. Ich erwecke die Hoffnung in ihr, daß sie noch Gelegenheit haben wird, Jeremias hysterische Szenen zu machen. Es ist mir ausgesprochen angenehm, wenn es mir gelingt, Mama zu beruhigen. Denn dann verlangt es einen jeden nach ihrer Nähe. Danach, am späten Nachmittag bei ihr Kakao und Marmorkuchen vorgesetzt zu bekommen und ihr das Herz auszuschütten, denn manchmal ist sie fähig, auf den Grund meiner Seele zu sehen und mich zu verstehen. Bei solchen Gelegenheiten glänzen ihre Augen poetisch, und an nichts anderes als nur daran denkt sie, daß ihre Tochter bei ihr im Wohnzimmer sitzt, dort am Donauufer, vis-à-vis dem Tabánviertel.

Die Mama ist fünf Jahre älter als Dragoman, alte Freunde sind sie, zeitweilig waren sie auch intim miteinander. So wie sie als Pärchen auftauchten, trennten sich ihre Wege auch wieder. Vom Nachmittag bis zum frühen Morgen zusammen, dann eine Woche nicht ein einziges Mal. Tatsache ist, daß meine Mutter begierig ist, meine Geschichte mit János zu beobachten und daß sie sich wundert, weshalb es meiner Beziehung an dem intermittierenden Element mangelt. Eine Frau sei solange eine Frau, wie sie von den Männern begehrt werde, sagt meine Mutter. Und sie wird noch begehrt. Tagtäglich macht sie Gymnastik, geht schwimmen, cremt sich ein, sie hat hübsche Klamotten. Von hinten sieht sie jünger aus als von vorn. Wer ihren Hintern betrachtet, dem kann alles mögliche einfallen. Schrecklich eifersüchtig waren Sarah und János nicht, erst wenn die Sache ernster zu werden versprach, schritten sie ein. Ganz soll mir der andere nicht gehören, einem dritten allerdings auch nicht. Nichts sprach dagegen, im unpassendsten Moment auf der Bildfläche zu erscheinen, es sich ohne Rücksicht auf die angetroffene Situation bequem zu machen, stundenlang Geistesblitze zu versprühen und das Selbstwertgefühl des elenden Dritten in Grund und Boden zu befördern. Die Treue zweier großer Treuloser, behütende und beschützende Maßnahmen gegeneinander. Aber auch das ist schon lange her, gehört in eine vorangegangene Epoche.

Ich hatte immer das Gefühl, alle Männer in Budapest denken an nichts anderes, als sich Zugang zu Mamas Empfangssalon zu verschaffen, von da aus freilich auch zum Schlafzimmer. Zu Mama fällt allen Männern das gleiche ein, nämlich daß sie ein registriertes Ausstellungsstück sei, sie aber schwebt mit unverwüstlichem Frohsinn davon. Mit jemandem zusammen wohnen, das war für Mama ein Ding der Unmöglichkeit. Es war zwar vorstellbar, daß ein Mann bis zum frühen Morgen bei ihr schlief, dann allerdings weckte sie ihn, damit er die erste Straßenbahn nicht verpaßte. Es kam vor, daß sie jemandem ein Taxi bestellte und ihm einen Hunderter in die Hosentasche steckte. Hauptsache, er verschwand endlich und befreite sie von seinem Schnaufen! Manch einer war beleidigt. Das macht nichts, es findet sich immer jemand, der Sarahs Bedingungen akzeptiert. Ich bin ein einsamer Freibeuter, sagte Sarah freundlich lächelnd als besänftigende Erklärung. Morgens gegen acht wacht Sarah gern allein in ihrem breiten Bett auf. Sie ist daran gewöhnt, jeden Morgen die Bettwäsche zu wechseln. In ihrer Scharfsinnigkeit steht sie dem Papa kaum nach. Außerdem wird der Beobachter für die geringfügige Unterlegenheit durch Mamas robustes Temperament, durch ihren ausschweifenden Lebenswandel reichlich entschädigt. Für ihr loses Mundwerk ist die Mama bekannt, sie ist eine Person, die keine Tabus kennt, deren grobe Scherze weit und breit zitiert werden, neue Modesternchen fegt sie mit einer markigen Bemerkung von der Bühne. Sieht sie sich einer echten Begabung gegenüber, dann ist sie durchaus bereit, großzügig und erfindungsreich Rücksicht zu üben.

Meine Mutter war ein armes Mädchen aus der Vorstadt, schön, reich und berühmt wollte sie sein, Geld sollte immer so viel vorhanden sein, um sich ganz nach Belieben sattzuessen. In einem guten Restaurant. Natürlich ohne die billigsten Gerichte aus der Speisekarte herauspicken zu müssen. Neben ihr sollte eine Schneiderin knien, während sie sich vor dem Spiegel drehte und wendete. Sie würde sich mehrere Kleider auf einmal machen lassen. Amen. So ist es geworden. Eine Wohnung brauchte sie, durch meinen Vater bekam sie eine. Als Entgelt ließ sie mich bei meinem Vater zurück, wodurch sie diesen verpflichtete. Kennengelernt hatten sie sich durch Dragoman, der meinen Vater zu einer Examensvorstellung an der Theaterhochschule eingeladen hatte, worin meine Mutter in *Der Widerspenstigen Zähmung* die Hauptrolle spielte, gewiß hinreißend. Im Haus meines Vaters, hier in der Oleander utca, herrschte damals ein reges Treiben, sogar ein Verlag erlebte hier seinen letzten Tag, um Lektorat und Lager kümmerten sich einige Freunde. Wenn sich meine Mutter damit abfinden sollte, daß ihr Zimmer zugleich auch ein Bücherlager sein würde, dann könnte sie ein Zimmer auf dem Boden beziehen. Dragoman nahm meiner Mutter nicht das Versprechen ab, wonach sie dem Hausbesitzer gegenüber ihre Jungfräulichkeit zu bewahren gehabt hätte. Als ich im Frühsommer 1949 geboren wurde, fand gerade das große stalinistische Weltjugendtreffen statt, das Ideal meiner Mutter war ein kommunistischer Graf aus Frankreich, der Führer der fortschrittlichen Jugend der Welt, mit Hilfe von dreihundert Wörtern klappte die Verständigung mit ihm bestens. Mich nahm sie untern Arm, alles, was ich brauchte, schleppte sie in einer großen Briefträgertasche mit sich herum, auf den verschiedenen Ämtern und Tribünen, im Autobus und in Hotelzimmern stillte sie mich.

1951 wurde mein Vater von Budapest zwangsausgesiedelt. Über Beziehungen schaffte er es, die Genehmigung zu besorgen, daß er zusammen mit mir nach Ófalu als vorgeschriebenem Verbannungsort ziehen durfte. Meine Mutter ging erst ans Dorftheater, dann wurde sie in Fünfkirchen engagiert, doch schon wenig später wurde sie für den Film entdeckt und gehörte zum festen Ensemble des Budapester Lustspieltheaters, wo sie auch heute noch auf der Bühne steht. Es war selbstverständlich, daß sie uns nicht nach Ófalu folgte, und es war auch selbstverständlich, daß sie uns dort besuchte, so oft sie nur konnte. Seite an Seite wirtschaftete ich mit meinem Vater dort in der Küche, in dem großen Bauernhaus, das er aus unerfindlichen Gründen während des Krieges gekauft hatte, vielleicht um seine Freunde vor den Bombenangriffen zu retten. Im Laufe der Jahre wurde das Haus immer mehr ausgebaut, die Feldsteinmauer des Stalles verwandelte sich unter Tonis Händen in die Glasschiebetür eines Ateliers, das auch im Winter beheizbar war; er brauchte einen Ort, an dem er Boden unter die Füße bekam, um sich von meinen schädlichen Einflüssen zu befreien. Die Tage im Dorf sind lang, nach dem Kindergarten hatte mein Vater Zeit, sich mit mir abzugeben, unter seinem von Furchen gezeichneten Lächeln ging meine Erziehung vonstatten. Überall in dem großen Garten standen Obstbäume, an der Begrenzung plätscherte ein Bach, an dessen Ufer Fasanenmännchen daherstolzierten. Allmorgendlich ließen sich, mächtig schwirrend, Hausgänse, mit Wildgänsen gekreuzt, auf der Weide nieder. Vom Fenster aus konnte ich den Berg sehen, von der linken Ecke des Laubengangs aus die Thora. Abend für Abend hockte mein Vater dort auf einem Rohrstuhl.

In das Haus in der Oleander utca zogen wir im Frühjahr 1956 zurück, genauer gesagt, in die Souterrainwohnung, die nun den Kindern vorbehalten ist. Denn nach seiner Rückkehr aus der Zwangsaussiedlung erhielt er von dem kommunistischen Journalisten, der in Papas Haus eingezogen war, die Erlaubnis, sich in der im Souterrain gelegenen Hausmeisterwohnung einzurichten. Der Tausch gefiel dem Journalisten um so mehr, als der vorangegangene Hausmeister Verbindungsmann der Politischen Polizei gewesen war, der Zeitungsmann aber schon angefangen hatte, kritisch-reformerische Töne anzuschlagen. Hier auf der Terrasse marschierte er auf und ab, kein gutes Haar ließ er an dem Regime; wenn er schließlich eine ganze Flasche Wein konsumiert hatte, wollte er, seine Hand auf die Schulter meines Vaters legend und ihm als gemeinsamen Nenner den humanistischen Sozialismus anbietend, noch mehr trinken. Papa setzte ihm Ófaluer Wein vor, der Journalist gewöhnte sich daran und machte sich in der ersten Person Mehrzahl heftige Vorwürfe. Uns haben sie betrogen, sagte er mit ziemlich trauriger Miene. Mein Vater nickte, schenkte ihm nach, versah seine Hausmeisterpflichten und pflegte den Garten. In seinem eigenen Haus hatte er wieder Fuß gefaßt, langsam und unaufhaltsam expandierte er hier mit meiner Unterstützung. Er wird das verrückte Haus mit der bollwerkartigen Bibliothek, das einst sein Vater entworfen hatte, der Tochter und den Enkeln hinterlassen, denn ein Leben in diesen Räumen ist ziemlich angenehm. Abgesehen von einigen Unterbrechungen hat Jeremias fast das ganze zwanzigste Jahrhundert hier gewohnt. Der Journalist, dem das Haus behördlich zugewiesen worden war, verließ das Land im November 1956, so daß mein Vater sein Domizil wieder in Besitz nehmen konnte. Hier wohnte ich während meiner Schulzeit, meine Kinder ebenso, und das wünsche ich mir auch für meine Enkel.

Meine Mutter wohnt am Donauufer, ihre am Petöfi tér im sechsten Stockwerk gelegene Wohnung hat eine Dachterrasse. Darunter befindet sich die Paradiso Bar, in deren Fenster zwischen rötlichgelben Pflanzen grüne Fische schwimmen. Sowohl hier als auch in der Pipacs Bar in der Aranykéz utca tauchte die Mama gelegentlich auf, die Barkeeperinnen und die Mädchen, die einfach nur so auf den Barhockern saßen und ihre Schenkel nicht verbargen, betrachtete sie als Freundinnen. Wenn die Mama ein Mikrophon in die Hand nahm und einige Titel sang, dann glänzten die Augen des Klavierspielers und des Schlagzeugers. Der Klavierspieler war Dragoman der Ältere, János' Papa. Sarah und der alte Dragoman, ein hübscher Herr mit grauem Schnurrbart, tauschten alle weitersagbaren Informationen über den jungen Dragoman aus. Verschiedene Gäste waren verrückt nach meiner Mutter, der schwedische Botschafter schickte ihr eine Kiste absoluten Wodka ins Theater. Ein massiger amerikanischer Farmer im roten Sakko tanzte mit meiner Mutter – nachdem sie auf der Tanzfläche allein geblieben waren – alle anderen waren gewichen –, einen Tanz, der keinen Namen hatte, in dem es um sie beide ging, und darum, daß dieser nicht mehr ganz junge Farmer um die Hand meiner Mutter anhielt. Betrunken war die Mama nie, also ergriff sie, das Gedränge in der Bar geschickt ausnutzend, die Flucht und fuhr mit dem Fahrstuhl in den sechsten Stock, sie trat auf die Dachterrasse hinaus und blickte zu uns nach Buda hinüber. Hier in der Innenstadt war die Mama zu Hause, von Buda gefiel ihr nur der Anblick.

Es war keineswegs sicher, daß die Mama ihre nächtlichen Verehrer auch ein zweites Mal zur Wohnungstür hereinließ, manchmal bezog sie deshalb Prügel. Sie mußte einfach in unmögliche Situationen hineinschlittern, sie brauchte das. Wenn Männer zusammentrafen und wenn ausgerechnet die zusammentrafen, die sich auf gar keinen Fall hätten begegnen dürfen, die sie halten wollte, so bereitete ihr dies ein besonderes Vergnügen. Die familiären Komplikationen, die existentiellen Probleme der Männer interessierten meine Mutter nicht sonderlich. Von den unglücklichen Umständen, die ihre Liebhaber an der Ausübung des Berufs und an einer erfolgreichen Karriere hinderten, davon wollte sie nichts wissen. Nach einer eintägigen Flurbesichtigung sind die Eitelkeiten der meisten Männer erfaßbar. Ein Freund, das ist etwas anderes. Ein Freund interessiert meine Mutter Tag für Tag. »Es hat nichts zu sagen, ob wir schon miteinander geschlafen haben oder nicht, sondern lediglich, ob wir Lust verspüren, uns tagtäglich anzurufen.« In Sachen Triebleben zeigte sich Sarah nachsichtig, in Sachen Freundschaft anspruchsvoll. Nur von Zeit zu Zeit bedarf es ein wenig Männerfleischs, auch wenn sie Vegetarierin ist. Aus ihren übervollen Fotoschachteln kommen Figuren zum Vorschein, die die Mama in gequältes Erstaunen versetzen: »Wer ist denn das? Ich weiß schon, mit meinem Geschmack steht es nicht immer zum besten, mit einem Wort, man kann wirklich nicht vorhersagen, wie sich die Dinge entwickeln werden, sage ich im Besitz vieler angenehmer und unangenehmer Überraschungen.« Die Mama ist verschwenderisch, sie genießt den Überfluß, wie ihr auch der Überfluß an eigenen Pfunden nichts ausmacht. Mit ihrem zeitweilig schrecklichen Liebeshunger, mit dieser würdevoll einherschreitenden Unberechenbarkeit schienen meine Mutter und Dragoman verwandte Seelen zu sein. Sie lassen sich einfach nicht in Verlegenheit bringen. Meine Mutter ist eine so gute Schauspielerin, daß sie sich sogar Skandale leisten kann. Beide sind sie ausgesprochen nett und lachen herzerfrischend, wenn sie ertappt werden. Jäger sind sie, Plünderer. Es ist nur allzu natürlich, daß sie sich gefunden hatten, und ebenso natürlich ist es, daß sie nicht zusammenbleiben konnten. Die Mama öffnet und schließt sich wie ein Korallentier, es geschieht, daß sie in eine depressive Stimmung verfällt, in letzter Zeit kommt es vor, daß sie abends sagt, sie habe heute noch keinen Fuß vor die Tür gesetzt. Ich habe das Gefühl, als versinke sie in ihren Gedanken, an Kontakten ist sie seltener interessiert, obwohl sie immer noch imponierend und dominierend ist. »Ein Glück, meine liebe Tochter, daß du noch nie mein dramatisches Röcheln gehört hast. Eine ganze Orgelstimme jammere ich ab, bestehend aus der tiefen Tonfolge der Vokale, und das wirklich nicht nur als Höhepunkt der Lust, sondern schon auf den dorthin führenden Serpentinen.« Das glaube ich, die Mama hat es unglaublich gern, wenn ihre Stimme zu hören ist. Nach dem Zusammensein ist sie hungrig wie ein Wolf. »Einen Mann darf man nicht mit leerem Magen aus dem Bett entlassen«, sagt die Mama, und daß sie sich an dieses Prinzip hält, das ist ihr durchaus anzusehen. Seit neuestem hört sich ihre Stimme irgendwie anders an als sonst, wenn sie nachts anruft. Vielleicht ist sie jetzt allein geblieben. Sie steht auf der Terrasse und sucht uns in einem vibrierenden Lichtbündel. Diese beiden, Jeremias und Melinda, so murmelt die Seele meiner Mutter, sind nicht so naschhaft und sangesfreudig wie ich. Kühl sind sie, vernünftig und erbarmungslos. Eines aber wissen sie, daß Sarah klüger ist als sie, auch wenn es nicht so aussehen mag. Und das ist eine Tatsache, auch wenn sie im Königsbad gerade die Spuren eines affenartig behaarten Hochstaplers beseitigt.

Antal Tombor

Antal: große weiße Zähne, dichtes schwarzes Haar, brummender Baß, größer und stämmiger als die Menschen in seiner Umgebung, auf die Frauen wirkt er anziehend, die Hunde scharwenzeln um ihn herum, die Katze wirft sich auf den Rücken, blinzelnd erhofft sie sich, von meinem Mann gegrault zu werden, sie bewegt den Schwanz hin und her und schnurrt. Dreijährige Mädchen bändeln mit ihm an, auch ihnen ist es angenehm, in seiner Nähe zu sitzen, er wirkt beruhigend wie ein gutartiges Pferd. Toni verlockt den Menschen dazu, ihn zu tätscheln. Es gefällt mir, wenn er mich auf die Schultern nimmt und zum großen Vergnügen der Kinder mit mir durch den Garten galoppiert. Wenn wir verreisen, trägt er vier Koffer, wir dagegen nur das Handgepäck. Auf dem Handteller finden sich kaum Linien, das holde Dreieck aber doch: das Zusammentreffen von langem Leben, Begabung und Erfolg. Nichts Verwirrendes auf diesem Handteller, ein Koloß, ein Bauchredner, das heißt, seine Töne kommen aus der Tiefe, nicht aus der Kehle, aus dem Bauch kommen die Worte und erhalten so ein besonderes Gewicht. Wenn sich zehn Leute treffen, um miteinander zu diskutieren, sagt er lange kein einziges Wort, bis er schließlich kurz seine Meinung darlegt, nun ja, das war der entscheidende Beitrag des Abends, damit kann man zufrieden nach Hause gehen. In peinlichen Lebenslagen gelingen ihm für gewöhnlich ziemlich passable Lösungen, und die brillante Entgegnung, die anderen im Treppenhaus oder nicht einmal dort einfällt, entschlüpft Antal noch am Tatort. Als Verteidigungsspieler zögert er Entscheidungen hinaus, er kann warten, bis der richtige Augenblick gekommen ist, bis auch der kleine Schlag ein großer Schlag ist. Auf verschiedenen Spielbrettern muß man mit verderblichen, lässigen und blitzschnellen Aktionen seinerseits rechnen.

Der Ehemann ist er. Von elf Männern ist er der Kapitän. In seiner Jugend war er derjenige, der den mit ihm um ein Mädchen rivalisierenden Freund aus dem Feld schlug, auch wenn der andere, sagen wir Dragoman, den ganzen Tag über das Rennen zu machen schien, war er es doch, der die Angebetete schließlich nach Hause begleitete. Echte Mittelklasse ist er, bei der Präsidentenwahl ist er ein überzeugender Kandidat, einen anderen können sich die Menschen gar nicht vorstellen. Mit ihm freundet man sich gern an, und da seine Massigkeit irritierend ist, meinen viele, ihn frotzeln zu müssen. Solchen Angriffen weicht er aus, doch wenn der Bogen überspannt wird, dann streckt er seine Hand aus, und der andere ergreift sie instinktiv. Toni läßt die Hand ein bißchen knacken, und der dreiste Gegner geht zu Boden. Ich kann ihm mit voller Kraft die Faust in den Magen boxen, er lächelt. Barfuß, so bittet er mich, solle ich auf seinem Rücken hin und her laufen, es sei für ihn die beste Massage, wenn die ganze Familie auf dem winzigen Papa herumtrampele. Mit diesem Attribut hatte ihn mein Sohn István überwältigt. In so einer ungewohnten Kraft verbirgt sich etwas Unmenschliches, ja Ärgerliches. Es kam vor, daß ich mich nicht beherrschen konnte, daß ich außer mir war, daß ich blind auf Toni eindrosch. Und er ertrug das still. Ich konnte ihn schlagen, solange ich wollte. Er gab auf keinerlei Weise zu verstehen, daß es genug sei. »Verdammtes sadistisches Miststück!« stieß ich, ohnmächtig vor Wut, hervor, während ich auf ihn einschlug.

Seine Bewegungen – das verdient eigens hervorgehoben zu werden – sind derart sicher, daß er imstande ist, vor dem Fenster einen Nußbaumast zu erwischen, sich mit ihm zum Stamm zu schwingen und daran hinabzugleiten. Nägel kann er in ein Brett hämmern, indem er jedem Nagel drei Schläge versetzt, ohne ein einziges Mal danebenzutreffen. Wenn Kobra oder Dragoman mit einer Maschine konfrontiert werden, ist Gefahr im Verzug, sie haben Angst vor ihr, und auch diese treibt ihren Spott mit ihnen. Für Antal ist die Maschine eine Bagatelle, mit geschlossenen Augen findet er den entsprechenden Punkt, wohin er greifen muß. Wenn ihm die Kinder etwas zuwerfen, braucht er nicht einmal hinzusehen, er fängt den Gegenstand im Flug, besser gesagt, er zieht ihn aus der Luft zu sich herab, als wolle er ihm eine Freundlichkeit erweisen. Wenn er in Ófalu aus einem zersägten Fichtenholzstamm Kleinholz zum Anzünden macht, kannst du sicher sein, daß kein einziges Scheit zu dick oder zu dünn geraten ist. Einmal passierte es, daß ihm von der anderen Straßenseite ein Militärlastwagen entgegenkam. Der kugelköpfige Chauffeur mußte für einen Augenblick eingeschlafen gewesen sein. Antal hupte laut und wich ihm in einem wunderbaren Bogen nach links aus, dann ging er zurück und fuhr dem schlitzäugigen Soldaten, der im Straßengraben gelandet war, zur Beruhigung über die Glatze. Unser Sohn wußte eine Zeitlang an seinem Vater am meisten zu schätzen, daß dieser, wenn er einen Baumstamm ins Visier nahm, ihn aus vier Meter Entfernung mit ungeheurer Treffsicherheit anspucken konnte. Ein Engel hält schützend seine Hand über ihn. Vor einem Geschäft haben wir ein Rendezvous, ich komme von gegenüber, er will auf mich zugehen, doch plötzlich schreckt er zurück und preßt sich an die Schaufensterscheibe: Von der Fassade stürzt ihm eine schwere Stuckfigur vor die Füße. Und ich möchte hinzufügen, Antal hatte nicht nach oben gesehen. In Gesellschaft meines Mannes gewinnen die Ärgerlichen ihre Fassung wieder, die erhitzten Muskelprotze setzen sich auf ein Wort von Antal neben ihn, dann wundern sie sich, warum sie sich denn hingesetzt haben, jedenfalls strecken sie ihm die Hand hin, um die seine zu ergreifen. Angenehm, ihn beim Essen zu beobachten, angenehm, wortlos neben ihm zu sitzen. Und wenn er dir die Hand auf die Schulter legt, dann kannst du nicht anders als spüren, daß eine gewichtige Hand auf deiner Schulter ruht.

Vollkommen aber ist er keineswegs. Hin und wieder läßt er die Badewanne überlaufen, weil er über etwas nachdenkt. In Gedanken versunken zu sein bedeutet in seinem Fall keine Beeinträchtigung der Höflichkeit; ich bitte ihn um ein Glas Wasser, und er bringt mir bereitwillig den Wecker. Wenn er aber aufpaßt, dann übersieht er nichts. Dann ist es ein Ding der Unmöglichkeit, ihn beim Go zu umzingeln, was außerordentlich unsympathisch ist, so wenigstens empfinde ich es, wenn mir kein Ausweg bleibt, wenn ich mich abstrampeln kann, so viel ich will, ich liege in den letzten Zuckungen, er wird mich einkreisen und selbst dann noch auf mir lasten, wenn er mich auf die Schultern nimmt. Toni verkehrte seit meiner frühesten Kindheit bei uns zu Hause, ich balgte mich mit ihm und ritt auf seinen Schultern, ich wollte die Oberhand gewinnen. Auch jetzt noch bin ich an seiner Seite ein Springinsfeld. Seine einzige Entschuldigung, daß er dieser Meinung nicht ist. Würdest du mich verlassen, wäre das mein Tod, sagte er an unserem zehnten Hochzeitstag. So lange hatte er mit diesem hypothetischen Kompliment gewartet. Schon als kleines Mädchen war ich überzeugt davon, daß Antal mir gehören und daß alle anderen nur Interimslösungen sein würden. Ich glaube, das weiß er ebenso.

Heute vor zwanzig Jahren, neunzehnhundertsiebenundsechzig, habe ich ihn überwältigt, und auch seither versuche ich unausgesetzt, ihn festzulegen. Er mag es nicht, wenn ich über ihn rede. Wir sollten uns über interessantere Dinge unterhalten, ich bin schon weg. Und tatsächlich ist er nicht mehr da, in seine Umhängetasche packt er eine beachtliche Menge an Proviant und zieht nachmittags, mit einem Pflanzenbuch bewaffnet, durch die Wälder. Jedem Gast schenkt er Wein nach, in der Zwischenzeit aber sitzt er in der Zimmerecke, sein Glas steht neben ihm auf dem Boden, auf einem Schemel sitzend, schnitzt er, zeichnet oder schält einen Apfel. Seine Hände können nicht untätig sein, sogar ein bißchen Körbe flechten kann er, er kann nicht denken, wenn die Hände untätig im Schoß liegen. Wenn er irgendeinen seiner Filme zu schneiden hat, schreitet er an meiner Seite einher, fortwährend intensiv gestikulierend, in der Luft Pläne entwerfend, nach strukturellen Lösungen suchend. Hat er die Lösung gefunden, ist sie greifbar nahe gerückt, hellt sich seine Stimmung auf, und er legt seine Hand in die meine. Er läßt lieber die anderen reden; an das, was gesagt worden ist, kann er sich sehr gut erinnern, einige Redewendungen aus dem Sammelsurium der Unterhaltung pickt er sich heraus und bringt sie bei passender Gelegenheit an. Für dahinplätschernde Konversation ist er nicht der Mensch, wenn du ihn etwas fragst, muß er erst lange nachdenken, bevor er antwortet, und dann bekommst du Dinge zu hören, die du so und auch so verstehen kannst.

Allein deshalb schon müssen die Hexen ihre Ränke schmieden, um ein Anrecht darauf zu erwerben, in Gesellschaft an gemeiname süße Histörchen erinnern zu können. Sieben Damen sitzen hier im Zimmer mit ihrem Mann, mit ihrem Freund, und alle sieben verworfene Personen schlagen im Gespräch mit Antal einen vertrauten Ton an, als wären sie alle die Ehefrauen. Daß mein Mann mit seinen Erfolgen geprahlt hätte, das habe ich noch nie gehört, er bringt eine Frau nicht ins Gerede. In seinen Filmen finden sich Frauengestalten, die das weibliche Geschlecht sogleich eifersüchtig machen und die Männer zum Träumen verleiten, doch wird in diesen Filmen auch die nüchterne Kenntnis der Einsamkeit vermittelt, und es begegnen einem unerklärliche kleine Wahnbilder, die Greuel des Alltags. Was immer Schlechtes sie tun, Antals Filmfrauen sind erlöst. Die in ihn vernarrten Frauen aus Fleisch und Blut dagegen werden durch ihn zu Hexen. Wie beispielsweise auch ich selbst. Ich habe ihm eine Kette durch den Nasenring gezogen, und nun tanzt er für mich. Ich duze ihn, er siezt mich. »Mein Süßes, ich betrüge Sie mit einem Dutzend leichter Mädchen.« »Streng dich nicht an, winziger Papa, mir kannst du mit deinen leichten Mädchen nicht imponieren.« Einmal begab es sich, daß ich in ein Hotelzimmer auf dem Land hineinplatzte, wo ich ihm eine hübsche Überraschung bereiten wollte; statt dessen aber fand ich ihn in einer kaum zu Mißverständnissen Anlaß bietenden Situation vor. Trotzdem erwartete ich von ihm standfestes Leugnen. Daran hielt er sich, er stritt heftigst alles ab, daß ihm der Kopf nur so rauchte. Schließlich ließ ich ihn ein bißchen im ungewissen, er sollte ruhig glauben, daß sich die Komödie gelohnt hat, daran sollte er getrost glauben, denn es hatte sich tatsächlich gelohnt. Mich verleugnete er vor denen nicht, sie verleugnet er vor mir.

Von Zeit zu Zeit erhält Antal Besuch von seinen Kindern der Liebe, ich komme gut zurecht mit ihnen. Kurz vor Weihnachten rast der fruchtbare Vater auf vereisten Straßen landauf, landab, um Geschenke zu verteilen. Gelegentlich versammeln sich die Kinder der Liebe hier um den reich gedeckten Tisch und erzählen dem Papa, sich gegenseitig ins Wort fallend, ihre Geschichten. Die Ähnlichkeit zwischen ihnen ist amüsant, man könnte meinen, sie hätten keine Mutter. Mich bestürmen sie mit Fragen, um sich ein möglichst umfassendes Bild von ihrem Vater zu machen. In unseren Kreisen haben sich auch die Großväter der Großväter so verhalten, die Ehe allerdings wurde nur dadurch beendet, daß sie starben oder Witwer wurden. Einmal habe ich Antal sehr wütend gemacht, womit, das will ich nicht sagen. Vielleicht damit, daß er mich bei einer Lüge ertappt hatte. Ich zeigte mich plötzlich in Sachen Aussichtstürme in den Budaer Bergen ungeheuer informiert. Er wunderte sich, daß ich allein Ausflüge unternahm. Denn wenn ich mit Ninon in die Berge gehe, dann backen wir vorher Kuchen, den wir in einer Blechdose mitnehmen, Zitronentee in einer Thermosflasche nicht zu vergessen, so versorgt lassen wir uns auf einer Schonung nieder, unweit vom Waldrand, wo unser Wagen wartet. Ich habe einen Trapper-Vater, ich habe einen Trapper-Mann, sie können nicht von mir erwarten, daß ich der Erotik des Fußmarsches verfalle. Soll ich den Gestank des Autobusses einatmen, soll ich mir die Füße auf dem Asphalt wundlaufen? Hier im Garten und auch im Haus renne ich ohnehin genug. Freilich nicht so beschränkt-linear wie die Männer, zu meinen Bewegungen paßt der Ausdruck: Zickzackknäuel. Mit einem Wort, Antal hatte allen Grund sich zu wundern. In seinem Team gab es einen jungen Schauspieler, der ihn sehr mochte, mich allerdings noch mehr, dieser Schauspielsproß hatte meine Schwäche für ihn entdeckt und schleppte mich in die Berge. Sein wunderschöner Mund und seine Augen, die immer von einem leichten Tränenschleier überzogen waren, hatten es mir angetan. Weshalb mir das gefiel, das könnte nur mein Psychoanalytiker sagen, gäbe es einen solchen. Passiert war überhaupt nichts, allenfalls geküßt hat er mich. Für soviel Ergebenheit stand ihm eine kleine Belohnung zu. Natürlich hätte der junge Schauspieler die Frau des Herrn Regisseurs gern ins Bett gezogen, das aber war ihm nicht vergönnt. Während der Dreharbeiten also stellte es sich heraus, daß auch dieser Jüngling ein großer Experte für Aussichtstürme ist. Antal kam nach Hause, stützte sich auf die Knie und schnaubte vor Wut. Wäre er nicht imstande, so schrecklich zu schnauben, das war zu spüren, dann könnte es ihm einfallen, mich totzuschlagen. Plötzlich sah er mich unschuldig an, er wollte nicht mehr über mich herfallen. Seine Filmhelden sind meist ungeschickte kleine Leute, die sogar von ihren Frauen sitzengelassen werden.

Wenn ich von einer Reise zurückkomme, wartet er stets mit einem Blumenstrauß in der Hand auf mich, niemals verspätet er sich auf dem Flughafen, und außer dem Blumenstrauß und meiner Handtasche läßt er mich kein einziges Gepäckstück tragen. In der Gaststätte stürzen sich die Kellner auf ihn, um ihm leutselig ihre Hochachtung zu bezeigen; während Antal jovial ihre Dienste zu würdigen weiß, verfallen sie in ein mattes Schnurren. Wenn von seinen Mitarbeitern, sagen wir, ein gewisser Béla verblüffende Dummheiten von sich gibt, dann sagt Toni mit einem freundlichen Lächeln: »Du bist ein ganz schöner Hornochse, mein lieber Béla!« Was nicht heißt, daß er ihn von nun an aus seinem Herzen verbannen wird, sondern lediglich, daß er ihn nicht wegen seiner Klugheit bewundert. Dumme Menschen darzustellen, das sei am schwersten, erklärte er Kobra, in dessen Büchern es auf fast unerträgliche Weise nur so wimmelt von geistreichen Figuren. Antal ist vielleicht der harmlosere von beiden. Wesentliche Geheimnisse aus seiner Biographie, so glaube ich, sind mir nicht verborgen geblieben. Jetzt, da Dragoman gekommen ist, suchten sie zusammen mit Kobra die alten Klassenkameraden auf, sie begeisterten sich, verfielen in Melancholie und betranken sich gehörig. Antal beobachtet, arbeitet, läßt die Kamera surren und legt die vielen häßlichen Menschen ab, die auf diese Weise, insbesondere nach ihren Tod, schön geworden sind.

Anna Karenina hat mein Mann siebenmal gelesen. Wenn Tolstoi den Roman siebenmal umschreiben konnte, dann werde ich es schaffen, ihn siebenmal zu lesen. Langsam, Bild für Bild, in Sequenzen zerlegt, las er, verinnerlichte er das musikalische Gebäude des Buches. Auch selbst kann er mit der Zeit umgehen, Stoff hat er zur Genüge, ganz besonders achtet er auf die rhythmische Gliederung. Die verrücktesten Geschichten bleiben ihm in der Erinnerung haften. Welches Werkzeug sich im Holzschuppen befindet, weiß er genau. Wenn wir in einer wildfremden Stadt parken, Toni findet immer zum Auto zurück. Wenn du einen schönen kleinen Hof oder eine gute kleine Gaststätte suchst, kannst du dich ihm blind anvertrauen. Ohne daß du ihm auch nur die geringste Anstrengung anmerken würdest, wartet er so ganz nebenbei mit den erstaunlichsten Winkeln der Stadt auf. Als ihm die Gallensteine entfernt wurden, erweckte er den Eindruck, daß das ein phantastisches Spiel sei, wenn er vom Militärdienst erzählt, dann regt sich in den Zuhörern Sehnsucht nach einem militärischen Zeltlager.

Sein Vater war aktiver Offizier, doch weil er bei der Stationierung mit seinem Regiment am Ostufer der Weichsel im Warschauer Café Prag mit den Aufständischen, mit den Offizieren der Volksgarde, die Vereinbarung getroffen hatte, nicht aufeinander zu schießen, ja ihnen sogar Waffen hatte zukommen lassen und weil er schließlich sein Bataillon kampflos und ohne Verluste nach Ungarn zurückgebracht hatte, deshalb wurde er nach 1945 in die neue Armee übernommen, dort wurde er zum Oberjagdmeister ernannt, zum Protokollchef für Jagdausflüge und Festgelage hochrangiger Gäste, der bei solchen Gelegenheiten haargenau zu sagen hat, wie alles laut Drehbuch ablaufen soll. Da aber die Volksgarde Polens zur Londoner Exilregierung Kontakte unterhielt, kam bei den Genossen der Verdacht auf, Antal Tombor d. Ä. könnte vom Intelligence Service als englischer Spion angeworben worden sein. Als Oberst der Volksarmee wurde Antal Tombor d. Ä. 1950 verhaftet, jedoch nicht mehr hingerichtet, da er während der Untersuchungshaft an einem Herzinfarkt verstorben war. Wahrscheinlicher ist allerdings, daß sie ihn totgeschlagen haben, da er immer zurückschlug. Er war ziemlich halsstarrig und ein bißchen engstirnig, an seinen Prinzipien hielt er um jeden Preis fest, wenn man ihn schlug, schlug er zurück. Das war eine Frage der Ehre. Ein Mann in Zivilkleidung klingelte 1950 an der Wohnungstür und erklärte Antals Mutter, was immer man von ihrem Mann sagen sollte, er sei ein richtiger Mann gewesen. »Ich habe ihn gesehen, ich weiß, wovon ich rede, das ist alles.« Mehr sagte er auch nicht, er drehte sich auf dem Absatz um und ging. Antal schlich hinter ihm her, sie wohnten damals in der Damjanich utca, der Unbekannte nicht weit entfernt in der Murányi utca am Marktplatz. Dieser verschwand in einem Hauseingang, durch vorsichtiges Fragen gelang es allerdings nicht mehr, die Wohnungsnummer herauszubekommen, das schaffte er erst zwei Tage später, wenn es auch keinen Sinn mehr hatte. Der Betreffende war Offizier des Staatssicherheitsdienstes gewesen und hatte sich noch in derselben Nacht, in der er die Tombors aufgesucht hatte, mit seiner Dienstpistole erschossen.

Lange Zeit fiel es mir überhaupt nicht auf, daß Antal religiös ist. Gewiß, ein Heiliger ist er nicht, nicht einmal ein Scheinheiliger, von Gottesangelegenheiten spricht er nicht gern. Er mag es, daß sein Glaube reformiert genannt wird, die Religion muß ebenso wie der Garten kultiviert werden. »Ich bin Moses, ich bin Jesus, ich bin Kalvin, ich bin Tombor, ich bin betrunken.« Das war wohl die längste Erklärung in Sachen Religion, die ich von ihm gehört habe. Einer seiner Ahnen lag vor vierhundert Jahren als Prediger auf einer Donaugaleere in Ketten, es gelang ihm, in den Fluß zu springen und ans rettende Ufer zu schwimmen. Noch keuchend und auf den Knien liegend befreite er sich mit Hilfe zweier Steine von den Ketten, und auf diese Weise dankte er dem Herrgott bereits als freier Mensch für seine glückliche Befreiung, zugleich legte er im eigenen und im Namen seiner geborenen und ungeborenen männlichen Nachkommen ein Gelöbnis ab, das er seinen Sprößlingen testamentarisch hinterließ. Jeder aus seinem Samen hervorgegangene Junge sollte ein katholisches Mädchen heiraten, der Enkel aber sollte Kalvinist sein. Die Unmenge von sündenverseuchten Papisten sollte wenigstens minimal abnehmen und die so gerettete Seele Einlaß finden in den Himmel. Tatsache ist, daß ich katholisch bin, während die Kinder Kalvinisten sind. Ein erwachender Mystiker ist Antal nicht, er spricht keine Sprachen, doch auf seine Weise verstand er es, meine Sprache zu reden. Sogleich, nachdem ich Antal Tombor als Geisel genommen hatte, hätte ich gern ausprobiert, wie das Leben mit ihm unter einem Dach sein würde. Im Kreißsaal wollte Antal nicht dabei sein, das Kind aber nahm sich gut aus in seinen Armen, doch daß ich es stillte, das sah er nicht gern. Er setzte mir das Baby auf die Knie; sobald das Kind aber als Melkmaschine zu funktionieren begann, schlich er unter irgendeinem Vorwand hinaus. Die Erziehung der Kinder überließ er mir, die Arbeit als

Kameramann nahm ihn stark in Anspruch, er verdiente das Geld, damit ich mir eine Köchin und eine Amme leisten konnte. Gegen Abend ging er für eine Stunde ins Kinderzimmer. Das genügte ihm, mehr brauchte er nicht. Toni zeigt weniger, als er wert ist, in seinem Auftreten wirkt er bescheiden, in seinen Arbeiten geheimnisvoll. Ein Feld scheint er zu sein, das in seiner Tiefe bei Ausgrabungen eine unterirdische Stadt zum Vorschein bringt.

Überblick

Vom Hilton Hotel aus hatte Dragoman vorsichtshalber nicht einmal die Zahnbürste mitgenommen, um ja nicht in Versuchung zu geraten, in der verwaisten Wohnung seiner Mutter zu nächtigen. An der Hauswand waren noch die Spuren der Einschüsse sichtbar. Sogar das Büro desselben Unternehmens mit dem langen Namen befindet sich noch im Erdgeschoß wie eh und je. An der Wand des Zimmers ein Farbporträt des Barpianisten Döme Dragoman aus seinem Todesjahr. Das Gegenstück dazu war im Haus seines Sohnes verbrannt. Der Papa steht im dunkelblauen Anzug neben dem vogelgesichtigen Schlagzeuger, ein bißchen verloren stützt er sich auf das Klavier, am Ringfinger der nervös zuckenden Hand ein Onyx-Siegelring.

Dragoman richtet sich in der heruntergekommenen Wohnung ein, er genießt das Haus und die Umgebung; alles ist etwas schäbig und provinziell, aber schön. Er geht hinunter in das Tango-Espresso, wo der Papa ebenfalls Klavier gespielt hat, selbst spielt er auch, wenn ihm danach zumute ist. Mit zunehmender Gewöhnung an sein Hiersein neigt er mehr und mehr zum Bleiben. Dragomans Aufenthaltsgenehmigung wird von der Polizei monatlich verlängert. In der Nationalbibliothek liest er alte Zeitungen. Im Burgviertel trifft er Melinda, um mit ihr gemeinsam zu Mittag zu essen. Er geht nach Hause, schläft eine Weile, dann steigt er hinunter ins Tango. Er sinnt darüber nach, ob er den Wein glasweise oder sofort eine ganze Flasche bestellen soll. Es beginnt die große Moralität zwischen Rausch und Nüchternheit. Bunte Glasfenster, skandinavische Touristen und ein mit gedämpfter Stimme sich streitendes Paar, Bekannte aus einem von Spinnweben überzogenen Winkel der Vergangenheit.

Bevor Dragoman New York verließ, hatte er wegen seiner Sachen lange mit einem Bankbeamten verhandelt, mit einem polternden jungen Schwarzen, der gern Mr. Dragomans Namen ausspricht. Das Geld von der Universität und von seinem Literaturagenten wird hierher überwiesen werden. Dreitausend will er monatlich geschickt bekommen. Jede neue Adresse wird Dragoman telegrafisch mitteilen. Mehr als dreitausend soll ihm der kontoführende Banker nicht schikken. Weder nach der ersten noch nach der zweiten Reklamation, erst nach der dritten. Wenn er von ihm an drei aufeinanderfolgenden Tagen einen Brief mit der Bitte um Geld erhalte, dann könne er weitere dreitausend schicken, mehr allerdings unter keinen Umständen. Sollte Dragoman aber mehr haben wollen, dann solle er ihm unerschrocken mitteilen, daß mehr nur persönlich abzuheben sei. Sollte Mr. Dragoman sich allem Anschein nach in höchster Not befinden, dann bäte er um ein nicht eintauschbares Flugticket. Ach ja, nicht die handschriftliche Datierung der drei Briefe gilt, sondern der Poststempel. Für ein Jahr wird er weg sein, er hat sein Forschungsjahr genommen; vielleicht wird er ein Buch schreiben, aber er will sich lieber nur herumtreiben und Notizen machen.

1956 machte Dragoman viele Fotos und ließ sie ins Ausland schaffen. Wie ein recherchierender Journalist bewegte er sich in der Stadt. Er ging zu den Aufständischen, um Zeugnis abzulegen, um sie zu interviewen. Ein Buch über die Revolution wolle er schreiben, sagte er. Als man ihm eine Maschinenpistole in die Hand drücken wollte, lehnte er dankend ab. Ich bin kein Revolutionär, ich bin nur ein Chronist der Revolutionen. Auf dem Staatsgut eines Haftarbeitslagers verrichtete er zwei Jahre lang gesunde Landarbeit. Neunzehnhundertsechsundsechzig ging er weg, natürlich war er im Mai neunzehnhundertachtundsechzig in Paris. Auch in Südvietnam war er dabei, in Chile, Portugal und im Iran ebenso, überall da, wo sich die Ereignisse überschlugen.

Wie üblich nimmt Dragoman seinen Gastgeber, Kobra, auf den Arm: »Der Meister schreibt tatsächlich mit einem Füllfederhalter, und die Korrektur nimmt er dann auf der Schreibmaschine vor? Das ist aber interessant! Der Meister hat seine eigenen Worte nicht satt? Der Meister erhält Einladungsbriefe? Vom Winter in den Sommer, von Eisbrechern zu Palmen? Sogar das Geld tröpfelt allmählich schon ein bißchen, die Frau Gemahlin trägt hübsche Kleider. Und was dann, lieber Herr Kobra, wenn der Infarkt zur Balkontür hereinscharwenzelt? Und was, wenn uns ein tollwütiger Hund anfällt? Was dann, wenn die Kreuzigung, die Prüfung an die Tür klopft? Was hast du zu deiner Rechtfertigung vorzubringen, warum du auf meine Briefe nicht geantwortet hast?«

»Früher oder später sehe ich dich sowieso irgendwo«, sagt Kobra. »Jetzt ist es gut, daß du da bist. Herzlich willkommen! Jeden Nachmittag von fünf bis in die frühen Morgenstunden unterhalten wir uns; in dieser Stadt sogar mehr, als unbedingt gut ist. Auf die Weise bleibt keine Zeit zum Briefeschreiben. In Anbetracht der Tatsache, daß du hier bist, fehlt mir absolut nichts, da aber gleich das Telefon klingeln wird, ziehe ich lieber den Stecker raus. Wenn ich mich in Gedanken mit dir unterhalte, sitzt du immer dort in jenem Sessel.« Dragoman trinkt, reckt sich, schaut sich um, lächelt.

Bei Kobra an der Wand ein eingerahmtes altes Foto, vom Urgroßvater, von Samuel Gottfried. Isten békéje Samu. Ein alter ungarischer jüdischer Bauer. Ein messerscharf geschnittenes Gesicht, stechender Blick, markante Nasenkrümmung, tiefe Furchen. In seinem sich Strähne für Strähne spreizenden grauen Bart verbirgt sich ein spöttisches Lächeln. Außerdem: zugeknöpftes weißes Hemd, schwarze Pekesche, ein mit Litzen und Tressen verzierter Mantelrock, schwarzer Hut mit nach oben gebogener Krempe. Das Gesicht eines Schürzenjägers, das weiß, was die Frauen hören wollen. Im Alter von achtzig Jahren heiratet er erneut, seine Frau ist vierzig. Unwahrhaftigkeiten durchschaut er. Reden können ihn nicht überzeugen. Irgend etwas weiß er von der Welt. Seine Gaststube steht jedem einkehrenden Reisenden offen, Kneipier ist er, Gastwirt und Winzer. Er schenkt seinen eigenen Wein aus. Aus frischem Obst brennt er selbst den Schnaps, im tiefen gepflasterten Keller hat der Slibowitz sieben Jahre Zeit, um zu reifen. Mit dem Gesinde kann Samuel gut umgehen, er kennt den Pferdehändler und den Strauchdieb, jeden, der sich auf der winterlichen Landstraße nach einer heißen Fleischbrühe und einem reinen Wein sehnt. Vom Gartenzaun aus hat er eine gute Fernsicht, tiefbrauner Ackerboden, kahle Bäume, nirgendwo ein Haus, Tiefebene. Der Alte läßt die Blicke schweifen.

Mein Haus ist abgebrannt, Laura hat Selbstmord begangen. Von der Versicherung und meinem Verlag habe ich Geld bekommen. Hergekommen bin ich, um an deinem Leichenschmaus teilzunehmen, um dich, der du mit den Hühnern zu Bett gehst, bis zum frühen Morgen zu beunruhigen. Ich bin auf der Suche nach einer passenden Frau für mich. Es hat mich hierher getrieben, um mittelmäßige Theatervorstellungen zu besuchen und danach in trauter Zweisamkeit in zweitklassige Gaststätten zu gehen. Erträgliche Mittelmäßigkeit war hierzulande schon immer erreichbar. Mittelmäßigkeit ist nicht einmal so schlecht. Schließlich ist es gar nicht so einfach, sich auf ein mittleres Niveau emporzuarbeiten. Daß Sie, Herr Kobra, ein solcher Stoffel aus der Großen Ungarischen Tiefebene sind, das war schon immer ein Problem mit Ihnen. Nun ja, der Klügsten einer sind Sie nicht, aber wie heißt es doch: Je weniger Verstand, desto mehr Glück. Ich will dich in Kenntnis setzen davon, daß die Gehirnhedonisten hier in deiner Stadt einen internationalen Hexensabbat abhalten werden. Wo? Hier. Hundert Verrückte habe ich zu dir eingeladen. Ganz wie es dir beliebt. Mein kindliches Gemüt, dein Brief und Jeremias' Anruf, sie waren es, die mich nach Budapest gelockt haben. Allmählich kommt die Stadt in Mode. Rückblick auf revolutionäre Tage, schwärmerische Begeisterung von revolutionären Tagen, während sich der Benzindunst als Glocke über die dubiosen Süßigkeiten des Lebens stülpt. Dein Zimmer verbreitet eine freundlich chaotische Atmosphäre. Wir sollten unsere Erinnerung miteinander verknüpfen. Für ein Buch habe ich einen Vorschuß erhalten. Eigenartig, vor ein paar Jahren hätte ich noch nicht zu denken gewagt, daß mein ungarischer Hintergrund in der Zwischenzeit ein verwertbarer Bafel werden könnte. Für einen Budapest-Führer nach meinem Geschmack habe ich einen Vertrag abgeschlossen. Bald werde ich im Hotel zur Krone einen Ball geben, Zwerge und auch eine Schlangenbeschwörerin werden zu sehen sein, ich werde meine Ankunft feiern. Es war ziemlich stimmungsvoll, als ich in der spärlichen Treppenhausbeleuchtung vor deiner Wohnungstür stand. Das Herz schlug mir ebenso bis zum Hals wie in den Jahren, als wir Halbwüchsige waren und an der Tür des jeweils anderen klingelten. Wir mußten unsern Mann stehen. Auf dem Schulflur sagte ich dir etwas Unverschämtes, deine Antwort kam nicht sofort, dann aber war deine Reaktion ziemlich schlagfertig, so hatte es begonnen. Auf der Herreise sann ich darüber nach, ob du wohl eine Glatze, ob du zugenommen hast, ob dich die Vorstellung an Hämorrhoiden und Prostata beschäftigt und ob du zeitweise von hypochondrischen Anfällen, von krampfhafter Todesangst gequält wirst, na und freilich von den inneren Zuckungen der Sinnlosigkeit. Ich war neugierig, ob deine glückselige Torheit noch anhält.

Ich bin nur auf einen Sprung nach Hause gekommen, um das bißchen Geld von der Versicherung nicht verkommen zu lassen. Nachdem ich mich ein wenig umgesehen habe, werde ich zurück nach Jamaica gehen, dort gefällt mir das Klima, das Gras ist phantastisch, einfach erstklassig, ganz zu schweigen davon, daß es sagenhaft billig ist. Come back to Jamaica, make it, make it again. Zusammen mit Sheryll war ich dort.

Ich blendete die Frau dadurch, daß ich die Eierkuchen in der Pfanne hochwarf und Purzelbäume schlagen ließ. In einem Gartenlokal setzte ich mich ans Schlagzeug, ließ die Trommelstöcke tanzen und zeigte mit einem langen Art-Blakey-Solo, was es heißt, die Trommel rühren. Auch Sheryll war winzig, man konnte sie in der Luft herumwirbeln. Mit ihrer Winzigkeit trieb sie Mißbrauch, nun ja, das ist durchaus in Ordnung, der Kleine besitzt über den Größeren gerechterweise Macht. Am Berghang unter einem Ziegeldach, durch Holzbalken abgestützt, eine Wirtshausterrasse, phantastische Tonpfeifen, leichter trockener Weißwein und Meeresblumen auf Knoblauchfladen. In jener Bergkneipe, zu deren Füßen sich der Ozean erstreckt, nehmen die schwarzen Hexen ihren Platz auf den Barhockern ein. Jeder von ihnen zahle ich die Getränke, bitte aber die Kellnerin, sie von mir fernzuhalten. Zum Trotz setzt sich die eine schwarze Hexe dennoch zu mir. Drei Tage später verspüre ich beim Wasserlassen ein Brennen in der Harnröhre.

Ich betrachte Melinda, die mir ganz neu zu sein scheint, sie spielt mit den Holzringen an ihren kralligen braunen Fingern und schluckt den Weißwein, als litte sie Durst. Euch, Melinda und David, so ein Gefühl habe ich, würde es nicht unrecht sein, wenn ich hier bliebe, doch wenn ich ginge, würdet ihr aufatmen. Ich rede zu viel, auch jetzt, wenn ihr es mir erlaubt, werde ich mich vor euch über das Dilemma des Umherziehens und der Ruhe, des Raumes und der Verkörperung auslassen. Tatsache ist, ich bin ein bißchen in der Stimmung, daß ich vielleicht etwas anderes sage, als das, was ich eigentlich sagen möchte. In einem allzu guten Zustand befindet sich mein Verstand nicht. Ich leugne nicht, daß es Stunden gibt, in denen mir das Leben wunderbar und makellos vorkommt. Um nicht in die Fänge eines Psychiaters zu geraten, halte ich das geheim. Ich weiß, meine Gedanken überschlagen sich jetzt ein wenig, meine Wangen haben sich gerötet, ihr hättet es gern, wenn ich mein Tempo drosselte. Kobra, du bist ziemlich grau, willst du Tarnfarben annehmen? Ein so großer Klotz, ein solches Vertrauen ausströmender Mensch wie Antal bin ich nicht. Und auch nicht so verehrungswürdig wie Kobra. Am besten wäre es, würden wir uns alle Melindas Regiment unterwerfen, statt uns gegenseitig zu verletzen. Ich möchte gern in ihrer Nähe wohnen, sie in Buda, ich in Pest in meiner alten Wohnung, von wo aus ich Melinda nicht nur anrufen, sondern ihr binnen einer halben Stunde mit einem Blumenstrauß und irgendeinem anderen Geschenk in der Hand einen Besuch abstatten kann.

Jetzt auf meine alten Tage wäre ich schon zu einem Mandarinlächeln fähig. Irgendeine Autorität gibt es überall, jede Autorität ist ziemlich beschränkt. Ich wechsle sie, damit ich mich um keine von ihnen allzu viel kümmern muß. Nichts ist leichter, als sich in irgendeine üppig wuchernde lokale Idiotie zu vernarren. Ich mag das Provisorium, und die Frist für das Ernsterwerden schiebe ich hinaus. Alle meine Klamotten passen in zwei Koffer, einen festen Wohnsitz habe ich nicht. Hat mir die Lektüre eines Buches gefallen, gebe ich es weiter, andernfalls werfe ich es weg. Mit einer transportablen Textverarbeitungsmaschine ziehe ich durch die Welt, an jedem Ort kann ich sie aus meiner Reisetasche herausnehmen, um das kleine elektronische Surren, um meine boshaften Reflexionen per Telefon an die modemachenden Magazine zu schicken. Auch sechsundfünfzig verhielt ich mich wie ein Reporter in seiner Vaterstadt. Von jenen aktiven Jungs wurde das akzeptiert. Eine Glatze habe ich noch nicht, auch wenn das Haar vorn bereits spärlicher wird. Zum Arzt gehe ich nie, obwohl ich Angst um mich habe und mich verwöhne. Einen Arzt brauche ich nur deshalb nicht, weil mir klargeworden ist, daß die Mehrheit der Ärzte noch manischer ist als ich. So ein ewiger Jude wie ich ist auf Flughäfen und Bahnhöfen mehr am Abflug beziehungsweise an Abfahrt interessiert als an Ankunft.

Regierungen halte ich bestenfalls für lächerlich, schlechtenfalls für schrecklich. Welchen Platz auf der Landkarte jener Staat einnimmt, der meinen Reisepaß ausstellt, das beschäftigt mich nicht sonderlich. Einen Menschen mit imperialem Selbstbewußtsein halte ich für krank. Wegfliegen kann ich auch ohne Grenzveränderungen. Grenzen muß man nicht erweitern, sondern überschreiten. Berufsemigrant wird der Mensch deshalb, weil ihn die Sachbearbeiter und Organisatoren, die gewiß konstruktiven und nützlichen Leute, die andere nur quälen können, befremden. Sein Glück findet Dragoman im stetig wiederkehrenden Zustand des Weggangs.

Eigentlich gefallen mir die Menschen. Ich will nicht über ihnen stehen. Ich beobachte die vielen eitlen Verrückten: Prahlt nur, blast euch auf, werft euch in die Brust, Gorillas! Nehmt euren Platz in der Mauer des Schweigens ein, Ziegel! Schon gut, wir wollen nicht stänkern, ich setze mich lieber ans Klavier, um euch ein bißchen zu unterhalten. Das Tango Espresso ist ziemlich häßlich, das könnte man sagen, trotzdem ist es nicht übel. Zwangsumsiedlung, Arbeitsdienst und Revolution bereiteten mir ein Vergnügen besonderer Art. Auch jetzt schlendre ich in der Stadt umher: Tantchen, darf ich Sie fotografieren? Mich häßliche Alte? In meinen Augen, Tantchen, sind Sie sehr schön.

Auf dem Herweg traf ich zwei deiner Schriftstellerkollegen, sie lassen dich grüßen, sie wissen nicht, was du machst, als gäbe es keine Untergrundpresse. Ich fragte sie danach, sie wurden nervös, sie sprachen davon wie ehrenwerte Bürger vom Bordell, in dem sie sich zwar treffen, was sie in Gesellschaft allerdings nicht für erwähnenswert halten. Eine ziemlich radikale Textüberwachung das, nicht auf Sätze, sondern auf Autoren hat sie's abgesehen. Davon, mein lieber Freund, war dein Leben bisher bestimmt, und ich habe den Eindruck, auch in Zukunft wird sich daran nicht viel ändern.

Was sonst bleibt dir übrig, als dich mit der Kunst des Verzichts zu trösten? Du vertagst deine Hoffnungen, versuchst, dich mit deiner Lage abzufinden, und schränkst dich ein, um möglichst wenig von objektiven Bedingungen abhängig zu sein. Tatsächlich, warum solltest du zu deinem Glück eine andere Familie brauchen, ein anderes Haus, eine andere Stadt, ein anderes Land? Denn daran kann man sich leicht gewöhnen, daß wir die Umstände für unsere schlechte Laune verantwortlich machen, daß wir fixiert sind auf unsere Sehnsüchte, daß wir in fieberhafter Eile viel wertlosen Plunder kaufen, womit wir eigentlich gar nichts anzufangen wissen. Demgegenüber, so sagst du, steht es in unserer Macht, Tag für Tag auf etwas zu verzichten, was wir nicht unbedingt benötigen, damit uns plumpes Verlangen nicht peinigt und die stolze Seele nicht in entwürdigende Situationen gedrängt wird. Freiheit heißt Selbstbeherrschung. Auf einmal merkst du, daß Dinge, die du gestern noch unbedingt haben wolltest, heute uninteressant geworden sind. Absolut nichts brauchst du, lediglich soviel, als daß dir hier und jetzt nichts anderes fehlt als das, was gerade gegeben ist. Ich dagegen erwarte wie ein Kind den ganzen Tag über hübsche Geschenke, und ich bin traurig, wenn mir etwas weggenommen wird. Tatsache ist, daß sich der Genuß der Güter auch im Westen nicht im Gegensatz zur Loyalität mit der Obrigkeit befindet. Am besten ist die positive Handlungsbereitschaft. Mit Melancholie und Selbstironie kannst du den Wettbewerb nicht gewinnen. Respektiere die vorhandenen Institutionen und die Vorurteile deiner Mitmenschen. Hüte dich vor der Zurschaustellung deiner Sondermeinungen. Konflikte kann man dezent und entgegenkommend vermeiden, die bestehende Ordnung der Dinge läßt sich annehmen. Im Namen der Vollkommenheit akzeptiere ich die Strategie der unauffälligen Askese, was vielleicht ein anderer Ausdruck für Leere ist. Also ich bin ein auffälliger Typ. Wie ich von mehreren Polizisten zu hören bekam, würde allein meine Visage genügen, um mir ein paar Jahre aufzubrummen, und dieses ihr Empfinden dehnten sie auf meine gesamte Erscheinung aus. Ich würde die Augen schließen und sagen, ich will keine Güter, ich will keinen Erfolg, und das würde ich solange sagen, bis ich nicht anfinge, an dieser meiner Beteuerung zu zweifeln.

Wir können auch abwinken, ach ja, Dragoman, der Improvisateur des Monologs, der zappelnde Philosoph, drogenabhängig und versoffen, natürlich. Was rauchen wir, Meister, was trinken wir, Meister? Sagte ich schon, daß die Seuche des Gehirnhedonismus kommen wird? Die grimmigen Haudegen verschwinden von der Bildfläche. Unsere nächste Nummer ist Don Juans Arie von der Verführung. Oder orientalischer, in kurzen Abschnitten, in einer esoterischen Buchhandlung auf dem Broadway, in einer Taschenbuchausgabe: The sayings of Dragoman, collected by Kobra. Gut, nicht? Ich hasse die Rolle des negativen Haruspex, des großen Schwarzsehers; eine Katastrophe, einen Bankrott, eine höllische Krise zu prophezeien, das ist heutzutage wirklich banal. Ehrlich gesagt, um diese Horrorphantasmen kümmere ich mich gar nicht mehr. Öffentliches Leben heißt aussprechen, daß es ein großes Unglück ist. Ist es etwa nicht so? Doch, doch, so ist es. Das ganze ist ein großes Unglück. Und innerhalb davon gibt es nur kleine Unglücke. Glaub mir, mein Lieber, das einzige wahre Unglück besteht darin, daß man sterben muß. Alles andere ist ein so großes Unglück nicht. Ob deine letzten Krankenhauskosten von einer staatlichen oder etwa einer privaten Versicherung bezahlt werden, das ist keine Frage von überragender Bedeutung. Politik, das sind nur Worte, wenn ich will, höre ich sie mir an, wenn nicht, dann nicht. Eines habe ich im Westen gelernt: Die Politik gehört den Politikern. Jedes heimische und internationale Drama ist ihr Geschäft, auf sie sind die Kameras gerichtet, ihre Wahlchancen verbessern sich, auch ein bis zwei Prozent sind nicht zu verachten. Nicht was sie denken, sagen sie, sondern sie machen sich abhängig von dem, was ihre potentiellen Wähler von ihnen erwarten. Wie sagt doch der Dichter: Anders wächst uns das Haar auf dem Kopf. Unser Busineß ist das nicht, wir sind andere Menschen. Die Politiker sind es, die etwas tun müssen, sie müssen die Dinge ein bißchen aufblasen, denn allmählich werden sie vom Publikum nicht mehr beachtet, ein schöner kleiner Skandal ist angebracht, damit die Popularitätskurve wieder steigt.

Hier zu Hause war ich schon auf einigen Partys, eure Themen sind ziemlich langweilig. Viel ist davon zu hören, welcher Politiker besser, welcher schlechter ist. Ein bißchen nationaler soll es sein, das System, ein bißchen demokratischer, ein bißchen liberaler, ein bißchen sozialer, ein bißchen grüner. Aus tiefstem Herzen begrüße ich die brave patriotische Reformreligion. Und eigentlich genieße ich schon jene in Telefongesprächen und in Gesellschaft verbreiteten symbolischen Scharmützel, die für gewöhnlich mit irgendeinem Kompromiß enden. Willst du die große breiige Masse beleidigen? Du boshafter Andersdenkender! Schon gut, du wirst im Kuchenbrot eine Rosine sein. So richtig hatte ich mit plumpen Menschen nicht allzu viel zu tun, um so mehr dafür mit netten und humorvollen Leuten, deren Wahrnehmungsfähigkeit auffallend dezent war. Ich schlendre den ganzen Tag durch die Stadt, ich müßte mit Blindheit geschlagen sein, würde ich Budapests Zauber nicht bemerken. An den seit vor dem Krieg nicht renovierten schmutzig-grauen Häuserwänden hinterlassen die aus dem Krieg oder vielleicht aus der Revolution stammenden Einschußspuren etwas hellere Flecken. Obwohl die Auspuffgase in der Stadt die Luft verpesten, kann ich von der körperlichen Nähe der Pester Straßen dennoch nicht genug bekommen.

Die Staatskultur legt dir durch ihre Moralität Fesseln an, die bürgerliche Kultur mittels Konsumgütern. Sich aus dem Staub machen nur mit dem, was du auf dem Leib hast, das ist nicht allein deshalb notwendig, um das nackte Leben zu retten. Auch um deine Seele zu retten, mußt du bereit sein, alles zu verlassen. Dragoman bat für das Pathos seiner Worte um Vergebung. Das ist um so begründeter, als er den amerikanischen Paß und die American Express Kreditkarte meist bei sich hat, um jederzeit verschwinden zu können, sagen wir gerade wegen eines afrikanischen Diktators, der während seiner eigenhändig ausgeführten Hinrichtungen fotografiert, oder gerade in jenem symbolträchtigen historischen Augenblick, als er die mit dem Blut aufrührerischer Studenten gefüllten Glasflaschen gegen den heiligen Stein schleudert. Dragoman würde sich auch von hier aus weiter über den Globus schleppen, seine Ruhelosigkeit würde ihn von Kontinent zu Kontinent treiben, wäre er nicht mit Melinda zusammengetroffen.

Wenn sich der Platz fortwährend verschiebt, soll wenigstens mein Tagesablauf beständig sein, soll wenigstens das morgendliche Schwimmen dem Leben Stabilität verleihen, soll auch der Körper zu seinem Recht kommen. Wenn Dragoman Morgen für Morgen die großen Platanen im Garten des Lukács Bades erreicht, ergreift Zufriedenheit Besitz von ihm: Ich tue, was ich tun muß. Seit sein Haus in Princeton samt allen seinen Sammlungen abgebrannt ist, seit er mit zwei Koffern durch die Welt zieht, seither weiß er, daß die Beziehung zwischen Mensch und den ihn umgebenden Gegenständen zufälliger Natur ist. Mit dem Kult um die vertrauten und edlen Gegenstände verwirren wir unsere Kinder, ja lähmen sie sogar. Mauern sie ein in den Nachlaß.

Hier, im Bett seiner selbstmörderischen Mutter liegend, begriff Dragoman eines frühen Morgens, daß er mit sich selbst sehr wohl übereinstimmte. So erzählte er mir in den Umarmungen nach der Vereinigung. Eine Frau, mit der man schlafen müsse, sei nicht gut, vielmehr solle es sich einfach so ergeben. Daraufhin fragte ich ihn sogleich, ob ich demnach keine gute Frau sei. Doch, doch, im Gegenteil, ich sei eine phantastische Frau, aber nicht nur dafür. Mit einem Wort, ich wäre also jene gewisse Person, die einem nur einmal im Leben begegnet, und dieses Ereignis sei unumkehrbar und unwiederholbar. Gemessen an unserer Liebe seien alle bisherigen Gefühle nur ein Schattenspiel gewesen. Dragomans Meistertirade war schmeichelhaft, aber ein bißchen hohl. Solche Dinge sagte Toni nie. Ich kann mich des Verdachts nicht erwehren, daß János so süße Worte nicht zum erstenmal leicht über die Lippen gegangen waren. Manchmal habe ich das Gefühl, daß János lernunfähig ist und alles vergißt. Ein und dasselbe wiederholt er mehrfach, er verliebt sich in eine Stadt und entwischt ihr, er verliebt sich in eine Frau und verläßt sie, nur mit einem Schlafanzug bekleidet. Wohin es ihn eigentlich zieht, weiß er selbst nicht, doch er spürt, daß er all die Orte, die er noch nicht betreten hat, nicht verraten darf. Würde ihm nicht die Story mit mir dazwischengekommen sein, wäre er schon längst über alle Berge.

Ich besitze ein Foto von Dragoman, sechzehn Jahre alt ist er, den Kragen seiner Lederjacke hat er hochgeschlagen, er raucht eine Zigarette. Die Existentialisten im schwarzen Ledersakko inhalieren schwarzen Tabak. Munkás. Anno dazumal hatte er in der Klasse behauptet, an Frauen sei er nicht mehr interessiert, er sitze nur noch am Gestade des Nihil, an gefühlsduseligem Kannibalismus habe er keinen Bedarf. Nachmittags gegen fünf-sechs kommt Dragoman zu mir in den von einer Feldsteinmauer umgebenen, weitläufigen rasenbedeckten Garten. Es gibt eine Hängematte, eine Pergola und vereinzelt Korbsessel. Dem Gast bleibt nicht verborgen, daß in der Küche Lammbraten zubereitet und für Genußmenschen Baumkuchen gebacken wird.

Angesichts der Überbelastung brennt Herrn János, dem Gast, und Herrn Antal, dem Hausvorstand, für eine Weile das Gehirn durch, gleich einer elektrischen Sicherung. Mir nicht. Aus den tieferen Bodenschichten des Gartens treffen mich ermutigende Strahlen. Eine Katze bin ich, treu einem

Haus und einem Garten. Alles phantastische Kerle, diese eingeheirateten Schüler, mein Vater aber würde sie mit einer einzigen Zuckung seiner Augenbrauen zu Boden strecken. Der Bär erschlägt dich nicht mit seiner Pranke, vielmehr versetzt er dir einen Backenstreich, damit du zur Vernunft kommst. In seiner Abwesenheit vertrete ich den Geist meines Vaters. Nach einigermaßener Stille der Gemüter übrigens regen sich die Herren wieder. Kopflos gehen sie aufeinander los, danach aber sind sie im Umgang miteinander vorsichtiger und verzichten auf maßlose Großspurigkeit.

Irgendeine Trunkenheit führt Dragoman zum See Genezareth, in der blauen Hitze unter dem Meeresspiegel, während er auf dem Grund des Sees durch die Taucherbrille die Faltenbildung des Sandes beobachtet, vermitteln ihm die Lichthöfe um die Schattenflecken der Federwolken eine Ahnung davon, daß letzte Dinge möglich sind. Und wenn nicht, dann gehst du eben daran zugrunde. Sinkst zurück in den steinigen Boden, Ölbäume und Dattelpalmen wachsen über dir. Laß dich vollaufen, und wandle über den See, als wäre der Sonnenstreifen ein vor dir ausgebreiteter güldener Gehweg.

Wer kommt zu mir ins Haus? Keine menschliche Seele hier. Nur eine einsame Stimme, meine flüsternde Stimme auf der Terrasse. Kerzenlicht, gedeckter Tisch, außer mir niemand. Auf der Warmhalteplatte steht in einer großen Keramikschüssel das Essen. Soll ich allein speisen? Mein Vater begeht heute seinen neunzigsten Geburtstag, ihn habe ich eingeladen, noch ist er nicht gekommen. Meinen Mann habe ich eingeladen mit den Kindern, sie sind in Ófalu, segeln auf dem Plattensee, bei der Weinlese trinken sie sich einen Schwips an, in einer mit Schellen besetzten Pferdekutsche fahren sie über kleine Straßen und Wege, um die Umgebung zu erkunden, sie fühlen sich phantastisch. Es kann sein, daß sie in Ófalu bleiben wollen. Kobra wird bald anrufen, daß er doch nicht kommen kann, weil er zu viele Gäste hat.

Ich fordere ihn, János Dragoman, auf, aus dem Bauch der Erde hervorzukommen, ich fordere ihn auf, die Irrenanstalt zu verlassen, ich lade ihn ein, hierher ins Land zu kommen, ich bitte ihn, an der Grenze umzukehren, ich will ihn bei mir im Haus haben. Und plötzlich muß ich mitansehen, daß er hier über mir herumhampelt und das Dach in die Luft sprengt. Ich weiß nicht, was er eingenommen hat, Teewasser mußte er aufgesetzt, das Gas aufgedreht, jedoch nicht angezündet haben. In der einen Hand das Streichholz, in der anderen die Streichholzschachtel, doch die beiden Hände können zusammen nicht finden. Schon ist die Küche voll von ausgeströmtem Gas, ich spüre den Geruch, Dragoman denkt über etwas nach. Er kann total in sich versunken sein und sich restlos dem Gegenstand seiner Gedanken hingeben. Schließlich entzündet er das Streichholz, um den Kontakt mit der Gasrosette herzustellen. Der Vorgang erübrigt sich. Die Küche und das darüber befindliche Dach halten der Druckwelle nicht stand. János bleibt am Leben. Sein Körper. Drei Monate noch liegt er bewußtlos im Krankenhaus. Mit schrecklichen Verbrennungen. Die Augen weit geöffnet, sie leuchten, Signale aus einer grandiosen Leere. Mein Gott, warum muß ich all das sehen? Mein Gott, er könnte mich schon zu sich rufen!

Zweites Kapitel
János Dragoman entschwindet

Aufnahme
Fingerzeig am Ufer der Gracht
Grenzübertritt
Ein gutes Bett nur
Laura
Arbeitstagebuch

Aufnahme

Irgendeine Ungeduld war es, die Dragoman außer Landes getrieben hatte, wie einem Vogel war es ihm ergangen, der irrtümlich durchs offene Fenster in eine Wohnung geflogen war. Ein richtiger Westler ist er nicht geworden, obwohl es ihm nicht unrecht ist, wenn jemand von schneller Auffassungsgabe ist, haßt er doch alle Hektik. Eine kluge Zeiteinteilung, jemand, der selbst in der Eile Vernunft walten läßt, der sogar seine Freizeit mit Laufen verbringt, nötigt ihm Hochachtung ab, einen Menschen, der zu jeder Verabredung pünktlich an Ort und Stelle ist, schätzt er als eine Art Sportler, bloß Dragoman ist kein Sportler, er schwimmt nicht um die Wette, er geht lieber spazieren als daß er joggt, er läuft nur, und das sogar ziemlich schnell, wenn er verfolgt wird. Der ganze Leistungskult scheint ihm ein sonderbarer Spleen zu sein. Auf die Weise ist er im Osten wie im Westen ein Außenseiter, und das vielleicht selbst im Klub der Außenseiter. Zu einem mehrsprachigen Menschen passen mehrere Städte und eine nomadische Lebensweise. Am versteckten Groll auf die Zensur findet Dragoman keinen Gefallen. Auch in Budapest will er sich nicht verstecken und Angst haben müssen, als könne er verdächtig sein, er ist bemüht, an allem Interesse zu finden und sich nicht auf ständige Miesmacherei einzulassen. Wie aber kannst du dich dem Erlebnis des Eingegrenztseins, des Beobachtet-, ja des Belauertwerdens entziehen? Hier gleicht alles dem sozialistischen Realismus. Sogar ein Grenzübertritt hat hierzulande Dramatisches an sich. Beobachter lassen ihre Blicke umherschweifen. Selbst um die nackte Existenz zu sichern, geht es nicht ohne Sarkasmus und Selbstironie. Wodurch das Selbstmitleid eine Ergänzung erfährt. Beobachter und Objekt können bedauerlicherweise nicht wirklich identisch sein. Für den Dazugehörenden liegt das Problem darin, daß er dazugehört, und für den Außenstehenden darin, daß er ein Außenstehender ist. Auch Dragoman brauchte zwanzig Jahre, um seine Jugend allmählich so zu betrachten, wie jemand seine alten Anzüge nach langer Zeit in einem Schrank wiederentdeckt.

Dragoman durchsucht die ihm zugefallene Wohnung, liest alte Zeitungen in den Bibliotheken und geht hinunter ins Tango-Espresso, wo schon sein Papa Klavier gespielt hat, schlendert hinüber in die Oleander utca, mir entgegen, nistet sich in der Wohnung meines Vaters ein, und vor Einbruch der Dunkelheit läßt er sich nicht blicken, in Papieren wühlt er herum. In der ersten Zeit seines Hierseins redete er kurz angebunden und spöttisch, jetzt behäbig und melancholisch. Mit zunehmender Dunkelheit werden seine brennenden Augen so groß, daß ich fast zum Selbstschutz die Ouvertüre der Zauberflöte auflege.

Manchmal habe ich das Gefühl, daß Dragoman in New York gelegentlich jener zweckgerichteten, draufgängerischen en garde-Abendgesellschaften in seiner unbestechlichen ironischen Maske ein ganz anderer Mensch gewesen sein muß. Bei einer gewissen modischen Minderheit in der Unterstadt fanden John Dragomans Aphorismen Beachtung. Nie mangelte es ihm auf den Partys an Zuhörern. Unterhielt er sich etwas länger mit einem jungen Menschen, so wurde das in seiner Umgebung registriert und hatte für den Gesprächspartner günstige Folgen. Ein netter Mensch, dieser János, aber schrecklich zynisch, ein Wolf unter Wölfen, ein Hai unter Haien. Nicht schwer, an ihm etwas ausfindig zu machen, was es zu verzeihen gilt.

Aus der im Obergeschoß befindlichen Wohnung meines Vaters begibt sich Dragoman hinunter auf die Terrasse. Den Wetterumschwung spürend, klagt er über Kopfschmerzen. Vielleicht hat er einen Gehirntumor. In der Trauer um sich setzt er sein Testament auf. Zum Tee bittet er um Rum, und auch ein paar selbstgebackene, mit Aprikosenmarmelade gefüllte Hörnchen läßt er sich servieren, die er bedächtig mustert, um sie schließlich in sich hineinzustopfen.

Besonders irritiert ihn die Vorstellung von der ersten halben Stunde nach der Beerdigung. Die Trauergemeinde strömt bereits zum Friedhofstor hinaus. Da unten im Sarg liegt unser Körper, eigenartige Düfte verbreitend, wir indes, befreit von unserer sterblichen Hülle, schweben über dem frisch aufgeworfenen Grabhügel, über den sie in der Art einer Miete alle möglichen gräßlichen Kränze und Blumensträuße geworfen haben. Was sollen wir jetzt tun? Es würde sich gehören hierzubleiben, in Gesellschaft dieses armen ortsgebundenen Körpers. Mein armer Freund, mon pauvre ami, eine Weile noch bleibe ich bei Ihnen. Aber nicht lange, denn ich muß den von feuchtem Laub überzogenen Friedhof verlassen. Das verstehen Sie, nicht wahr? Gott mit Ihnen, mein Lieber. Die Seele folgt der Trauergemeinde auf dem Fuße, schnell setzt sie die fröstelnden, spindeldürren Beine in Bewegung, um sich in lustiger Runde aufzuwärmen. Mischt sich unter die Trauergäste, allmählich, das läßt sich nicht leugnen, erlahmt das Interesse an ihr. Auch bereitet es ihr nicht allzu viel Freude, sich zu ihnen in die Gaststätte zu setzen, wo ihnen, nicht aber Dragoman, auf einer rotkarierten Tischdecke Rotwein und Rindergoulasch aufgetischt wird. Ihre Sorgen vermag Dragomans Seele nicht wirklich zu teilen, nicht ihr gelten die neuesten Nachrichten, und auch über ihre Witze kann sie nicht lachen. Von einer übermorgen stattfindenden Beerdigung ist die Rede, kulturpolitisch viel wichtiger als die heutige. Ein makellos patriotischer Toter, so jammert Dragoman, könne er nicht mehr sein.

Kobra trifft ein, womit die Voraussetzung für eine angenehme Konversation gegeben ist, erst in Kobras Gegenwart kann Dragoman mir so richtig den Hof machen. Auch diesmal kehrt er zu seiner Bitte von neulich zurück: »Wenn ich sterbe, mein lieber Kobra, dann kümmre dich bitte um meine Einäscherung. Vor meinem Tod allerdings möchte ich in die Nähe der Heiligkeit gelangen. Eine kleine transzendente Kapitalanlage kann schöne Gewinne abwerfen. Jetzt, da ich ein bißchen angeheitert bin, richte ich meine Blicke auf Melinda, und die Art, wie ich sie ansehe, kann keineswegs anständig genannt werden. Ich sitze so, daß ich ihre Beine betrachten kann. Außer einer kleinen durch Krampfadern hervorgerufenen Verfärbung läßt sich kein Makel feststellen. Ich berühre ihre Waden, überprüfe die Festigkeit, Anzeichen des Verfalls sind noch nicht wahrzunehmen. Was nun das Leuchten des Geistes und die Tiefe des Wissens angeht, so ist Melindas Überlegenheit angesichts meiner Hinfälligkeit sonnenklar. Da ich ihr seelisch und körperlich unterlegen bin, will ich ihre Festung einnehmen. Melinda tut so, als sähe sie das gern, paßt aber auf, daß sie mir nicht zuviel verspricht.

Auch mein Freund Kobra ist auf der Hut, dezent hält er auf Abstand, mein Scheitern, das Gefühl hat er, sei gravierender als seines. Sonderlich vertrauenswürdig bin ich in seinen Augen nicht, er könnte sich vorstellen, daß ich von Zeit zu Zeit halbwüchsige Jungen und Mädchen verführe, nur um mich an rosigen Schenkelbeugen und Wölbungen zu ergötzen. Der Rücken der braunäugigen Ehefrau läßt die Hand des Meisters mittels fröhlicher Gebärdensprache grüßen. Beim Abendbrot läßt er Raketen steigen, durch sein vergnügtes Wesen unterhält er groß und klein. Komplimente macht er dem schillernden Augenpaar und dem aus dem Schatten flackernden Kerzenscheins aufsteigenden Gesicht am anderen Tischende. Langsame Bewegungen schreiben sie auf das Papier der Zeit. Mein Kommen war ein körperlicher Zwang. Die Erinnerung an die jüngste Vergangenheit verblaßt, am Mittagstisch der Familie aber steigen Gestalten aus fernen Tagen empor, die Gesichter der Toten blicken mich ermunternd an. Daß ich verliebt bin in euch, ist eine Schwäche und hat nichts mit meinem Auftrag zu tun.«

Im Garten Weidenbäume und Amseln, hinter den Blumenbeeten eine Bank, in der Ecke eine Laube; die Straße wird von Eschen und Pappeln gesäumt. Schön ist das Leben hier in der Oleander utca, wo in der Nachbarschaft zahlreiche Freunde wohnen. Im Keller und auf dem Boden Schiffskoffer, dicke in Leder gebundene Bücher über die Seeflotte des gemeinsamen Heeres der Österreichisch-Ungarischen Monarchie, auf der inneren Titelseite unter dem durchsichtigen Schutzblatt das Porträt unseres Kaisers und Königs. Du findest dort Brüsseler Spitzen und ungarische Galaanzüge, florentinische Aquarelle und die Jahrbücher des Polovereins. Die Wohnungen sind tief, geräumig und hoch, die Steinplatten der Terrasse haben sich gelockert, das Badezimmer ist unlängst renoviert worden, aber um neues Parkett zu legen, hat das Geld nicht gereicht, vielleicht im nächsten Jahr, obwohl die Wahrscheinlichkeit dafür eher abnimmt. Zum Dienstmädchenzimmer geht es von der Küche aus, außer diesem haben die Wohnungen noch drei weitere Zimmer. Hier wohnt ein Historiker, da ein Physiker, hier ein Bildhauer, da ein Dichter. Im Garten, der weder allzu sehr verwildert noch übermäßig gepflegt ist, können die Kinder Versteck spielen. Gärten, die einen ermüden, sich selbst aber nicht vernachlässigen. Schöne Frauen an der Grenze zwischen Jugend und mittlerem Alter, ohne Schwierigkeit wechseln sie von englisch auf französisch. Die Kinder der einen besuchen schon das Gymnasium, das Kind der anderen ist noch ein Baby. Diplom der philosophischen Fakultät, viel Psychologie und Kunstgeschichte, Literatur und Ethnographie; die einen unterrichten an einer Schule, die anderen arbeiten zu Hause, sie übersetzen, redigieren oder forschen, sie gehen in Bibliotheken, Archive, Kliniken, Planungsbüros, keine von ihnen ist reich, keine von ihnen ist arm, durch die Kinder ist es nicht leicht, abends noch wegzugehen.

Heute vormittag klingelte jemand an der Gartenpforte: ein großes schönes Mädchen, auf dem Kopf ein irokesischer Hahnenkamm, die Augenlider schwarz, auf der Schulter sitzt eine Ratte und bewegt die Nase. Zerstreut steckt das Mädchen den rosa Schwanz der Ratte in den Mund und saugt daran wie an einer glimmenden Zigarette. Englisch, allerdings mit deutschem Akzent, fragt sie, wo János zu finden sei. Wer ist János? Mehr sage ich nicht. »Who is János?« Mehr ist mir nicht zu entlocken. »May be, he will be killed«, sagt das Mädchen gelassen. »The problem is, he paid for it. Our company is very reliable.« Vielleicht werden sie ihn ermorden. Das Problem ist, daß er dafür gezahlt hat. Ihre Gesellschaft ist sehr zuverlässig. »Was für eine Gesellschaft?« »The Murder Incorporated«, entgegnete das Mädchen und entfernte sich mit langen wiegenden Schritten. Beide faßten wir uns gründlich ins Auge. Ich weiß, daß er nicht gezahlt hat. Zwar hat er tatsächlich erwähnt, daß er um ein Angebot gebeten hat, gezahlt aber hat er nicht. Und was hatte das zu bedeuten? Sollte er gelogen haben? Sollte er trotzdem dafür bezahlt haben, daß sich ihm ein Meuchelmörder an die Fersen heftet? Will er das Unfallrisiko erhöhen? Wäre es ihm armselig vorgekommen, nur so mit den beiden Koffern anzukommen? Ein ganzes Kriminalromangeflecht mußte er mitbringen. Wenn etwas, dann ist es die Langeweile, wovor ihm graut. Obwohl ich dem Mädchen nicht verriet, daß er sich gelegentlich hier aufhält, dürfte es keine Schwierigkeit sein, ihn aufzustöbern. Elender Kerl, sogar aus seinem Tod macht er Roulett. Vermutlich war auch dieses Mädchen seine Geliebte. Wozu ist sie gekommen? Um ihn zu warnen? Um ihn zu beschützen? Oder eben im Auftrag der Firma? Sie wäre der Köder, und in ihren Fußstapfen würde der Schatten, der Profi auftreten? Die wird noch zurückkommen. Vielleicht wollte sie nur mich sehen. Ich werde Dragoman von der Terrasse auf den Boden zurückschicken, in die Höhle meines Vaters, um in dessen Manuskripten herumzuwühlen.

Daß ich in diesem Haus auf so brutale Weise an meinem Platz bin, habe ich meinem Vater zu verdanken. Die anderen haben eingeheiratet, sind späte Geschenke. Zwar kracht es im Gebälk, doch noch nicht in ihren Knochen. Das Gefühl, all unser Tun sei weitestgehend sinnvoll, habe ich meinen Kindern zu verdanken. Jenen Spruch – Gott hat die Augen überall, stiehl nur ja kein fremdes Lineal – hatte ich schon anno dazumal gehört. Ein ungläubiger Thomas war ich, zweifelte daran, ob es sich tatsächlich so verhielt. Sieht er mich auch, wenn ich in der Nase bohre? Oder wenn ich auf dem Klo sitze? In Ordnung, warum aber guckt er hin, wenn er mich sieht? Und bei anderen Gelegenheiten geschahen Dinge, wo Gott unbedingt hätte hinsehen müssen, doch er wendete seinen Blick ab. Die Kinder allerdings blicken hin, sie sehen und merken sich alles.

An den Blumenbeeten betätige ich mich als Gärtnerin, mein Sohn István gießt. Auch János' an den Weihnachtsbaum erinnerndes Pflänzchen mit geriffelten Blättern, die unser Freund aus libanesischem Samen keimen läßt, gießt er reichlich. István versteht sich mit János gut, mit jungen Hunden und Katzen, mit jedem freundlichen Wesen ebenso. In der Familie ist er es, der für psychische Konstellationen die größte Sensibilität beweist, er ist es, dessen Geschmack am ausgefallensten ist. Mit seinen dreizehn Jahren ist er ein verschämter Gentleman. Ich bin nur eine gewöhnliche, manchmal schmerzlich dumme Bürgersfrau; ich erziehe meine Kinder, kümmere mich um meinen Mann und erledige, was mir aufgetragen wird. Eine Sache kann man auch gut machen, davon bin ich überzeugt. Sogar eine Liebesbeziehung kann anständig bewerkstelligt werden. Ist der zu übersetzende Text überzeugend, nicken wir dem Autor bei jedem Satz zu. Der Mensch ist ein bereits geschriebener Brief. Und das Leben ist dazu bestimmt, daß wir diesen Brief aufmerksam lesen.

Vor Antal habe ich seine Größe verheimlicht, in meinem Tagebuch allerdings konnte ich der Versuchung, mein Schweigen zu brechen, nicht widerstehen. An Dragoman muß ich unaufhörlich denken, und der Umfang meiner Aufzeichnungen wird zusehends durch seine Anwesenheit bestimmt. Ich beschwöre und analysiere, umschmeichle und kritisiere ihn, es kommt die Flut, die Steilküste kracht herab, die Mauer bröckelt. Bekäme mein Mann diese Delirien, diese überzogenen Schwärmereien und Flüche des sich teilenden Verstands zu lesen, würde es mich nicht wundern, wenn er seine Bärentatze so auf mich herniedersausen ließe, daß ich in Zukunft weder Schönes noch Häßliches von Dragoman schreiben könnte.

Hier habe ich das Wort, Melinda. Weißer Rock, schwarze Seidenbluse, entblößte braune Schultern. Weder Hautkrebs noch AIDS können mir Angst machen. Nur Gott fürchte ich, aber auch den nicht übermäßig. Heute abend versammeln wir uns alle auf der Terrasse, ich nehme Abschied von dem bleichgesichtigen Fremden, mit leisem Seufzen bricht mir das Herz entzwei. Stürme geißeln die Stadt, Sommerregen prasselt auf die Bäume und das Verandadach herab, auf die knirschenden Kieswege im Garten, dann fallen plötzlich pflaumengroße Hagelkörner vom Himmel.

Besuch mich in meinem Schlafzimmer, ich warte auf dich in einem weißen Leinenschlafrock und ziehe dich aus. Dein heißes Glied, der von einem geriffelten Mantel umhüllte unterirdische Kanal, in meiner Hand, jetzt bereits in meinem Mund, und schließlich nimmt es nun schon in der Gegend meiner Scheide eine Leibesvisitation vor. In mich hinein schlüpfend mit deinem allerliebsten Penis kannst du ganz winzige kreisende Bewegungen vollführen, Eingang und Ausgang sind miteinander identisch, unerwartet deine Reibungen, eine Ameisenarmee marschiert über meine Schenkel. Bis in die entlegensten Winkel meines Wesens spüre ich deine Manöver. Meine Finger intrigieren gegen deine Hoden, ich knabbere an deinen Ohren, kratze dir die verlogenen Augen aus. Vorführen will ich dir die unlängst freigelegte Kunst meiner Kehle, hemmungslos kreische und winsele ich. Den Teufel hat er im Leibe, der bleichgesichtige Fremde, daß er ausgerechnet an meiner linken Brust herumfingert. Sein vorsichtiges Innehalten honoriere ich. Melindas Schoß ist für Dragoman geöffnet. Die Einnahme von Verhütungsmitteln habe ich abgesetzt. Einem Kind von uns beiden soll nichts im Wege stehen. Und wer Abschied nimmt von unserer Dreieckgeometrie, der ist verloren.

Jeden Tag schreibe ich etwas über meine Mutter, meinen Vater, meine Tochter, meinen Sohn, meinen Mann, über János, David und Regina ins Tagebuch. Mir war es vergönnt, mich an der Seite von einigen Menschen zu bewegen, die meine Aufmerksamkeit, das Gefühl habe ich, verdient haben. Antal, János und David sind genau sechzehn Jahre älter als ich. Neunzehnhundertsechsundfünfzig waren sie dreiundzwanzig Jahre alt, das meiste haben sie damals gelernt. Zur sechsundfünfziger Generation gehören sie. Auf seine Weise machte Antal das, was möglich war, ziemlich ordentlich. Das trifft auch für David zu, allerdings nimmt er die Dinge bereits derart auf seine Weise in Angriff, wie es, so könnte man meinen, schon nicht mehr vertretbar ist. Dennoch tut er, was er tut, also ist es doch möglich. János wollte weder dazugehören noch dagegen sein. An einer allzu engen Beziehung zu diesem gewissen Etwas war er nicht interessiert. Er verließ das Land. Nicht sehr früh, erst neunzehnhundertsechsundsechzig, zehn Jahre hatte er auch noch von der Kádár-Ära mitbekommen. Seither sind weitere zwanzig Jahre ins Land gegangen. Was haben wir eigentlich in der Zwischenzeit getan? Friedenszeit im Garten, der Papa übersetzt, ich studiere, gehe arbeiten und übersetze ebenfalls. Schule, Universität, Bibliothek, Erziehungsberatung. Der Papa geht spazieren, sägt Holz, mäht Gras, trinkt auf der Terrasse Wein. Mein Mann, mein Geliebter, mein Freund, alle waren sie neunzehnhundertsechsundfünfzig dreiundzwanzig Jahre alt, ich dagegen sieben. Mit neun Jahren beweinte ich Imre Nagy, der hatte meinen Vater gekannt und uns gelegentlich besucht. Zwanzigjährig heiratete ich neunzehnhundertneunundsechzig Antal, weil er hiergeblieben war, gleich einem Felsbrokken neben der Fichte. Parallele Lebensläufe, mit Budapest verwoben. Wie umherirrende Luftballons schweben sie über der Stadt. Doch am unteren Schnurende werden sie durch eine unbarmherzige Faust, die Herkunft, zusammengehalten.

»Ich will mir wenigstens das Recht nehmen, meiner Überraschung Ausdruck zu verleihen, daß meine treue Frau sich ausgerechnet in einen alten Freund verliebt. Himmel und Hölle sind gleichermaßen erschüttert. Wenn sie sich noch einen jungen Mann auserkoren hätte! Aber einen genau so alten Trottel wie mich?!« So macht Antal, nachdem wir aufgeflogen sind, seiner Entrüstung und Verblüffung Luft. Ich finde es empörend, daß Antal seinen Kopf hängen läßt. Freu dich doch, du Elender, daß du endlich ein bißchen leiden kannst! Alle beide können sie weggehen, getrennt leben, aufs Dorf ziehen, in die weite Welt hinausgehen, wollen sie aber hier an meiner Seite bleiben, dann müssen sie mich so tolerieren, wie ich nun einmal bin. Denn das ist meine Gerechtigkeit. Diese beiden Liebesbeziehungen entsprechen meiner Gerechtigkeit. Warum sollten sie jetzt keine Freunde sein wollen, wenn sie es doch einmal waren? Ordnung will ich haben in meinem Haus und meinem Garten, ohne großen Aufhebens soll jeder seine Aufgaben erledigen.

Fingerzeig am Ufer der Gracht

Dragoman erhebt sich vom Bett, worauf er sich soeben ausgestreckt hatte, blickt zum Fenster des Hotels Esthella hinaus, draußen tobt ein Schneesturm, doch schon wird den Wolken vom Wind zugesetzt, die Sonne kommt hervor. Stahlblau und rostbraun die Hausdächer. Nichts kann die Touristen zurückhalten, in Regenmänteln gehen sie am Steinufer der Amsterdamer Grachten vor den schmalbrüstigen Handelshäusern spazieren. Heute abend würde Dragoman seinen vierundfünfzigsten Geburtstag feiern. Jemanden müßte er zum Abendessen einladen. Vierundfünfzig ist er, noch lebt er, noch tut ihm nichts weh. Goldbrücken im Mund, Nacht für Nacht muß er raus, aber er ist gut zu Fuß und vielleicht auch zeugungsfähig. Nachdem sich der Schneesturm gelegt hat, bemerkt er auf der anderen Seite des Kanals eine Frau. Aus der Tasche, worin sich auch Kompaß und Jagdmesser befinden, holt er den Feldstecher vor. In ihrem Schaufenster macht sich die Frau zu schaffen, und weil das Wetter närrisch und wenig Kundschaft in Sicht ist, vertieft sie sich in ein Buch. Manchmal blickt sie auf, und gewiß hat sie am Fenster des zweiten Stocks im Hotel Esthella Dragoman entdeckt, der gerade sie durchs Fernglas beobachtet. Dragoman geht hinunter, trinkt an der Ecke ein Starkbier, schlendert über die Brücke, unentschlossen steht er herum, schließlich begibt er sich hinein zu der Dame. Auf dem Gesicht die Maske der Wollust, so zuckt er zusammen wie jemand, den man ins Gemächte getreten hat. Dragoman betrachtet die Frau, als sei sie seine Schicksalsgenossin, Krampfadern an den Beinen und eine tiefe Falte unter der Brust. Mehr als einmal möchte Dragoman die körperlichen Freundlichkeiten der Dame nicht in Anspruch nehmen, auch wäre er gar nicht imstande dazu.

Mit seinen paradoxen Behauptungen über Mitteleuropa ist Dragoman in jüngster Zeit in der akademischen Welt Amerikas Konferenzstar geworden. Auch für ihn selbst ist es ein unüberwindliches Übel, daß er aus dieser Gegend stammt. Wäre schon sein Ururgroßvater holländischer Kaufmann gewesen, dann würde von all den Zwangslagen, die nicht nur seinen Verstand, auch sein Schicksal belastet haben, vermutlich nicht einmal ein Viertel übriggeblieben sein. Allerdings muß er darauf achtgeben, daß seine Vorfahren nicht zufälligerweise holländische Juden sind, denn dann wäre das Leben nicht mehr so vernünftig, konsequent und praktisch. Dort im Donaugebiet hatte sich die Koexistenz von östlichen und westlichen Denkmustern durchaus zu einer Ästhetik entwikkelt. Weder die Einheit noch die Dreiheit ist uns richtig sympathisch, an den Doppelwertigkeiten können wir uns wahrhaft berauschen. Dragomans Studenten befürchten unhöflich zu sein, wenn sie sich in eine Diskussion hineinsteigern. Auch wenn sie Juden sind, haben sie keinen Zugang zur Ironie. Was ein Amerikaner von seinen Eltern lernt, das ist homogen, logisch und kontinuierlich. Von einem Ungarn ließe sich das nicht so ohne weiteres behaupten. Jenen Landstrich könnte man auch unter dem Aspekt betrachten, daß jene Unglückseligen dort immer wieder einen Ausweg aus dem Verhängnis gefunden haben. Eingezwängt in Lebensfallen, als Opfer des Geächtetseins wird der Mensch allmählich abgehärtet. Die Einheimischen sind harte Spieler. Vor der Obrigkeit haben sie kaum Achtung, im Lebenskampf sind sie rabiater als die Westler. Der Westen domestiziert den Menschen, zähmt ihn, wer sich aber im Osten durch die Hindernisse hindurchgebissen hat, der ist nicht übermäßig zahm. Um zu lernen, bedarf es des organischen Mißgeschicks. Erfahrungen kosten viel. Wen sie schon einmal ermorden wollten, der weiß sein Leben besonders zu schätzen. Gewichtige Geister haben Lichtblitze, die die Wolkendecke aufreißen und dadurch in Höhen gelangen, wo tagsüber immer die Sonne scheint und nachts immer der Mond leuchtet.

Es ist keineswegs sicher, daß du im Sinne bürgerlichen Wohlstands mit einer Denkweise, durch Herausforderungen dialektisch geworden, gut fährst. Gutgläubige Menschen haben hier aus politischen Gründen Vater und Kinder, Freund und Geliebten verleugnet. Unter der Oberfläche freilich lebt der Verleugnete im Verleugnenden weiter. Nach dem Versagen und der Niederlage gibt es hier immer einen Neuanfang. Das Leben unserer Väter setzen wir nicht fort.

Den Begriffen von oben und unten kam hier eine große Bedeutung zu. Zwei Mitteleuropäer waren es, deutschsprachige Juden, Marx und Freud, deren Metapher von den unterdrückten, zensierten und unter der Oberfläche schwelenden Kräften die größten Wirkungen zeitigte. Der Proletarier und das Unterbewußte. Der Kampf zwischen oben und unten wurde zum Paradigma des menschlichen Lebens. Gerechte Geister des neunzehnten Jahrhunderts ergriffen Partei für unten. In dieser recht christlichen Metaphysik sagt der Konservative, das Gute sei oben, während der Revolutionär überzeugt ist, daß es sich unten befindet. Auf dem Riesenrad steigt empor, wer unten, und geht hernieder, wer oben ist.

Der viele Unsinn um dich herum schärft deinen Verstand. Was sonst würdest du den Humanisten als Meditationsobjekt vorsetzen als ein Massengrab? Der normale Mitteleuropäer empfindet den normalen Westler als langweilig. Mit westlichen Augen indes könnten wir darauf hinweisen, daß sich die Gehirnlosigkeit als naturgegebener ständiger Skandal den menschlichen Geist unterwirft. Auch an das Militär und an die Verhältnisse im Lager kann man sich gewöhnen. In unserer Kindheit bekamen wir das Wort Lager oft zu hören. Während der Pubertät träumten wir oft davon, ein flüchtiger Gefangener, ein desertierender Soldat zu sein.

Erst in Amerika erschien es Dragoman natürlich zu sein, der nationalzentrischen Geschichtsschreibung die stadt- und gebietszentrische komparative Geschichtsessayistik, in der stattliche Menschen willkommen geheißen werden, entgegenzusetzen. Die Städte sind wirkliche Subjekte, sie besitzen eigene Lebensweisheit, Verbrechensästhetik und politische Verhaltensmuster. Rückblickend ist Dragoman an Budapest zusehends als Subjekt interessiert. An der New York University hat es Dragoman nicht nötig, sich auf jenen Selbstbetrug einzulassen, der mit jeglichem kollektiven Ich einhergeht. Am New York Institute for the Humanities wird sein intellektueller Anarchismus lachend zur Kenntnis genommen. Er mag die Stadt, in der er mit seinen Unverschämtheiten sogar noch Geld verdienen kann. Daß man ihm dafür den Hosenboden strammziehen wollte, davon kann keine Rede sein. Darf ich mir in Mitteleuropa Unverschämtheiten leisten? Entweder ist man Etatist oder Urbanist. Nicht das Dorf, sondern der Staat ist der Antipode der Stadt. Der Urbanismus als Weltanschauung ist verhältnismäßig wenig idiotisch. Das Lebensgeflecht, das Miteinander der Menschen und nicht die Beherrschung des anderen wird von ihm gebilligt.

Mit meinen ständigen Wohnsitzen bin ich identisch. Dragomans Wohnungsbiographie ist lang und abwechslungsreich, es versteht sich von selbst, daß er in diesem Punkt mit Melinda, die vorwiegend nur in der Oleander utca und in Ófalu gewohnt hat, nicht tauschen würde. Allerdings würde Melinda auch nicht mit ihm tauschen wollen. Dragoman zufolge ist das Ausharren an einem einzigen Ort ein Zeichen für geistige Trägheit. Kobra zufolge ist Weltenbummelei ein Zeichen für Hektik. Komm doch mit, damit du nicht immer auf demselben Fleck hockst, sagte Dragoman anno dazumal zu Kobra. Was soll die philisterhafte Verklammerung? Geistigen Wagemut lasse er vermissen, so rieb er Kobra unter die Nase. Ein schwerfälliger unwissender Dorftrottel bist du. Von deinem Dorf mit dem unaussprechlichen Namen hast du dich durchgeschlagen nach Budapest, und das war es dann auch. Wie einer Gans, so ist dir die Luft ausgegangen. Und ich? Was zum Teufel suche ich hier? Ich bin gekommen, um den zwanzigsten Jahrestag meines Weggangs zu feiern. Zwei Jahrzehnte Abwesenheit sind genügend Beweis für Disziplin, um sich eine Stippvisite in der alten Heimat zu leisten.

Nur diese eine Minute zählt und die Hanfpfeife, nur der Feigenbaum und die Mandel. Ich bitte noch um ein Glas Reneklodenschnaps. Melinda habe ich eine kleine Perlmuttschachtel mitgebracht, Antal ein hübsches Taschenmesser, damit er den geräucherten Speck und die grüne Paprika in kleine Würfel schneiden kann. Für Kobra habe ich einen Kieselstein. Seine Sätze sind Siebenmeilensätze, meine Stiefel Siebenmeilenstiefel. Etwas gewichtig ist er in letzter Zeit geworden, der Meister. Wieder eine junge Frau, neue Kinder. Eine eingeübte Rolle für den ausgezeichneten dissidentischen Schriftsteller und Menschenrechtsaktivisten, das Mitglied im Ehrenpräsidium der oppositionellen Gerontokratie. Glücklicher David, für ihn arbeiten die Jahre, durch sie wird er zum marginalen Klassiker mumifiziert. Regina ist er treu, das ist klar, auf geheimen Pfaden wandelt er nicht, sein Gewissen ist ohne Falten. Ich bin die Sonnenblume, Kobra die Kartoffel. Sagt doch, meine Freunde, will die Sonnenblume ein Erdapfel sein?

Ich habe mich für den Zeitvertreib entschieden, er sich für die Werke, das war schon immer der Leitfaden unserer Unterhaltungen. Eigenartig hier in der Wohnung meiner Mutter, wo mich die Sachen einer alten Frau umgeben. Junge Leute habe ich hier um mich geschart, bevor ich wegginge, würde ich die Stadt ein bißchen in Unruhe versetzen. Der verrückte Emigrant sähe es natürlich gern, wenn sein kleines Vaterland dem Wanderer die ihm gebührende Achtung erwiese, denn schließlich war es nicht so leicht, alles zurückzulassen und jahrzehntelang durch die unwirtliche Fremde zu streifen. Auch dem Emigranten, dem Aufklärer wüster Landstriche, steht eine ähnliche Beachtung zu wie dem Bergsteiger oder dem Höhlenforscher. Das heimische Publikum ist an dem Bericht des Aufklärers nicht allzu sehr interessiert. Möglicherweise ist mir eure Gesellschaft wichtiger als umgekehrt. Komm, edler Freund, steck dir eine an, schenk dir ein Gläschen ein, laß uns die Welt ein wenig auf den Kopf stellen, an der Schreibmaschine kannst du noch lange genug sitzen, ohne Dragoman ist auch dein Leben etwas fade.

Kannst du, mein scharfsinniger Freund, das folgende Rätsel lösen? Warum gefällt mir niemandes Marmeladenbrotesserei so gut wie eben Melindas, obwohl doch im gleichen Augenblick Millionen anderer achtunddreißigjähriger Frauen auch Marmeladenbrot essen. Wie kommt es, daß ich ausgerechnet bei diesem einen Fall hängengeblieben bin? Wie ist es zu erklären, Verehrteste, daß ich in den Phasen deines Anmalens und Kämmens ein Mysterium erblicke? Und warum hat man mich dazu verurteilt, so erniedrigend oft mit Melindas Bemerkungen übereinzustimmen? Melinda darauf in höchsten Flötentönen: Das ist der Tango zweier Fehlerverzeichnisse, das Verschlungensein unserer Fehlbarkeit.

Wir schlendern hinüber auf die andere Seite des Berges, um uns in eine kleine schwäbische Gaststätte zu setzen. Mit Bier und Pogatschen fangen wir an, mit Lungenhascheesuppe, und weiter geht es mit Bohnensuppe und Sauerkraut, wozu es gekochte Schweinshaxe gibt. Toni sagte: »Es langt mir. Ich verlasse dein Haus und komme erst dann zurück, wenn János nicht mehr hier ist. Schick ihn weg! Vorläufig richte ich mich in Ófalu ein bißchen häuslich ein.« Mit Toni ist nicht mehr zu reden, er ist nicht bereit, mein Einziger, dich zu akzeptieren. Er will, daß du weggehst. Nicht nur von mir. Das Land sollst du verlassen. Ich soll dich wegschicken. Die Kinder wollen ihn, und ich bin an sie gebunden. Das leichtsinnige Frauenzimmer, das sich von dem weltmännischen Halunken hat umgarnen lassen, kehrt zu dem guten Gatten und den zuvor kleinstädtischen Moralnormen zurück. Wir überqueren eine

Allee, schneebedeckte Waldlichtungen, unsere Füße tragen uns voran, in unseren hohen Schnürschuhen, die, einmal in Schwung geraten, von selbst weitereilen, nehmen wir jedes Hindernis. Gestern noch bewegte ich mich in Dragomans Hemd, sonst aber unbekleidet, jetzt aber, so ist das nun mal, bin ich unnahbar geworden, solche Macht besitzt das Wort. Es reicht nicht, wenn wir uns nicht treffen. Solange er hier in der Stadt weilt, droht mir Gefahr. Meine lieben Freundinnen würden mich mit den neuesten Nachrichten versorgen, und vor Eifersucht würde ich wahnsinnig werden.

Auch meine Mutter hat zwei Herren Befehle erteilt, sagt Dragoman, und sie ist damit zurechtgekommen. Beide hatten sie eingesehen, daß die Mama für sie zu anstrengend war. Fortwährend brauchte die Mama interessante Konversation, außerdem wollte sie ständig etwas unternehmen und bestand darauf, intensivst in Geheimnisse eingeweiht zu werden. Dank ihrer unglaublichen Emphase vermochte sie sich in jede Klatschgeschichte hineinzuversetzen und war bemüht, deren Wahrheitsgehalt zu klären. An Gesprächsstoff mit der Menschheit mangelte es ihr folglich nicht. Solche Hexen wissen alles. Sie sitzen am Kaminfeuer und sehen unser Schicksal voraus. In ihrer Hand laufen die Fäden zusammen. Sie stellen sich naiver und leichtfertiger, als sie in Wirklichkeit sind, um vom Eigentlichen abzulenken, geben sie amüsante Geschichten zum besten. Schade, daß du meine Mutter nicht mehr getroffen hast. Ich habe das Gefühl, daß ihr Geist zusehends von mir Besitz ergreift. Vielleicht ist es die Ehrfurcht vor ihr, daß ich so viel Zeit in der Tango Bar zubringe. So ist von Dragoman zu vernehmen.

Ich kenne allerdings auch andere Motive, wovon jetzt nicht die Rede sein soll. Es mag genügen, wenn ich Kamilla, den Namen der Besitzerin, erwähne. Gern kauft Kamilla von Dragoman Dollars zum Budapester Marktwert. János bezieht sie in dunkle Geschäfte ein. Irgendwann einmal werde ich diese Kamilla erwischen. Neureiche Gans, immer leckt sie sich die wulstigen Lippen. Katzenfreundlich, wie sie ist, stellt sie Dragoman keine Fragen, sie nimmt ihn, wie er ist. Ich stelle Fragen. Schon wenn er sich verspätet, entgeht er meinen quälenden Nachforschungen nicht. Ich quäle ihn, womit ich nur kann. Mit seinem moralischen Leiden gebe ich mich keineswegs zufrieden, vielmehr weise ich auf die Nichtsnutzigkeit seiner ganzen Existenz hin. Natürlich nur dann, wenn er überheblich ist. János sitzt gern dort im Benzingestank. Meinen Garten und meine Veranda weiß er zu würdigen, seine Fußsohlen aber empfinden den Asphalt und nicht den Rasen als natürlich. Er ist imstande, nach dem Regen das Malerische des schillernden Bürgersteigs zu bewundern. Je suis un citadin, sagt er, und setzt sich ungeniert dem Gift der Großstadt aus. In der Tango Bar schmaucht er vor den Augen aller verräterisch riechende Zigaretten.

An der Theke macht Dragoman es sich bequem, manchmal serviert er sogar die Getränke, was ein Zeichen von Vertrautsein ist. Blödeleien stehen hier hoch im Kurs. In seiner rohen und unverdauten Wirklichkeit ist Dragoman nichts heilig. Aus zufälligen Texten macht er sogleich ein Wortspiel, und redet und redet, mit halbem Ohr höre ich ihn, auch seine Zuhörer verlieren sich in dem Wortknäuel. Spürt er Müdigkeit, versprüht er in kurzen Abständen mehrere Trugbilder. Dann verstummt er, den Kopf neigend, schenkt er den Gästen mit etwas überzogener Höflichkeit nach. Die verneigen sich ebenfalls. Nickwettbewerb. Kamilla küßt Dragomans Nakken, ich meinerseits lasse vornehm ein paar spitze Bemerkungen fallen. Luftballons und Seifenblasen kann ich phantastisch zum Platzen bringen.

Gelegentlich eines Ausflugs nach Wien stehe ich in der Gemäldegalerie mit Dragoman vor einem Ölbild Lajos Gulácsys: *Der Traum des Opiumrauchers*. Blaue Gesichter schmauchen eine rosa Wasserpfeife, das Unterholz besteht aus Mohnköpfen. Die Beleuchtung: Begegnung von Mondschein und Morgendämmerung. Vor den Zuschauern tut sich ein Höhlenschlund auf. Ein Mulatte, mit einer grünen Mütze auf dem Haupt, läßt Seifenblasen aufsteigen. Eine weißhaarige stupsnäsige Frau mit einem Amulett um den Hals blickt in etwas sich Verdichtendes. Einem weiblichen Schoß entwächst ein Baumstamm oder ein Fisch, um die Schenkel einer Frau Pilze. Schließt der Mensch die Augen, so kann er alle möglichen Dinge sehen. Gleichmäßig atmend, macht Dragoman so große Blasen, daß darin eine ganze Stadt Platz hätte.

Zusammen mit ihren Freunden, die bei ihr auf Kredit trinken, hat Kamilla sogar eine Kameraausrüstung gekauft, einen Film will sie drehen, avantgardistischen Hokuspokus zusammen mit hartem Budapester Porno. Dragoman soll die Regie übernehmen. Der Tango genügt Kamilla nicht, auch ein Pornostar will sie sein. Nach Schließung geht das Amüsement im intimen Kreis verschwiegener Gäste weiter, auf dem Kopf eine weiße Perücke, tanzt sie barfuß auf Tischen. Ihren Beinen und Hüften ist anzusehen, daß sie noch kein Kind zur Welt gebracht hat, vorsichtig braucht sie im Umgang mit Männern nicht zu sein, schwanger werden kann sie ohnehin nicht. Du wirst mir schon noch ins Netz gehen, meine kleine Fee.

Gegen Mittag trinkt Dragoman gemütlich Kaffee, telefoniert, geht hinunter auf die Straße, treibt sich in der Stadt herum, plaudert, kehrt in verschiedene Kaschemmen ein, bis er schließlich im Tango landet, Gewissensbisse peinigen ihn augenscheinlich nicht. Der gegenüberliegende Balkon ruht auf den gekrümmten Rücken unglaublich muskulöser Atlanten. Vor dem Espresso eine kahle Akazie mit immergrünen Parasiten. Auf dem Bürgersteig ein verdreckter Schneehaufen, den ein aus dem Fenster geworfener Weihnachtsbaum schmückt. Die eine Seite des Hauses wird von innen durch Balken abgestützt. Hinter dem Tor ein Rollstuhl, der durch

Muskelkraft fortzubewegen ist. Im Hof Ziegel, worauf eine Krähe sitzt. All das erzähle ich nur deshalb, damit du, mitfühlender Leser, siehst, woran Dragoman Gefallen findet. Dies hier ist das am dichtesten bebaute Viertel der Stadt, auf klassizistischen Fundamenten überspannter und verrückter Eklektizismus. Hier gibt es die wenigsten Grünflächen, die meisten Kneipen und die höchste Verbrechensrate. Und dort fühlt er sich wohl, in meiner Gartenidylle trifft er regelmäßig mit erheblicher Verspätung ein. Du bist ja sowieso zu Hause, auch während des Wartens machst du irgend etwas Phantastisches, denn ständig bringst du großartige Dinge zustande, sagt er, um mich arglistig zu beruhigen. Woraufhin ich seine seelische Laxheit durch eine neue Vorgehensweise sichtbar mache. Während ich auf dich warte, sage ich, warte ich nur auf dich. In dieser halben Stunde bin ich älter und häßlicher geworden. Wäre es dir lieber, würde ich mich bis zu deiner Ankunft in ein Buch vertiefen oder mir im Garten zu schaffen machen? Wie ein Huhn, das, als wäre nichts geschehen, im Staub gackert, bevor der Hahn kommt und danach ebenso? Soll ich warten auf dich, indem ich nicht auf dich warte? Diese mongoloide Kamilla aber scharwenzelt unterwürfig um ihn herum, kichert, fordert nie etwas von ihm und hat immer Zeit. Dragoman kommt und geht, wie es ihm beliebt. Manchmal setzt er sich ans Klavier, dann tritt augenblicklich Ruhe ein. Ihm ist es sogar gestattet, am späten Nachmittag mit einer dort herumlungernden Nutte einen Rumba aufs Parkett zu legen. Die Plüschsessel des Cafés Krone gegenüber werden im Sommer vor allem von Touristen bevölkert, im September aber werden sie von dem vornehmeren Publikum der Umgebung zurückerobert, vielleicht nur, um sich über die Spelunke auf der anderen Straßenseite, von wo es Dragoman gelegentlich auf Erkundungstour in die Krone verschlägt, zu entrüsten. Worüber man sich im Tango lustig macht, das wird in der Krone ernster genommen. Den Schirm in der Hand, kehrt Dragoman auf dem Fahrrad aus dem Grüngürtel, von der grünen Witwe hierher zum Platz der Auferstehung zurück.

Er weiß genau, wo die Regenschirmreparaturwerkstatt und der Pfeifenhersteller zu finden sind, auch einen Uhrmacher gibt es hier noch, bei dem es klingelt und gongt; weil er eine alte Remington gekauft hat, auf der er gern schreibt, sucht er einen Feinmechaniker auf, an dem ein Philosoph verloren gegangen ist, Korrekturen führt er gern mit einem Federhalter aus, dessen Stahlfeder er ins Tintenfaß eintaucht. Obst kauft er gern bei jenem glatzköpfigen Spaßvogel, der seine Ware auf Pappdeckeln, die er mit lustigen Sprüchen verziert, anpreist. Die Köstlichkeiten des Sauerkrauts sind in dieser Gegend nicht zu bewältigen. Wenn er hier an der Ecke einen Käsefladen kauft, kann er gewärtig sein, so dröhnend verabschiedet zu werden, daß das Adieu ereignisreich zu werden verspricht. Wählen kann er zwischen mehreren Kellern, wo man noch Anstand kennt, also maßvoll gefälschten Wein ausschenkt. In den ehemaligen Kohlekellern schießen die Schankwirtschaften wie Pilze aus dem Boden. Liebe deinen Nächsten? Unterhalte dich mit ihm! Für Dragoman ist jeder Tag ein Feiertag. Auf dem Feltámadás tér, dem Platz der Auferstehung, trifft er seine einstigen Klassenkameraden, sowohl die, die hiergeblieben, als auch die, die weggegangen sind und zu Besuch kommen. Will er unbedingt die große Welt inspizieren, muß er nicht weit gehen, es reicht, wenn er sich in die Krone oder in den Tango begibt.

In der Krone war es, wo er mir von seiner Amsterdamer Affäre erzählte, die bedauerlicherweise mit meinem Vater und somit auch mit meiner hohen Person zusammenhängt. Mit János geht es mir so wie den oberen Klassen mit dem Volk. Von Zeit zu Zeit lasse ich ihm dies oder jenes zukommen. »Sag, Melinda, für wen arbeitest du?« Für wen ich arbeite, das wird ein ewiges Geheimnis bleiben. Nur einen Spalt breit will ich den Schleier des Geheimnisses lüften: Eine Agentin bin ich aus fernen Landen, obwohl ich immer hier gelebt habe. Wenn ich etwas von mir zu Recht behaupten kann, dann das, daß ich manchmal schrecklich überheblich bin. Auf die fundamentale Vergeblichkeit deutet mein verbindliches und befremdliches Lächeln hin. Auf meiner mit Wildem Wein berankten Terrasse bin ich so resigniert wie der Hüter des inneren Heiligtums, der weiß, daß es im Innersten absolut nichts gibt.

Daß der Tisch des Zimmers Nummer zweihundertelf im Hotel Esthella ausgezeichnet ist, da also waren wir stehengeblieben, im Kühlschrank findest du etwas zu trinken, Dragoman indes steht wieder mit seinem Feldstecher am Fenster, weder der Füllfederhalter noch das Heft vermögen seine Aufmerksamkeit zu fesseln. Dragoman tastet nach dem Federmesser in seiner Hosentasche. Es ist schon vorgekommen am Ufer dieser Gracht, daß man einen Touristen erstochen und in das dunkle Wasser gewälzt hat. Dragoman kehrt zu der Frau zurück, die weder jung noch schön ist. Kein einziges Wort verliert er, der Vorhang des Schaufensters wird zugezogen. Der Geruch kommt ihm bekannt vor. Holländisch versteht er nicht. Englisch will er nicht sprechen. Auf ungarisch redet er die unbekannte Frau an, mit der er eigentlich bisher stumm wie ein Fisch war, sieht man einmal davon ab, daß sie sich bei der vorangegangenen Gelegenheit auf dem durch Glimmerkörnchen beleuchteten Bett ungewöhnlich rauschhaft geliebt haben. Auf ungarisch lädt er sie zum Abendessen ein. »Wissen Sie was, meine Liebe, hier in der Nähe auf dem neuen Marktplatz befindet sich das Café Bern. Sicher kennen Sie es. Das flambierte entrecôte hat mich gestern wirklich nicht enttäuscht. Aber wir können auch in irgendein kleines Kaffeehaus einkehren, auf dessen Schild ein großes Hanfblatt eine verständnisvolle Umgebung verspricht. Wir trinken eine Tasse Schokolade, lassen uns dazu einen Windbeutel schmecken, und ein jeder redet in seiner Muttersprache. Wir werden uns verstehen.« Die unbekannte Frau lächelte vergnügt. »Wenn auch ich ungarisch rede, ganz bestimmt.« In ihrem Schaufenster löschte sie das Licht und warf sich den Mantel über. »Seit wann bist du hier?« »Heute morgen bin ich angekommen«, sagt Dragoman, »bei meinen Gastgebern habe ich mich noch nicht gemeldet.« »Machst du das in jeder Stadt so, daß du dir schon am ersten Abend deine Freundin fürs Abendessen auswählst? Sei nicht böse, daß ich dich so durchschaue. Die Budapester Erniedrigten und Beleidigten hast du ebenso zurückgelassen wie ich. Ich verkaufe meinen Hintern und du, schätze ich, deinen Kopf. Noch finden sich Käufer für meinen Körper, nichtsdestotrotz werde ich alt. Zum Glück habe ich ein bißchen gespart.«

Im Morgengrauen verschlug es Herrn János nach Hause. Gerade als er einzuschlafen versuchte, klingelte in seinem Zimmer das Telefon. Am anderen Ende der Leitung Jeremias, mein Vater: »Komm zurück nach Ungarn, mein Junge«, sagte er. »Woher, Jeremias, wußtest du, daß ich hier bin?« Der Papa daraufhin, ein paar Anrufe genügten, um zu wissen, wo er ihn zu suchen hätte. Verabschieden wolle er sich von Dragoman. Doch nicht etwa, um in die Ewigkeit einzugehen? O nein, der alte Herr habe einen Plan. Auch im kommenden Jahrhundert wird er noch Pläne schmieden.

Etwas geht vor sich. Wenn der Gott der Weisheit und der Gott der Dummheit miteinander kämpfen, dann entsteht daraus letztendlich ein schöner Blödsinn. Dragoman glaubt auch jetzt nicht, daß die Sache gut ausgehen wird. Er hat besseres zu tun, als auf die allmähliche Auflösung und Öffnung dieses unglücklich daliegenden Staats zu warten. Für alle Mißstände fand Jeremias irgendeine scherzhafte Entschuldigung. Versteckt verwies er immer auf irgendeine moralische Lektion, auf etwas, das an Ort und Stelle zu vollenden sei. Ihr alle habt die Last der Nation auf eure Schultern genommen, dort haltet ihr, die ihr euch als Atlanten entpuppt, den Balkon, der herabzustürzen droht. Na, und erst Melinda! Die ist sicher ihr Geld wert! Aus Teenachmittagen zaubert sie im Handumdrehen einen Kreis der Resignation.

Wahrscheinlich bin ich ein Torso. Nichts kann ich richtig unter Dach und Fach bringen. Viel Stückwerk, natürlich auch Bücher, ein Hauptwerk aber, an dem du fast zugrunde gehst, dem du dich vollkommen hingibst, ein Hauptwerk, das den Autor an Weisheit und Besonderheit übertrifft, niemals. Ich konzentrierte mich lieber auf Improvisationen, die verlangten mir keine allzu große Anstrengung ab; Eleganz war mir wichtiger als Fleiß. Irgend etwas Spektakuläres findet sich im Leben eines jeden Menschen. In Gesellschaft erzählen die Leute in Budapest am liebsten, daß sie im Gefängnis waren. Ich kann mich nicht damit brüsten, in meiner Jugend von beschränkten Geistern eingesperrt worden zu sein. Meine Prüfungsgeste habe ich noch nicht gefunden. Drücken kann man sich vor der Prüfung nicht, obgleich ich das gern täte. Sollte meine entscheidende Tat darin bestehen, von hier verschwunden zu sein? Wie es für Kobra vielleicht ausschlaggebend gewesen ist, hiergeblieben zu sein?

Manchmal denke ich, die Grundlage für unsere Freundschaft bestand in geistiger Grausamkeit. Bei unseren Begegnungen eröffneten sich Möglichkeiten für intensivsten Gedankenaustausch. Mich interessieren die Ungeheuer. Als ich wegging von hier, hielt ich mich als Korrespondent an verschiedenen Orten auf, wo geschossen wurde. Den großen Bestien und wahnsinnigen Doktrinen war ich auf der Spur. Während der Beobachtung die Moral suspendieren und in Parenthese setzen, das war die Anstandsregel unserer exklusiven geistigen Familie. Vieles hatten wir bei der Entwicklung dieser strengen ästhetischen Anschauung Nietzsche zu verdanken, doch mochten wir seinen positiven romantischen Klimbim nicht. Das war seine Schwäche. »Ausweg« – dieses Wort tauchte auf jeder Seite unserer Lehrbücher auf. »Und was ist der Ausweg?« wurde Kobra gefragt. »Der Friedhof«, antwortete er. Bei welterfahrenen Menschen erkenne ich die kollektive und spröde Menschenverachtung. Mit zwei treffenden Wörtern konnte Kobra jemanden erledigen. Aus humaner Sicht war er nicht im Recht, sonst natürlich schon. Den Idioten vermochte er ziemlich gut vom Spitzel zu unterscheiden. Wir hatten einen Kommilitonen, er schrieb Gedichte, einmal besuchte ich ihn. Ich hatte ihn lange nicht gesehen, sein Vater brannte guten Schnaps, natürlich insgeheim. In kleinen, mit Vignetten versehenen Flaschen war das delikate Destillat abgefüllt, in winzigen Gläschen ließ der alte Herr die auserwählten Freunde seines Sohnes von all dem kosten. Ich klingele, der Junge kommt nicht an die Tür, daß seine Eltern auf dem Land sind, weiß ich. Durch das Fenster sehe ich ihn an einem Strick hängen. Er lebte noch, ich schnitt ihn ab. Später bei den Untersuchungsbehörden erzählte er alles von mir. Ein hauptberuflicher Spitzel war er nicht, eher gefiel er sich in der Rolle, daß seine ironischen Ausführungen bei der Polizei so aufmerksame Zuhörer fanden. Nach dem Gefängnis erzählte ich Kobra die Geschichte. Der große Humanist reagierte mit verschmitztem Lächeln: »Weißt du, was du hättest tun müssen, statt ihn vom Strick abzuschneiden? Ihn kräftig an den Fußknöcheln zerren, damit er nicht länger leidet.«

Meine eigenen Gedichte brachten mich zum Weinen. Auf einem Hocker saß ich in der Küche, über dem Gasherd wärmte ich mir die Hände, las die Verse immer und immer wieder, mein Gott, wie schön sie waren. Und Kobra, wenn ich sie ihm gab? Meist war als Reaktion nur ein Brummen zu vernehmen, zu einigen sagte er, nicht schlecht, und sehr selten ließ er sich zu der Äußerung herab, daß ein Gedicht wirklich nicht schlecht sei. Ach, die sechziger Jahre, mich interessierte nicht mehr das Verhalten der Menschen in Massenszenen, beim revolutionären Zeremoniell. Nach meiner Entlassung aus dem Gefängnis waren es die Banalitäten, die flüchtigen Augenblicke, die ich zu erhaschen suchte. Ich fotografierte die Höfe der Mietshäuser mit den alten Teppichstangen, den vielen unnützen Gegenständen vor den Wohnungstüren und in den versteckten Winkeln, Schachspieler an den Steintischen auf der Promenade, die Lehrerin, die ihre Klasse über die Kreuzung treibt, die Kinder aus dem Schulhort, die sich an den Klettergerüsten zu schaffen machen, mit einem Wort, all das, was am häufigsten zu sehen ist. Wie die Maurer mit dem Flaschenzug Baustoffe hochziehen, wie die Straßenkehrer, auf die großen Hirsebesen gestützt, ihr Zweitfrühstück einnehmen, ohne sich von der Weinflasche zu trennen. Auf der Rolltreppe des Kaufhauses fotografierte ich die Budapester, auf dem Bahnsteig des Bahnhofs, und zu Hause betrachtete ich die Bilder dann lange. Du trittst durch das Fabriktor, besteigst den Bus, stößt dein Kind auf der Schaukel an, lobst es für seine Geschicklichkeit, weil es sich schon selbst in Schwung bringt. Ewige Bewegungen, Grundelemente menschlichen Lebens.

Dann kam die Reform zum Tragen, Mäßigung und Mittelweg galten als Maßstab, die Menschen gediehen, es kamen die ungehobelten Kleinkapitalisten, die sozialistischen Neureichen. Hier hatte die westliche Massenware Seltenheitswert, war Gegenstand komischer Begeisterung. Und auch in der Kunst wurde der ein Guru der Avantgarde, der als erster die im Westen bereits überholten Neuigkeiten importiert hatte. Meine Freunde kürten sich gegenseitig zu Meistern von hohen Graden, und Außenstehende wunderten sich, aufgrund welch verworrener Werke. Nebel, gleich einem Urnebel, war zulässig, ja sogar Mode. Unter Berücksichtigung der mit der Klarheit einhergehenden Gefahren. Ich machte mir keine Illusionen, daß ich mit meiner Vorstrafe von 1956 jemals eine Anstellung an der Universität bekommen würde. Solange diese Regierungsform Bestand haben wird, zu der Überzeugung war ich gelangt, würde ich meine Passion, interessierten jungen Menschen gegen ein entsprechendes Salär über meine Lektüre zu berichten, nicht ausleben können. Hin und wieder gelang es mir, von dem einen oder anderen Buch, von dem am wenigsten interessanten, in meinen Schriften zu erzählen. Auch das nicht ohne Streichungen. Die Oberstreichungsmeister vermochten ihre pädagogischen Bemerkungen nicht zurückzuhalten. Einmal ging ich nach einer solchen Zurechtweisung in die Budaer Berge, und auf einer Lichtung, wo alles herrlich war, lag ich unter der Maisonne auf dem Rücken, plötzlich dann drehte ich mich auf den Bauch und weinte ziemlich lange, wie jemand, der geschlagen worden ist. Auf dieser Lichtung geschah es, daß ich beschloß, mich nie mehr im Leben schlagen zu lassen. Dem Lektor war ich für die erniedrigende Behandlung dankbar. In ein Mauseloch würde ich mich nicht verkriechen. Nach Amerika wollte ich gehen und auf englisch Literatur lehren. Aus Langeweile hatte ich mir schon in der Schule die Zeit damit vertrieben, daß ich ungarische Gedichte ins Englische übersetzte. Shelley verstand ich besser als die englischsprachigen Touristen, die es nach Budapest verschlagen hatte. Innerhalb von drei bis vier Jahren müßte ich es auf einen Wissensstand bringen, daß ich mich im Englischen auch schriftlich würde ausdrücken können. Dort unter den verschiedensten Einwanderern würde auch für so einen fahrenden Schüler wie mich Platz sein.

Auf jene Befreiung, durch die ich am 18. Januar 1945 János Dragoman und nicht irgendeine Rubrik in einem Fragebogen geworden war, wollte ich nicht mehr verzichten. Neunzehnhundertfünfundvierzig konnte man das Ghetto verlassen, konnte man eine Person sein, Träger eines Eigennamens. Für eine kurze Zeit. Denn alsbald war ich wieder Inhaber eines allgemeinen Gattungsnamen geworden. Ich lasse mich nicht gern klassifizieren, mit pseudowissenschaftlichen Begriffen identifizieren. In der Auswahl von Personen verfahre ich selbstherrlich. Ihre Zugehörigkeit zu einer Gruppe macht sie mir nicht sympathischer oder unsympathischer. Lieben und hassen kann ich nur Personen. Die Dummköpfe sind nicht schlecht gefahren, die Autonomen haben es schwer gehabt. Ich hatte den Eindruck, die Führer waren nicht anders, nicht klüger als ihre Reden. Der Ähnliche freut sich über den Ähnlichen, der Unbemerkbare über den Unbemerkbaren. Um sich versammelt er seinesgleichen. Ich war von vornherein verdächtig. Ein solcher Unbemerkbarer sieht mich an, und noch bevor ich den Mund aufgemacht hätte, haßt er mich bereits. Auf die wenigen abstrakten Begriffe, die sie mit Ach und Krach gelernt hatten, waren die neuen Chefs stolz. Und was sie sich nun schon angeeignet hatten, das wiederholten sie, so oft es nur ging, Wiederholung ist die Mutter des Wissens. Obgleich ihnen ein Begriff zuwider war, sagten sie mir, der ich kein Begriff war, vorläufig sollte ich möglichst nicht mehr anrufen, sie würden sich melden, sobald es aktuell sei. Als Ende der vierziger Jahre wieder die Rubrik des Fragebogens ausschlaggebend wurde, als sich die Grenzschranken wieder für lange Zeit schlossen, für mich zumindest, da wurde ich zum destruktiven und zynischen Häftling.

Ein eigenartiges Gefühl, von Wien aus über die Grenze zu fahren und während der Fahrt nach Budapest im Gang des Eisenbahnwagens zu stehen. Drinnen im Abteil waren wir zu dritt, ein ungarisch-serbisches Paar und ich. In Richtung Osten ist die Landschaft spärlicher besiedelt. Hinter Wien erinnern einige wenige Fabriken noch an internationales Kapital und an die Farbenfreudigkeit der Modernität, danach ist der Putz von den Wänden der Gebäude ein bißchen abgeblättert, die graue Farbe dominiert, irgendwie passen sie sich der Landschaft an. In der Ferne eine Allee, ins Blickfeld rücken die Wachtürme, sie kündigen an, daß von hier ab etwas anderes anfängt, etwas Mißtrauisches und Strenges, etwas, das sich zuerst mit zwei Wachtürmen vorzustellen wünscht. Auf dem staatlichen Einödhof im Haftarbeitslager, während wir nach der Arbeit vor der Baracke saßen, konnte man auch die Gesichter der jungen Männer im Glaskasten des Turms sehen. Wer war seiner Lage überdrüssiger, er oder ich? Wie viele Male in einem Jahrhundert kommt es vor, daß eine Wache vom Turm klettert, sein Gewehr dort oben zurückläßt, um aufzubrechen zu einem selbstvergessenen Privatspaziergang? Von oben müssen sie schießen, die jungen Männer mit den Maschinenpistolen, auf einen jeden, der trotz Aufforderung nicht stehen bleibt. Allein dadurch, daß er rennt, kann ein Mensch einen anderen Menschen in Versuchung bringen, kann ihn sogar zum Mörder machen. Sogar einen Staat kann er, allein dadurch, daß er rennt, zum Mörder machen, kann ihn auf die Probe stellen. Welcher Grenzverletzer verdient den Tod? Warum sollen diese Jungs es für natürlich halten, einfach nur so jemanden abschießen zu dürfen? Große gepflügte Felder, die Erde tiefbraun, zwischen den kahlen Ästen parasitäre Mistelbällchen, scharenweise Krähen. Dragoman streut braune Körnchen in seine kurze Kirschholzpfeife, nur die sich ausdehnende Leere nimmt er wahr.

Sobald der Zug zwischen den Wachtürmen ein bißchen verlangsamt nach Hegyeshalom einrollt, kannst du lauter Dinge wahrnehmen, die beim Grenzübertritt im Westen nicht zu sehen sind. Mehrfache Drahtverhaue im Wechsel mit geharkten Streifen. Angekommen bin ich im Land der peinlichen Ordnungsliebe, der Zustand der Häuser allerdings kann mit der Instandhaltung der Grenze nicht konkurrieren. Sollten hier umgekehrte Proportionen gelten? Auf der Bahnstation wird der Zug auf beiden Seiten im Abstand von zwanzig Metern durch bewaffnete Soldaten bewacht. Wozu? Warum? Aussteigen verboten. Irgend etwas krampft sich in meinem Magen zusammen. Die Posten sind um die zwanzig Jahre alt, während sie an den Waggons vorbeigehen, foppen sie sich gegenseitig, der eine tritt den anderen mit dem Knie in den Hintern. Dagegen gibt es nichts einzuwenden. Wie Schulbuben, so schubsen und stoßen sie sich. Das ist in Ordnung. Warum aber lassen sie uns nicht aussteigen? Warum dürfen nur sie am Zug entlangschlendern? Dann steigen sie in den letzten Wagen ein, wo ich auf dem Gang stehe. Plötzlich werden ihre Mienen ernst. Starr werden sie, offiziell. »Guten Tag, Ungarische Volksrepublik, Paßkontrolle.« Ganz anders sehen sie jetzt aus. Sie werden erfaßt vom Geist der Pflichterfüllung. Flüchtig überprüfen sie nur, ob alle erforderlichen Papiere vorhanden sind. Ob ich zum Beispiel meine rosafarbene Visum-Anlage habe. Erst im nachhinein begreife ich, daß das die Paßkontrolle gar nicht war, denn soviel wäre ja noch normal gewesen. Leicht schwankend bewegen sich die Grenzer voran, ein bißchen eckig wirken sie. So sind die Grenzer, zwei Gesichter haben sie, sie sind zu zweit. Das eine ist für das andere nicht verantwortlich. Ein Grenzposten schreitet die Gleise ab, an jedem Rad bleibt er stehen, geht in die Hocke, blickt hinein, nimmt die Wagenachsen in Augenschein, ob auf einer nicht gar ein heimtückischer, feindseliger, illegaler Eindringling kauert. Kein einziges Rad läßt er aus, keine einzige Hocke erspart er sich, die Inspektion ist gründlich einstudiert. Es kommt ein anderer Grenzbeamter, mit hochroten Ohren stößt er hervor: »Abteilkontrolle!« Dann kniet er sich hin und guckt ausgiebig unter die Sitze, es könnte ja sein, daß sich jemand dorthin verkrochen hat, um unbemerkt nach Ungarn zu gelangen. Gegen wen richten sich diese Maßnahmen? Von wem fühlen sie sich bedroht? Woraus besteht jene Mythologie, die diese Zeremonien hervorgebracht hat? Wer ist der Autor dieses Szenario? Zur Auflockerung erscheint eine junge Frau, wenn auch in einer grauen Uniform, und bietet Geldwechsel an. Bankservice und bewaffnete Staatsgewalt, ein interessantes Bündnis. Die Formalitäten dauern eine Weile, sonst aber bin ich zufrieden, und es stimmt mich nachdenklich, daß die Uniform der harten Währung entgegenkommt. Ich frage die Dame nach dem Speisewagen, gern würde ich für mein gerade gewechseltes Geld zu Mittag essen. Einen Speisewagen gibt es, aber erst in einer Stunde, wenn die Paß- und Zollkontrolle erledigt ist, darf ich dorthin. Langsam dringen sie bis hierher zum Zugende vor. Die Mitteilung des Fräuleins genügt, und ich nehme mit Befremden zur Kenntnis, daß ich meinen Platz nicht verlasse.

Der Zug setzt sich in Bewegung, wieder kommen Grenzbeamte. Sie verlangen meinen Paß, nur meinen. Nach Angaben erkundigen sie sich, die im Reisepaß und auf dem Visumsantrag nicht vorkommen. Zwecks Identifizierung, wie sie sagen, nehmen sie meinen Paß mit, dazu haben sie Anweisung erhalten. Auch die Zöllner ziehen über den Gang. Der nette, kleine rothaarige Befehlshaber könnte in der Stadt ein Filou sein; die beiden schwankenden Gestalten hinter ihm streichen sich über den Schnurrbart, um ihrer Autorität Nachdruck zu verleihen. »Ihren Reisepaß, bitte!« sagt der Rothaarige. »Haben sie mitgenommen«, erwidere ich. »Mitgenommen?« Welche Gepäckstücke gehören Ihnen? Seien Sie so freundlich, holen Sie den Koffer da herunter und öffnen Sie ihn.« Im ganzen Wagen interessieren ihn nur meine Klamotten. Zwischen der Wäsche fischt er beschriebene Manuskriptblätter vor, blättert in fremdsprachigen Büchern, untersucht jeden einzelnen Brief, greift in meinen Waschbeutel hinein. »Wonach suchen Sie, mein Herr?« »Ach, wir kramen nur so ein bißchen herum, Sie wissen ja, wer sucht, der findet.« Auf jedem Gegenstand verweilt sein Blick gleich lang, er betastet die Zahnpasta, fummelt an jedem Reißverschluß rum, an der Uhrentasche meiner zweiten Hose, all das aber mit einer derart ausgewogenen Gleichgültigkeit, die seine Gründlichkeit zwar nicht in Abrede stellt, mir jedoch zu verstehen gibt, daß es sich nur um eine Geste, um eine Achtsamkeit handelt. Wegnehmen wollen sie mir nichts, nur das Gefühl soll mir vermittelt werden, daß sie mich von nun an im Auge behalten werden, daß ihr wachsamer Blick auf mir ruhen wird. Daß ich Kobras Freund bin und wir von Zeit zu Zeit telefonieren, wissen sie. Wer weggegangen ist, der darf zurückkommen. Trotz zuvorkommender Höflichkeit lassen sie ihn spüren, daß er den Boden einer anderen Zivilisation betreten hat, wo die lokalen Gepflogenheiten unter strenger Überwachung stehen. Ich bin der Grenze zwischen Gesetz und Verbrechen näher gekommen. Was ich gerade tue und wen ich treffe, alles werden sie wissen. Das wüßte auch ich gern. Bald werden die

Grenzposten kommen und mich vielleicht auffordern, ihnen zu folgen. Die andere Reisetasche läßt mich der Zöllner nicht mehr aufmachen, er salutiert und eilt weiter. Ich sehe zum Fenster hinaus. Auf dem Bahnsteig schleppt ein unbekannter Reisender zwei große Koffer, glücklich scheint er darüber nicht zu sein. Warum gibt es keinen Gepäckkarren? Hinter ihm läuft ein junger Grenzer mit Maschinenpistole. In seiner unverständlichen Sprache erklärt der Reisende irgend etwas, unnahbar sieht der junge Grenzer über dessen Kopf hinweg. Von wem mag er das gelernt haben? Warum hilft er nicht tragen? Ein ranghöherer Grenzposten kommt ihnen auf dem Bahnsteig entgegen, das begleitete Individuum übernimmt er, von den beiden Koffern allerdings keinen einzigen. Schlimmstenfalls werden sie auch mich zum Aussteigen auffordern und mit dem nächsten Zug zurück auf die andere Seite der Grenze schicken. In Gottes Namen denn! Diesmal müssen wir von der Idee eines Ungarnbesuchs leider Abstand nehmen.

Sollte es doch idiotisch gewesen sein, meinen sentimentalen Regungen nachgegeben zu haben? Gestern abend noch hat es in Wien einen Empfang zu Ehren von Professor Dragoman gegeben. Obwohl ich wenig trank und aß, durchströmten mich Hitzewellen. Disziplin, abgewogene Distribution des Lächelns, fast persönliches Plaudern. Bleib geistreich, sag nicht zu viel, etwas verblüffend Treffendes aber trotzdem. Wie ein zivilisierter Mensch, so benehme ich mich. Gib, o Herr, daß ich mich unbemerkt aus dem Staub machen kann. Irgendwo nehme ich mir ein Taxi, irgendwo steige ich wieder aus, schlendere durch die ziemlich leeren Straßen der Innenstadt, meine Blicke huschen über die Schaufensterauslagen, über die Perserteppiche und Porzellanpuppen, in mehreren Kneipen trinke ich was, in der einen werde ich von schwammigen blonden jungen Männern angepöbelt. Einen Kinnhaken mit der Rechten, mit der linken Schuhspitze einen Tritt in die Magengrube oder soll ich ihnen lieber den Rücken zuwenden? Schöne Zeiten waren das, als wir mit Toni im Rozmaring Espresso, das zuvor Rosemary geheißen hatte, mit dem Rükken zur Wand darauf warteten, daß eine versoffene Bande ihre aufgedunsenen Visagen verbissen unseren Fäusten auslieferte. Alle fünf streckten wir zu Boden, zahlten den angerichteten Schaden und gingen hinüber ins Savoy. In Tonis Begleitung war das natürlich etwas anderes. Die Überlegenheit hier ist mir allzu erdrückend, ich setze mich ab und bummle ziel- und planlos durch die Straßen. Im Hotelbett kauere ich mich hinein in jenes Mutterschoßfrieden verströmende Lichtei, worin mich zu verbergen mir manchmal gelingt. Überall in Wien zeigen Pfeile nach Budapest. An verschiedenen Punkten der Stadt bieten sich mehrere Straßen an, um mit dem Wagen in die benachbarte Hauptstadt zu fahren, einen Ausflug dorthin zu unternehmen, wo ich nicht nur zur Welt gekommen, sondern auch am Leben geblieben bin, wo ich Dinge registrieren mußte, die nachteilig für mich waren, wie es jetzt auch diese Ausweisung sein würde, die sich allerdings als böser Scherz auffassen ließe, bedenkt man die Tatsache, daß ich im Besitz eines gültigen Einreisevisums bin.

»Die wollen aber viel von Ihnen! Die nehmen Sie ganz schön unter die Lupe! So gründlich sind sie bei uns nicht!« sagt ein Mitreisender auf ungarisch, der mit seiner Frau bisher serbisch gesprochen hatte. Auf dem Gang erscheinen die jungen Grenzposten. Sie kommen auf mich zu, freundlich lächelnd geben sie mir den Paß zurück. Eine gute Reise wünschen sie mir. Ich bin ein bißchen erleichtert. Braune Körnchen streue ich in meine kurze Kirschholzpfeife. Mag sein, daß diese Grenze bemüht ist, europäisch zu sein, irgendwie aber ist sie es noch nicht. Was sollte das Augenzwinkern des jungen Mannes bedeuten? Ich gehe in den Speisewagen. Die Zöllner und die Grenzer sitzen bereits dort, irgendeinen Saft trinken sie, vielleicht Bier, vielleicht Coca-Cola. Die anderen haben es sich in einem Abteil der ersten Klasse bequem gemacht, im Vorbeigehen sah ich sie dort, hinter zugezogenen Vorhängen haben sie sich in die Polster geflegelt, die Beine ausgestreckt, die Wangen gerötet, schlafen sie wie kleine Jungen. Der Kellner ist nett, witzig, kumpelhaft, er verrät mir, daß die Suppe ein ziemlicher Pansch ist, aber das Schnitzel kann er empfehlen. Großartig! Ja, mit Gurkensalat und einer Flasche Villanyer Rotwein dazu. Ruhig betrachte ich die jungen Gesichter, die mich kurz zuvor noch bewacht und gefilzt haben und mir nun nicht ohne Respekt zunicken. Jetzt sind sie wieder normal. Die Prozedur liegt hinter uns, wir sind im Landesinneren. Ich unterliege nicht mehr ihrer Kontrolle, jeder gewinnt seine vorherige Identität zurück: gackernde uniformierte junge Männer und ein komischer Herr aus dem Ausland.

Ärmliche Gegenden durchquert der Zug, wir nähern uns Budapest. Die Sehenswürdigkeiten sind tiefbraun, alles verlangsamt sich. Verhältnismäßig leer ist das Land, weniger Häuser gibt es hier als weiter westlich. Wer von dort kommt, dem gefällt das manchmal. Der Blick schweift in die Ferne, Ackerland, Bäume, nirgendwo ein Haus. Das Schnitzel ist tatsächlich leidlich, die Fettschicht ist nicht abgeschnitten, vom Wein wird mir der Kopf schwer. Ein Dorf sehe ich, eine neue Häuserzeile, äußerlich gleichförmig und eintönig, gesichtslos. Was für Zwänge mögen es sein, die so viele junge Paare hier ausharren und ihre Häuser ausgerechnet hier, unter großen Anstrengungen, denke ich, bauen lassen? Einige Jahre müssen sie gewiß noch warten, ehe die frisch gepflanzten kleinen Bäume im Garten Obst tragen und Schatten spenden werden. Mehr verwundert als ergriffen betrachte ich meine Heimat. Letztendlich ist die Erde, der Schlamm, aus dem du geworden bist und der dich wieder aufnimmt, eine ziemlich gleichgültige Masse. Auch der gewaltsame Tod gehört zu den Dingen der Natur, gegen eine Düngung hat die Erde nichts einzuwenden. Große ernste Gesichter der Äcker, improvisierte Gebäude, mit Kunststoffplanen abgedeckte Ziegelstapel, Akazien, Pappeln, all das kommt mir vertraut vor.

Im Zug nach Budapest nahm ich mir vor, über die Einheimischen nicht zu spotten, lieber schon würde ich sie damit ärgern, daß ich an allem etwas Gutes entdecke. In entschiedener Herzensgüte werde ich alles phantastisch finden. Affären werde ich keine haben, nichts, wovor und worum ich Angst haben müßte, ich werde die Dinge nehmen, wie sie sind. Ich sehe zum Fenster hinaus, Krähen, Tauben, kahle Sträucher, am Himmel Lichtstreifen, dauerhafter Gleichmut, hinter mir schließt sich das Tal der Klagen. Zwar wird sich meine Heiterkeit in Grenzen halten, aber zurechtkommen werde ich darin schon. Man darf die Erwartungen nicht zu hoch ansetzen. Aluminiumrohre, Mistelbeeren auf kahlen Ästen, Maschinen, mit Plastikfolie abgedeckt, quaderförmige Lager, Zementwaggons, Eisenbahnbrücken, Rohrleitungen, rote Container, gelbe Straßenbahnen, auf weiträumigen Ebenen Betonelemente, der Zug überquert die Donau, Schwimmkräne, Korbballplatz, sozreale Neubausiedlung, auf Balkonen zum Trocknen aufgehängte weiße Wäsche.

In der Glaskuppelhalle des Ostbahnhofs fliegen sich eine junge Frau und ein Mann in die ausgebreiteten Arme. Wie ist es möglich, daß die Liebe zwei Gesichter so hell erstrahlen läßt? Der Durchschnittsmensch wirkt ein bißchen grauer und verträumter als im Westen. Nachdem mein Gepäck im Kofferraum des Taxis bereits verstaut ist, lasse ich mich im Sitz zurückfallen: »Seien Sie so nett, zum Hilton.« Neutrale, amerikanische Internationalität, das ist es, was ich für die ersten beiden Tage brauche. Im Hilton bin ich noch rücksichtsvoll vom Abendland umgeben, gleich an welchem Punkt der Erde bekomme ich den gleichen zuverlässigen Service. Ein Zimmer mit Blick auf die Donau werde ich mir nehmen, jetzt vom Taxi aus will ich nichts sehen, ich schließe lieber die Augen, später vom Hotelfenster aus will ich die Stadt in mich aufsaugen, auf dem ersten Spaziergang, wenn ich mich vom Burgviertel aus zu Fuß auf den Weg zum Klauzál tér in die Wohnung meiner Mutter begebe. Und dort werde ich stundenlang am Fenster stehen und wie früher den Platz beobachten.

Der Platz der heiligen Dreifaltigkeit, der Szentháromság tér, und das Hotel sind in einer eigenartigen Nuance des Wortes stark vom Fremdenverkehr bestimmt. Das Verhalten an der Rezeption läßt darauf schließen, daß der Kontakt zwischen Inland und Ausland nicht wirklich normal zu nennen ist, daß er mit einigen Unbehaglichkeiten verbunden ist. Die Empfangsdame verlangt meinen Paß und teilt mir mit, daß ich ihn morgen zurückhaben könne. Ich kann nicht umhin, eine kleine rebellische Rede zu schwingen: »Verehrte Dame, nach zwanzig Jahren werfe ich mich der süßen Heimat wieder an die Brust. Warum kastriert man bereits in der ersten Stunde nach der Ankunft meine amerikanische Staatsbürgerschaft durch diesen dazwischenliegenden Tag nervösen Wartens? Warum trennt man mich von meinem Reisepaß? Das Anmeldeformular habe ich ausgefüllt. Sie hat doch Augen im Kopf, eine gebildete Dame ist Sie, spricht mehrere Sprachen, Sie kann nachprüfen, nicht wahr, ob die Angaben auf dem Anmeldeformular mit den Daten im Reisepaß übereinstimmen. In einem normalen Hotel hätte es damit sein Bewenden. Ob mein Paß gefälscht ist, das hätten sie auch schon an der Grenze feststellen können. Sie haben ihn mir abgenommen und hatten die Möglichkeit, ihn zu fotografieren. Das rosa Blatt des Einreisevisums ist dort geblieben, daß ich hier bin, wissen sie also. Warum müssen Sie mir meinen Paß bis morgen abnehmen? Und warum, verehrte Dame, sagen Sie, das sei vollkommen normal, obwohl Sie wissen, daß dem nicht so ist? Nur hier scheint es gewissen Vorgesetzten zufolge normal zu sein, aber normal ist es auch hier nicht, weil ich zwischen Ihren Gefühlen und Ihren Worten eine Diskrepanz wahrnehme. Weil Sie wissen, daß es keineswegs normal ist und Sie mir trotzdem den Paß abnehmen müssen, sind Sie wütend, und von mir erwarten Sie, daß ich mich bei dieser kleinen Zeremonie zu Ihrem Komplizen mache, daß ich mich so verhalte, als wäre alles ganz normal, als wären Polizistenhände für meinen kleinen dunkelblauen amerikanischen Reisepaß am ersten Tag der richtige Ort, als wäre das keine Herausforderung meiner bürgerlichen Würde, als wäre diese ein bißchen verdrehte Normalität, für sich genommen, kein Skandal, der nichts anderes ist, als ein Machtmißbrauch der Behörden, ein Skandal, der sich offensichtlich alle zehn Minuten wiederholt und gerade deshalb zur Gewohnheit geworden ist, eine Art Ouvertüre, um den Gast darauf einzustimmen, wohin er gekommen ist. Bis morgen wird meine Identität eingezogen, suspendiert. Nimmt der liebe Gast all das wortlos hin, so hat er die erste Lektion der Dressur hinter sich. Und Sie, meine Dame, sind gleichzeitig ein dressierter Fußsoldat und eine beamtete Dresseuse, obgleich mir Ihr Gesicht und auch Ihre Gestalt charakteristisch, bekannt und lieb sind.« »Danke für den Vortrag, Professor Dragoman, er war wirklich erschöpfend. Ich gebe Ihnen ein schönes Eckzimmer mit Blick auf die Donau, von wo aus Sie durch das Seitenfenster die Matthias-Kirche sehen und einen Teil auch vom alten Rathaus.« Mit dem Zimmer bin ich zufrieden, ich lasse mich auf das Bett niedersinken. Hotelzimmer mag ich, ich esse im Restaurant, trinke Kaffee im Café, im Swimmingpool des Hotels regeneriere ich mich, in der Sauna schwitze ich alles Überflüssige, alles Schlechte aus, in der Hotelhalle kaufe ich drei bis vier Zeitungen, werfe einen Blick in die Drinkbar, auf jemandem bleibt mein Auge haften, ich habe ein Schloß. Morgen früh check out, bis zum Abend ist alles vergessen.

In den ersten Tagen ging ich vor allem in den Außenbezirken spazieren, und einigermaßen euphorisch bewegt, ließ ich meine Blicke schweifen. Beharrlich drängen sich mir die alten sinnlichen Wahrnehmungen ins Bewußtsein, die Besitz ergriffen hatten von mir, als ich aus dem Gefängnis entlassen wurde. Interessant, bei mir zeigen sich ähnliche Symptome von sensueller Unterernährung, sowohl im Gefängnis als auch in der großen Welt. An Wohnungstüren klopfe ich an, Fremde bitte ich um Erlaubnis, sie in ihrem Heim fotografieren zu dürfen, den ganzen Tag treibe ich mich herum. In den Straßen am Stadtrand, zu deren Häusern meist auch ein Garten gehört, wird überall gehämmert, gesägt, Unkraut gejätet, montiert, was man für sich tut, das ist die eigentliche Arbeit. Für den Schlupfwinkel der Familie tut jeder etwas. Kuriose Häuser, Individuen, es ist ihnen anzusehen, daß ihre Bewohner nicht daran denken, von hier wegzuziehen. In den zusammengebastelten Gegenständen hat sich die Zeit festgesetzt, nie hat das Geld gereicht, zu vieles mußte angeschafft werden, dafür mußte man sich einen Ersatz einfallen lassen, gefragt war also erfinderisches Flickwerk. In Vorhandenes hatte der jeweilige Besitzer eigene Ideen einzubringen.

Warum aber ist die Luft in der Stadt so staubig, bleihaltig und sauer? Wie kommt es, daß sogar das Licht staubgrau ist? Gemessen an ihrem Konsum macht die Gesellschaft einen etwas schlaffen Eindruck. Ein bißchen ermüdend war es, mich in die Gespräche wieder einzuschalten. Ja natürlich, mehr Autonomie wäre vonnöten und weniger zentrale Kontrolle, mehr Demokratie, na ja, das war schon vor zwanzig Jahren zu hören. Viel ist davon zu hören, wer sich um welches Stipendium bewirbt, wer von wem Nachteiliges sagt. Jemand klopft mir auf die Schulter: Der Mensch ist schlecht, lieber János. Viel ist zu hören von den aussichtsreichsten Nachfolgern bei Hof. Und davon, welches Prinzen Schlepptau sich die Barone des Geistes angeschlossen haben. Wen sie mit einer Abordnung aufsuchen, wen sie in ihr Wochenendhaus einladen. Manchmal habe ich das Gefühl, daß der Bildschirm des Fernsehers schielt. Eigenartig, wie viele feiste Menschen es gibt, träge schleppen sie sich voran, düster dreinblickend mampfen sie zu jeder Tages- und Nachtzeit etwas in sich hinein. Aber wie kindisch, wie schelmisch-naiv sogar die dicken Trottel sind. Man muß nicht unbedingt aussprechen, was auszusprechen nicht opportun ist. Gern tauschen die

Menschen schlechte Nachrichten aus. Eine wirklich schlechte Nachricht läßt sich in der Gesellschaft phantastisch verwerten. Wer eine nahende Katastrophe prophezeit, der kann sich allgemeinen Interesses gewiß sein. Mit den Sorgen um das Gemeinwohl befaßte Patrioten nehmen kein Blatt vor den Mund, mutig bekennen sie sich dazu, daß es enorme Schwierigkeiten zu bewältigen gilt. Progressiv und privat wären demnach identisch. Allmählich bin ich also progressiv? Hier fällt den Menschen fortwährend dasselbe ein, weshalb er in Gesellschaft nicht Gefahr läuft, mit brutalen geistigen Überraschungen konfrontiert zu werden. Was ist schon erlaubt, und was ist noch nicht erlaubt? Ich höre mir an, was die Freunde zu erzählen haben, sehe mir die Bücher in den Regalen an, die Blumen in der Vase, die Schuhe unter dem Tisch, ihre Kinder und Enkel, den Sessel vor dem Fernseher. In den Buchläden gibt es gute Bücher, die Dienstleistungen sind erträglich, die Massenverkehrsmittel sind annehmbar, für mich ist das Leben hier billig. Die Fremden auf der Straße, in den Büros, im Treppenhaus, im Fahrstuhl, wo gerade du ihnen begegnest, entweder sind sie unfreundlicher oder netter als im Westen. Doch wenn es sich so fügt, daß sie lächeln, dann ist das Lächeln echt. Noch sind Obst, Gemüse und Fleisch schmackhafter als im Westen. Mit einem Tag Verspätung kann ich die International Herald Tribune kaufen, aus der Sicht eines Rentners hat das Leben hier viele Vorteile. Wo es einen Fleischer, einen Schreibwarenladen oder ein Blumengeschäft gab, dort gibt es auch heute einen Fleischer, einen Schreibwarenladen und ein Blumengeschäft, das mag ich. Alles hier ist angenehm beständig. Und der bedächtige, ernste und würdevolle Ton der Gespräche entbehrt nicht eines gewissen Charmes.

Ein gutes Bett nur

Ein Ortswechsel hilft nichts, sagte ich mir in San Francisco oder Hongkong, als ich eines Morgens durch irgendeinen Schmerz in der Gegend der Herzkranzgefäße aufwachte. Aussöhnen wollte ich mich mit dem Leben, geheime Kräfte müßte ich aufnehmen, aus der Heimaterde vielleicht. Wie eine glatte Wachstafel, so bin ich hergekommen, vieles läßt sich darauf schreiben. Was gewesen ist, ist gewesen, die Vergangenheit ist abgeschlossen. Schön und gut, aber es gibt eine Fortsetzung. Der hier übliche Stil verblüffte mich in den ersten Tagen: Auch meine Freunde hatten sich dem väterlichen und autoritären Ton angepaßt. Farblos und salbungsvoll ist der offizielle Ton, und wer glaubt, nun endlich einmal die Wahrheit zu sagen, der klatscht sie auf den Tisch, wie ein besoffener Kartenspieler das Trumpfas. Woraus zu schließen ist, daß Wahrheitsliebe nach wie vor eine einfache und selbstverständliche Sache nicht ist. Wahrheiten ruhig und gelassen auszusprechen, das ist eher das Privileg einer verfluchten Minderheit. Diejenigen der Wahrheitsliebe zu verdächtigen, die sehr wohl wissen, was sie besser nicht sagen sollten und wie weit sie gehen können, wäre ein ungenauer Wortgebrauch. Übrigens bauen alle ihr Häuschen, in das sie sich aus Budapest verkriechen, von wo wegzugehen sie nicht wagen. Auch Kobra steht auf der schwarzen Liste, ein zweifelhafter Schatten, so verkrallt er sich in das sozialistische Ungarn, der hervorragende Sozreal-Demokrat. Kobra ist kein Idiot, das gibt mir zu denken; was bewegt ihn zu einem Leben als öffentlicher Schatten, daß es nur Schwäche sei, will ich nicht glauben. Und ich verstehe auch nicht, was für eine Kraft das in mir ist, die sich dafür ausspricht, daß ich von einem freieren an einen weniger freien Ort zurückgehen soll. Nur deshalb, weil ich hier ein ergebener Freund aller möglichen Kaffeebasen und Mystifikationen geworden wäre? Die staatliche

Machtvollkommenheit wird schlaff, gibt nach, versickert ist die Begeisterung, wodurch aber kann sie sich auf den Beinen halten, was erhält sie am Leben? Was gefällt euch hier trotz allem besser? Zum Bleiben zwingt euch doch niemand. Warum also geht ihr nicht weg? Was wißt ihr, was ich nicht mehr weiß? Sollte lediglich die Bequemlichkeit euer Geheimnis sein? Oder gibt es sonst noch etwas? Vielleicht deshalb, weil ihr sehr aneinander hängt? Ein alter jüdischer Wohnungsmakler aus Litauen sagte mir auf dem Broadway augenzwinkernd: »Wir Ungarn müssen zusammenhalten.« Durch ihn kam ich zu einer phantastischen Wohnung. Ich sehe schon, ihr wollt normale Westler sein. Euer Anderssein halte ich für interessanter.

Nicht weil ich mich gegen die blinde Autorität empört hätte, bin ich vom Gymnasium geflogen, sondern weil ich mit der Frau des Direktors, mit der pfirsichgesichtigen Biologielehrerin geschlafen hatte. Nach dem Abitur, in jenen unvergeßlichen Zeiten stalinistischer Bewegung, wurde ich zusammen mit Großvater und Großmutter in das Dorf zwangsumgesiedelt. Da sie meine Eltern nicht deportierten, hätte ich mich unter Umständen retten können. Da aber die Gefahr bestand, daß ich sie durch meine Aktivitäten erst aufmerksam machen würde auf meine Eltern, und da ich meine Großeltern nicht allein lassen wollte, unternahm ich nichts. Über die Feldwege trottend, mampfte das Lumpenpack aus der Stadt Weizenkörner. Ich wurde zum Arbeitsdienst eingezogen, was kein sonderliches Vergnügen war, denn mehrmals wurde ich vom militärischen Abwehrdienst aus lauter Spaß zusammengeschlagen. Na ja, was für den einen lustig ist, muß es für den anderen nicht sein. Als ich dem einen auf dem Weg zwischen zwei Maisfeldern begegnete, schlug ich ihn windelweich. Ich glaube kaum, daß ihm das witzig vorgekommen ist. »Laßt euch ja nicht mehr blicken, früher oder später beißen wir euch sonst die Kehle durch!« Diese Drohung gab ich ihm mit auf den Weg, und um ihm zu beweisen, daß es mir ernst ist, nahm ich seine Kehle tatsächlich zwischen die Zähne. Meiner körperlichen Kraft tat der Arbeitsdienst keinen Abbruch. Ich wartete darauf, verhaftet zu werden, aber es passierte nichts. Nach meiner Entlassung arbeitete ich auf dem Bau als Handlanger, dann als Gasmann, und schließlich spielte ich in der Lila Katze Klavier. Bei den spiritistischen Sitzungen, die wir im Dunst des Mohngebräus veranstalteten, erwies ich mich als der verworfenste Existentialist, neunzehnhundertfünfundfünfzig nannte ich mich einen Sozial-Dadaisten. Damals schrieb ich, im Morgengrauen am Küchentisch, viele Gedichte. Ich wohnte bei meinen Eltern im Dienstmädchenzimmer, damit die mit meinem Liebesleben verbundenen Geräusche nicht nach außen drangen, nagelte ich eine Matratze an die Tür. Mein Fahrrad verstaute ich auf dem Schrank. Ich verfaßte einen Essay mit dem Titel: »Die beiden Pole des Ästhetischen – Kitsch und Blasphemie«. An der jüdischen Mystik interessierte mich die Erlösung durch die Sünde. Damals im Arbeitslager kam ich zu dem Schluß, daß ein Gentleman auch seine Gegenwart so betrachtet, als sei sie bereits Geschichte. In der Einzelzelle bemächtigten sich abstrakt-logische Gebäude meiner Gedanken, und nach Beendigung der Isolation gab ich mich dem Zauber des wahren Scheins hin. Die Gemeinplätze eines Lebens auf freiem Fuß – zum Beispiel mit einem Mädchen ins Kino gehen, anschließend durch die Straßen bummeln und irgendwo einkehren – erschienen mir verlockend. Durch meinen angestauten Mangel erhielt das Leben in Budapest für mich einen noch sinnlicheren Anstrich als zuvor, so daß ich weitere sieben Jahre nach meiner Freilassung mit den Gegebenheiten unzüchtig umging. 1966 hatte ich genug von der Hurerei.

Als ich sechsundsechzig von hier wegging, war ich dreiunddreißig Jahre alt. Der hiesige Ton, sagte ich, liegt mir nicht, ich bin nur für eine leicht distanziert spöttische, für eine international-komparative Analyse geeignet. Weshalb mich viele für zynisch hielten. Derartiges behauptete man später auch in New York von mir, was aber kein Hinderungsgrund für eine Lehrtätigkeit an der Universität gewesen ist. Nur über substantielle Fragen lohnt ein Nachdenken, so meinte ich damals. Aufschlußreicher als die national-sozialistische Marktwirtschaft ist die kapitalistische Weltwirtschaft. Wie kann ich das Wort »Welt« in den Mund nehmen, ohne sie kennengelernt zu haben? Meine Lieben, mitteleuropäische Hüter des Kitsches, erinnert ihr euch an Pilinszkys spitzfindiges, silberhelles, aus der Brust kommendes Lachen? Er war es, der an einem Tisch, an dem ich mich bescheiden hinter László Nagy, Miklós Erdély und Béla Kondor verkrochen hatte, verlauten ließ, daß es nur über solche Probleme nachzudenken lohne, die gemäß ihrer Natur unlösbar seien. Zur Lösung der lösbaren Fragen gebe es den entsprechenden Fachapparat. Manchmal schwebte Tamás Lipták, der Mathematiker, herein: »Sag mir irgendein Problem, und ich formalisiere es.« Erdély hatte den Eindruck, daß Lipták den Rotwein aus der Weinflasche entformalisiert. In den Wirkungskreis der sich vertiefenden Intuition gehören die lösbaren Fragen nicht. Der Begriff der aktiven Lyrik bedeutete für Pilinszky etwa soviel wie ein trällernder Gewichtheber. Wer verlangte von dem unglückseligen Gewichtheber, dem jedes Stöhnen schwerfällt, daß er auch noch trällern soll?

Vor zwanzig Jahren beschloß ich, für den kurzen Lehrgang des Kommunismus nicht mehr als zwanzig Jahre meines Lebens zu opfern. Wenn ich neunzehnhundertfünfundvierzig nicht wirklich befreit worden wäre, dann würde ich diese Befreiung nun selbst vorantreiben. Viel sprachen wir damals vom Unterschied zwischen äußerer und innerer Freiheit. Kobra meinte, für die innere Freiheit bestünde immer eine Chance, die Verhältnisse könnten noch so einengend sein. Der Denker könne auch ohne Gedankenfreiheit arbeiten. Und ich entgegnete, diese vorsichtig eingezäunte kleine innere Freiheit sei ein ziemlich parochiales Etwas. An die Legende von den Meisterwerken, die für die Schreibtischschublade geschrieben werden, glaubte ich nicht unbedingt. Ein ganzes Leben lang bereitet sich der Mensch auf den Augenblick der Erlösung vor, und wenn er dann gekommen ist, hat er nichts mehr zu sagen oder bringt nur ein Winseln hervor. Ich hatte Angst, am Ende auch noch als alter Mann wie ein Kindergartenkind behandelt zu werden, das man einfach in die Ecke stellt, wenn es unfolgsam ist. Wie die Nadel eines Plattenspielers auf einer zerkratzten Schallplatte, so gerieten wir bei diesem Problem ins Stocken. Manchmal stampfte ich mit den Füßen auf, ein andermal verfiel ich in Depression und wurde schweigsam. Physisch spürte ich das Eingesperrtsein. Und alles, was ich sah und hörte, Schuhe und Gedichte gleichermaßen, waren ein Symptom für diese Situation. Viele ältere Häftlinge wollen gar nicht mehr in die Freiheit entlassen werden, eingesperrt fühlen sie sich schon wohler. In den sechziger Jahren hatten sich die normalen Zivilisten daran gewöhnt und es für natürlich gehalten, daß sich bei Festveranstaltungen auf dem Podium der Präsidiumstisch befand, dem das Wort gehörte, und daß es den Zuschauerraum gab, der höflich, formal, doch ohne jede Begeisterung applaudierte. Umherziehen, Wortgetümmel, Durcheinander im Vorlesungssaal, das kam nicht infrage. Erfolgreich umerzogene Bürger vernachlässigten ihre Stadt, ihre Häuser, ihre Körper, an gegenseitiger Achtung ließen sie es mangeln, an der Arbeit, ihrer Zeit und sich selbst fanden sie keinen Gefallen. Um ins Ausland zu fahren, baten sie um Erlaubnis wie die Schulkinder, die mal auf die Toilette müssen. Sollte ich mich in die Hand von Staatsbeamten begeben, bloß weil ich meinen ständigen Wohnsitz in Budapest hatte? Das ist meine Geburtsstadt, aber es gibt auch andere Städte auf der Erde. Die Motive dafür, mich selbst auszuliefern, empfand ich als geschmacklos.

Schon als ich wegging von hier, ahnte ich, daß das nationale Pathos immer eindringlicher werden würde. Ich allerdings war dafür nicht empfänglich. Von nationaler Abgrenzung erwartete ich keine sonderliche Weisheit. Die nationalen Unterschiede interessieren mich ebenso wie das Verschiedensein der Menschen, die Nationalismen jedoch betreffen mich angesichts ihrer Ähnlichkeit höchstens als Komparatisten. Wo die nationale Solidarität aufhört und der Chauvinismus beginnt, das wüßte ich auch heute nicht zu sagen. Nationale Sozialismen, nationale Kommunismen und nationale Kapitalismen habe ich schon gesehen, stets gab es einen starken Führer, stets gab es nur eine Partei, und die Gegenmeinung wurde bestraft. Stets war der nationale Text geeignet für eine Verschleppung der bürgerlichen Freiheitsrechte. Über die Grenzen der Sprachgemeinschaften dringen die nationalen Wahrheiten kaum hinaus. Vermag der Historiker mehrere Sprachen zu lesen, so kann ihn das gegenüber den Nationalismen, die nicht einmal im Widerstreit miteinander liegen, eher aneinander vorbeireden, unbefangen machen. Kreative Zentren bilden sich vor allem in den Großstädten heraus, wo sich einige Begabungen gleichen Schlags zusammenfinden. Mir gefallen die Techniken und die geistigen Vernetzungen des Erdballs, mir gefällt es, daß man mit dem Reisepaß und der Kreditkarte in der Tasche die ganze Welt bereisen kann. Das Leben ist zu kurz, als daß ich mir ständig gefallen lassen könnte, wie die lokalen Behörden mit mir umspringen. Über ein Reserveleben verfüge ich nicht, und Gegängeltwerden halte ich nicht für ein Schicksal. Vor zwanzig Jahren entschloß ich mich, dort eine Wohnung zu nehmen, wo ich mit den lokalen Behörden so gut wie nichts zu tun haben würde. Damals schwirrten schon die Raketen am Himmel, wir bereiteten uns auf die Mondlandung vor, plötzlich kam mir die Erdkugel klein, ja winzig vor. Wie so viele andere, so war auch ich Planetarist geworden. Hinzukamen die schwer zu überwindenden Grenzen, die abgelehnten Paßanträge, und es verlockte mich die allgemeine Zurückweisung des Kosmopolitischen. Der Nationalist liefert sein Denken dem eigenen Staat aus. Was bleibt dem einfachen Mann auf der Straße, wenn auch das Staatsoberhaupt Nationalist ist? Beide sprechen sie von Einheit. Im seltensten Fall von den Vorteilen des Verschiedenseins. Habt ihr noch nicht bemerkt, daß sämtliche Tyrannen der Welt die gleiche Sprache sprechen?

Gut ist alles, was ich überlebe, das erkenne ich an. Es gibt auch eine Anschauung, derzufolge der beste Ort immer der ist, an dem man sich gerade aufhält. Bloß wollte ich nicht nur vegetieren wie ein Baum, sondern auch schreiben und veröffentlichen. Angefangen hatte ich als Essayist; Gegenstand unserer Betrachtung kann ein Meisterwerk oder eine Maus sein. Der Verstand soll zwischen Sinnlichem und Abstraktem seine Schwingungen vollführen können. Summa summarum: Solange die Dinge so stehen, wie sie stehen, kann ich diese dreiste und geistreiche Kunstgattung in Budapest nicht ausüben. Schreiben kannst du zwar, doch nur mit Andeutungen und Verallgemeinerungen, die Ironie dagegen gerät in ängstigend ironiefeindliche Situationen. Selbst die anständigen Menschen sind schrecklich provinziell und unbeholfen, entweder biedern oder passen sie sich an. Der Verzicht auf Ehrlichkeit führt zur Verrohung. Dann interessiert den Menschen nicht wirklich, was der andere denkt. Ich neigte ohnehin dazu, umgeben von Gelagen und Geschwafel, die Zeit totzuschlagen, Reden zu schwingen, andere durch den Kakao zu ziehen, Bücher querzulesen und Witze zu reißen, statt nachzudenken. Aber das war die Art und Weise, mit der ich in der Gesellschaft Erfolge einheimsen konnte. Allzu sehr war ich schon eine Budapester Figur geworden. Ich hatte Angst, mich vom Alkohol abhängig zu machen, in die Breite zu gehen und zuckerkrank zu werden. Eingeschult worden bin ich noch zu Zeiten der ungarischen Monarchie, und auch die habe ich nicht geliebt. Auch durch die sozialistische Variante patriarchalischer Wichtigtuerei, die sich mit Nachdruck empfahl, ließ ich mich nicht täuschen. Als ich ein kleiner Junge war, hieß es: Väterchen Horthy. Von den Älteren war noch zu hören: Väterchen Franz Josef. Dann kam Väterchen Rákosi. Gegangen ist auch er. Und nach ihm betrat Kádár die

Bühne. Als ich auf dem Dorf von Väterchen Kádár reden hörte, da war es für mich Zeit zu gehen. Allem Anschein nach brauchen die Menschen hierzulande auch noch als Erwachsene einen Vater über sich. Du bist schon wie jemand vom Land, dachte ich, der sich darüber beklagt, daß er noch immer kein elektrisches Licht hat. Soll er doch dorthin ziehen, wo es Licht gibt.

Du mußt den Sprung wagen, sagte ich mir, und sprang von einem vorspringenden Felsen ins Meer. Der Fahrtenschwimmer befreite sich selbst. Ich weiß nicht, ob ich schon erzählt habe, daß ich meine Heimat mit einem falschen jugoslawischen Paß verlassen habe. Für einen jugoslawischen Paß reichte mein Geld geradeso, für einen westlichen schon nicht mehr. Von irgendwelchen politischen Veränderungen eine Aufklarung meiner Zukunft zu erwarten, die Hoffnung darauf hatte ich aufgegeben. Ein politisches Jenseits, an das ich glauben könnte, existiert seither für mich nicht. Da ist die Stadt, in der ich lebe, und sie ist, wie sie ist. Glücklicher bin ich nicht geworden, dafür aber ein normaler Erwachsener. Als ich den Fremdenpaß ausgehändigt bekam, wich irgendein Druck von meiner Brust. Die Buntheit der Reklame gefällt mir besser als das staatliche Betongrau. Schon gut, Herr Präsidentschaftskandidat, strengen Sie sich getrost an, wenn Sie mir gefallen wollen! Dann muß ich nichts unternehmen, um Ihnen zu gefallen. Ich bin in ein Land gegangen, wo man keine staatliche Genehmigung braucht, um zu lehren und zu publizieren. Von New York, so meinte ich, würde sich der beste Überblick bieten. Ob ich damit recht behalten habe, ist keineswegs sicher, jedenfalls sträubte ich mich dagegen, die Romantik der einen Peripherie gegen die Romantik einer anderen Peripherie einzutauschen. Ich beschloß, die politischen Barrieren in sprachlich-technische umzuwandeln. Vier Jahre Vorbereitung und innere Umstellung, das etwa würde der Preis für die Sache sein. Schlechtes kann mir in der Zwischenzeit nicht passieren, denn was auch immer mir zustoßen sollte, wird mir eine Lehre sein. Wichtig ist nur, daß ich Student bleibe.

Neunzehnhundertsechsundsechzig, im Alter von dreiunddreißig Jahren, ging ich weg. Neunzehnhundertneunundsechzig promovierte ich an der Columbia University, einundsiebzig erschien bei einem guten New Yorker Verlag mein erster Essayband, dreiundsiebzig erhielt ich an der New York University eine Professur. Zwischenzeitlich ging ich in die Provinz, um schließlich für ein höheres Gehalt zurückzukehren. Gute Studenten unterrichte ich ziemlich gut. Weniger gute weniger gut. Um irgendeinen verbissenen Groll in mir zu hegen, dazu war ich zu erfolgreich. Wenn du einen guten Text geschrieben hast, wird es gewiß einen Redakteur geben, der dich anruft. Die Stadt gefällt sich selbst, die lokalen Nachrichten sind zugleich auch internationale Nachrichten. Auf der Straße sind viele schön gewachsene, extravagante Menschen zu sehen und viele groteske Gestalten. Es gibt wohl kein Volk der Welt, das in der Stadt nicht durch eine Masse Leute vertreten wäre, du brauchst dich nicht fortzubegeben, sie erzählen dir, wie es bei ihnen daheim aussieht, in der Kneipe kannst du eine Reise um die Welt unternehmen. Sooft ich vom Flughafen im Taxi stadteinwärts fahre und die Umrisse von Manhattan erblicke, fühle ich mich ein bißchen wie berauscht. Leicht wird mir ums Herz, und der Brustkorb weitet sich. Kein sonstiges Hindernis gibt es zwischen mir und den anderen, als lediglich meine und ihre Engstirnigkeit. Keine äußere Macht! Kein Verbot von oben, nur unsere hausgemachte Dummheit. Von überall her auf der Welt kamen die kleinen Leute und verwirklichten das, wozu sie zu Hause keine Möglichkeit hatten. Ich weiß nicht, wodurch ein Fleischer in New York selbstsicherer ist als in Budapest. Ungarischer Fleischer in New York? Das ist schon was. Das ist eine ernste Sache, vielleicht haben sogar Zeitungen von ihm berichtet. Vor ihrer furchteinflößenden Autorität sind die vielen kleinen Leute davongelaufen und fanden sich dort zusammen, wo sie vor niemandem Angst haben mußten, höchstens einer vor dem anderen. Daran gemessen hält sich die Kriminalität in erträglichem Rahmen. Wenn ich von New York nach Europa herüberkomme, erscheint mir alles ein bißchen kühler und ritualisierter. Die Autorität ist autoritärer. In Westeuropa sind die Menschen vielleicht besser gekleidet, in New York erscheinen sie ungezwungener, verrückter. New York ist sensibler, billiger, volkstümlicher. Auch schäbiger. In den ersten Jahren hatte ich wenig Geld, in Second-hand-shops kleidete ich mich ein, und allmählich sehnte ich mich nach neuen, sauberen, europäischen Sachen von guter Qualität. Mein Lieblingssakko aber fand ich an der Straßenecke. Ich hob es auf, es paßte mir genau. Zehn Dollar, glaube ich, habe ich dafür gezahlt.

Es fragt sich, ob es angebracht ist, daß wir uns vor Studenten ausbreiten, die vom Professor vor allem die höchstmögliche Benotung erwarten, um später eine gute Stelle zu bekommen. Und manchmal entpuppt sich ausgerechnet der als schrecklich, der echtes Interesse bekundet. Kleine Papageien sind sie. Was sie gestern eilends in sich hineingestopft haben, das käuen sie heute wieder. Nun ja, Wiederkäuen ist der Weg des Verdauens. Viel menschlicher wirken sie, wenn sie den Betrieb ihrer Wortmaschine einstellen. Eure Studentenzeit würde meine Studenten besonders interessieren, euer Erziehungsroman. Könnt ihr es ertragen, daß wir uns gegenseitig in Stücke zerlegen? Versuchen wir doch jetzt, zum Beispiel Kobra auf den Seziertisch zu legen, obwohl er noch ißt und spricht. Warum auch solltest du dich nicht des gewohnten Kobra entledigen? Steig heraus aus ihm, wie aus deiner Hose. Das Seminar weiß es zu würdigen, wenn sich die Versuchsperson nicht sperrig anstellt. Man muß es verstehen, nicht wahr, wenn man jemandes Existenz streitig machen kann, dann tut man es eben. Warum nicht auch deine? Woraufhin du auf deine Pläne verzichtest und dich derart einschränkst, daß du von objektiven Gegebenheiten möglichst unabhängig bist.

Denn was sonst könntest du im Wilden Westen tun, als deine schlechte Laune im Einkauf zu ersticken, du verwöhnst dich selbst, diese kleine Puppe, impfst ihr Sehnsüchte ein, und in Einkaufszentren oder in schicken kleinen Geschäften befriedigst du diese bescheidenen kleinen Sehnsüchte. Ein dezent betäubendes Gesichtswasser, ein weicher Kaschmirpullover oder ein Laserprinter; freuen kann sich der fehlbare Mensch über vieles. Solange ich ein Haus besaß, kaufte ich alle möglichen Klamotten, die ich eigentlich nicht brauchte. Auch gereicht es unserer Art nicht zum Ruhm, daß wir die Bilder von festtäglicher Üppigkeit mit Essen und Trinken verbinden, mit dem Stopfen und der Anpassung unserer Öffnungen. Hilfloses Verlangen. Wenn die Mehrheit der Menschen reich sei, dann wolle er reich nicht sein, sagte Kobra auf dem Flur des Gymnasiums. Ein recht unglückseliger Perfektionismus. Jeder Verzicht ist ein Sieg. Plötzlich stellst du fest, daß du heute nicht mehr brauchst, was du gestern noch zu benötigen wähntest. Ich, der unzulängliche Dragoman, habe diese hohe Stufe der Entsagung nicht erklommen. Auch glaube ich nicht daran. Oft war ich unruhig, weil ich mir dies oder jenes nicht aneignen, nicht anziehen oder in den Mund nehmen konnte. Für mich ist die Stadt ein einziges großes Schaufenster, und ich erwarte, daß sich mir alle möglichen Dinge und Menschen darbieten. Die anderen sollen mich anlächeln und nicht wegnehmen, was mir gehört.

Tatsache ist, daß die Kontakte der westlichen Mittelklasse an der Oberfläche kreisen. Aber mit wie vielen meiner Mitmenschen möchte ich mich unbedingt in große Tiefen begeben? Wozu soll das gut sein, sich auf dem Land zu verkriechen und den Anrufbeantworter anzustellen? Ist eine oberflächliche Konversation nicht vorteilhafter? Und warum sollen wir nicht sauber und gut gekleidet sein, denn was sonst sollte schön sein, wenn nicht der Schein? Ich mag Gesellschaft und Konversation, Tagungen und Diskussionen in den Seminaren, Pressekonferenzen und öffentliche Streitgespräche, ich mag die lebendige Rede. Ich mag Schaustücke, Rituale und Spektakel. Gern hetze ich die Menschen gegeneinander, damit die Funken nur so sprühen, damit endlich etwas passiert. Eine Soloeinlage geben sie, wie auch in einer guten Jazzband immer einer aufsteht, an die Bühnenrampe tritt und von den anderen die Stimme übernimmt, während die ihn helfend wie eine Mutter umgeben. Hier zu Hause fühle ich mich auf Partys am wohlsten, wenn sich die Flaschen allmählich leeren und die Aschenbecher füllen, wenn ich mich am Klavier verausgabt habe. Mich vor morgens um fünf hinzulegen, ist für mich ein Ding der Unmöglichkeit, ihr aber, mit denen ich, sagen wir, früh halb vier, mich gern unterhalten würde, ihr schlaft zu dieser Zeit den Schlaf der Gerechten. Nachts habe ich kein allzu großes Schlafbedürfnis, es zieht mich dorthin, wo die eigenartigsten Menschen anzutreffen sind, in Vergnügungslokale, wo sich jeder geheimnisvoller und draufgängerischer vorkommt als am nächsten Tag im Büro, in der Fabrik oder auf der Baustelle. Je mehr sich die Menschen stilisieren, desto unterhaltsamer sind sie oder desto grotesker. Vergnügungssucht ist ein dominierender Instinkt des Menschen. Sobald ich keinen Hunger leide, will ich mich amüsieren. Urbanismus = Amüsement. Etatismus = Langeweile. Und ob die Staatskriminologie nicht unterhaltsam sei, fragt Kobra. Woraufhin ich nur zu sagen weiß, verehrter Meister, daß ich mich in diesem Themenbereich übermäßig vergnügt habe und es mir ein für allemal reicht. Euch Erdverwurzelten gegenüber ist mir die schwebende Luftwurzel geblieben. Zufälliges Umherziehen in unbekannten Gegenden. Den Auszug feiert der ewige Jude, nicht die Landnahme.

Absolute Prinzipien, die ich mit der relativen Welt konfrontiere, sind mir fremd. Ich versuche höchstens herauszufinden, was mir gefällt und was nicht. Seit Gutenberg kann die einsame Form der Meditation öffentlich werden. Hier wie auch dort ist die Mehrheit unreif. Im allgemeinen sind auch die Führer der Welt nicht reifer als der Mann auf der Straße.

Doch bevor das Schiff mit dem Eisberg kollidieren würde, kommen zum Glück für unsere Art manchmal einige reifere Menschen. Mit mir selbst ist es nicht weit her, auch wenn ich ein paar Ideen auf den Weg gebracht habe. Ein komischer Vogel bin ich, konfessionslos und parteilos, in einem liberalen akademischen Kollektiv, das nicht ohne Humor ist. Grundlegendes Medium ist natürlich nicht der Hörsaal, sondern das Papier. Bedauerlich ist nur, daß meine Dragomanie stärker ist als meine Graphomanie. Im Mündlichen fällt es mir leichter zu brillieren als im Schriftlichen. Ich lasse mich über die Halbinsel gehen, schlendere zum Battery Park hinunter, und unter umherfliegenden Hubschraubern blicke ich aufs Wasser.

An meinen toten Vater denke ich, an Döme Dragoman, den Barpianisten, von dem ich Klavierspielen und in zahlreichen Sprachen singen gelernt habe, um davon überall auf der Welt existieren zu können. In den ersten Jahren hochstapelte ich in der Bar des Gramercy Park Hotels. Nach dem Tod meines Vaters hat das auch meine Mutter getan, hat sich die Haare gefärbt, stark geschminkt, das Gesicht wie eine Vogelscheuche, die großen Augen umherschweifen lassend, spielte sie in Budapester Espressos Klavier. Spöttisch hätschelte und foppte sie die neben ihr sitzenden jungen Leute, setzte ihnen Getränke vor, die sie von den Gästen spendiert bekommen hatte, sie, Fanny, an der das Alter spurlos vorübergegangen zu sein schien. Ein Jahr nach meinem Weggang war mein Vater gestorben. Kurz darauf trat meine Mutter im Tango auf. Daß Fanny und Döme ein großes Paar waren, das wußte jeder. In der Dob utca hatten sie meinen Vater im Schlafrock, unterm Arm einen Pelzmantel, hinter meiner Mutter herrennen sehen, weil die im Nachthemd von zu Hause weggelaufen war, und mein Vater immer Angst hatte, daß sie sich verkühlen könnte.

Mittags speise ich in der Pipa, die Kellnerin ist eine verrückte Nudel, die von Orchideen zu berichten weiß, die ihr jemand in den Schoß gesteckt hat. Chef ist mein Vetter zweiten Grades, der beim ersten Anlauf zur Meisterprüfung als Koch durchgefallen war, weil er den Rostbraten Chateaubriand nicht zur Zufriedenheit auf den Tisch zu zaubern verstand, mit seinem Filetsteak Stroganow aber und der Klausenburger Kohlroulade wurde er den Anforderungen nicht nur gerecht, sondern erhielt sogar noch eine extra Belobigung. Loben tue auch ich ihn des öfteren, ich mag nur nicht, wenn er die verrückte Nudel in seinen Anfällen von Eifersucht mit der Fleischeraxt verfolgt. Zusammen mit Amalia aus der Nachbarschaft kam meine Mutter ebenfalls hierher in die Pipa zum Mittagstisch. Ein Bier wird mir gebracht, ich warte auf die Fleischsuppe, sehe mich um. Alles zusammengenommen gefällt es mir, wie sie hier essen, sich schöne Augen machen, schimpfen. Selbst der, mit dem ich eine tätliche Auseinandersetzung habe, gefällt mir. Einem respektlosen Mitmenschen habe ich, ihm den Kopf nach unten stoßend, das Nasenbein gebrochen. Es kommen die Besten zusammen, um sich gegenseitig zu beleidigen, einen Sündenbock suchen sie und sind nervös, daß sie keinen finden. Was ihnen zusteht, haben sie nicht bekommen, das trifft sie empfindlich. Was hast du in den vergangenen zwanzig Jahren gemacht, frage ich einen ehemaligen Kollegen. »Geekelt habe ich mich«, antwortet er. Viele meiner Bekannten schraubten ihr Empfinden für Würde auf ein Minimum zurück, ausgelaugt sind sie, mißgestimmt, entdecken überall Schwierigkeiten. Fähige Köpfe verschwenden ihre besten Jahre für die Observation eines Irrtums.

Manchmal treffe ich Kobra hier in der Pipa, wir essen zusammen Mittag und gehen dann spazieren. Natürlich ist er um fünf aufgestanden, hat gebadet, ein bißchen frische Luft geschnappt, eingekauft, hat frische Milch und Hörnchen gebracht, in Zsigas Becher und in Dömes Nuckelflasche

Kakao gefüllt. Bei einem Glas Tee hat er mit seiner schönen jungen Frau ein Weilchen geplaudert. Morgens um acht wirft mein Freund Kobra einen Blick auf die gegenüberliegende Schule, in der Schulbank die Schüler, er an seinem Tisch, es läutet zur Inspiration, und der, der vis-à-vis im Klassenzimmer der Lehrer ist, erscheint mit leicht geneigtem Kopf auf der Bildfläche. Meine Situation ist das nicht. Ich verstehe gar nicht, wie ich diesen schafsköpfigen Kobra ertragen kann. Ein bißchen quäle ich ihn. Mein armer Freund, hat er wirklich nicht bemerkt, daß in der großen Welt nunmehr die dreiste Positivität Mode geworden ist? Mit der kritischen Sauertöpfischkeit der Linken ist es vorbei! Unter den sauren Gefühlen ist es die Schadenfreude, die man sich noch gerade so erlauben kann. Garten und Kochkunst, Videohorror, Video-Reiseerinnerungen. Hat er nicht bemerkt, daß es keine Mode mehr ist, unsere individuellen Meinungen zur Schau zu stellen? Hat er nicht bemerkt, daß nur noch die Mode Mode ist? Wer sich der Strömung entgegenstellt, wird ans Ufer gespült. Macht nichts. Herr Professor Kobra ist eine konservative Persönlichkeit. Humanismus? Autonomie? Daß er sich nicht schämt, solche Wörter niederzuschreiben! Nicht einmal ausgelacht wird er deshalb, wie ein Landpfarrer wird er verehrt. Eine lustige Reproduktion von Untergrundanstand und Kinderstube. Komfortabler Säulenheiliger, provinzieller Dummkopf, darf ich einschenken? Brandneue Abende mit neuen Freundinnen kann sich der Meister nicht mehr geben. Zusammen mit seiner bezaubernden Gattin haben sie beide ein wachsames Auge auf den Tagesablauf des anderen. Der einsame Cowboy, der sich auf sein Pferd schwingt und davonsprengt in die sternlose Nacht – der von uns beiden ich wäre. Meister, ein paar Kilo könnten Sie abnehmen, würden Sie mit mir in die Karpaten kommen und Bären auflauern. Herr, mein Gott, laß nicht jeden Tag gleichförmig beginnen und enden. Daß es in euren Gebeten nicht darum geht, das weiß ich.

Junge Leute suchen mich auf und erklären mir, daß sie dem Land endgültig den Rücken kehren wollen, spröde weise ich sie ab, zum Weggehen kann ich ihnen nicht raten, sie sehen mich eigenartig an. Eine junge Frau kommt zu mir mit ihrem Mann, die Wohnung ist zu klein, das Geld zu wenig, das Kind zu laut, beide trinken sie. Wo in der weiten Welt könnten sie auf ein Stipendium, auf eine Arbeitsstelle mit möglichst minimalen Verpflichtungen hoffen? Der lästigen Beschränkungen überdrüssig, suchen sie nach einer anregenden Atmosphäre, wo auch sie, die Freiheitstrunkenen, anregend sein werden. Adressen, Ratschläge und Geld soll ich geben, helfen soll ich. Ein bißchen Geld gebe ich ihnen, dann bin ich plötzlich verlegen. Worauf lassen sie sich da ein? Arbeiten wollen sie nicht unbedingt, Sprachen beherrschen sie kaum, diesem Land aber, nein, keinerlei Zugeständnisse werden sie ihm machen. Absolut nichts kann man hier machen. Dem Land ist nicht zu helfen, sagen sie. Draußen werden sie allesamt berühmte Künstler und Wissenschaftler sein, namhafte Philosophen, von Produzenten verwöhnte Regisseure, charismatische Stars, dem grauen Einerlei werden sie entfliehen. Was dann, wenn sich die Überwelt nicht um sie reißt, wenn sie unfreundlich und unwillig ist? Das kann nicht sein. Irgendwo muß es einen Ort geben, an dem die Gegenwart Ankunft ist. Abenteuerliche Geschichten des Weggangs, dann irgendeine langweilige Fortsetzung. Der Held oder die Heldin ereifern sich, verlassen das Land, sehen sich um, klammern sich irgendwo fest, ach Gott, sie schämen sich, Sehnsucht nach zu Hause zu haben. Manchmal werden wir, die Draußengebliebenen, von Freunden aus der Heimat besucht. Sie, die zurückgehen werden, haben gewiß das Gefühl, daß es so schlecht daheim gar nicht ist, daß wir einen Fehler gemacht haben. Wozu das alles, wir hätten getrost bleiben können. Sie wollen daran galuben, daß der, der weggegangen ist, unrecht hat. Sie, die bleiben, sie haben recht, und wenn sie gehen, dann bleiben sie nicht länger weg, als man ihnen erlaubt hat. Loyalität gegen Vertrauen. Ein bißchen kühl ist er schon, denken die Daheimgebliebenen, uns hat er verlassen, und so ganz unrecht haben sie damit nicht. Wechselseitiges Vergessen setzt ein, die Freunde, schrumpfende Erinnerungen, verschwimmen mit dem Hintergrund. Je weiter du von dem Land deiner Kindheit entfernt bist, desto kleiner kommt es dir vor. Leute sind bei mir in Amerika, ein ungarischer Bekannter ruft mich an, jetzt ist er angekommen, ich lade ihn ein. Meinen Gästen erklärt er, daß er nicht zur Regierungspartei, vielmehr zur Opposition gehört, aber nicht auf diese, sondern auf jene Weise, was freilich seinem neuen Gesprächspartner, gemessen an der Eigenartigkeit, daß er Ungar ist, nicht allzuviel sagt. In den Augen deiner wildfremden Bekannten sind die Ungarn genau so wie du. Mit großem Welthunger schwärmen wir aus, dann kriechen wir hierher zurück. Als ich zu Hause eintraf, wunderte ich mich, daß alles seine normale Größe hat. Die Außenbezirke sind richtige Außenbezirke, das Brot ist richtiges Brot. In bläulichem Abendzauber sitze ich in einer gelben Straßenbahn. Nur ein bequemes Bett braucht der Mensch.

Laura

Vor zwanzig Jahren war Dragoman von Koper nach Triest hinübergeschwommen, von Jugoslawien nach Italien, von Ost nach West. Laura saß am Strand und beobachtete, wie ihr Mann in der Ferne verschwand. Eine Handvoll Sand ließ sie langsam durch die Finger rieseln, eine abwartende Sanduhr. Sieben Kilometer mußte Dragoman auf dem Meer zurücklegen, dessen Wellengang trotz des phantastisch klaren Himmels nicht zu übersehen war. Lauras Blicke waren auf János' kleiner werdenden Kopf gerichtet, bald schon hatte er nurmehr die Größe eines Kirschkerns. Am ersten Triester Strandhotel standen drei Steinmauern, unterbrochen nur durch Toröffnungen mit Rundbögen, im Meer. Laura sah den Kirschkern unter der ersten, dann unter der zweiten Steinmauer hindurchschreiten, nach der dritten allerdings bog er nach rechts ab. Auch Dragoman spürte, daß er Lauras Blicken nun verborgen war. Der Bademeister des Hotels nahm Dragoman in seiner Dienstwohnung auf, er ging hinaus, um seine Wasserskistunde zu halten, der Flüchtling zog die nasse Hose aus und schlüpfte unter die Bettdecke des Fremden. Dem Gastgeber versprach Dragoman Kamera und Omega-Uhr, sofern er mit dem Wagen zum Koperer Hotel hinüberfahren und ihm von Laura Kleidung und Papiere bringen würde.

Nachdem er Triest schwimmend erreicht hatte, meldete er sich bei der italienischen Polizei. Die steckte ihn in ein Lager, er langweilte sich. Junge wohlhabende Frauen kamen im Auto vorgefahren, winkten die stattlichen Männer oder diejenigen, die irgendwie ihre Aufmerksamkeit erregt hatten, zu sich heran: »Nicht du, der dort, der Große mit den langen Haaren!« Dragoman hielt sich fern vom Zaun. Eines Tages ging er doch hin. Linkisch und täppisch wurde er auf französisch gerufen: »Monsieur, je voudrais avoir le plaisir de faire votre connaissance.« Dragoman nickte. Die Frau begab sich zur Lagerverwaltung und unterschrieb eine Verpflichtung, daß sie für den Unterhalt des Flüchtlings aufkommen wolle, solange die Bearbeitung seines Asylantrags dauere. Vorübergehend wohnte sie in Parma, im Hotel Stendhal. Guendolin war ihr Name, eine Linke war sie, Engländerin und wog achtzig Kilo. Große Hände hatte sie und große Füße, ihre Unförmigkeit hinderte sie nicht daran, exzentrisch zu sein. Sie befreite Dragoman aus dem Lager und ließ es ihm an nichts fehlen. Ihre Schamhaftigkeit führte dazu, daß sie sich auch im Bett unbeholfen vorkam. Zum erstenmal, so behauptete sie, sei sie jetzt dem Gefühl begegnet, von dem sie in Büchern gelesen habe.

Jeden Vormittag unternahm Dragoman einen Spaziergang um die bedrohlich hohe Burg von Parma, lungerte auf dem Markt herum, setzte sich schließlich in ein Café, bestellte zum Kaffee Grappa und schrieb sehnsuchtsvolle Briefe an Laura, worin er seinem Heimweh Ausdruck verlieh. Jeden Tag schrieb er einen Brief. Nach einigen Monaten hatte sich der verkaufte Sklave an seine Lage gewöhnt. Er las, faulenzte, ging spazieren. Von Stadt zu Stadt zogen sie im schönen italienischen Herbst. Guendolins Körper war ein bißchen feucht. Auch mit dem Geruch der Frau war János nicht wirklich zufrieden. Reporterin, Freischaffende, Filmproduzentin und selbstironische Feministin. Viele Pullover, breite flache Hüften, kräftige Schenkel, keine großen Brüste, etwas kantige Schultern, straffe Muskeln. Fundierte Meinungen, unterdrückte Gedanken. Kluge Wahrnehmungen verfolgte Guendolin nicht weiter, weil sie Angst hatte, Gemeinplätze zu wiederholen. Daß Dragoman sie betrog, stand außer Zweifel. Kurze gelegentliche Abenteuer. Ein höheres Taschengeld konnte er für sich herausschinden. Es kam vor, daß er es für eine Hure ausgab. Guendolin auf ihren großen Füßen war für die Spaziergänge eine gute Partnerin. Damit Dragoman in Gaststätten und Bars zahlen konnte, drückte sie ihm vorher das nötige Geld in die Hand. Das Wort »strici«, zu deutsch Zuhälter, hatte Dragoman ihr beigebracht. Laut rief Guendolin ihm auf der Straße hinterher: »Strizzi!« Ungarische Touristen drehten sich um.

Viel beschäftigte sich Guendolin mit János' Horoskop. Frauen werden dir auf deinem Weg weiterhelfen. Im guten wie im schlechten, von einer Frau zur anderen wirst du wandern. Eigentlich bist du zum Gigolo wie geschaffen. Hast du dich von einer Frau schon mal bezahlen lassen? Jawohl, das hatte er. Als Student hatte er Opernsängerinnen Besuche abgestattet, zwischen den Garderoben schlenderte er umher, Koloratursoprane und dramatische Altistinnen nahmen János' Liebesdienste gleichermaßen in Anspruch, damit ihre Stimme danach auf der Bühne heller und voller wirkte. Ihre warm gewordene und erschlaffende Bauchhöhle diente als flexiblerer Resonanzboden, sie brachten sich in eine sensiblere Stimmung, was sie zu großangelegten Bewegungen befähigte. Dem Umstand hatte Dragoman seinen Kamelhaarmantel zu verdanken, seinen Seidenschal, eine schöne Bibliothek und viele kapriziöse Dienstreisen rein privaten Charakters in verschiedene Kleinstädte. Flauschige Paletots, Flanellhemden und locker gestrickte Pullover trug er, um den Hals gefältelte Seidentücher. Es machte Dragoman absolut nichts aus, wenn man ihn belächelte. Gern saß er zu Hause in einem Theaterkostüm, im Dolman, einer mit Schnüren besetzten Husarenjacke, oder in einer Redingote, einem taillierten Damenmantel. Diese Kleidungsstücke standen ihm viel besser als anderen.

Auch in der Pariser Wohnung, die er mit Guendolin gemietet hatte, änderte sich an seinem Verhalten nichts. Außer Landes war er gegangen, um dem Leben die spielerische Seite abzugewinnen, um andere zu erschrecken, Angst hatte er daheim genug gehabt, er verstand, daß er mehr erreichte, wenn er ein

Lump war, als wenn er für einen guten Jungen gehalten wurde. »Teure Guendolin, was hast du nicht alles erdulden müssen von mir, einem bösen Budapester Possenreißer!« Alle möglichen Rollen spielte er, und da seine neuen Bekannten ein bißchen verweichlicht waren, lag es auf der Hand, diesmal den harten Osteuropäer herauszukehren, der den Westen demnächst auf einem Panzer touristisch erschließen wird. Dem einen Panzer entsteigt er, setzt sich für die Zeit der Plünderung in das Kinderzimmer einer Familie und sieht sich Lucky Lukes sämtliche Abenteuer an, dann, wenn zum Abzug geblasen wird, erhebt er sich, salutiert und rattert mit seinem Tank davon. Er gab vor, eine osteuropäische männliche Nutte zu sein, die hier vielleicht nur Aufklärung betreibt, die sich auf Karate ebenso versteht wie aufs Messerwerfen. Und tatsächlich, in der Fachwerkwand eines Bauernhauses ließ er die für den Käse gedachten spitzen Sägemesser wippen, dabei den Kopf seines Opfers einkreisend, eines ihm unsympathischen Kerls. Guendolin fiel es nicht leicht, dem Beleidigten die Herkunft dieses eigenartigen ungarischen Volksbrauchs zu erklären. Um die Situation zu retten, erklärte Dragoman einer älteren Dame, die sich danach erkundigte, wie sich die Menschen in Ungarn rasieren, daß sich die Männer nach einem alten Brauch den Bart ein Jahr lang stehen lassen, danach gehen sie auf den Hauptplatz des Dorfes oder der Stadt, dort findet sich ein Richtblock mit einem Beil darin, sie packen die Axt mit der einen Hand, mit der anderen das Bartende, dann von rechts ein Hieb, von links ein Hieb, und einen Bart hat es nicht gegeben. Allein geblieben, fragte Guendolin ihn: »Du Strizzi, stimmts, die ungarische Rasur hast du ein bißchen übertrieben?« »Ein bißchen«, gab Dragoman nachgiebig zu.

Dragoman rief Kobra des öfteren an und schrieb ihm auch lange Briefe, er prahlte, daß für den morgigen Tag alles offen und fast alles vorstellbar sei. Kobras halsstarrig wiederholten Ratschlag allerdings, er solle promovieren, vergaß er nicht. Er promovierte. Und auch eine Stelle bot sich an, erst bekam er einen zeitlich begrenzten Vertrag, schließlich fiel die zeitliche Begrenzung weg. Sogar einige kleine Freiheiten konnte er sich schon erlauben, unter anderen die, daß er seine Lehrverpflichtungen nur im Herbst wahrnahm, wenn auch nur gegen ein halbes Gehalt, von Weihnachten an aber war er frei wie ein Vogel im Walde. Seine Stunden wurden von auffallend vielen hübschen Mädchen besucht. Irgendwelche Kunststückchen erwarteten sie von ihm. In einem Stegreifspiel gab János zum besten, wie sich die Menschen in den verschiedenen Großstädten Europas verhalten; er erzählte von Venedig und Ragusa, von Granada und Amsterdam, von Nowgorod und Wilna; von Plätzen in den Städten sprach er, wo er schon umhergestreift ist, Betrachtungen und ethnomethodologische Beobachtungen angestellt hat, auch von den verschlafenen Begebnissen auf dem Klauzál tér versäumte er nicht zu berichten.

Laura war schon in Budapest in ihrem Atelier, als ihr gesamtes Blickfeld mit einemmal von einer milchig weißen Helligkeit ausgefüllt wurde. Sie konnte nichts mehr sehen. Die Welt meiner Augen hast du mir entführt, sagte Laura am Telefon. Sehnerventzündung, ein vietnamesisches Miasma mochte dafür verantwortlich sein, meinte der Arzt. Eine nicht minder eigenartige Erklärung war die, daß Dragoman die Welt ihrer Augen entführt habe. »Wenigstens muß ich nicht das Altern meines Körpers sehen.« So unerwartet, wie es verschwunden war, so plötzlich kam das Sehvermögen zurück. Was nun Lauras Körper angeht, der schnell braun wurde und den sie intensiv mit Körperpflegemitteln einrieb, so waren daran noch kaum Makel wahrzunehmen. Eine ausgeglichene, im Mai geborene Frau ist sie, was sie anfaßt, das gelingt. Unabhängig davon ringt sie ständig mit metaphysischen Problemen. Nachdem ihre Augen in Ordnung gekommen waren, kaufte sie eine Papierrolle, legte sie auf den Tisch, spannte sie in die Schreibmaschine ein und schrieb János einen fortlaufenden, einen fast unendlichen Brief. Mit jedem Atemzug, das wußte Laura, sann Dragoman, dieser Hurenbock, darauf, wie er seine Frau würde betrügen können. Ein professioneller Schürzenjäger ist er, in Ordnung ist die Welt erst dann für ihn, wenn er eine neue Eroberung gemacht hat. Gefallen will er, immer wieder gefallen. Jenen Zustand strebt Dragoman an, in dem der andere gelöst ist, sein Sträuben aufgibt und anschmiegsam wird. Dann allerdings wird es ihm plötzlich zu eng im Doppelbett, und er sehnt sich danach, im Morgengrauen allein durch die Pariser Straßen zu ziehen, wenn der Metzger mit dem gekrümmten Messer die Reste vom Fleischschneidetisch abkratzt, wenn man sich bereits in das Eckcafé setzen, ein Croissant und Milchkaffee zu sich nehmen kann. Bei Tagesanbruch aus dem Schlaf auffahrend, spürt Dragoman ein zwanghaftes Bedürfnis, der Enge zu entfliehen.

Laura wußte nicht, daß Guendolin dieses Spiel durchschaut und immer eine Drei-Zimmer-Wohnung mietet, um nachts zum Schlafen aus dem gemeinsamen Schlafzimmer ins eigene Zimmer zu gehen, damit es Dragoman vergönnt ist, sich beim Aufwachen allein zu fühlen. Tagsüber arbeitete Guendolin, erst nach achtzehn Uhr stand sie János zur Verfügung. Bis dahin hatten sich in Dragoman die Worte angesammelt, und gern plauderte er bei einem Glas leichten kalten Weißweins unter dem Kastanienbaum in jenem kleinen Garten, der einst im zwanzigsten Bezirk zum Hof der Stellmacherei gehörte. Durch das grüne Laub der Bäume den blauen Himmel sehen, in einem Liegestuhl faulenzen, daneben ein Tisch mit Obstsalat darauf, einem Eimer mit Eiswürfeln und einer Flasche Weißwein darin, eine seiner Lieblingspfeifen schmauchen, einen solchen Zustand hielt János für göttlich. Wenn die Requisiten gewährleistet sind, wenn seine Bemerkungen und Ideen Zustimmung finden, wenn die Reporterin, seine Geschichten und Anschauungen zugrundelegend, ein Buch über ihn schreiben will, dann kann der Abend seinen Lauf nehmen, in einem bestimmten Augenblick allerdings muß er dann mit der Metro in die Stadt fahren, nur so.

Anfang der sechziger Jahre saß Dragoman zusammen mit Laura oft hier im Tango. Eine ältere Dame, eine Englischlehrerin vermutlich, saß gern am Nebentisch und stellte sich taub, um keinen Verdacht zu wecken. Mit dem großen Mund und der tiefen Stimme konnte Laura phantastisch flüstern. János mochte auch Lauras Mundgeruch, der stets so gut war wie bei einem Säugling, sogar am Morgen nach dem Aufwachen. Lauter gesunde Zähne, rosa Zahnfleisch, hefige, fleischige, schnalzende, emsige Zunge, die alles beleckt. Manchmal war Dragoman auf den Bissen eifersüchtig, den Laura erst mit der Zunge abtastete, mit einem so vielsagenden, innerlich strahlenden und verworfenen Lächeln, als liebte sie sich vor seiner Nase gerade mit jemand anderem. Spuck aus, sagte Dragoman wütend, Laura aber putzte den Teller bis auf den letzten Krümel leer.

1974, sieben Jahre später, ging auch Laura außer Landes, um das gemeinsame Leben mit Dragoman fortzusetzen. In der zweiten Hälfte der siebziger Jahre traten krankhafte Symptome auf, multiple Sklerose, allmähliche Lähmung, elektromotorgetriebener Rollstuhl, wachsendes Ausgeliefertsein, langsame Anklage. Obwohl Dragoman sie anständig versorgte, wurde Laura zusehends mißtrauischer. In Princeton lebten sie. Von der Universität, von Manhattan, hastete János nach Hause, badete, fütterte, unterhielt sie, und wenn er wegging, hinterließ er Laura die wichtigsten Telefonnummern. Die Anrufe eilten Dragoman voraus und folgten ihm. Das Haus war voller Fotos und Aufzeichnungen, Laura sortierte sie. Bis alles abbrannte. Nur seine an den Rollstuhl gefesselte Frau konnte Dragoman retten.

Die kleine, runde, hohe Tasche öffnete Dragoman nirgendwo. Darin befinden sich Lauras Urne, eine Seidenbluse und ein paar Bilder, die Dragoman schon in der im zwölften Stock gelegenen Eckwohnung 172.E.4. gemacht hat. Das war bereits nach dem Brand, nachdem ihr Haus und die ganze Vergangenheit ein Raub der Flammen geworden waren. Mit dem Fahrstuhl kann Laura vom zwölften zum dreizehnten Stock ins Dachgeschoß fahren; sie rollt hinaus auf die Dachterrasse, über ihrem Kopf läßt der Wind weiße Papiermöwen tanzen, tief atmet sie den Faßgeruch der Zisterne ein, fährt hin und her auf dem grünen Plastik-Teppichboden, der wie der Fußboden in einem Zimmer aussieht, nur daß er eben eine wasserdichte Dachisolierung ist, während Laura mit dem elektromotorgetriebenen Rollstuhl hupt und das Gefühl hat, nach dem Regen über eine saftig-grüne Wiese zu laufen.

Eigentlich ist Laura im Hutkoffer gut aufgehoben. Darin könnte man sie jetzt beerdigen. Laura hatte Dragoman gebeten, sie überallhin mitzunehmen. Ob das als Scherz oder ernst gemeint war, läßt sich nicht klären. Dragoman jedenfalls hat es sich zu Herzen genommen. Zusammen mit der Asche schleppt er ein kleines Museum mit sich herum, einen kleinen verborgenen Altar. Der Hutkoffer ist mit rotem Samt ausgelegt. Für Dragoman stellt sich plötzlich die Frage, ob er Laura nicht an der Seite ihres Vaters beisetzen soll. Oder soll er sie nach Ófalu auf den serbischen Friedhof bringen, wo sie im Sommer gern und oft spazierengegangen ist und einmal gesagt hat, das sei ein beglückender Ort. Die Grabsteine auf dem serbischen Friedhof sind sehr schön, von dort hat man einen Blick auf die Talmulde und den See. Drei weiße Kirchtürme fallen ins Auge, umgeben von einem Maulbeerbaum, einer Kornelkirsche und einem Schlehbusch sowie von Feldsteinmauerresten einer Ruine. Ein phantastischer Ort für eine Beerdigung, hier hat die Seele eine windige, paradiesische Wohnung. Auf der etwas verfallenen Steinbank würde ich gern sitzen. Manchmal kommen die Toten aus ihrer Kammer hervor und schlagen dort ihr Lager auf, veranstalten ein Spektakel, ein Friedhofsfest. Soviel an gesellschaftlichem Leben brauchen die Schattenwesen, sagte Laura.

Der Reisende hält jetzt Diät, ißt kein Fleisch, verzehrt keine Frauen, einigen Gedanken will er auf den Grund gehen. Vor ihm ein silbernes Fragezeichen, ein hochgewachsenes japanisches Mannequin in einer Galerie auf der Spring street. Als Dragoman spürt, daß er die Gelegenheit ungenutzt verstreichen läßt, obwohl ihm die Frau sehr gefällt, erfaßt ihn ein befreiender Freudenschauer. Nicht ich werde es sein, der die lange Knopfreihe auf ihrem Rücken aufknöpfen wird. Mit dem Tango ist der Gast zufrieden. Ständiges Zischen und Wispern, Wortfetzen, die wir ergänzen können, unvergeßliches süßes Gespött. Was war das für ein wahnsinniges Jagdtreiben, vor einem Vierteljahrhundert, hier im Tango und in der ganzen Stadt, vor allem nachdem er aus dem Gefängnis entlassen worden war? Jeden Abend nahm er eine andere Frau mit auf die Bude. Tag für Tag mußte eine andere Frau her, diese Aufgabe hatte er sich gestellt, und ein zweites Mal mit derselben Frau zu schlafen, das hatte er sich untersagt. Ein harter Job, der nicht immer von Erfolg gekrönt sein kann, Mißerfolge und Entmutigung wiederholen sich. Dragoman aber, der finstere Kater Murr, tat, was er nur konnte. Befreien wollte er sich von der inneren Unruhe, vom Getriebensein, wodurch es ihn zwanghaft in die Tiefen der Budapester Nächte verschlug. Auf der Straße konnte er schon nicht mehr gehen, ohne einer Frau zu folgen. Mütter begleitete er zur Schule, sie holten ihr Kind ab, er wartete auf sie. Bis nach Hause begleitete er sie, und morgens stand er wieder da, nicht vergebens, das Opfer ging ihm ins Netz, auf dem Weg zur Arbeit schritt János bereits an seiner Seite, brachte es zum Reden und sagte, er werde am Abend hier an der Ecke stehen. Manchmal sprach er eine Frau gleich an, ein andermal zögerte er und begleitete die Frau die Treppe hinauf, fast bis zur Wohnungstür, weil er schwankend war, ob er diese Einkaufstasche mit dem Abendbrot für die Familie, diese Art der Unsicherheit und der Panik wirklich brauchte. Doch vor der noch verschlossenen Tür besprach er ein Rendezvous, und am nächsten Tag stapften sie durch den tiefen Schnee zu einem leerstehenden Holzhaus im Wald, zusammen kletterten sie auf geheimnisvolle Böden oder krochen in unheimliche Höhlen. Die Seltsamkeit der Schauplätze gehörte zu der Unternehmung dazu. Die mageren Geigenschülerinnen, die in der Straßenbahn den Geigenkasten in einer gestrickten Hülle verstauten und sich mit schamhafter Begierde über alles wunderten, nahmen sich in seinem Album gut aus. Dem Zeitgeist gemäß bekamen in Dragomans Programm auch die den Staatskarossen entsteigenden aufgeblasen-vollbusigen Hauptreferentinnen einen Platz zugewiesen, die Dragoman nach den Umarmungen jede noch so nebulöse politische Frage klarer als klar erklären konnten. Gern hätten seine neuen Errungenschaften das Treffen wiederholt, Dragoman aber war an sein Gelöbnis gebunden, nie ein zweites Mal mit derselben Frau sich zu vergnügen. Im unverbindlichen, ungeregelten Geschlechtsverkehr ohne gegenseitige Bindung auf längere Zeit erkannte Dragoman die universelle Menschenliebe. Er war imstande, sich in jedes x-beliebige Bett zu legen. Am liebsten schlief er in einem fremden. Oft gerade in einer Ladenwohnung bei einer Frau, die untervermietete, kein ganzes Zimmer, nur ein Bett, eine durch zwei Laken geteilte Matratze. Bisweilen schleppte János seine Opfer hierher, später begleitete er sie zur Straßenbahn und ging zurück zu Olga, zu seiner Bettwirtin, die schon alles gesehen hatte und nicht aus der Ruhe zu bringen war. An ihrer Seite konnte Dragoman am besten schlafen.

In dem Princetoner Haus hatte Laura einen heldenmütigen Traum, bei irgendwelchen Feuerlöscharbeiten war sie zu Hilfe geeilt. In Windeseile trugen sie ihre muskulösen Beine die Treppen hinauf. Einen Säugling im Arm, kroch sie aufs Dach und ließ sich bis zur Dachrinne hinab. Um sie herum breitete sich Rauch aus, das Baby röchelte, quietschte vor Vergnügen, Laura verlor den festen Boden unter den Füßen und schwebte mit dem Säugling in der Hand über dem Feuer. Vom eigenen Husten wachten Laura und Dragoman auf, die Zimmerdecke stand in Flammen. An einen Traum konnte Dragoman sich nicht erinnern. Wie erschlagen hatte er geschlafen. Den Tag zuvor war er nur so allein durch die Kneipen gezogen. Dragoman kannte mehrere wirksame Methoden, sich selbst knock out zu schlagen. Er wußte, daß er schon zu Hause sein, daß er seine Sache mit der Bettschüssel erledigen und das Abendbrot zubereiten müßte, weil seine gelähmte Frau von ihm abhängig ist. Gerade weil Laura den ganzen Tag allein ist, sind die gemeinsam verbrachten Stunden besonders schwer. Da Dragoman anzusehen ist, daß er gern von zu Hause abhauen würde, kujoniert sie ihn, solange es möglich ist. Dragomans Lieblingswörter aus der Kindheit: ausbüchsen, davonzischen, sich verkrümeln, verduften.

Das Haus war also mit allem, was sie besaßen, abgebrannt. Zwei nicht mehr junge Leute waren in der kahlen Gegenwart zurückgeblieben. Sie zogen nach Manhattan, nach East Village. Laura fühlte sich angewidert. An die Mäuse, Kakerlaken und Schmeißfliegen konnte sie sich einfach nicht gewöhnen. Sonntag für Sonntag verwöhnte sich die chinesische Familie aus der Nachbarschaft mit irgendeinem Festschmaus, einem verwesten Haifisch. Durch die Türritzen drang der Geruch ein. Nicht zu ignorieren, sagte Laura. Von der Schule nebenan kletterten puertoricanische Lausejungen die Feuerleiter hoch und gafften neugierig in Lauras Zimmer hinein. Die liegt auf dem Diwan, schaltet von einem Fernsehkanal auf den anderen um, nichts ist ihr recht. Einkaufen geht sie ohnehin nicht, also interessiert sie auch die Werbung nicht. Den superbegeisterten Ton kann sie nicht ertragen, sie ist nicht superbegeistert. Den überstrapaziert dramatischen Wetterbericht kann sie nicht ausstehen, von dem mit dem

Stab herumfuchtelnden hübschen Meteorologen abgesehen, wüßte sie keinen, der ihr besonders gefiele.

Mit dem Feuer sei etwas zu Ende gegangen, das wiederholte Laura mehrmals. »Du willst ja auch nicht mehr, daß diese Wohnung unser neues Zuhause sein soll. Es wird Zeit für eine Trennung. Trenn dich von mir, trenn dich von der Vergangenheit, befrei dich davon unter möglichst geringen Qualen. Vergiß auch deine akademischen Erfolge, du bist kein Universitätslehrer. Die Toga steht dir nicht einmal schlecht, denn die Theaterkostüme kleiden dich, sogar im Kaftan, sogar im Dolman, in der mit Schnüren besetzten Husarenjacke, sogar im Kimono siehst du hübsch aus. Fang etwas anderes an. Was mich angeht, weißt du ja, daß ich das Marmeladenglas nicht bis auf den Boden auskratze. Manche mögen ausgerechnet den letzten Rest, der schon unten am Glas angetrocknet ist. Im Dialog zwischen Stolz und Demut habe ich immer für den ersteren Partei ergriffen. Den Stolz empfinde ich nicht als kalt. Wenn mein Gemüt erhitzt ist, friert's mich an den Füßen.« Mit Hilfe einer Rasierklinge reihte sie die weißen Pulverkörnchen auf ihrem Taschenspiegel schön zu einer Kolonne auf und schnüffelte die kleinen Säulen über die Elfenbeinzigarettenspitze zum Nasenloch ein.

Dragoman verstand nicht, was Laura von ihm wollte. Auch die alte Frau mochte sie nicht, die hereinkam, um zu fragen, ob wir nicht ein paar Möbel gebrauchen könnten, da es bei ihr ein bißchen eng geworden sei. Was in den reichen Vierteln zu finden war, das hatte sie früher auf dem Handwagen angeschleppt. Seit neuestem hat sie Angst, auf die Straße zu gehen. Neulich wollten sie ihr die Handtasche wegnehmen, sie hielt sie fest umklammert. Sie wurde in den Schnee geworfen und überwältigt, natürlich haben sie sie ihr weggenommen. Eine schöne Schlangenledertasche, die sie von ihrer Schwester geerbt hatte. Laura fällt auch die voller Erinnerungen stekkende alte Frau auf den Wecker: »Sollen diese verfluchten

Gegenstände doch splitternackt sein! Gegenstände mit solch ausufernder Phantasie kann ich nicht ausstehen. Gerümpel bin ich selbst. Kaputtgegangen und nicht mehr zu reparieren. Du gibst mir zu essen, bringst mich ins Badezimmer zum Wasserlassen, reibst mir den in Lähmung übergehenden Rükken mit Öl ein. Dein Gerümpel bin ich, aus lauter Erbarmen wirfst du mich nicht weg. Alter Plunder, an dessen Stelle ein neues Stück gehört. Gern schläfst du getrennt von mir, nur aus Mitleid streichelst du mich. Immer wieder findest du einen Vorwand, um die Zeit, die du in Gesellschaft mit mir verbringst, zu beschneiden, in deinem Eckzimmer vertreibst du dir die Langeweile, schmökerst in irgendwelchen Büchern rum, die du von Straßenhändlern gekauft hast und die dich kaum interessieren dürften. Während ich die Geräusche der Mäuse höre, das heisere Gebrüll des Feuerwehrautos und in der Ferne die dunkle Rauchsäule des Wärmekraftwerks beobachte. Es ist unser würdiger, mein Herz, wenn du mit der Erinnerung an mich lebst statt mit mir, ich werde dich von mir befreien. Du mußt dich nicht mehr mit meinem Stuhlgang beschäftigen, mußt dir nicht mehr anhören, daß du die schmutzige Wäsche endlich in die chinesische Wäscherei bringen sollst. Gesenkten Hauptes brauchst du nicht mehr meine heiklen Bemerkungen zu ertragen.« Ein schwarzer Vogel ist Laura, leichter als eine Krähe, größer als ein Rabe, mit niedrigen Flügelschlägen huscht sie aus dem Wald hinaus. Schwarzes Trikot, schwarzer Rock, schwarze Bluse, schwarze Strumpfhose. Sie trauerte im voraus um sich, weil sie dachte, Dragoman werde weder zur Trauer noch zum sittlichen Leiden genügend Ausdauer haben, daß sich seiner die gewohnte Oberflächlichkeit bemächtigen werde.

Deine Unaufmerksamkeit und dein Warten auf ein Wunder hängen miteinander zusammen, sagte Laura. Eigentlich beneide ich dich, weil du von jeder Reise Heil und Verdammnis erhoffst, unsereins gewöhnt sich so etwas schon in der Kindheit ab. Mexikanische Bauern hetzt du gegen die Behörden auf, Togoer Journalisten unterweist du in kritischer Theorie, mich transportierst du im Rollstuhl über die verschiedensten Flughäfen der Welt, läßt mich in Hotelzimmern zurück, nicht ohne mir ein Sandwich gerichtet und die Bettschüssel neben mich gestellt zu haben. Ein Futurist bist du, forschst nach Geschichten, mit denen du dich identifizieren könntest, doch das, mein Liebling, ist ja gerade dein Defekt, daß du dich mit keiner einzigen identifizieren kannst, ohne darüber auch nur ein Wort zu verlieren. Möglich, daß sich ein echter Kulturforscher so verhalten muß; wie von der Kochkunst, wie von den Frauen, so nimmt er von den Kulturen eine Kostprobe. Sag doch, hast du je ein einziges Buch zu Ende gelesen? So viele Bücher wandern durch deine Hände, das sehe ich, doch drängt sich mir der Verdacht auf, daß du nur die Rosinen herauspickst. Ich glaube, wir leiden beide darunter, daß wir kein Kind haben. Sicher wäre alles anders gekommen, die Lähmung hätte noch ein bißchen auf sich warten lassen, bis das Kind an meiner Seite gelaufen wäre.

In den letzten Wochen kam Laura mehrmals auf ihre Tante in Balatonszemes zu sprechen, auf Tante Lenke, die am frühen Nachmittag schon abgewaschen hat und strickend auf der Veranda vor dem Radio sitzt. Nach Balatonszemes schaffte es Laura nicht mehr, nur bis zum Fenster kam sie noch. Mit einem Aschenbecher schlug sie die Fensterscheibe ein und schnitt sich daran die Pulsader auf. Bevor Dragoman von seinem Spaziergang nach Hause kam, war sie verblutet. Weiß wie eine Kalkwand saß sie, der Kopf war zur Seite gerutscht, im Rollstuhl, unter der linken Hand eine große Blutlache. Dragomans Mund bekam auf Lauras Stirn eine unbekannte Kälte zu spüren. Laura war jenem ungehorsamen Körper entstiegen, der sie soviel Beschämung gekostet hatte.

Dragoman blieb in der Wohnung, wo der Blutfleck auf dem Parkett, zwischen Fenster und Fernseher, noch zu sehen war. Die Urne stand auf Lauras Frisierkommode im Schlafzimmer. Einmal hatte Dragoman die Idee, in eine Synagoge und in eine katholische Kirche zu gehen, um ein Totengebet zu sprechen. Ein netter junger Mann in der chassidischen Synagoge wollte ihm Gebetriemen anlegen. In der katholischen Kirche auf dem Broadway fühlte er sich wohl, jemand übte auf der Orgel, doch dann kamen die Touristen aus der Provinz, und der Fremdenführer machte mit der komisch kurzen Geschichte der Kirche bekannt.

Jeden Abend betrank sich Dragoman und schimpfte mit Laura: Fangen lasse ich mich nicht. Noch zapple ich wie ein Fisch auf dem Ladentisch, wälze mich auf dem weißen Marmor im Fischblut, schnelle hoch und weiß, daß das Beil von hinten sogleich auf das Haupt niedersausen wird, was für einen Tod ausreichend ist, nicht aber für einen sofortigen, lebend also werden sie mich ausnehmen und in Stücke schneiden.

Gewiß, liebe Melinda, hast du bemerkt, daß ich jetzt ein bißchen aufgemuntert bin, hartnäckig kreist mein Verstand um ein bestimmtes Paradigma. Manchmal empfinde ich den Zustand meines Verstands so, wie ein Fußballer die Elastizität oder die Verkrampfung seiner Waden spürt. Natürlich verheimliche ich mein Langsamer- und Langweiligerwerden, ihr müßt nicht alles wissen. Was erwartet ihr von einem Vagabunden, einem Globetrotter, der dazu neigt, sich als Religionsstifter verdient zu machen? Daß er sich so ängstlich äußert wie ein Regierungssprecher? Ich habe die Befürchtung, meine einzige Freundin, daß ich auch dich kränken werde. Selbst wenn der Mensch achtgibt auf das, was er sagt, selbst dann sind die anderen beleidigt, schon allein deshalb, weil sie sich nichts sehnlicher wünschen, als gründlich beleidigt sein zu können. Doch wenn ihr euch zusammenrottet, um mich aus irgendeinem Grund zu schlagen, dann laßt euch gesagt sein, ich habe lange Beine und kann schneller laufen als ihr. Was gut und was schlecht für mich ist, das weiß ich mit ziemlicher Sicherheit. Alle sieben Jahre möchte ich mich austauschen und die Haut von meinem Lebenslauf abstreifen. Daß meine Identität an mir keinen Gestank annimmt, darauf gebe ich acht. In den verschiedenen Gesellschaften werde ich nur deshalb für eine Weile gebraucht, damit auch der Advocatus Diaboli unter ihnen ist. Verstehen heißt nicht nur Kommunikation der Lebenssäfte. Verstehen erfordert auch Distanz. Eine beschreibende kühle Messerspitze im Wachs.

Sagte ich schon, daß ich deinen Mann, den Hornochsen von Toni, nicht verstehe? Wo ist sein Verstand geblieben? In Ófalu – und auf den fünf Kontinenten – geht er seinen Passionen nach, warum sollte er nicht in der Umgebung seiner zu Hause sitzenden Frau einen rücksichtsvollen Hausfreund, wie ich einer bin, ertragen können? Aber nein, eines Tages sagt er, er habe genug von mir, ich solle verschwinden, sonst werde er mich totschlagen. Die Kinder jedenfalls sind zu ihm hinuntergezogen, sie haben sich für ihn entschieden, nicht für den Eindringling. Und du kannst auf die Kinder nicht verzichten. Dann werde lieber ich weggehen. Ich will nicht behaupten, daß der Versuch gelungen wäre. Mein Gott, was lasse ich schon wieder zurück! Mit dem Tod aber will ich mich noch nicht befassen. Wenigstens nicht mehr als nötig. Mit säuischer Raschheit beerdigt der Mensch seine Freunde. Hier in der Elisabethstadt, das spüre ich, werde auch ich von der Verdrießlichkeit des Verzichts und von einer nüchternen, galligen Traurigkeit erfaßt. Betrübnis auf einem Fleck mit anderen elenden Betrübten habe ich satt. Der Galgenhumor des Unerfülltseins ist mir schon eher ein Ärgernis als ein Amüsement. In zwei Minuten werde auch ich ein flügellahmer Vogel sein. Zu Großherzigkeit neige ich nicht, und gut sehe ich schon lange nicht mehr aus, mit tollkühnen Ideen und gewagten Visionen habe ich nichts zu tun. Gegen die wenigen anderen, die etwas Anständiges machen, hege ich Mißtrauen. Einen spitzbübischen Egoismus vermute ich bei ihnen. Kleinmütig stöbere ich in irgendwelchen Sachen rum und schade mir mit der Weisheit des Verzichts mehr, als mir durch andere Schaden zugefügt wird. Nicht lange wird es dauern, und auch ich, der ich keinerlei Lust verspüre, mich selbst aufzuopfern, werde ein Opfer sein.

Der flüchtige Augenblick ist unersetzlich. Außer Jeremias' Papieren habe ich mir noch eine Menge Aufzeichnungen aufgehalst, eigene Tagebuchnotizen aus den Jahren vor meinem Weggehen; an der Wand steht ein Aktenordner neben dem anderen. Die einen werden von der Vergangenheit verfolgt, die anderen überlassen sich glücklich dem Vergessen, und daran werden sie von niemandem behindert. Daß ich das Vergessen als Verrat empfinde, das ist mein Problem. Auch in meinem Haus in Princeton hatte ich eine Masse Dokumente gesammelt, ich tapezierte damit mein Zimmer. Meine Mutter schickte mir alte Perserteppiche und klassische Romane hinterher. Mein eigenes Zimmer war mir schon fremd geworden, es verursachte mir Gewissensbisse. Dann brannte alles ab. Ich kann gar nicht genug darüber staunen. So Dragoman.

Und ich sinne darüber nach, wo ich so etwas schon mal gehört haben könnte. Bisher, das ist festzuhalten, habe ich ziemlich bereitwillig an der Seite meines Mannes ausgeharrt. Seine Gesellschaft wirkt auf mich beruhigend, mich interessiert, was er zu sagen hat, er versteht, wovon ich spreche, viel reden wir nicht miteinander. Eher praktische Dinge sind es, die wir besprechen, abends, wenn wir allein geblieben sind, gehen wir hinunter in die Oleander utca und machen eine kleine oder eine große Runde, je nachdem, wie müde wir sind, bei solchen Gelegenheiten kommen auch weniger praktische Dinge zur Sprache. Mit ihm habe ich gelebt, weil er mich am meisten brauchte, weil ich an seiner Seite am ehesten ich selbst sein konnte. Der Erfolg ist ihm anzumerken, und der, das muß ich gestehen, hat eine erotische Ausstrahlung. Und es ist auch zu spüren, daß er durch den Erfolg, der ebenso korrumpieren kann wie Reichtum oder Macht oder irgendeine Verwöhnung, nicht verdorben worden ist. Erfolg läßt sich in klingende Münze verwandeln, doch er benötigt davon nur soviel, wie erforderlich ist, um ruhig arbeiten, um auch weiterhin das tun zu können, wozu er Lust hat. Seine Arbeit verteidigt er unmenschlich und manchmal sogar schon familienfeindlich. Antal ist reformierter Presbyterianer. Seine Pflicht soll der Mensch tun, der Erfolg ist drittrangig. Die Pflicht ist ein deutliches Zeichen. Das Zeichen des Erfolgs ist zweideutig. Mehr Versuchung als Lohn. Dieser mein betrogener Mann ist ein Mensch, der im Wartesaal, auf der Promenade, in der Gaststätte andere anzieht. Wohin ich auch blicke in der zum Traum gewordenen Vergangenheit, Antal macht sich in meiner Nähe zu schaffen. Vom Aufstehen bis zum Schlafengehen schaffte ich es, mich seinem Rhythmus anzupassen, und ich könnte nicht einmal behaupten, daß mir das sonderlich schwergefallen wäre. Gegenseitig luden wir uns in unser Zimmer ein, an der Tür des anderen klopften wir an, um den anderen nicht zu erschrecken.

Ich will mich nicht entscheiden müssen, keinen von beiden will ich verlassen. Mir wäre es lieb, wenn sie in meiner Nähe tätig wären. Nicht unbedingt in dem Haus in der Oleander utca, doch mit dem Auto für mich erreichbar. Obwohl ich große Angst vor dem Erstickungstod habe, verursacht durch eine Treibstoffexplosion, bin ich bereit zu fliegen. Der Oleander braucht nicht viel Wasser, nicht allzuviel Aufmerksamkeit, sogar im Winter grünt er, ist nicht unterzukriegen. Wie ich mit meinem Vater gelebt habe, so stelle ich mir eine Gemeinsamkeit mit den Männern vor. Nur das bißchen Zeit haben wir noch, und es wäre schade drum, die kaputtzumachen. Wir müssen uns voneinander unterscheiden, damit wir uns endlich einmal richtig überwerfen können. Gern dachte der Papa darüber nach, aus welchen Elementen er sich zusammensetzte. Der Mensch hat sein Rezept, woraus er besteht und wie er anzufertigen ist. Doch ebenso wie sich das Essen auf der Speisekarte vielversprechender voneinander unterscheidet als auf dem Teller, so vermögen auch wir Menschen uns nicht allzu sehr voneinander zu unterscheiden. Wir sind nicht bunt genug, allenfalls sind wir bunte Hunde. In seinen braunen Spiralheften sind die Bewußtseinsschichten meines Vaters abgelagert. Auch die Auflösungserscheinungen, das Vergessen, die Wiederholungen, wie eine Stadt allmählich verfällt. Im Kopf des Alten kam es immer wieder zu neuer Bautätigkeit, das eine Stadtviertel erstrahlte in hellem Glanz, während im anderen geschäftiges Umhertreiben herrschte.

Jetzt übergebe ich Dragoman das Wort: Am liebsten beleidige ich denjenigen, von dem ich etwas erwarte. Mich selbst würde ich mir nicht anvertrauen. Viel habe ich gegen meinen Erfolg unternommen. Wenn du gestattest, hole ich tief Luft.

So sieht auch in einem Casablancaer Café die Reihenfolge aus, erst einen Kaffee und einen Kif, in einem kleinen Schälchen auf der Tischmitte. Reife Männer inhalieren über winzige Pfeifen den Kif. Dann werden sie still, schlürfen ihren Kaffee und kommen vorsichtig auf ihr eigentliches Anliegen zu sprechen. Mein Reich ist das Drachenfliegen, Odysseus oder Don Juan fühle ich mich verwandt, mein Zunftwappen ist das zufällige Umherziehen. Auf englisch random walk, das ist die Bezeichnung für die Theorie eines ungarischen Mathematikers. Überall will ich zu Hause, und von überall will ich vertrieben sei. Sein will ich, der auch in euch vorhanden ist, doch den ihr zum Verstummen gebracht. Ich bin der, vor dem ihr in euch selbst Angst habt.

Das Feuer, das mich um alles gebracht und meine Spuren verwischt hat, machte mich darauf aufmerksam, daß wir nicht für unsere Werke da sind, sondern für einen angebrachten Zeitvertreib. Was ich von der Versicherung bekommen hatte, wollte ich auf den Kopf klopfen, ich hatte Lust, das Geld irgendwie zu verschwenden, doch all meine Ideen waren derart erdgebunden, daß schon altruistische Sentimentalität von mir Besitz ergriff. Ich war schon so weit, daß ich mich in Zukunft der hungernden Kinder in den von Katastrophen heimgesuchten Ländern annehmen wollte. Die Idee saß fest in mir. Doch auch meinem abgefeimten Egoismus wollte ich einen kleinen jovial-ungarischen Aufschub gewähren. Bisher war ich meiner Aufgabe, in Budapest hunderttausend Dollar zu verjuxen, die ich von der Versicherung herausgepreßt hatte, höchstens zu einem Drittel gerecht geworden. Wie bitte? Ich sollte das bißchen Geld in irgendein sinnvolles Projekt investieren? Wo doch alle meine Unternehmungen gescheitert sind! Sobald meine Sachen in Ordnung zu kommen scheinen, wirble ich sie durcheinander. Sollte ich eine Religion stiften, dann würde ich eine Religion für die Schwachen und nicht für die Prominenten machen. Für die Verkündigung einer Religion der Schwachen ist Budapest kein schlechter Ort. Eine Zeitlang dachte ich, für die westlichen Touristen, die Budapest einen Besuch abstatteten, könnte ich einen bebilderten Führer für Spazierwege zusammenstellen. Dann besann ich mich eines Beßren: Das fehlte mir noch, am Ende würden sie sich mir an die Fersen heften. Und mit meiner Ruhe wäre es aus und vorbei. Hedonistische Reiseführer über die geheimen Angebote, über die Freudenhäuser einer Stadt habe ich schon gemacht, ich weiß, worauf es ankommt. Freudenhäuser gibt es überall; sie sind, wie sie sind. Sind sie gewöhnlich, dann ist es eben angenehm, daß sie gewöhnlich sind. Eines meiner Bücher ist von der drug administration beschlagnahmt worden. Diesen fundamentalistischen Gorillas ist alles zuzutrauen. Komisch übrigens, wie sehr hierzulande unsere Konservativen respektiert werden.

Wenn ich richtig rechne, Melinda, so hat dich dein Vater 1948 gezeugt, in dem Jahr, da der Kommunismus energisch eingeführt worden ist. Du bist sozusagen ein Produkt dieses Regimes. Gemeinsam werdet ihr alt werden. In den sogenannten schrecklichen fünfziger Jahren spieltest du in dem Garten in Ófalu, dein Vater arbeitete in der Forstwirtschaft, zu essen hattet ihr genug. Seit du vor dem Fernseher sitzt, stets siehst du Kádár auf dem Bildschirm, du bist eine echte Tochter der Kádár-Ära. Der eine Pol meiner heimatlichen Ellipse bist du. Der andere ist Kobra. Zwei voneinander unabhängige Zentren. Glücklicherweise habt ihr noch nicht miteinander geschlafen, so daß euch eine Verwicklung in die unglückseligen Beziehungen der Heteronomie erspart geblieben ist. Kobra freilich, was sonst sollte er tun, langweilt mich immer öfter mit seinem Hausanbau in Ófalu. Es ist angenehm zu wissen, daß mir sowohl bei ihm als auch bei dir ein Gästezimmer zur Verfügung steht. Ihr tut, was erforderlich ist, um die Kinderstube zu reproduzieren. Die beunruhigende Emphase einer guten Ehefrau! Die Frau meiner Seele behält meinen Tagesplan im Auge. Im Rückblick sollen die Tage fließend ineinander übergehen? Genug! Ich lasse mein

Auto volltanken! Ich, ein windiger Reporter, setzte mich ab nach Eritreia oder Bangladesh und jage brutalen Sensationen hinterher. Wer als neues Mitglied ins Politbüro aufgenommen wird, interessiert mich so sehr nicht. Mehr interessiert mich, wie man den Menschen bei Hungersnot und Hochwasser helfen kann. Viel Schweinefleisch gibt es und viele selbstsüchtige, dicke Menschen, die weder vor der Wahrheit noch vor Gott Achtung haben. Das ist hier keineswegs anders als im zivilisierten und freien Westen. Würdevoll sterben können nur wenige, am ehesten vielleicht die Chinesen. Ich bin kein Chinese, ich erlaube mir, gehörig zu übertreiben, Empfängnis geht auf Vergeudung zurück. Eine Schwäche ist es, daß ich in meine Frau verliebt bin, mein Auftrag treibt mich zurück zur Klagemauer. In die Ritzen zwischen den Steinen stecke ich keine Wunschzettel, auch wiege ich mich nicht, doch die Hände stütze ich gegen die Mauer, und so verharre ich lange. Eine Weile setze ich mich der Unbarmherzigkeit der Sonne aus, dort, wo alles Dichte Echtheit und markante Schatten hat. Dann komme ich hierher nach Mitteleuropa zurück, um mir eine hartnäckige Grippe zu holen. Fatalismus, die Gravitation der Besinnung zu den Bildern des Anfangs, ist mir nicht fremd.

Solche oder zumindest ähnliche Worte waren von Dragoman zu hören. Plötzlich ertappte ich mich dabei, daß ich mit den Gedanken abschweifte. Vor mir saß mein Liebster, der zu phosphoreszieren begann und sich in meine Romanfigur verwandelte. Erstmals einen Zusammenhang sichtbar machen, ein festlicher Moment das, denn vermutlich wird dieser Zusammenhang niemals wiederkehren. Auch der Augenblick des Sterbens besitzt eine solche Zweiteilung, zufällig ist er und absolut zugleich. Sosehr ich mich um die Genauigkeit der Reflexion bemühe, der Text ist etwas ganz anderes als sein Gegenstand. Die am Zugfenster vorbeiziehenden Städte und auch die um uns her in Gesellschaft ausklingenden Worte bleiben zurück in der unwiederbringlich zunichte gewordenen Zeit. Mich selbst kann ich nicht erreichen. Das vergängliche Jahr soll mein Mitautor sein. Zufall ist Gnade. Lektüre, Fernschreiben der Vorsehung AG. Unaufhörliche Reinschrift; wenn es eine Erleuchtung gibt, dann ist die einmalige die wahre. In der Finsternis vor meinem Fenster der Flügelschlag eines schwarzen Vogels. Unter der entfernten Schale des Seins findet sich immer noch ein anderes Wesen, zur Leere vermag ich nicht vorzudringen. Eine unendliche Spiegelserie, doch jedes Spiegelbild ist anders. Was ist ein Mensch in seiner Mitte? Ein mystisches Lichtei oder nur die Unerschöpflichkeit der Wiederholung? Durch das Tor der Sklerose schreite ich hinüber in das Nichts.

Nach dem Frühstück unter der Dusche frage ich Dragoman, ob er nicht eine nette, individuelle Bemerkung zu meiner Figur machen wolle. Was er nun von sich gibt, will ich lieber nicht wiederholen, es hätte origineller sein können. Ich schicke ihn nach oben in die Wohnräume meines Vaters, ich habe Lust, allein spazierenzugehen, mit der schwarzen Tasche über der Schulter gehe ich einkaufen. Verschneite Gärten, ein- bis zweigeschossige Villen, an der Ecke eine schwergewichtige Krähenschar, auf der neuen Tischtennisplatte des Spielplatzes eine Spanne hoch Schnee. Auf dem vom Schnee gesäuberten Mauersockel eines Zauns begleitet mich lautlos ein schwarzer Pudel, wir kennen uns, er widerspricht mir nicht.

Zur Jahrtausendwende werde ich einundfünfzig Jahre alt sein, mein Sohn István sechsundzwanzig, meine Tochter Ninon dreiundzwanzig. Aus irgendeinem unbestimmten Grund habe ich das Gefühl, daß es interessant sein könnte, im Budapest des Jahres zweitausend jung zu sein. Als meine Kinder zur Welt kamen, neigte ich dazu, die Ankömmlinge als Botschaft zu begreifen. Natürlich purzelt jedes Kind direkt vom Himmel herab. Ein Buch sind sie, das die Eltern zu entziffern suchen, doch dann werden sie müde und überlassen diese Aufgabe anderen interessierten Personen, die ebenfalls Ermüdungserscheinungen zeigen.

In den vergangenen Monaten kam vieles zusammen, Antals Filmkollegen, Kobras Schriftstellerkollegen aus allen Teilen der Welt, der Kalender war voller Termine, Regina und auch ich kochten oft etwas zum Abendessen, um die Gäste zu bewirten, die Männer tranken und pafften mehr als gewöhnlich, zum Schlafen kamen sie kaum noch. Ich verdrückte mich jeden Abend kurz vor Mitternacht in mein Zimmer im Obergeschoß. Unsere Gespräche führten wir in mehreren Sprachen, von dem Treffen wurde in der Weltpresse berichtet, ein vergebliches Bemühen das.

Auf dem Rücken liegend, denke ich darüber nach, was ich mit Tinti Lakatos machen soll, der nicht gern zur Schule geht, auf die Pferderennbahn dagegen schon, weil er hier im allgemeinen gewinnt, während er im Unterricht verliert. Vor den Schulen wirft er mit Fünf- und Zehn-Forint-Münzen um sich, nach Hause fährt er im Taxi. Diese Typen hier um mich, die etwas wittern, sind wie Verwandte, satt haben wir uns, Beleidigungen über Beleidigungen haben wir uns zugefügt, trotzdem sind wir weitestgehend aneinander interessiert. Wenn du dir ein beliebiges Exemplar aus der Familie herausgreifst und den Inhalt seines Charakters einer Analyse unterziehst, so erkennst du, daß er nicht einmal so sehr eine abhängige Seele ist, als vielmehr jemand, der arg mitgenommen und griesgrämig ist, der zu Trübsinnigkeit, manchmal auch zu Schwindel neigt. Ein solcher Mensch, dem ein Sinn für den Rausch abgeht, ist ziemlich gefährlich. Hier stehen mein Schreibtisch und mein Bett, auf der rechten Seite findet sich die Arbeit, auf der linken die intime Zone für den Empfang von Gästen, ein kleiner Tisch und drei Sessel. Wenn ein guter Freund kommt, dann ist es am einfachsten, wenn aus dem Keller ein Krug Bier heraufgeholt wird. Den Gast lassen wir im großen Sessel Platz nehmen, wir setzen uns in die kleinen am Ofen, von hier kannst du durchs Fenster nur die Baumkronen sehen. Doch wenn der Gast gegangen ist und die Kinder schon im Bett liegen, schleiche ich mich gern zurück an den Schreibtisch, das ist jetzt etwas anderes als Übersetzen, nun interessiert mich vor allem die Gliederung des Satzes, des Absatzes, des Kapitels. Nach jedem Satz der Anflug eines Zweifels. Wer hätte einen tieferen Einblick in den Schacht meiner Dummheit als ich? Eine gehetzte Seele verschafft sich Ruhe, indem sie versucht, ein außenstehender Reiseführer zu sein, der sich zu Wort meldet, um schließlich seine Akteure reden zu lassen. Ein Fenster bin ich zwischen zwei Zimmern: In dem einen halten sich meine Bekannten auf, in dem anderen meine Chimären. Von Zeit zu Zeit kommt die ganze Gesellschaft in einem Raum zusammen, die Hausfrau hockt dann gemütlich in der Ecke und strickt für ihre Tochter eine Narrenkappe. Wenn Antal nicht zu Hause ist, gibt es immer eine rangälteste Mannsperson, die dafür sorgt, daß Rotwein nachgeschenkt wird. Langweilt mich die Gesellschaft, gehe ich hinaus in die Küche und bereite irgendwelche raffinierten Speisen zu, wofür ich über Gebühr gelobt werde. Gelegentlich leiste ich es mir, Hans Dampf in allen Gassen zu sein, mich in Budapester Anekdoten hineinzusteigern, denn angeblich bin ich in diesem Metier nicht schlecht. Wer hier lebt, der wird vom spiritus loci bestimmt. Keiner von uns war jemals ein freier Bürger, sein wollen wir das schon, allerdings ohne hier weggehen zu müssen. Durch Wachsamkeit sind einige meiner Freunde daran gehindert worden, durch ihre krumme Denkungsart die aufrechte Haltung des gutmütigen Volkes zu verbiegen. So sind die Männer, wenn sie ein bißchen trinken, werden sie von moralischen Hitzewellen überspült und phantasieren von irgendeinem Dienst. Dann werden sie still, reden kein Wort mehr, winken ab. Warum solltest du nicht auf die Zeitgemäßheit verzichten? Sprachlich-sinnliche Behaglichkeit, Entbindung von den lokalen Gemeinplätzen, zuverlässige Resignation.

Selbst ein Dutzend Menschen findet an unserem alten grünen Eßtisch Platz. Schick und Würde, Erhabenheit, Anekdoten und auch Galgenhumor lassen sich ertragen. Die Schlager des Unglücksbewußtseins stehen jetzt nicht auf dem Programm. Ein bunter Klub sind wir. Niemand vertritt etwas außer sich selbst. Gleich dem Fischrogen klebt das unterschiedliche Selbstbewußtsein aneinander. Wir gefallen uns gegenseitig, dabei haben wir gar nicht allzuviel getrunken. In einer gebührend abgehörten Küche fühlen wir uns ungezwungen. Ich bitte die zuständigen Behörden, jedes Wort dieser Geistesorgie festzuhalten, ein zentrales Tagebuch zu führen. Das sind sie dem Gedächtnis des Vaterlands schuldig, vorbeugen sollen sie seiner Vergeßlichkeit. Kluge Damen sind die Seele des Kreises. Männergeschwätz hat kaum Chancen, der Tod der Nation steht nicht zur Debatte, der Kindersegen ist da schon interessanter. Nach Mitternacht nimmt der Eifer ab, vor einer halben Stunde hat noch ein europäischer Wind geblasen, abgeschlafft begeben wir uns jetzt in die Niederungen der kulturpolitischen Skandalchronik, und schon schwerfällig geworden, waten wir in unseren Binnensümpfen umher. Vorhin haben wir uns in die Lüfte erhoben, jetzt suhlen wir uns. Es klingelt, ein Journalist aus Hamburg oder Los Angeles kommt, er hat ein Aufnahmegerät bei sich und eine lange Latte von Fragen, keiner von uns verspürt Lust zu antworten. My Lord, die Frager haben wir nicht gern, stellen doch auch wir keine Fragen. Und das erst recht nicht, wenn die Fragen aufdringlich sind! Den Herzschlag der Dinge muß man spüren, die oberflächlichen Erklärungen machen müde. Man kann auch zusammen schweigen, doch wir ziehen es vor, uns gegenseitig zu foppen, das erinnert manchmal an das Balgen von Lausbuben. Möglicherweise ist unser Verstand nicht mehr so flexibel wie der dieses jungen Mannes. Unsere Sprachkenntnisse bewegen sich zwischen denen von Anfängern und Fortgeschrittenen. Auch so fühlen wir uns wohl in dem stattfindenden Endspiel, in dem nicht einmal so schrecklichen Ancien régime von lokalem Interesse. Warum solltest du unser gemeinsames Schlammbad aus der Vogelperspektive beobachten wollen? Ich rede mit dir wie mit mir selbst. Ich weiß, daß du nicht anders bist als ich. Bei dem Gedanken, wer alles du sein könntest, wird mir schwindlig. Du bist das Trugbild im Brunnen. Über den Pappeln bewundere ich den Mond und um mich her die Malven und den Oleander; sie winken mir.

Mehrere Möglichkeiten für einen Schluß? Zuerst glaubt der Leser, der Autor sei verrückt geworden, dann zweifelt er daran; er kann auch seinen eigenen Roman aus den Bestandteilen zusammenstellen. Zwischen den Romanenden wird er wählen, denn das eine gefällt ihm besser und das andere weniger gut. Jene Sequenzen also, die er als zusammengehörig empfindet, fügt er zusammen. Wir drängen uns dem Leser nicht auf, der soll unserem Kräuterbuch, unserem Kalender entnehmen, was er will. Welttest, mit den Kindern in der Erziehungsberatung spielte ich das für gewöhnlich. Gegeben ist ein großer Tisch mit einer blauen Vertiefung, das ist das Meer; ein Eimer Sand, das ist die Insel; an der Wand Häuschen, vielerlei Pflanzen und Tiere, auf den Regalen verschiedene Puppen und Einrichtungsgegenstände im Kreis angeordnet. Jedes Kind baut seine eigene Welt auf. Es kommt auch vor, daß sich jemand eine Höhle baut, einen kleinen Jungen hineinsteckt, einen Tiger und ein Krokodil davor postiert, während er mitten auf der Insel seine Eltern und Geschwister spazieren gehen läßt. Am liebsten stelle ich mir ein Buch mit Schnallenverschluß vor, dessen Seiten einzeln herausnehmbar und umgruppierbar sind.

Dramaturgisch sind Trios ziemlich dankbar; hinter Eifersucht und Unschlüssigkeit spukt die homoerotische Zuneigung von Männerfreundschaften. Ich kann sagen, daß wir drei uns, daß ich mich den beiden anderen überlasse. So entziehe ich mich dem Urteil, zugleich auch der Verpflichtung einer getreuen Wirklichkeitsdarstellung. Ein Liebesdreieck ist die banalste Rahmenerzählung, und gerade deshalb entspricht sie mir. Wir Romanhelden erzählen uns gegenseitig, was sich mit uns zugetragen hat. Und zu erzählen hat man in dem Alter schon etwas. In Dragoman habe ich mich vermutlich deshalb verliebt, weil ich mich mit noch niemandem so gut unterhalten konnte wie mit ihm. Zwischen Walnußbaum und Wandervogel finden erotisch-metaphysische Duelle statt. Zwei Männer gibt es, der eine rennt weg, um sich schließlich aus der Irrenanstalt zurückzutrollen, den anderen trifft der Schlag, und nach dem resorbierenden Hirngefäßkrampf kann man ihn nicht mehr allein lassen. Der eine ist depressiv, der andere gelähmt; sie unterstützen sich gegenseitig, für eine Weile sind sie unzertrennlich.

In passender manischer Stimmung stürmt Dragoman die Grenze, obwohl er einen gültigen Reisepaß in der Tasche hat. Erwischen sie ihn? Oder erwischen sie ihn nicht? Tombor wird doch eines Tages zu Verstand kommen? Wird er sich aus unserem Haus zurückziehen? Oder werden sie mich alle beide schön begleiten? Auch als Tattergreise, solange sie nur können? Von Zeit zu Zeit taucht Dragoman unter, um seiner Quartalstrunksucht zu frönen. In bewußtseinsgetrübtem Zustand kommt es vor, daß er in Schlägereien verwickelt wird. Er will weggehen, kann aber nicht mehr. Die Saite auf dem Bogen hat er gespannt, sie springt zurück. Dragoman befreit sich aus dem Schloß des Wahnglaubens, aus der Stille. Tombor findet wieder zu sich, er, der Kameramann, der Philosoph des Bilds, arbeitet, betätigt sich am Berghang als Bildhauer, als Winzer, zieht sich zurück nach Balatonófalu. Dragoman sucht wieder den See von Genezareth auf, und dann passiert jener ironische Unfall mit dem kleinen arabischen Jungen.

Nach dem Voreingenommensein kommen die Geschichten, die lebenslangen Großfamilienromane. Wir tun das gleiche, was mit allen möglichen Figuren üblicherweise auf dem Fußboden des Kinderzimmers getan wird. Auch Autos und eine elektrische Eisenbahn gehören an den Ort des Spielens. Letztens bin ich ein bißchen träge geworden, nicht einmal das knarrende Parkett im Haus kann ich in Ordnung bringen lassen, als Antwort darauf errichte ich eine ganze Märchenstadt. Diese Verrücktheit heitert mich auf. Ich brauche eine eigene Welt, in der ich mich selbst befreien kann. Die Tür hinter mir habe ich zugeschlagen, jetzt werden wir in diesem Zimmer über einige hundert Seiten wirres Zeug reden, Textentfesselung. Jede Form von Scheinheiligkeit suche ich zu vermeiden. Warum sollte ich mich nicht ins Höhleninnere begeben? Warum sollte die Höhle nicht das eigentliche Quartier sein?

Ein wenig romanhafter Roman. Im Lauf des Abends kommen Gäste, ziemlich viele sind es allmählich. Fremde begegnen sich. Einer langsam zu entziffernden geheimen Partitur überlassen wir uns. Sogar im Roman erleben wir etwas, was wir auch aus dem Leben kennen: Was sein wird, wissen wir nicht. Denn vorstellbar ist sowohl dies als auch jenes. Nicht der Bogen ist das Muster für unser Gefüge, sondern die Wegkreuzung. In dem Garten, an dem Tisch, an dem Abend wird eines jeden Weg gegenwärtig sein. Noch geben uns die vielfältigen Möglichkeiten der Zukunft Rätsel auf. Nur widerstrebend unterwerfen wir unsere Arbeit einem gewissen Ingenieursdenken, das für die Schicksalsplanung unserer Figuren verantwortlich zeichnet. Für unsere Helden sind wir weder Gottheit noch Obrigkeit. Vor den Augen des Lesers nimmt der Roman seine Entwicklung, hier spricht nicht die lähmend gut informierte Vorsehung, hier hält nicht ein Puppenspieldirektor die Fäden in der Hand. Jede Figur errät die eigene Zukunft, denn in dieser Nacht sieht jeder klar. Schemen streifen durch den Garten, grübeln, meditieren und wühlen in ihren Erinnerungen herum. Gegenseitig hören sie sich zu, um dann, Verzeihung heischend, weiterzuschlendern.

Drittes Kapitel
Von den Stadien der Liebe zwischen Melinda und Dragoman

Hablibabli
Zu Melinda
Die Wahrhaftigkeit der Zeit
Tango
An der Ecke des Tompkins Parks
Solider bürgerlicher Ehebruch
Melindas Kreise

Hablibabli

Daß der Ort okay sei, das spürte Dragoman letztmalig auf der Via Dolorosa, als er in Ahmed Husseinis Kaffeehaus an dem einen Rohr der liebevoll als Hablibabli bezeichneten Wasserpfeife sog. Gnadenloser Sonnenschein, vormittags elf Uhr ist es, wachteleigroße Hagelkörner, die jüdischen Heiligen stülpen sich eine Nylontüte über den Hut, die arabischen Heiligen schürzen ihren bis zur Erde reichenden Hemdenrock; komisch, wie sie laufen, die Heiligen. Ein Lächeln auf den Lippen, berufen dazu, angenehmes Überraschtsein zu artikulieren, fotografieren sie, die über die Via Dolorosa ziehenden Pilger – Engländer, Schweden, Holländer, Deutsche, jedenfalls sind sie sehr blond und interessiert –, allesamt Dragoman an Husseinis Seite, gemeinsam auf dem Teppich die Wasserpfeife schmauchend. In diesem Café traf er auch einen alten Klassenkameraden, einen jüdischen Jungen aus Budapest, der in Louvain dem Jesuitenorden beigetreten und Philosophieprofessor geworden war. Mit Genehmigung seiner Oberen hatte er ein Kinderheim für jüdische, islamische und christliche Kinder gegründet, gemeinsam sollten sie aufwachsen, um die Bestätigung zu erbringen, daß Feindseligkeiten zwischen ihnen überflüssig seien. Die Kinder erhielten die entsprechende jüdische, islamische und christliche religiöse Unterweisung. Letztlich kamen sie phantastisch miteinander aus, die religiöse Zugehörigkeit funktionierte nicht als Trennwand zwischen ihnen, doch wurden sie von a bis z religionslos. Dragoman gefiel das sehr, vor Freude darüber schlug er sich auf die Knie. Der Jesuit meinte, sie würden schon ihre eigene Religion finden, er bedauerte das nicht im geringsten. »Sag mal, hast du nie daran gedacht, daß all diese Religionen ein einzigartiger Blödsinn sind?« fragte Dragoman. »Ausgerechnet du, der du über die mystische Dichtung ein Buch geschrieben hast, sagst so etwas?«

Alleingeblieben mit dem Cafetier, rückte Dragoman mit seinem Anliegen heraus, ein bißchen Stoff könnte er gebrauchen, libanesischen, rosafarbenen, von der gehobenen Sorte. Worauf der Cafetier nur entgegnet: »Gemach, mein Freund, gemach. Auf diesem Teppich kannst du einige Jahrhunderte lang bei einer Wasserpfeife hocken. Mittags essen wir im Holzkohleofen gebackene Gemüsefladen, und nachmittags schlürfen wir mit Minzeblättern gewürzten Tee. Es gibt Gewohnheiten, die man nicht verändern muß. Hierzu gehört auch, daß du Risiken nur für einen Freund eingehst, und geheime Wege beschreitest du nur mit einem zuverlässigen Gefährten.« Im Kaffeehaus harrt deiner schon auf dem Regal die Wasserpfeife, jenes angenehm eingerauchte Nargileh, dessen Kupfer bereits Grünspan angesetzt hat, und wenn dir die Holzkohlenglut auszugehen droht, bringt dir der fünfzehnjährige Ali mit niedergeschlagenen Augen neue. Auch das Haus muß nicht neu sein, seine einige hundert Jahre alten Räume entsprechen vollkommen. Dragoman überlegte, ob er nicht hierbleiben und sich in der Jerusalemer Altstadt als ungarisch-amerikanischer ewiger Jude in Ahmed Husseinis kleiner Pension niederlassen sollte. Obwohl auch sein Schritt nicht eben langsam zu nennen ist, sind Dragoman die gemessenen Bewegungen der Araber angenehmer als die Hektik der Juden. Möglicherweise ist das Plaudern mit den Muselmanen amüsanter als mit den Christen. Ein urbaner Taugenichts, so saß er dort in dem arabischen Café, unter anderem auch deshalb, weil es in Jerusalem kein einziges anständiges, mitteleuropäisches, jüdisches Kaffeehaus gibt. Wie wollt ihr hier ohne ein einziges anständiges Kaffeehaus auf den Messias warten? Was meint ihr, wo der Messias als erstes einkehren wird, um seine Ideen vorzubringen? Natürlich in ein mitteleuropäisches Kaffeehaus.

Ach, Dragoman schwadroniert um den ganzen Erdball und vergnügt sich am Damaskustor mit vollkommen willfährigen Studentinnen aus dem Norden, am Jaffator und an der Klagemauer, in deren große Steinritzen er keine Wunschzettel steckt, verzaubert er sie mit seinen Worten, kein Wiegen, kein Flehen. Abschiednehmend vertröstet er die Mädchen, vielleicht sehen sie sich morgen bei Ahmed wieder. Vorbei ist es mit der wahnwitzigen Trophäenjagd, verzichten wird er darauf, tagtäglich eine andere Frau zu sich in die Wohnung zu lotsen, unter dem Zwang, seine Fühler nach einer frischen Beute ausstrecken zu müssen, wird er nicht mehr leiden. Seit neuestem ist Dragoman vorsichtig. Daß es hier keine Kneipen gibt, erweist sich gerade als vorteilhaft. Auch neulich bekam er nach einer Flasche koscherem Slibowitz Kopfschmerzen, trotz Reinheit und zwölfjähriger Reifung ein zu Kopf steigendes Destillat. Manchmal schläft ihm die linke Hand ein, oder er spürt Schmerzen im linken Bein. In mehreren Briefen warnte ihn seine Mutter: »Mein Junge, paß auf Dich auf, Du weißt doch, daß in der Familie Deines Vaters alle an Herzschlag gestorben sind.« Und die Mama fügte hinzu: »Zum Trost sei Dir gesagt, in der Familie Deiner Mutter war der Selbstmord verbreitet.« Ein Mann, der argwöhnisch sein Gesicht im Spiegel betrachtet, den jedes weitere Auftreten von Falten um die Augen unglücklich macht, sagt doch, ist der überhaupt ein Mann?

Mit nachlässiger Haltung, aber wachem Blick stehen dort auf den Steinstufen des Damaskustors zwei bis drei junge Juden in Uniform, die Maschinenpistole in der Hand. Sicher ist sicher. Seite an Seite schmauchen, manchmal ein Wort wechseln oder eben in Schwung kommen, dann wieder zurück in die Einsilbigkeit. Die Hablibabli-Stimmung hat ihren eigen ballistischen Bogen. Hier versteht sich die Mehrsprachigkeit von selbst, hier ist es üblich, den Gast anzulächeln, Waffen sind dem Händler hier zuwider, trotzdem kauft er welche, versteckt und verkauft sie gelegentlich. Handeln ist etwas anderes als kämpfen. Die beiden lassen sich ebenso wenig verwechseln wie Datteln und Apfelsinen. Die Cafetiers und die Händler sehen es nicht gern, wenn die Waffenträger in ihren engen Gassen allzu übermächtig werden. Doch auch hier kommen die Waffen zum Vorschein, von hinten wird ein Jude erschossen oder erstochen, manchmal trifft es auch einen flanierenden englischen Touristen.

Leicht wird es nicht sein, sagt der arabische Cafetier, Stoff für dich zu besorgen. Das hast du deinen Leuten zu verdanken. Die Wohltaten des Hanfes sind ihnen ein Dorn im Auge, deshalb setzen sie ihre Schnüffler an. Ihre Söhne wollen sie vor der Beschaulichkeit bewahren. Denn sie wissen, daß die einem Soldatenleben abträglich ist. Einen arabischen Haschischdealer haben sie erwischt, sicher haben sie ihn ganz schön geschlagen, der Junge hat gesungen, wodurch dreihundert andere aufgeflogen sind, und die waren in euren Gefängnissen alle drei bis vier Jahre gefangen. Wenn ich richtig rechne, so sind das tausend Jahre. Ein hübsches Geschenk für die Kollegen. »Ich habe kein Gefängnis«, sagte Dragoman. »Aber du bist ein Jude.« »Ja.« »Hältst du es für richtig, daß es hier einen jüdischen Staat gibt?« »Ja.« »Dann sind die Gefängnisse auch deine Gefängnisse. Was meinst du, mein Freund, was dieser schwache Dealer von euch bekommen hat? Eine Uniform. Jetzt ist auch er Polizist und läuft hier Streife, spielt den Überlegenen, spioniert uns aus und zittert. Ihr zahlt dafür, daß wir jemandem von unseresgleichen ins Gesicht spucken können. Ein intelligenter Mensch würde für sein Leben keinen Pfifferling geben. Vielleicht verstehst du, was ich selbst mit meiner Gastfreundschaft riskiere, schließlich gehörst auch du zu denen, die ihren Söhnen mit so kurzsichtiger Strenge die guten Ratschläge des Hanfes vorenthalten wollen. Wenn ihr wenigstens dem Wein gern zusprächt. Ihr kennt keinen Rausch, höchstens Lesen und Schreiben, deshalb seid ihr gefährlich. Du bist ein bißchen verrückt, du bist nicht so wie die anderen. So Verrückte wie dich kenne ich. Trotzdem aber gehöre ich hierher, und du gehörst dorthin.«

Am liebsten ging Dragoman durch die äthiopische Straße in die Mea Sharim, in das heilige Viertel der gewundenen Gassen. Hundert Jahre alte mehrgeschossige, improvisierte Häuser, Blechfassade, eingestürzte Dächer, alte und junge Juden in breitkrempigen schwarzen Hüten, sehr bleiche Gesichter, lange Schläfenlocken. In der Thora findet sich das Verbot, den Rand des Kopfes kreisförmig zu scheren; also wachsen die Peies, wie sie nur wachsen können. Manche wickeln oder kräuseln ihre Peies lockenförmig, einige Kinder rollen sie auf und stecken sie hinter die Ohren, Dragoman vertieft sich in die Anschauungen der verschiedenen Peotschulen. Ein Buchladen, in dem Zizit, Schaufäden, gehandelt werden, Tallit, Gebetmäntel mit Quasten. Alle Männer tragen schwarz, die Kleidung der Frauen ist ungebunden, es darf auch rosa sein, in den Schaufenstern heilige Bücher und Kitsch, Herrenschneider, Stoffballen, viele Jeschiwot, Lehrhäuser, bieten Thoraanfängern ihre Dienste an. Durch die Rivalität von Lehren und Schulen wird dieses Stadtviertel in Atem gehalten. Sie leben von Spenden, Juden aus der Ferne geben Geld, damit hier Thora und Talmud vermittelt werden können. Singend, diskutierend, den ganzen Körper wiegend. Wenn du Schlafstörungen hast, kannst du auch nachts hinaufgehen, um zu lernen, dort triffst du immer jemanden an. Paarweise stehen sich die geplagten Jünglinge, die ihre Schlafenszeit abkürzen, gegenüber, mit der Unterscheidung von Erlaubtem und Nicht-Erlaubtem fließt das Leben dahin. Ein kleines Diamantengeschäft verträgt sich mit der Heiligkeit, auch zu einer arabischen Hure kannst du dich in die Altstadt schleichen, der Sabbat aber soll nicht entweiht werden. Auf Bänken und Kissen an zwei langen Tischen lernen die Juden, sich wiegend, in der Synagoge. Seinen besonders breitkrempigen Hut nach hinten schiebend, gestikuliert der Meister. Unter den Schülern gibt es alte und junge, lernen kann man ein Leben lang. Es folgt eine Teepause, ein junger Mann küßt das Buch, bevor er es schließt. Frauen dürfen in der Synagoge nur hinten, abgetrennt von den anderen, sitzen, auch am Lernen dürfen sie nicht teilnehmen. Dragoman ist von dieser Männerreligion, in der die Damen ausgeschlossen werden, nicht begeistert. Auf der Straße dürfen Mann und Frau nicht einmal Hand in Hand gehen. Ein schönes Paar kommt ihm entgegen, keinerlei körperliche Berührung. Der Mann in der üblichen schwarzen Kniehose, im Kaftan, Bart, Schläfenlocken, Fuchsschwanzfellmütze, die Ehefrau wie eine Schauspielerin aus dem vergangenen Jahrhundert. Ausladende Hüften, für ihr Alter vielleicht allzu ausladend. Draußen auf dem ersten Stock eines langen Gebäudes ein Gang: Kindergeschrei, kleine Jungen mit Schläfenlocken rennen umher und schubsen sich, ein Gitterzaun verhindert, daß sie hinunterfallen, der eine Bube streckt den Spaziergängern die Zunge raus. Die Passanten beobachten die Szene mit Befremden. Ungarische orthodoxe Juden. Am Gangende führen zwei Meister ein ernstes Gespräch, sie sind hier die Lehrer. Süßliche Fettgerüche, Fischgestank. Wie einst in den Judenvierteln der osteuropäischen Kleinstädte. Auch in einer solchen Lebensform kann man sich verkriechen wie in einem Ordenshaus. Es heißt, die äußere Gleichförmigkeit verdecke eine große innere Verschiedenartigkeit, ja sogar Anarchie. Schwer ein solches Leben, trotzdem aber sind diese Juden bedeutender als jene weltlichen Israelis, die Häuser bauen und am Sabbat in ihrem Garten Fleisch grillen. Jene sind so, wie die materiell gesinnten Durchschnittsmenschen überall auf der Welt. Hier dagegen in der Mea Sharim tasten sich leidenschaftliche Fragesätze zum Wesentlichen voran. Nichts kann ihnen heilig genug sein. Das Wesentliche findet sich immer jenseits, die Wahrheit liegt immer tiefer. Taumle acht Stunden vor und zurück, stets wirst du ihr auf der Spur sein, stets wirst du sie verlieren. Trennung von Geist und Körper hat hier nichts zu suchen. Wer von der Leidenschaft nach Wahrheit getrieben wird, der psalmodiert und wiegt sich, der liest und schließt die Augen, auf dem Gesicht tiefe Traurigkeit, weil man Gottes Erwartung nicht erfüllen, weil man ihn nie zufriedenstellen kann, weshalb die verschiedenen Juden auch untereinander unzufrieden sind. Ein schwarz gekleideter Vater mit seinen Kindern verstellt den Autos am Sabbat die freie Fahrt. Seine Kinder steckt er in ein Maskenkostüm, löscht in ihnen die Neigung aus, irgend etwas anderes zu wollen als von früh bis spät den Talmud hier in der Mea Sharim zu erlernen, wo du sogar ungarisch reden hören kannst, denn für profane Dinge ist die Sprache der heiligen Schrift nicht zu gebrauchen. Einige kommen dazu, einige gehen weg, die geschlossene Gemeinschaft aber bleibt. Wer hier hineingerät, der wird ein Mönch mit Familie sein. Für alles kann er im Gesetz und in dessen Auslegungen eine Antwort finden. Hier einzuziehen und sich einzukleiden wäre für Dragoman ein neues Lebensprogramm, auch im Gefängnis hatte er an der Beständigkeit einer geregelten Lebensform Gefallen gefunden.

Dragoman sitzt neben seinem Onkel im Auto. »Guck dir diese Bestie an«, sagt Pali leise. Sich an den Händen haltend, steht die Bestie mit seinen drei Kindern mitten auf dem Fahrdamm und droht dem Auto mit der Faust. Es ist Sabbat, Dragoman begleitet Pali zum Soldatenfriedhof. »Übt die Religion auf dich keine Faszination aus?« Darauf Pali: »Mit den Jahren setzt der Mensch Fett an und wird sentimental, ich für mein Teil möchte beide Schwächen vermeiden.« Palis Tochter haben sie in Auschwitz vergast, nach der Befreiung begegnete er seiner Frau im Lager, sie gingen nach Jerusalem. Ihre beiden Kinder kamen hier zur Welt, der Sohn ist im dreiundsiebziger Krieg gefallen, die Tochter hat Kinder. »Ich will meine Enkel nicht zu etwas zwingen, was ihre Eltern nicht gutheißen.« Pál und János machen sich am Grab zu schaffen, viel ist daran ohnehin nicht zu tun. Ein Autobus mit amerikanischen Touristen fährt vor, der Fremdenführer macht sich wichtig. »Was für eine Geschmacklosigkeit!« entfährt es Pál.

Noch bevor die Abenddämmerung hereinbricht, greift Dragoman zum Telefon, notiert sich mit dem Füllfederhalter einen Namen und ein Datum. Er hat also den Sabbat entweiht. Abends, wenn sich der heilige Tag seinem Ende zuneigt und sich bei Vollmond Dunkelheit über der Stadt ausbreitet, strömen die Jugendlichen auf die Jerusalemer Flanierstraße, wunderbare Mädchen mit bis zu den Hüften reichendem Haar promenieren, tummeln sich, ihre kleinen roten Zungen bearbeiten riesengroße Eisportionen, erstaunlich, welche Mengen davon sie verzehren können, befreites Lachen, vorläufig haben sie von der Familie genug! Der Sabbat lastet schwer auf ihnen. Stell dir vor, sagt Dragoman im leichten Plauderton, auf der Ben Jehuda, Jerusalems Flanierstraße, begegnete ich einer dreiundzwanzigjährigen Wagner-Forscherin. Ihre Augen ließ sie funkeln, das Haar streifte den Hintern, ein phantastischer Busen, der den Augen der Männer Halt gewährt, feucht werdende Lippen und viele Blicke, wodurch sie drei Männer zugleich in ihren Bann ziehen kann, und mit all dem ausgestattet, sagt mir das Mädchen, daß es seine Dissertation unter dem Titel *Der unglückliche Eros* über Wagner schreibt. Na, und über wen könnten Sie vom glücklichen Eros schreiben? fragte ich. Das Mädchen lachte und schmetterte meinen ungeschickten Aufschlag zurück: »Über mich natürlich. Zur touristischen Information, Sie sollten wissen, mein Herr, daß Sie sich in dieser Straße auf dem Markt der Partnersuche befinden. Hier zwitschern die künftigen Bräute und Bräutigame. Dies ist die Straße der Jugend, die zur Chuppa, zum Trauungszelt führt.« Wir tauschten unsere Visitenkarten aus, ich bin mir sicher, daß ich die nette Kollegin noch auf einem renommierten internationalen Ästhetikseminar treffen werde. Ich ging nach Hause und saß gemütlich auf dem großen überdachten Gang vor meiner Wohnung, von wo aus ich einen Blick auf die ganze Altstadt hatte, auf die Talsenke der Gehenna, wo dem Moloch Kinder geopfert wurden, sowie auf die fernen rosa Berge in der Judäischen Wüste und sogar über das Tote Meer hinaus. Zwischen den im Mondschein in weißliches Licht getauchten Kuppeln und Friedhöfen erhob sich ein leichter Wind, und ich hörte das feine Säuseln in den Zweigen des Apfelsinenbaums. Schön und gut, dachte ich, aber ich würde um diese Zeit im Pariser Select sitzen und hätte noch reichlich Gelegenheit zum Diskutieren. Statt im See Genezareth würde ich in intellektuellem Wortgedrechsel schwimmen, dezent würden wir unsere bibliographischen Fußnoten beleuchten, phantastisch wäre das! Da hierzulande die Heiligen und die Religionswissenschaftler mit den Hühnern zu Bett gehen und beim ersten Hahnenschrei aufwachen, bin ich zu der Überzeugung gelangt, daß für einen mitteleuropäischen Kaffeehäusler meinesgleichen, den nichts weniger anzieht als ein Trauungszelt, hier kein Gras wächst. Unabhängig von der geographischen Lage, ich bin ohnehin eine aussterbende Art. Die Menschen sind von der Arbeitsseuche befallen, die Szene hat sich entvölkert, die Schwulen haben Angst, die Schriftsteller schreiben unaufhörlich, die Forscher forschen ohne Unterlaß, Computeridioten sind sie. Die Universitätsprofessoren bezeigen sich gegenseitig Achtung im Verhältnis zur Anzahl ihrer Sonderdrucke. Möglicherweise gibt es für einen voltaireianischen Lebenskünstler wie mich schon nirgendwo auf der Welt einen wirklich guten Ort.

Bald darauf schwimmt Dragoman im See Genezareth und ist unzufrieden mit sich, weil er Heiliger und Hedonist zugleich sein will. Vor ihm schwebt das Unfaßliche. Erreichen kann er es nie. In fast vollkommenen Augenblicken sieht er die eigene Unvollkommenheit am deutlichsten. Statt in der jüdischen Klarheit fühlt er sich in der Budapester Trübheit mehr zu Hause. Gern trennt er die Ethnographie von der Metaphysik. Für die Bräuche ist er nicht Feuer und Flamme. Und dennoch, seit er älter wird, erkennt er gern den Juden in sich: Stets sucht er das eine, und immer findet er das andere. Vergebens droht ihm die zeitliche Mehrgleisigkeit des Anarchischen. Selbstrechtfertigung und Selbsthaß kommen Arm in Arm daher. Jede Gottsuche mündet in einer Dualität. Der andere Mensch wandelt nie auf dem rechten Pfad. Wer hat unrecht? Der Antwort darauf kommt für den religiösen Menschen eine fatale Bedeutung zu. Wer nicht recht hat, der ist unsympathisch. Wenn das Lernen an oberster Stelle rangiert, dann ist nicht der Unwissende gefährlich, sondern der Verkünder von Irrlehren. Alles, unser ganzes Schicksal, hängt davon ab, ob wir richtig denken und handeln, sagen die Religiösen. Ein Schulbus wird von einem Eisenbahnzug gerammt, einundvierzig Kinder sterben, der Innenminister ordnet eine Untersuchung an. Es wird festgestellt, daß es in den einundvierzig Mesusot der Schule (und du sollst sie, die von der Liebe zu Gott und seiner Vergeltung handelnden Worte, schreiben an die Pfosten deines Hauses und an deine Tore) Schreibfehler gegeben hat. Das habe der HERR bestraft, sagt der religiöse Innenminister. Fast jede Strafe des HERRN hält Dragoman für ungerecht. Ein wahnsinniger Herr das, der wegen fremder Schreibfehler Kinder tötet. Verkrampftes Priestervolk, wenig Neigung verspürt es, wohlgefällige Lebensumstände zu schaffen. Chaos und Tiefe, durcheinandergeworfene Unterwäsche und bartzwirbelndes Grübeln. Reise über Ebenen hinweg zu den unerreichbaren tieferen Schichten.

Dragoman sitzt nun in einem anderen Kaffeehaus am Jaffator, wieder klopft Hagel an die Scheiben, der Fahrdamm wird weiß, die Kaftanträger haben immer einen Regenschirm bei sich, wer ihn zu Hause vergessen hat, der läuft, so schnell er kann. Spitz sind die Schuhe und naß die Schläfenlocken. Jetzt gießt es in Strömen, gleichzeitig scheint die Sonne. Ältere englische Touristinnen in weißen Leinenhüten amüsieren sich über die Unbilden des Wetters. In ihren Händen ein Reiseführer vom Heiligen Land, vom Land des BUCHES. In ein rot-lila Kopftuch gehüllt, betritt eine junge Araberin das Kaffeehaus. Dragoman trinkt den Saft von drei frisch ausgepreßten Apfelsinen. Die Liebe dreier Apfelsinen. Ein hübscher, breitschultriger, schlanker, junger Jude aus der Altstadt geht am Café vorbei, dunkler Anzug, weißes Hemd, Hut mit aufwärts gebogener Krempe. Der Blick des jungen Mannes bleibt auf der Araberin haften, für einen Moment sehen sie sich an, dann senken sie die Augen. Dragoman hat sich eine Pfeife und eine Dose ausgewählt, er geht feilschen, selbst in der Hölle wird er nurmehr Tourist sein. Über fünfzig nimmt die Zukunft ab, es mehrt sich die Vergangenheit, daß er hier noch herumlungern darf, ist schließlich auch was. Statt Selbstmitleid empfindet er Dank. Auf Sonnenschein folgt Regen, Stimmungsschwankungen, vermutlich wird er auch die heilige Stadt von der Liste der Lebensutopien streichen. Soll mir der Arm verdorren? Nein, vergessen kann er nicht mehr, bald wird er weggehen von hier, doch irgendwann wird er zurückkehren. So richtig versteht er all das nicht.

Zu Melinda

Dragoman geht zu Melinda. Neben dem Bürgersteig ein Pflaumenbaum, schwer tragend an seinen dunkelblauen Früchten, herabpurzelnde Roßkastanien, lanzettenartige Flügel der Esche, üppige Rosensträucher. Auf der Terrasse bringt Melinda den Tisch in Ordnung, Dragoman, der heute nachmittag ziemlich viel getrunken hat, wird von ihr erwartet; unter Alkohol läßt sein Zeitgefühl zu wünschen übrig. Für einen Augenblick geht Melinda hinauf ins Zimmer ihres Vaters, auch von dort kann sie in den Garten hinuntersehen und Dragomans Kommen bemerken. Als sie ins Wohnzimmer hinunterkommt, flimmert der Fernseher, und Melinda sieht Dragoman nach einem Buch auf dem Bücherregal greifen, er streckt sich, dann fällt er auf den Rücken. Rettungswagen, Herztod, Leichenträger. Melinda streichelt ihm die Stirn, tritt an den Fernseher, um ihn auszuschalten, und wundert sich, weil sie sich nicht daran erinnern kann, ihn eingeschaltet zu haben, dann wundert sie sich noch mehr, weil das Gerät doch nicht eingeschaltet war. Sie geht an die Gartenpforte und wirft einen Blick auf die Straße.

Ich, Melinda, bin hier in der Oleander utca zu Hause. In unserem gastfreundlichen Haus kommen Leute zusammen, die sich sonst nicht treffen. Etwas zu essen und zu trinken kommt bei uns immer auf den Tisch. In der Mitte sitze ich, wie eine Spinne, die die Fliegen in ihren schleichenden Gobelin einwebt. Traurig werde ich feststellen, daß sich die anderen mir alle hingegeben haben. Mich nicht traurig zu sehen, dem gilt ihr Bemühen. In der hintersten Ecke unseres Gartens ein Höhlenlager, davor ein Walnußbaum und ein Mühlsteintisch. Ich höre Türquietschen, in eine Ecke des Blickfelds ziehe ich mich zurück, zwar ergreife ich die Initiative, spiele mich aber nicht in den Vordergrund. Beide Männer kommen zu mir zurück, jedoch erst nach irgendeiner Niederlage. Zum Sterben wird auch mein Vater zurückkommen. Am Ende allerdings werde ich in dem Haus allein bleiben.

Ich weiß, János hat Angst, und zugleich ist er entzückt von meinem Haus in der Kastanienstraße, die Oleander utca genannt wird – eine bescheidene südländische Bezeichnung. In letzter Zeit hält er sich seltener über mir als Gast auf, im zweiten Stock, wo mein Vater außer der Bibliothek eine Unmenge von Manuskripten, Briefen, allerlei Unterlagen und Bildern zurückgelassen hat. Das Material reizt Dragoman, vielleicht schreibt er ein Buch über meinen Vater. Noch hat er Hemmungen, sich auf das Thema einzulassen. Beide, sowohl mein Vater als auch er, sind sie müde Lageristen, die das Gerümpel der Vergangenheit verwahren. Mit interessanten Manuskripten, verschlossen in einem Panzerschrank, und, wie um der Sache Nachdruck zu verleihen, mit seiner Tochter hatte der Alte Dragoman hier festgenagelt. Daß János dem Angebot nicht widerstehen konnte, finde ich ziemlich banal. Bei Lichte besehen hätte sich an seiner Stelle so auch ein anderer entschieden. Ein angenehmes Zuhause; der Hausherr, Antal Tombor, war der Klassenkamerad und Freund des Gastes. Auch David Kobra besucht uns des öfteren, sie drei waren in der Klasse, ja sogar im ganzen Gymnasium, die destruktiven Individualisten.

Mit der Metro und der Straßenbahn kommt Dragoman hierher, gern fährt er mit der Metro, es schaudert ihn, wie tief die Budapester U-Bahn ist. Als er weggegangen war, befand sie sich noch im Bau. Lange steht er auf der Rolltreppe und beobachtet die an ihm vorbeiflutende Menschenmenge, beobachtet wird auch Dragoman, die Blicke fegen über ihn hinweg. Mit wem von den Fremden würde er sich gern unterhalten? Auf wessen Gesicht spiegelt sich ein inneres Lächeln? Wer ist als Knetmasse oder Spitzel nicht zu gebrauchen? Grobschlächtige Gesichter, zur Werbung von Süßigkeiten ungeeignet. Der Durchschnitt ist anständig gekleidet, nichts ist auffällig an ihm, er redet nicht viel, sogar mit dem Lächeln ist er sparsam, die Jalousie ist heruntergelassen, Ausdruckslosigkeit, sogar die Falten sind nach unten gewölbt. Viele lesen, wenige rempeln sich an, randaliert wird nicht, Taschendiebstahl kommt selten vor, auf jeder Station hat auch die Polizei eine Wachstube. Die Augen sind es, die den Ausländer verraten, nicht so sehr die Kleidung, er guckt nicht gleichgültig, seine Neugier ist noch wach, wenn er bleibt, nimmt er sich zurück, paßt sich dem braungrauen Grundton der Umgebung an. In sich gekehrte Augen können nicht weit sehen. Dragoman mustert ein Mädchen, dessen kraftvolle Muskulatur es felsenfest erscheinen läßt, es weiß, was es weiß, ein Zuhause wird es haben, einen Mann, ein Kind, schlecht wäre nur, wenn das Kind zu früh oder überhaupt nicht kommen wollte. Alles wird dieses Mädchen bekommen, und noch dazu zu seiner Zeit. Dragoman schließt die Augen. Sehr nahe treten die anderen jetzt an ihn heran. Er träumt, daß er in einem langsamen und überfüllten Bummelzug vor sich hindöst, der Zug kommt unter der Erde hervor, rattert über die Große Ungarische Tiefebene, wo sich die aus dem flachen Horizont herausragenden Objekte zählen lassen. Brotgeruch, Speckgeruch, Spießbratengeruch, Schuhgeruch. Wohin reisen Sie? Nur hierher nach Denver. Man nickt. Wir nur nach Báránd. Dragoman nickt ebenfalls.

Der Zug hält an, schwungvoll öffnen sich die Türen. Dragoman überläßt sich dem Strom, der als Wellenbewegung in Richtung Rolltreppe schwappt. Sollten sie ihn verfolgen, würde er, schlau wie er ist, im letzten Moment auf den anfahrenden Zug springen, doch er weiß, daß er auf der nächsten Station von neuen Schatten erwartet wird, weshalb er den Plan nicht in die Tat umsetzen würde. Sollen sie ihn doch verfolgen. Manchmal hat er den Eindruck, daß sie das tatsächlich tun. Zum Beispiel dann, wenn bei Kobra eine oppositionelle Gesellschaft zusammenkommt, zu der auch er stößt. Dragoman überläßt sich dem Strom der Masse, die Rolltreppe befördert ihn aufwärts, ihm entgegen kommen jene, die hinabsteigen. Wie viele bärtige, schnurrbärtige, ernste Männer! Ein Blick zurück in den Schacht überrascht ihn angesichts der Tiefe, aus der sie aufsteigen. Immer länger wird die Strecke, obwohl sie schon so lange aufwärtskriechen, wollen sie niemals ankommen, es scheint sogar, als würden sie sich von der Welt da oben noch entfernen.

In der Zeit des inflationären Kaufrausches treibt sich Dragoman häufig auf dem Ring und in der Innenstadt herum. Kampf zwischen der ungeduldigen Masse und den müden Verkäufern. Wie viele Menschen sind in der Stadt auf den Beinen, was will dieses viele Volk? Wohin laufen diese flinken alten Frauen? Sind sie alle närrisch geworden? Dessenungeachtet ist es für meine Vagabundenaugen das normalste von der Welt, wenn der Pissoir auf der Straße grün, die Straßenbahn gelb, der Autobus blau ist und wenn kleine alte Autos, deren Lack abgeblättert ist, auf ihrem Dachgepäckträger dies und jenes hurtig transportieren. Dragoman biegt in eine Seitenstraße ein. Daß er früher oder später zu mir kommen wird, weiß er, aber ein bißchen wird er mich vielleicht noch warten lassen. In einem Café wirft er einen Blick auf den Fernseher, ein Generaldirektor verspricht, sie würden alles tun, was in ihren Kräften steht, die Stellungnahme von Partei und Regierung helfe viel, aber die neuen Regulative müßten noch verbessert werden. Das ist beruhigend wie das Röhren der Wasserleitung in der Küche. Dragoman lenkt seine Schritte auf einen Hof, wo mehrere kleine Boutiquen ihre Waren feilbieten, rotierende Leuchtreklame und gelangweilte schöne Mädchen in den Kleiderhöhlen. Ganz versteht er nicht, weshalb er hierher gekommen ist. Am Morgen im Schwimmbad war ihm schwindlig geworden, er hatte seinen Orientierungssinn verloren, statt längs schwamm er quer durch das Becken, was bei den anderen Verblüffung auslöste, so etwas tut ein normaler Mensch im kalten Schwimmbassin des Lukács Bades nicht. Er ist kein Unbekannter, man sieht sich jeden Tag. Was ist los mit Ihnen? Dragoman geniert sich. Das Becken dreht sich vor seinen Augen, wie soll er hier herauskommen? Sicher ist nur der letzte Knalleffekt, bis dahin aber bist du den Scherzen der Verkalkung hilflos ausgeliefert.

Auf ein Glas Spätburgunder kehrt Dragoman in den Weinkeller ein. Aus großen weißen Porzellanbehältern schöpfen sie mit einer Kupferpinte den Blaufränkischen und den Tramini, unter einem Backsteingewölbebogen bleibt Dragoman an einem hohen Tisch stehen, er stützt sich auf und ist sich selbst genug. Er hätte nicht in die Ecke sehen sollen, jemand winkt und drängt sich auch schon zu ihm. Dragomans Hand will er gar nicht mehr loslassen, er hat eine starke Fahne. Würdest du uns nicht noch zwei Gläser bringen? fragt Dragoman und gibt ihm Geld, um sich aus dem Staub zu machen, während der andere Wein holen geht. Er überquert den Platz, das dürre Laub raschelt, an den Steintischen klitschen die ewigen Rentner und Kranken Karten. Altersmäßig ungleiche Mannschaften versuchen, den weißen Ball ins gegnerische Tor zu kicken. In der Holzstraßenbahn haben romantische Mädchen immer etwas zu besprechen. Die Rutschbahn findet ihren unermüdlichen kleinen Jungen, der mit seinen in einer Strumpfhose steckenden Beinchen hurtig die Leiter hinaufklettert, um auf dem Hosenboden hinunterzurutschen. Er plumpst in den Sand, schüttelt den Kopf und klettert erneut. Dragoman schwingt sich ans Reck, macht Klimmzüge, plötzlich spürt er etwas Eigenartiges, irgendeinen Ausfall, eine Pause, als transportierte die durchsichtige Leitung bei der Bluttransfusion statt Blut Luftblasen. Die kalte Stahlstange loslassend, geht er in die Hocke, mit den Händen stützt er sich auf dem Kiesboden ab, feuchte Steinchen drücken sich in die Haut ein. Dragoman macht sich Mut: Du wirst gleich aufstehen. Ein Witz von einem Betrunkenen fällt ihm ein, der vor der Kneipe auf dem Bürgersteig liegend nachsinnt:

»Wenn ich aufstehen kann, gehe ich zurück und trinke noch ein Gläschen. Wenn ich nicht aufstehen kann, gehe ich nach Hause.«

Circumdederunt me, unbemerkt hat mich das Undenkbare umzingelt. Unter der gelben Lampe wimmelt es von Insekten. Dragoman schleppt sich bis zum nächsten Espresso, äußerer und innerer Druck befinden sich hier, in dieser komprimierten Umgebung, am ehesten im Gleichgewicht. An den Schauplätzen seiner im Raum lagernden Biographie läuft er umher, und in jeder Straße entdeckt er etwas, was ihn entzückt, wenn durch nichts anderes, dann eben durch seine charakteristische Häßlichkeit. Ein Garten, ein Haus, ein verschämter Anblick rufen ihm die Vergangenheit in Erinnerung, als entfaltete sie sich aus einer Amnesie. Es ist tatsächlich wahr, Raum und Zeit sind im Bewußtsein des Menschen, wenn auch nicht eins, so doch untrennbar.

An diesem Tisch hielt ich meine Faust fest, um jenem Goldzahn nicht einen Schlag zu verpassen. Hier schrieb ich den längsten Liebesbrief meines Lebens, allerdings ohne ihn abzuschicken, einige gute Sätze daraus aber schrieb ich ab und verwendete sie in einem anderen Textzusammenhang. Um diese Zeit im Herbst boten sich seit meiner Kindheit bei der alten Tante Grünberg Birnen, Pilze und saure Gurken an, auf den Regalen in großen Gläsern Nüsse und Honig, Mohn und Mandeln. Mit einem Blumenstrauß kam ich in dieses Haus, in den zweiten Stock, ich klingelte, nahm Platz und hätte gern einfach nur geschwiegen, doch die Tochter des Hauses setzte sich zu mir auf die Sessellehne. Wir tanzten, und ich redete so viel, daß mich ihre Mutter als letzten Gast nach Hause schickte. Und dort an der Ecke mietete ich im dritten Stock ein Zimmer, um eine sturmfreie Bude für jene Frauen zu haben, die ich vielleicht nicht noch einmal sehen, sie aber trotzdem von ihren Kleidern befreien wollte.

Dragoman treibt sich in schmalen Budapester Gassen umher, die Gegend ist vernachlässigter und schmutziger als gewohnt. In entlegenen Winkeln der Höfe macht er Videoaufnahmen. Mit umgehängter Kamera, die er abzustellen vergißt, geht er in eine Kneipe, trinkt ein Glas Wein, die Maschine rührt er nicht an, stützt sich auf die Theke, dreht und wendet sich, steht herum, starrt hierhin und dahin, dann geht er hinaus. Erst auf der Straße, an der nächsten Ecke, bemerkt er, daß die Kamera in der Zwischenzeit ihr eigenes Leben gelebt hat. Im Zimmer läßt er den Film ablaufen, die Kamera hat andere Seheindrücke gehabt als János. Auch bei mehrmaliger Wiederholung nehmen wir an dieser mit dem Geschehenen im Nichts versinkenden Zeitserie immer etwas anderes wahr. Wie viele Blätter sind es, die ich an dem Nußbaum kenne? Und angesehen habe ich ihn oft. Was weiß die Streichholzflamme von dieser Veranda?

Dragoman trifft auf der Terrasse ein.
»Grüß dich, Melinda, blendend siehst du aus! Steht dir phantastisch, der lange grüne Pullover.«
»Pünktlich bist du«, sage ich, das ist er nämlich selten.
»Und du bist schön!« begeistert sich Dragoman.
»Mich zu loben, bist du nicht ermächtigt.«
»Mit meinem Weib auf deren Terrasse Kognak trinken, ein Seelenabgrund das.«
»Auch mein Gemahl trinkt sehr dezent Kognak. Gern würde ich mit Ihnen tanzen, aber nur, wenn Sie sich ans Klavier setzen.«
Wir schweigen, Dragoman beobachtet jene unmerkliche Gymnastik, die meine großen Lippen vollführen. Winziges Vibrieren, das einen Text hervorbringt, allerdings nicht ganz denselben, den mein Mund ausspricht.

Don Juan schweigt, auch mich hört er nicht, ein bißchen hält er den Kopf schräg. Meines Erachtens weiß er genau, in welchem Winkel der Anblick eines seitwärts geneigten Menschenhauptes am vorteilhaftesten ist. Irgendwie sind all unsere Spaziergänge denkwürdig. Fragen kann er und lachen über Dinge, die wir hier ernstnehmen. Zusammen sind wir in einer Gesellschaft, und plötzlich ist er verschwunden. In unserem voneinander unabhängigen Sinnieren denken wir oft an dasselbe. Jede noch so kleine Veränderung unserer bereits festen Spazierwegrouten hat etwas zu bedeuten.

Eine bekannte Stimme flüstert mir zu, daß mein Vater im Laufe des Abends unerwartet und dennoch erwartet hereingeschneit kommen wird. Heute vor einem Jahr hat er uns für immer verlassen. Später dann schickte er mir an einem einzigen Tag aus einem Dutzend weit voneinander entfernten Großstädten eigenhändig geschriebene Ansichtskarten. Und wenn ich nicht daran glauben will, daß er durch Zellteilung nunmehr in dutzendfacher Gestalt seine Mitmenschen auf dem kleinen Globus zur Verzweiflung bringt, dann muß ich annehmen, daß er zahlreiche seiner Bekannten mit ins Vertrauen gezogen hat, um diesen Spaß in die Tat umzusetzen. Für so etwas findet er immer eine Möglichkeit. Papas Generation weiß noch, wie man einen Aprilscherz machen kann. Sämtliche zauberhaften Nichtigkeiten gehen in der Hektik der jungen Leute von heute unter. Und von den Männern von heute will ich erst gar nicht anfangen.

Was für ein Hund, dieser Dragoman! Er erzählt von einer Freundin, von einer gewissen Estella, die phantastische kalte Gemüsesuppen zu kochen verstand. Grüne Augen hatte sie und grüne Hausschuhe. Was sie nicht daran hinderte, jeden Tag spät nach Hause zu kommen. Jede Nacht bezog sie von Dragoman Prügel. Wie eine Zeltplane, so fleckig war ihre Haut schon. Dann schlug er sie nicht mehr und tätowierte Pflanzenornamentik auf Estellas Körper, einen ganzen Gemüsegarten. In einer besseren Kneipe ging das Mädchen an der Wand entlang auf einem schmalen Podium auf und ab, in Stöckelschuhen, nackt. Auf den Barhockern drehte das männliche Publikum Estella den Rücken zu, und wenn es das Mädchen betrachten wollte, dann konnte es dies im Spiegel tun, der hinter der Bar unterhalb der umgekehrt stehenden Gläser angebracht war. Wer wollte, der drehte sich einfach um und beobachtete Estella direkt, das Glas in der Hand. Darf man an den Blumen schnuppern? fragten sie. Nachdem meine Ornamente auf Estellas Leib dramatisch zunahmen, brach Unmut aus: Schließlich wollten sich die Gäste nicht an einem Zebra ergötzen! In Wahrheit hatte ich ihr nicht nur Gemüse aufgemalt, auch Fische und Himmelsgestirne. Ich übertreibe keineswegs, wenn ich behaupte, daß alles ganz ansehnlich war. Ein Kunstkritiker gratulierte zu dem magisch postsurrealistischen Körper. Die Gäste allerdings gaben keine Ruhe. Das sei kein Museum, sagten sie. Zweifellos war es nur eine Kneipe. Die Geschichte ritzte ich Estella ein, jede Stilrichtung erhielt auf ihr einen Platz. Unsere Liebe näherte sich einem empfindlichen Punkt, auf Estellas Haut gab es keine freien Stellen mehr, und ich hatte kein Geld mehr in der Tasche. Die Bar, denke ich, mußte Estella verlassen; doch vielleicht ist sie anderswo aufgenommen worden. In einem Zirkus zum Beispiel oder irgendwo, wo man Verrücktheiten besser erträgt. So etwas gibt es. Auch Männer gibt es, die einen Unterleib im style floréale großzügig belohnen.

Dragoman träumt von einem weit und breit Aufsehen erregenden Fest. In Ófalu wird er das ganze Kurhotel mieten, die glücklicheren Gäste werden den Blick auf den See genießen, allerdings haben auch die keinen Grund zur Klage, deren Fenster zum Berghang gehen, wo die Abtei und die Nervenheilanstalt zu sehen sind. Von all dem phantasiert er hier auf meiner Terrasse in der Oleander utca. Unter den hohen barocken Messingtürklinken des Hotels in Ófalu hängen an den Türschlüsseln eiförmige Beschwerer. Wie die Gäste der Hotelbetten wechseln, so wird auch das Lager der Hoteldirektorin Franziska immer wieder von einem anderen Gast bevölkert, und wenn mich mein Gefühl nicht täuscht, so ist jetzt gerade Antal, mein Gemahl, an der Reihe. Aus dieser Gewißheit macht die physisch beträchtliche Dame nicht einmal ein Geheimnis. Sollte das etwa János Dragomans Abschiedsempfang werden? Noch ein großer Abgang, ein kühner Aufruhr, und dann auf Wiedersehen, my golden baby, my sugar baby! Der Mann macht sich aus dem Staub, die Frau bleibt zurück. Herr János schnürt sein Bündel. Was die moralische Weltordnung angeht, so wird sie bis zum erneuten Ausschlag wiederhergestellt sein. Doch augenblicklich schwingt sie noch aus wie eine Schiffsschaukel.

Den nächtlichen Geschmack meines Schoßes nach dem Erwachen kennt Dragoman bereits. Die Gewißheit, daß aus der Begegnung der Lebenssäfte auch ein Kind hervorgehen darf, wirkt sich auf den Dialog der Geschlechtsorgane erfrischend aus. Auf den sonnenbeschienenen Stufen einer Bergkapelle deliriert Dragoman von diesem fiktiven Kind. Was ist von ihm zu sagen? Daß es mir ähneln soll. Das kann ich versprechen. Doch sobald wir aus dem Licht heraustreten, spüre ich, daß János der Situation wieder entflohen ist, nach dem vormittäglichen Strahlen kann nur irgendeine Bewölkung folgen. Eine dauerhafte Verdüsterung. Auch in unserem Verstand pulsieren Licht und Dunkel. Eben herrschte die größte Helligkeit. Eine geheime kirchliche Hochzeit, womöglich wußte nur ich davon. Hinter dem Berg kommen die Schemen hervor, sie umzingeln mich, sitzen mir im Nacken, verschmelzen mit dem Hintergrund, kriechen an meinen Schenkeln empor und schmiegen sich an meinen Hals wie ein Silberfuchskragen. Der Maskeradenmeister immerwährender Reinkarnationen geht Arm in Arm mit mir. Rausch des Sich-Häutens, er entsteigt seinen Rollen, nervöser Juckreiz. Transnationaler dunkler Schmetterling, in allem erkennt er den Tod. Vor allem in der Wiederholung, in meinem Medium. Verbergen will er sich vor ihm, so maskiert er sich immer anders.

János' Anziehparaden amüsieren mich mächtig. Um nicht zu frieren, hüllt er seine hagere Gestalt in mehrere Schichten. An kühlen Tagen trägt er mehrere Trikots, Flanellhemden und Pullover, um den Hals gekräuselte Seidenschals. Gern färbt er sich das Haar silbern und schminkt sich die Lippen rot; daß man ihn auslacht, stört ihn nicht. An ihm nehmen sich die Kleidungsstücke viel stimmungsvoller und abwechslungsreicher aus als an anderen. Mal zieht er noch etwas an, mal legt er etwas ab, bringt sein Haar in Ordnung, macht es sich im Schneidersitz bequem, manchmal vollführt sein Hals oder sein Kreuz schlängelnde Bewegungen, dann wieder setzt er sich in einen Sessel, weil das Ambiente nicht vorteilhaft genug war. Genau beobachtet er, wie die Zimmerecke mit der Stehlampe zu ihm paßt. An einem schattigen Ort sehnt er sich nach einem sonnigen, und umgekehrt. Während Kobra sich alles anhört und den Dingen dann, nachdem er sich entsprechend erkundigt hat, ihren Stellenwert beimißt, ist Dragoman ein unruhiger Geist. Nirgendwo findet er seinen Platz, gern wechselt er die Gesprächspartner. Dragoman hat Angst um sich; eine belanglose Bemerkung kann ihn derart mißmutig stimmen, daß er anschließend im Garten umherirrt oder sich gar nach Hause schleicht. Jetzt ziert er sich gerade unter einem seidenen chinesischen Lampenschirm, ist quenglig wie ein kleines Kind, Hunger habe er, sagt er, so sehr, daß er einen Brechreiz verspüre, er macht sich über die Sandwichplatte her, stopft sich den Belag in den Mund, vor allem die in Scheiben geschnittenen gekochten Eier mit dem Sardellenpastenkringel. Er hofft, mich in den Zustand beherrschter Gesichtszuckungen zu versetzen. So ein Einfaltspinsel.

Auf einen Sprung gehen wir in eine Kneipe, die keinen guten Ruf hat, des öfteren schon hat es hier Messerstechereien gegeben, der gemixte Obstschnaps aber ist annehmbar. Stramm kippe ich einen Doppelten, Dragomans Hand auf meinem Nacken. »Wozu die Eile?« An die Theke gelehnt, ein Kerl, mit den Daumen sich an dem mit Nieten beschlagenen

Gürtel festhaltend. Unter der Lederweste ein gekrümmtes Messer in einer Lederhülle, mit schnellem Griff kann es gezückt werden, einem Menschen damit die Gurgel durchzuschneiden, wäre nicht beschwerlicher, als einem Huhn den Garaus zu machen. »Machen wir Armdrücken!« fordert er Dragoman auf. Zwei einander zugewandte Profile: Jeder versucht, das Handgelenk des anderen auf die Tischplatte zu zwingen. Unbeweglich sind sie, die enorme Kraftanstrengung ist ihnen kaum anzusehen, die Arme starr wie ein Pfahl. Beide warten sie darauf, daß der andere schlappmacht. Sie sehen sich in die Augen, die Blicke sind für das Duell ausschlaggebender als die Armmuskeln. In der linken Hand ein Glas Rotwein, Eleganz ist alles. Das reicht, sage ich, die Herren sollten sich die Hand reichen. Ich traue meinen Augen nicht, der Vorschlag wird befolgt.

Mein Gott, gönnen wir der Melancholie noch eine Stunde. Melinda rauscht an Dragoman vorbei. Wie auf ein Brautbett, so lasse ich mich auf deiner Phantasie nieder. Und Dragoman fragt: »Ist es wahr, oder habe ich das nur geträumt, daß im Kühlschrank noch zwei Flaschen Tokajer Furmint stehen? Sehen wir doch nach! Laß uns die Lampe ein bißchen höher stellen. Wie blau deine Fingernägel sind, Melinda, und wie rot dein Mund ist! Ein Himmelbett würde jetzt zu dir passen und an der Wand gegenüber ein schräg hängender Spiegel, worin der Hineinblickende Akteur und Voyeur in einem sein kann.«

Melinda ist vom Teufel besessen, das lasse ich einen jeden wissen. Die Dienstmagd der Familie bin ich nicht. Du kommst hinter mir her, mein Lieber, kletterst über eine mit Stacheldraht gesicherte Ziegelmauer. Mit blutigen Fingern flüchtest du aus einem Schloßpark. Wie du dorthin gelangt bist, weiß ich nicht. Du kommst hinter mir her, wohin, das weiß ich nicht. Zu dir selbst führe ich dich hin, in jenes mütterliche Bett, das jetzt außer dir nur mir gehört, ausschließlich nur mir. Ich habe die Befürchtung, mein Teuerster, daß du ein Psychopath bist, du verliebst dich in eine Stadt, und dann haust du ab. Das wiederholst du mit Frauen und Büchern. Du bist imstande, mit einer leichten Reisetasche in der Hand an den Möbeln vorbei, magnetisch geworden durch die Fülle gemeinsamer Erinnerungen, hinauszuspazieren. Bleib in meinem Haus, mit einem Seidenfaden will ich dich fesseln. Zu deiner Klaustrophobie impfe ich deinem Herzen die Klaustrophilie ein. Bleib hier in dieser introvertierten gemächlichen Gegend, werde heimisch in unserer öffentlichen Pleite. Warum solltest du – deinem Alter entsprechend – das Feld der Streifzüge nicht ein wenig einschränken? In jener heruntergekommenen Eigentumswohnung, wo der Kampf einer alten Frau mit den Gegenständen noch zu spüren ist, sollst du deine Ruhe finden.

Dragoman ruft an, er ist zu Hause und wartet auf mich, ich versuche, meinen Familienpflichten zu entfliehen und schleiche mich hinauf zu ihm. Besucher hat er immer soviel, wie er gerade braucht. In der Wohnung fühlt er sich zusehends wohler, seine Ansprüche sind minimal, ihm fehlt nichts. Sein Zimmer empfindet er als einen Palast, unter einer guten Lampe sitzt er im Sessel und liest, geht hinaus auf den Balkon, beobachtet die Bäume und den Mond, am Telefon verströmt er geistreiche Ideen, eine Menge Zeitschriften hat er abonniert, die Post wird ihm nachgeschickt, seine Bekannten außerhalb Ungarns besuchen ihn, um sich von ihm in die Geheimnisse Budapests einweihen zu lassen, ein bißchen hat er die Stadt durcheinandergebracht, sein Auftauchen, seine Worte sind ein Ereignis, die jungen Leute rennen ihm die Bude ein, ihr gemeinsames Kiffen, fürchte ich, könnte die Organe neugierig machen. Er jedenfalls breitet den Teppich des Vertrauens aus und bietet dem Gast am anderen Ende einen Platz an. Nach langem Schweigen läßt er endlose Selbstgespräche vernehmen. Mit seinem Verstand taucht er im See der Ruhe unter, um schließlich aus der Tiefe des

Wassers eine Geschichte an die Oberfläche zu befördern. Noch ist nichts fertig, aber schon pocht der Geist an die Tür, und wie es ihm gestern vom HERRN gegeben ward, so wird ER ihn auch heute nicht im Stich lassen. Ein Geschenk muß angenommen werden. Mit gewissen Veränderungen hat er sich Jeremias' Angebot zu eigen gemacht, er widmet sich den nicht leicht zu überblickenden Manuskripten seines alten Meisters, erkennt darin Schichten eines Werks, umfangreicher als die Encyclopaedia Britannica. Regelmäßig erscheint er in der Oleander utca, hingezogen ist er nicht, wollte er doch in der Wohnung seiner Mutter bleiben, die das eine Zimmer mit Alkoven entsprechend ihrem exaltierten Geschmack nach Art einer alten Frau ziemlich vollgestopft hatte. Im Haus fand er eine Putzfrau, die dafür sorgt, daß er nicht im Schmutz umkommt, den Damenschreibtisch seiner Mutter hat er ausgeräumt und die gelben Blockhefte vor sich hingelegt. Allzu viele davon verbraucht er nicht, selten versetzt der Geist seiner Füllfederspitze auf dem Papier einen Stoß, zeitweilig ist Dragomans rechte Hand wegen einer Sehnenscheidenentzündung lahmgelegt, doch fühlt er sich stets glücklich, wenn er etwas Neues zu erzählen weiß und wenigstens ich ihm bereitwillig zuhöre. Er holt sich etwas zu trinken und legt sich sein Pfeifenbesteck zurecht, für die nächste Stunde wird er beschäftigt sein.

Dragoman muß an eine haitische Nonne denken, die vormittags auf dem Betschemel kniete und nachmittags auf seinem Schoß saß. Diese Zweigleisigkeit wußte Dragoman durchaus zu schätzen. Dominus vobiscum, ich bin ein bißchen berauscht. Die Feiertage gehen zur Neige, mir ist kalt, nichts ist geblieben, nur der Schnupfen. Woher meine Motorradbrille stammt? Ich will nicht lügen, gestern hatte ich mit jemandem einen Wortwechsel. Als dem Betreffenden die Argumente ausgingen, meinte er, mich mit den Fäusten überzeugen zu müssen. Allen Leuten erzähle ich, es habe ein Erdbeben gegeben, und ich sei aus dem Bett gefallen. Ich hätte nicht in den Felsenweinkeller hinuntertorkeln sollen. Mit der Zahnradbahn hätte ich aufwärtsfahren sollen, das wäre besser gewesen.

Dragoman ist unterwegs zu Melinda, zur Oleander utca ist es nicht mehr weit, er geht durch den feuchten Park, auf der gelben Bank sitzt unerschütterlich die ihm schon vertraute alte Frau mit ihrem fetten, ergrauten, blinden Hund. Der Hund aalt sich auf einem Teppichstück, von Zeit zu Zeit verschlingt er einen Pfefferkuchen. Indes es kommen die Missetäter: ein böser Mummelgreis mit seinem buhlerischen mißgestalteten Hund, der sich nicht entblödet, an dem Hintern der erblindeten und in Ehren grau gewordenen Hundematrone herumzuschnuppern. »Alter Satyr!« kreischt die alte Frau. Neben sie setzt sich ihre Freundin, die Witwe eines ehemaligen Kurialrichters, die sich auf ihren buchstäblich einknickenden Streichholzbeinchen mühsam voranschleppt. Leutselig begrüßt sie Dragoman, den die Begegnung wenigstens einen Kognak kostet. Jemand geht an ihm vorbei, ein hoher Beamter, im nächsten Jahr wird er seinem Leben durch einen Kopfschuß ein Ende bereiten. Auch der andere, der an ihm vorbeigeht, ein hoher Beamter, dem aber wird mit einem Küchenmesser ins Herz gestochen, in der Öffentlichkeit heißt es dann, er habe Selbstmord begangen. Hier geht der Schriftstellerfürst mit einer jungen Kollegin spazieren und erklärt ihr, daß sie sich für ein höheres Ziel bewahren müßten. Dragoman fällt ein, was er heute in der Bibliothek, oben im Burgviertel, gelesen hat. Dreiunddreißig ottomanische Planwagen ziehen an uns vorüber, alle randvoll mit Köpfen gefüllt, am Schnauzbart oder am Schopf gepackt und hineingeworfen, unterschiedlichste Schädel, worunter sich gekrönte Häupter befinden, Schelme, Jungfrauen, Toren und Genies, bunt durcheinander. Mein Haus ist abgebrannt, das ist gewiß, trällert Dragoman einigermaßen erleichtert.

Die Wahrhaftigkeit der Zeit

Um wahrhaftig zu sein, mußt du ein langes Leben haben auf Erden. Ein alter Mensch ist wahrhaftiger als ein junger, denn jener ist schon so, wie er ist, dieser dagegen ist noch beliebig, hineingeschlüpft ist er in etwas, gestern hat er etwas gelernt, irgendeine Neuigkeit hat ihm den Verstand geraubt. Standfestigkeit und entwickeltes Profil einer Liebe brauchen Zeit, die Annahme eines Liebespaars durch die Freunde braucht Zeit. Hartnäckigkeit und Vertrauen in die Zeit sind erforderlich, damit sich ein Unternehmen einen Namen machen kann, damit ein Haus seinen Wert erhält, damit ein Lebenswerk entsteht, damit eine Tradition sich dahingehend entfaltet, daß auch ein Aufruhr gegen sie möglich ist. Um mich nach einem Zimmer schmerzlich zurückzusehnen, um meine Gedanken im Wachzustand wie im Traum dorthin zurückfliegen zu lassen, muß ich viel Zeit darin verbracht haben. Zeit bedarf es zur Herausbildung bürgerlicher Tugenden und Fehler, im unnachgiebigen Widerstand gegen die Zeit zeigt sich der Lebenswille der Form. Zeit ist notwendig für den Charakter, für den Geschmack und die Qualität, für die Schönheit der sichtbaren Dinge. Diejenige Zivilisation, die ihren Werken und sich selbst keine Zeit gönnt, wird nicht wirklich wahrhaftig sein, nur Verpackung wird sie sein auf dem Erdboden, eine jederzeit abreißbare Kinokulisse, leicht, billig und praktisch.

Nicht am Minimum orientiert sich die Kunst, sondern am Maximum. Nicht mit geringstem Aufwand will sie größtmöglichen Nutzen erreichen. Dem Werk widmet sie soviel Aufmerksamkeit, wie die Sache verdient. Vom Minimalismus vergeht ihr die Lust am Leben. Anfangs schmeckt dir der Kuchen, doch nach einigen Bissen weißt du schon, daß er gekauft ist, nun schmeckt er nicht mehr. Wenn du Haus und Auto, Wohnungseinrichtung und Garderobe fertig geliefert bekommst, wenn du aus einem im Briefkasten vorgefundenen Warenhauskatalog bis hin zur winzigen Kleinigkeit alles bestellen kannst, was du brauchst, warum sollte man dann nicht auch Ehepartner und Kinder, Bildung und Gesellschaft fertig kaufen können? Warum sollte ich mich selbst nicht erstehen können? Warum sollte ich nicht vor der Zeit fertig sein können? Wieviel kostet die billigste Geschichte, fertig, in Plastik verpackt, frei Haus? Inklusive der eigenen Erinnerungen, billig natürlich als Volksausgabe. Wenn Gott und auch das Regime es zulassen, kommt Gott über das Fernsehen zu dir ins Haus. Der Priester, gerade vom Friseur gekommen, gestikuliert intensiv wie ein Schlagersänger. Das Wort muß leicht konsumierbar und verdaulich sein, eine halbe Stunde für Gott kann ich mir leisten. Wenn der Priester hüpft und auch singt, damit ich nicht einschlafe, so ist das in Ordnung. Der Anblick der Lebhaftigkeit dort und ständiges Knabbern hier sorgen dafür, daß meine Aufmerksamkeit nicht nachläßt.

Für ein akademisches Weiterkommen in Amerika, sagt Dragoman, sei eine Verknüpfung deines Curriculum vitae mit Budapest nicht ungünstig. Überall habe er Vorgänger, Mathematiker und Physiker, Sprachwissenschaftler und Gesellschaftswissenschaftler. Budapest ist kein schlechterer Ausgangspunkt als Prag, Warschau, Odessa oder Wilna. Wenn man hinter dir Geschichte vermutet, wenn du mit der europäischen Kultur, die für dich keine Lektion, sondern ein Werden war, familiäre Bindungen nachweisen kannst, so ist das nicht von Nachteil. Das hatte Dragoman verinnerlicht, darauf verspürte er einen Wolfshunger, daraus wollte er sich selbst zustande bringen. Daraus verputzte er seine Mauern, daraus errichtete er seine Sinnenwelt. Mit Bildern hatte er sehen gelernt, mit Musik hören, mit Gedichten denken und Witze machen. Dieses imaginäre Knäuel allerdings, das er, Dragoman, war, wollte er vollkommen tragbar machen, ein Amerikaner wollte er werden. Das funktionierte leidlich, wenn sich ein Mensch auf eine Aufgabe einläßt, so kann er sie schließlich auch bewältigen. Wenn der Raum groß ist, wenn es viele Städte gibt, dann existieren viele Universitäten, die miteinander rivalisieren, die sich so hervorragende Leute wie Dragoman gegenseitig abjagen. Er bekam Angebote, konnte wählen, war gefragt, die ihm angetragenen Möglichkeiten mischte er wie ein Kartenspiel, er war Mode geworden. Ständig verbesserten sich die Zusicherungen. So bemühte er sich dann in einer bestimmten Periode seines Lebens jedes Jahr anderswo darum, die lokale Fakultät im Sturm zu erobern. Er pflegte die gesellschaftlichen Kontakte, für seine Gäste kochte er ungarische Spezialitäten, und zu all dem, was jene von hier und da über Mitteleuropa wußten, über die Ungarn und in diesem Zusammenhang vor allem über die Budapester Intelligenz, lieferte er ihnen eine lebendige Illustration. Bloß daß die wohlbekannte Neigung zum Weiterrinnen die Möglichkeit aufscheinen läßt, daß wir eigentlich gar nicht hiergewesen sind, daß wir nur etwas vom Wesen des anderen begriffen haben, daß durch das räumliche Sich-Entfernen lediglich das Zellophan in unseren Händen zurückbleibt, ein sympathisches Lächeln, eine freundliche Aufmerksamkeit, wofür es einen eigenen Zeitpunkt gibt, um nicht aufdringlich zu wirken. Sich über Wasser zu halten ist nicht mehr als Selbstverteidigung, auf diese Weise bewahrt sich Dragoman die Fähigkeit des Weiterfliegens. Die Unterhaltung läuft phantastisch, vielleicht wird er den anderen nie mehr wiedersehen, es sei denn auf irgendeiner Konferenz. Na ja, wenn er nicht vom Fach ist, dann auch dort nicht.

Hätte er ein Kind gehabt, wäre es eigenartig gewesen, es mit Erreichung des achtzehnten Lebensjahres nicht zu verlieren, weil ein Kind in diesem Alter seinen Vater verläßt und in eine andere Stadt zieht. Seine akademische Ausbildung muß es allein schon deshalb anderswo absolvieren, um erwachsen zu werden, um sich von Dragoman unabhängig zu machen. Nach Studienabschluß geht es dorthin arbeiten, von wo es ein Stellenangebot bekommt, und wenn es zwischen mehreren auswählen kann, dann dorthin, wo es finanziell am günstigsten zu sein verspricht. Das ist vernünftig. An bestimmten Feiertagen sehen sie sich, zum Pessachfest oder zu Weihnachten. Für diesen Fall hatte Dragoman ein fertig gekauftes Kind, das er noch fertiger machen mußte. Wenn das Kind schon ganz fertig ist, wenn es seine Promotion abgeschlossen hat, haben sie nicht mehr viel miteinander zu tun. Das Kind wohnt in einem ähnlichen Haus wie der Vater, nur eben weit weg, es baut sich ein Nest, während Dragoman eine Weile noch in der alten Universitätsstadt seiner Arbeit nachgeht, dann läßt er sich im Süden nieder, damit seine müde gewordenen Knochen nicht frieren, ohne viel Aufhebens bezieht er Quartier in irgendeiner Rentnerkolonie, um sich zu sonnen und still zu sterben. Für sein Dortsein würde es sich von selbst verstehen, daß er dagegen nicht aufbegehrt, daß er es vielmehr für natürlich hält, denn das Kind seine Traurigkeit darüber spüren zu lassen, daß er es jetzt nicht sehen kann, wäre nicht schön. Gute Miene zum bösen Spiel, das ist es, was von dir erwartet wird. Lächeln sollst du darüber, daß du allein geblieben bist. Lächelnde Gefühlskälte, das wäre die Lektion gewesen. Womit der lächelnde Tod zusammenhängt.

Dann kam er zurück nach Budapest, besuchsweise, für eine kurze Zeit, zu uns, denen seine Rede eigenartig vertraut vorkommt, mit denen die Unterhaltung gemeinsames Handeln ist, mit denen wir am Berghang spazierengehen und endlos in verschiedenen Espressos herumsitzen, die mein Wohnzimmer und die Terrasse belagern und sich existentiell auf ein Thema einlassen, mit denen mich auch der Umstand verbindet, daß sie zumeist gut, ja sogar brillant reden können, daß sie unerwartete Dinge von sich geben, begnadet und geschlagen in ihrer Lust am gesprochenen Wort, Geschichten, Blödeleien, Frotzeleien, Telefonanrufe sind ihnen ein Spiel, eine Form muß es haben, das Telefongespräch. Irgendwie besitzen diese Zusammenkünfte eine Ästhetik der Zugabe, und gerade sie halte ich heute für einen großen Schatz. Wir registrieren unser Straucheln dem Tod entgegen.

Dragoman meint: »Komisch, nach zwanzig Jahren komme ich zurück nach Budapest, und da sagt doch der Hornochse von Kobra tatsächlich: ›Na, was gibts?‹ Alle Gespräche werden an dem Punkt fortgesetzt, an dem sie unterbrochen worden sind. Wir kennen unsere Meinungen aus den verschiedenen Perioden, in denen andere Überzeugungen möglich waren als jetzt. Womit das zusammenhängt, weiß ich nicht, doch so ist es nun mal hier, während es anderswo nicht so ist. Aufgeschobener, auf der Stelle tretender Fortschritt. Möglicherweise wird diese Stadt in ihrem normalen Betrieb behindert, und deshalb stauen sich dort irgendwelche Kräfte. Kann sein, daß dies ein optimaler Zustand ist, denn sollte ein Durchbruch geschehen, dann würde die Stadt ihre eigenartige Janusköpfigkeit einbüßen. Sollte die Metropole normal werden, dann würde Langeweile um sich greifen, dann würde sie durchschaubar werden und sich von den anderen nicht mehr unterscheiden.«

Der mit sich und der Welt versöhnte Bürger frohlockt nicht angesichts der auftretenden Fragen, behauptet Dragoman, überschwengliche Affekte vermag er auf der Bühne nicht freizusetzen, halsstarrig gemäßigt ist er, Extreme prallen in ihm nicht aufeinander, er verteidigt und sorgt sich um das, was er besitzt, was er erworben hat. Er will sich den Glauben daran nicht nehmen lassen, daß er, daß seine Welt, seine Nation, seine Stadt gut, intelligent und reich sind, daß ihm die Verantwortung für die Welt zugefallen ist. Will jemand die eigene Gemeinschaft über die anderen erheben, so kann er das nur durch Geprahle mit quantitativen Faktoren. Besitzt er ein qualitatives Selbstbewußtsein, dann akzeptiert er natürlich das Zugeordnetsein in einer rätselhaft komplizierten Raumstruktur, inmitten der anderen phantastischen Beschaffenheiten. Die Sterne am Himmel rivalisieren nicht miteinander.

Auch die Dichter tragen nicht wirklich einen Konkurrenzkampf aus, auch die Frauen nicht, gemeinsam sind sie schön. Trotz ihrer Eifersucht kommen sie gut miteinander aus.

Schön ist für mich eine Welt, die einem Roman ähnelt. Die kleine ist mir also lieber als die große. Angenehm ist mir eine Gesellschaft, die an ein und demselben Ort oftmals zusammenkommt. Anziehend ist eine Kultur mit einer großen inneren Vielfalt, voller ausgereifter und unnachahmlicher Eigenschaften. Wir können es uns erlauben, uns von unserem Schönheitssinn leiten zu lassen und dementsprechend etwas und jemanden sympathisch oder unsympathisch zu finden. Mit zunehmendem Alter werden wir empfänglicher für die Aura der anderen und verweilen in der Wärme jener Strahlung, die uns vertraut ist. Vom Bekannten über das weniger Bekannte erstrecken wir uns bis hin zum Unbekannten. Eine Zeitlang dehnt sich der Glanzpunkt aus, nimmt den ganzen Bildschirm ein, dann schrumpft er zusammen, wird matt, schwindet dahin. Dialog von Dauerhaftigkeit und Im-Fluß-Sein. Die Bedeutung der Übergangsformen ist allgemein bekannt. Auch die Erotik des Halbbekannten und des Halbunbekannten ist von den großen Beobachtern schon beschrieben worden. Haben wir uns noch gegenseitig – in einen Strudel geraten – Überraschungen zu bieten? Nach der Quantomanie kommt die Qualitomanie. Die Quantomanie denkt in Flächenstrukturen, die Qualitomanie in Raumstrukturen. Es darf die Frage gestellt werden, wie die komplizierte Mystik der Qualität auf dem Bildschirm erscheinen wird. Als magische Übergangsform vom Geistigen zum Materiellen. Hierbei haben wir es mit der nächsten historischen Periode zu tun, mit dem an erster Stelle stehenden Attribut der nach der Industriegesellschaft kommenden Künstlergesellschaft. Wissenschaftler, Unternehmer, Politiker wollen allesamt zugleich auch Künstler sein, was so einfach nicht ist. Der schöne Umgang mit der Zeit, der wird in der Grundschule zum Hauptfach erhoben werden. Das sagt mir mein Haruspex, der mit seinen Philosophien meinen Wünschen sehr entgegenkommt, oder vielleicht lege ich sie ihm gar in den Mund, weil ich ihn nunmehr als Bekehrten sehen möchte.

In den vergangenen Jahren habe ich einige moderne Klassiker übersetzt, bleibende Werke, deren Reichtum im Laufe der Zeit immer sichtbarer wird, jedes weitere Lesen macht sie noch geheimnisvoller, ebenso wie der Schnaps, so reifen sie mit den Jahren. Die anderen Werke, ihre Geschwister, haben sie überlebt. Irgendeine Lebenskraft hat sich in ihnen angesammelt. Allein sie sind es, die ihre Zeit überdauert haben.

Ich will nicht behaupten, daß Dragoman auf seinen Reisen nichts gelernt hätte. Wie sollte ich auch auf den Anspruch der Beständigkeit verzichten? Ein Tisch, ein Sessel müssen haltbar sein. Schuhe und ein Mantel ebenfalls. Mit drei Anzügen kannst du verreisen, wohin du willst, und überall wirst du anständig aussehen. Es ist dir anzusehen, daß du in deinen eigenen Sachen gehst und nicht eben erst aus dem Kaufhaus kommst, sogar in ihrem Knittern haben sich deine Klamotten ihrem Besitzer angepaßt. Aber du solltest auch berücksichtigen, daß alles in die beiden großen Reisetaschen hineinpassen muß. Bevor du abreist, kannst du die wichtigsten Bücher an die neue Adresse schicken. Was du am neuen Aufenthaltsort bekommst, das brauchst du nicht aufzugeben. Je kleiner das Gepäck, desto eher kannst du die Zelte abbrechen und auf Reisen gehen. Zwei Koffer nimmt dir jede Fluggesellschaft ab, selbst wenn sie schwerer als zwanzig Kilo sind. Ein weiser Mensch zieht mit zwei Reisetaschen, um die Schulter zu hängen und am Boden mit Rollen versehen, durch die Welt. Für eine Weile bindet er sich an einen Ort, dann macht er sich los.

Ein Leben im erdrückenden Schatten unserer Väter und Mütter? Unter intensivem allgemeinen Beobachtetwerden? Meine Lieben, laßt in die Lüfte uns erheben, um von hier zu verschwinden, und sei es nur wie ein Zugvogel. Ich werde zurückkommen, denn dies ist eine Stadt, wohin man zurückkehrt. Diese Stadt könnte auch der Ort unserer Beerdigung sein, unsere Nekropolis. Bestimmt triffst du hier auf der Straße Bekannte, hier gehst du zu Fuß einkaufen, umgibst deinen Körper nicht mit einem Autopanzer, preßt dich nicht in der Straßenbahn an einen anderen Leib, verfügst über große Bewegungsfreiheit, du siehst jemanden auf der anderen Straßenseite und gehst zu ihm hin, jemand kommt dir entgegen, um ihn nicht begrüßen zu müssen, wechselst du auf die andere Straßenseite über, du näherst und entfernst dich, vollführst allerlei unwahrscheinliche Bewegungen, dich durch Seitenstraßen schlängelnd, erreichst du ein Ziel, nachsehen willst du, ob in dem Espresso an der Ecke nicht zufällig ein Bekannter sitzt, den du zu Hause nicht aufsuchen würdest, im Tango aber setzt du dich gern an seinen Tisch. Budapest ist eine Stadt, in der man sich herumtreiben kann, denn der Straßen und Bürgersteige gibt es viele, denn Erwartungen und Erinnerungen lenken uns statt in die eine in die andere Richtung, auch das Fremde, etwas von der dunkelgrauen Szenerie haben wir noch nicht freigelegt, in dieser Kneipe haben wir noch nicht gesessen, in diese Straße an der Ecke sind wir noch nicht eingebogen, daß in dieser Pappelallee neue gelbe Bänke stehen, wußten wir nicht.

Während meiner Abwesenheit gab es andere Freuden, die Einsamkeit der langen Abende, die große Stille, die freien Tage, an denen mich jemand zum Abendessen einlud. Viermal zwei Stunden hatte ich wöchentlich zu unterrichten, blieben drei Tage, die ich für mich zur Verfügung hatte, und natürlich die langen Semesterferien. Fahrradtouren, Lektüre, Klavierspiel, Zeit für Unterhaltungen mit deiner Lebensgefährtin. Laura war zu der Zeit noch in Budapest, mit einem Schmetterling lebte ich gemeinsam unter einem Dach, bis er schließlich ausflog. Sie kochte für mich, kam zu meinen Vorlesungen, chauffierte mich in die Berge, freute sich über die schönen Schuhe, die ich ihr bei meiner Rückkehr von Konferenzen mitbrachte, doch dann konnte sie einer verlokkenden Einladung nicht widerstehen und übernahm bei einem Amateurensemble im texanischen Houston eine kleine Rolle. Von dort ging sie in Begleitung eines Designers weg.

Vor meinen Augen schwammen die Studenten hinüber ans andere Ufer, angenehm unverbindlich die Beziehung zu ihnen, was ihnen zustand, bekamen sie von mir, mit Leib und Seele hatte ich mich den Seminaren verschrieben, auf jede Stunde bereitete ich mich gründlich vor, ich tauchte ein in die Atmosphäre des Stoffs, stets entdeckte ich in den Büchern und Werken Wunder, zu denen sich die Studenten gern hinführen ließen, wild gestikulierend zeigte ich ihnen verschiedene interessante Sehenswürdigkeiten, öffnete ihnen die Türen zu Schatzkammern, natürlich füllten sie, fünfundzwanzig an der Zahl, die maximal genehmigte Teilnehmerquote also, den Vorlesungssaal, wohin ich mich mit einem Becher Kaffee in der Hand begab, immer im Sakko, immer ein bißchen alkoholisiert, keinen einzigen Zettel bei mir habend, ohne Unterstützung irgendeiner schriftlichen Vorbereitung, nur improvisierend, alles der Situation, dem Auf und Ab, den unerwarteten Wendungen der Konversation überlassend. Zum Vorlesungsende war ich ziemlich müde, denn von morgens fünf bis halb zehn hatte ich mich darauf vorbereitet, von zehn bis zwölf hielt ich meine Stunden, dann ließ ich mich in der Caféteria der Universität am Tisch irgendeines Kollegen nieder und verzehrte ein Sandwich, anschließend ging ich in eine Buchhandlung in der Innenstadt, um nach dem neuesten zu sehen, in einer deutschen Konditorei trank ich einen Cappuccino, an dem einen Getränkestand nahm ich einen Whisky zu mir, dann ging ich nach Hause, nicht ohne auf Schritt und Tritt jemanden zu grüßen.

Ob ich meine Absicht in die Tat umsetzen sollte, die junge klassische Philologin oder den Schwimmchampion, die Keramiklehrerin, die beide in der Parallelstraße wohnten, in einem ebensolchen Haus wie dem meinen, anzurufen, um sie zu mir herüberzubitten, darin war ich mit keineswegs sicher. Irgendeine Kühle, irgendeine vorangehende Ernüchterung bemächtigte sich meiner, ja, ich hatte so eine Ahnung, daß es eine Überraschung, ein Staunen nicht geben würde. Und dann macht die Sache keinen Spaß mehr. Es stellt sich die Frage, ob mir das Verblüffungsmoment tatsächlich so wichtig ist. Was hat diese Sprödigkeit, was hat diese Eleganz neueren Datums zu bedeuten? Lust verspürte ich weder dazu, in die Sandwiches noch in die Frauen hineinzubeißen. Ein bißchen ging es mir so wie einer europäischen Katze unter australischen Vögeln. In Australien gibt es keine Raubtiere, die Vögel haben keine Angst, den anderen Tieren beweisen sie sogar sehr gern ihr Vertrauen. Bereitwillig warten sie auf die Katze und stecken ihr Genick in deren Maul, ohne sich auch nur der geringsten Gefahr bewußt zu werden. Zwischendurch stellen sie fest, was für phantastisches Wetter ist. Die europäische Katze gibt die Beute zwischen ihren Zähnen frei, ein bißchen Lebensüberdruß ergreift Besitz von ihr.

Scheinbar ist so vieles möglich und tatsächlich so wenig. Schlimm ist es gewiß nicht, wenn sich zwischen Menschen und Dingen ein Abstand herausbildet. Dem Joch der Objekte unterliegen wir nicht auf Gedeih und Verderb. Je nach Wichtigkeit widmen wir einer Sache mehr oder weniger Zeit. Im Kühlschrank lagern Lebensmittelvorräte für eine Woche, man muß nicht jeden Tag einkaufen gehen. Zwar verspricht das Essen keine sonderlichen Gaumenfreuden, akzeptabel aber ist es. Man muß nicht allzu viel Zeit in der Küche zubringen. Früh stand ich auf, und früh ging ich schlafen. Ich kaufte mir eine mit zwei Händen hochzuhebende Hantel, verschlang Vitamine, sonnte und kremte mich ein, hielt mein Gewicht, erlernte die Beinmassage, für den Enkel des Nachbarn baute ich einen Schneemann. Alles war angenehm und bequem. Ich organisierte eine Abschiedsparty, dann nahm ich meine beiden rollenden Reisetaschen, hängte sie mir über die Schulter, bestieg das Flugzeug und verließ dankbar lächelnd die Stadt. Wie hätte ich Groll gegen meinen Schmetterling hegen sollen, machte ja auch ich mich überall aus dem Staub.

Tango

Dragoman sieht zu einem Fenster hinein, an einem Tisch zwei graue Köpfe, Zimmerpflanzen, Spiegeleinfassung. Schaufenster eines Damenfriseurs, für eine Hochzeit kleinstädtische Haarpagoden, Kalt- und Heißwelle, vorsintflutliche Lockenwickel. Stinkende und verdreckte Autos, auf dem Straßenpflaster Staub. In jedem Fenster energische Zimmerpflanzen, sogar auf den Schränken. Ein kleiner dicker Junge klettert auf einen Bronzegreif. Die Mutter, schwarzer Gürtel, cremefarbenes durchscheinendes Strickkleid, kein Büstenhalter, große rosa Ohrringe, rotlackierte Fingernägel: »Laci, komm endlich nach Hause!« Lacis ins Auge springende Mama klopft nebenbei an ein Fenster im Erdgeschoß, von drinnen wird das Pochen dreifach erwidert. Ein beleibter Mülltonnenfledderer stochert, auf seinen Stock gestützt, mit einem Feuerhaken in den Abfällen herum. Auf dem Eisengitterzaun des Platzes sitzend, lecken Mädchen in kurzen Hosen Eis. Auf dem Balkon Petunien und ein Roller sowie ein Mädchen in weißem Bademantel, das die Ellenbogen hebt, um sich im Nakken den Dutt zu richten. Um die von außen sichtbare Rosette der Gasheizung weißer Stuck. Die eine Seite der Akazie lebt, die andere ist tot. Eine rauchende rundliche Mutter im lila Trainingsanzug, stark geschminkt, Pfennigabsätze: »Szilvi! Komm nach Hause! Den Ricsi kannst du dir zu Hause ansehen! In fünf Minuten fängt der Ricsi an!« Szilvi schlägt ein Rad. Eine Frau auf zwei Krücken mit gewickelten Beinen läßt sich auf eine Bank niedersinken. Ein dicker kleiner Junge mit Brille will einen Hund streicheln, doch der bellt, das Bübchen in der Parkanlage wartet geduldig. In einer Stunde ist Dragoman mit Melinda im Tango verabredet. Eine dröhnende und brummende Kehrmaschine. Untergehakt flanierende alte Frauen mit Strohhut. Ein blauweißes Polizeiauto mit einem großen Scheinwerfer auf dem Dach. Wilder Wein, der sich an Säulen zum Balkon emporrankt, wo auf einer Wäscheleine ein angeklammerter Kopfkissenbezug hängt. Straßenbahnhaltestelle, Gebimmel, quietschende Bremsen auf den Schienen. Auf der gegenüberliegenden Straßenseite geht ein bärtiger Philosophiestudent mit einer schweren Aktentasche. Ein Schäferhund, der immer auf dem Balkon gehalten wird, bellt ständig. Beine alter Frauen. Verschlossene dünne Lippen betagter Männer. Heruntergekommene Gesichter und Körper, das dumpfe Bewußtsein ist imstande, alles zu entstellen und als ein vergebliches Bemühen zu betrachten. Du mußt dich nicht um jeden Preis an etwas klammern wollen. Die Vollkommenheit sei schlechter als eine gewisse Vorstellung davon, so der eine Standpunkt, der nicht Dragomans Standpunkt ist. Etwas sei besser als nichts, so der andere Standpunkt. Es ist nicht unergiebig, als Ausgang für deine Betrachtungen ein Leichenlager zu wählen.

Gestern trieb er sich mit Melinda den ganzen Nachmittag in der Stadt herum, sie hüpften über die letzten Argumente der Könige, über die auf dem Boden liegenden alten Kanonenrohre. Gegen die Brüstung der Bastei gelehnt, küßten sie sich. Wo zwei abschüssige Straßen aufeinanderstoßen, standen sie in einem Park, als ihnen ein Sperling tot vor die Füße fiel. Bei einem Glas Glühwein schlägt Melinda vor, unanständige Geschichten auszutauschen. Sie überqueren eine Allee, jetzt tragen sie ihre Beine von selbst schon, in ihren Siebenmeilenhalbschuhen schweben sie über jedes Hindernis hinweg. Einen Steinwurf von ihnen entfernt, zwei alte Frauen, die mühsam den Berg hinaufkraxeln, rechts und links auf den Hängen des Hügels kleine Häuser, auf Dächern und Höfen Weinreben. Dragoman läßt die warme Hand nicht los. In einer Kneipe ein Billard spielendes Ehepaar, in der einen Hand Bier, in der anderen das Queue, sie kriegen sich in die Haare und jagen sich um den Billardtisch nach. Festlich gekleidet, haben sie mit Tresterwein begonnen, zum Hochzeitstag gehört es sich, eine Paradenummer abzuziehen. Meist hetzt die Frau dem Mann hinterher, während dieser die Flucht ergreift. Nach dem Spiel röten sich ihre Wangen von der Fischsuppe. Wer verkraftet mehr von den teuflisch scharfen Kirschpaprikakörnern?

Dragoman haucht heiße Luft auf Melindas Nacken, unter den Dutt. Gänsehaut machender Protest, verscheuchendes Geifern. Dragoman mustert Melinda, die einen großen roten Jonathanapfel ißt. Während sie mir bewies, daß die Sache unmöglich sei, zerbrach Melinda sämtliche Zahnstocher in winzige kleine Stücke. Wenn sie die Freuden der Stadt genießt, dann muß sie sich auch ihrer Moral unterwerfen. Es gibt ratlose Stunden, und dann kann es nichts schaden, sich in eine Kirche zu setzen und Seite an Seite zu schweigen. Lamm Gottes, Du nimmst hinweg die Sünden der Welt, erbarme Dich unser. Ewige Choreographie der an der heiligen Kommunion Teilnehmenden: Im Mittelgang schreitet eine Zweierreihe voran, bei der heiligen Hostie teilt sie sich, und im Gänsemarsch strömen sie in den Seitengängen zu den Plätzen zurück. Ihren Augen ist anzusehen, daß sie in höheren Regionen schweben.

Dragoman sitzt im Tango. Innerhalb von zwanzig Jahren hat Micike einige wenige Falten bekommen, als Bedienung aber ist sie noch vollkommener geworden. Tänzelnd bringt sie mir Kaffee, Kognak und Sodawasser. Im Inneren des Tango ein Wandspiegel in vergoldetem Rahmen. Dragoman versteht nicht, wie es möglich ist, daß er aus diesem Blickwinkel sein eigenes Gesicht im Spiegel sehen kann. Runde Kunstmarmortische aus Holz. Die deutschen Touristen setzen sich zueinander an den Tisch, trinken Bier, recken sich, gähnen, lassen sich gehen. Geheimnisvolles Lächeln der Bedienung. Sie läßt die Musikbox einen Schlager spielen. Dragoman bestellt noch einen Kaffee und einen Kognak. Arm in Arm kommen zwei Zwillingsschwestern mittleren Alters herein, hinter ihnen ein Gebrauchtwagenhändler mit großem Schnurrbart, putzt beide runter, aus der Unterhaltung geht hervor, daß er der ältere Bruder ist. Ein Taxichauffeur stellt das Auto auf dem Platz ab, im Tango wird er schon von seiner Ablösung erwartet. Partner sind sie noch nicht lange, erst allmählich werden sie vertraut miteinander. Einen kleinen Plausch gönnen sie sich. Der soeben angekommene Chauffeur wohnt zur Untermiete, er erzählt, ein ehemaliger Kollege, ein Taxichauffeur in Rente, habe in der Zentrale angerufen, er wolle mit jemandem einen Unterhalts- und Pflegevertrag abschließen. Die Gewerkschaftssekretärin hat an ihn gedacht. Sie scheint zu wissen, wie es um ihn bestellt ist. Seine Frau hat sich das Trinken angewöhnt. Zu Anfang nur ein bis zwei Doppelte. Sie magerte ab, von zwei Doppelten war sie schon erledigt, sie aß kaum. Wenn der Chauffeur nach Hause kam, traf er sie immer im Bett an. Einmal gestand sie ihm, daß sie den Körpergeruch des Chauffeurs nicht ausstehen könne. »Ein Mann vor Gericht, das sag ich dir, der hat nicht nur wenig, der hat überhaupt keine Chancen. Die Richterin lebte auch gerade in Scheidung. Kind und Wohnung sprach sie meiner Frau zu.« Der alte Mann ist gesund, nur Gleichgewichtsstörungen hat er und fällt manchmal hin. Der Chauffeur fährt immer die Nachtschicht, nachmittags kocht er, wäscht und macht sauber, in Zukunft auch für den alten Mann. Dragoman ist vorsichtig, seit neuestem kriegt er Kopfschmerzen, wenn er mehr als zwei Kognak trinkt. Von scharf gewürztem schwerem Essen bekommt er Sodbrennen, zeitweilig nimmt er einen Druck im Brustkorb wahr. Sein Verfall ist nicht aufzuhalten: Ein Zahn, der die lange Brücke hält, lockert sich, und was er von der kleinen unauffälligen Geschwulst an der Seite halten soll, weiß er nicht. Aber gewiß doch, jetzt trinken wir einen dritten, besonders gesunden Kognak, dann nehmen wir jene vielversprechende Weibsperson in Augenschein, jene milchkaffeebraune Zigeunerhure, die an der Theke kichert und nach allen Seiten Witze verschießt. Der Mund ist knallig rot angemalt, die Tasche schlenkernd, den Hintern wippend, tritt sie an Dragoman heran und gurrt ihm was ins Ohr: »Kann man den Herrn nicht verführen?« »Jetzt nicht unbedingt.« »Aber ich bin jetzt in der Stimmung. Wissen Sie, als Künstler sollten Sie das zu schätzen wissen, Abmagerungskuren sind mir fremd, ich esse Gänsekeulen und Schokoladentorte. Daß ich ein kleines Marzipanschweinchen bin, macht nichts, ich komme trotzdem zurecht.« In professioneller Manier sieht sie sich um, wer von den Gästen außer Dragoman noch infrage kommen könnte, augenblicklich aber hält sie niemanden für würdig. Onkel Sanyi hat weder Geld noch sonst was. Onkel Sanyi: »Allein lausche ich dem Raunen des Meeres ...« Marzipanschweinchen: »Lausch du nur immerzu.« Ein junger Mann lächelt süßlich zu ihr hinüber. »Du brauchst gar nicht zu grinsen. Zeig doch, was du hast! Nicht in deinem Hosenschlitz, sondern in der Hosentasche!« Und wieder an Dragoman gewendet: »Auch wenn Sie ein Künstler sind, müssen Sie mich nicht so anstarren, einfach nur so, umsonst, denn mein Blut gerät in Wallung. Nicht Sie gehen hier auf den Strich, sondern ich. Und lassen Sie mich nicht allzu lange warten. In ihrem eigenen Interesse sage ich das, wenn ich nicht hier bin, Sie mich aber gern sehen wollen, können Sie den Mädchen Bescheid geben oder dem hinkenden Pianisten, daß Sie Fruzsina suchen. Sie können mich auch Fruzsi nennen.« Diese Frau ist von ihrer Attraktivität vollkommen überzeugt. Ganz gewiß watschelt die zum Bett und plaziert sich dort mit ihren ausladenden Hüften so, als würde sie eine gebratene Gans mitten auf den Tisch setzen. »Ich habe einen langen schwarzen Unterrock, der hinten von oben bis unten aufgeknöpft werden muß. Meine teure Künstlerseele, wissen Sie was, Sie gehen jetzt schön nach Hause, in einer halben Stunde werde ich bei Ihnen klingeln, wo Sie wohnen, weiß ich, den gewissen schwarzen Unterrock werde ich anhaben. Ich werde Ihnen erlauben, mich aufzuknöpfen. Sobald Sie beim letzten Knopf angelangt sind, kommt die Lust von selbst. Und wenn Ihnen das die Fruzsi sagt, dann können Sie Gift darauf nehmen. Wenn du mich splitternackt siehst, wird sich dein Fallschirm öffnen, mein Sonnenschein.« Dragoman schlägt vor, das Programm zu verschieben.

Ein junges Zigeunerpaar weckt Fruzsinas Interesse. Das Mädchen ist unbeweglich und leidet offensichtlich. Sein Mann läßt den Kopf hängen. Um ihn herum grobschlächtige, beleibte Männer. Fruzsina zum Ehemann: »Warum läßt du dich nicht gleich begraben, wenn du nicht vögeln kannst?« Sie zeigt ihm, was er mit dem Finger tun müßte. Die kleinen grazilen Hände ringend, fleht die Ehefrau ihren Mann an: »Geh zu ihr! Lern von ihr!« Und an Fruzsina gerichtet: »Er hat noch die Eierschalen hinter den Ohren, Angst hat er! Ich schicke ihn zu dir, damit er ein bißchen was lernt, das Geld kommt von meiner Mutter, verlang aber nicht so viel. Mich macht er nur nervös.« Zum Ehemann: »Geh zu der Hure, aber so, daß ich es nicht merke!« Die beiden Zwillinge ziehen an Dragomans Nachbartisch um, ihr Bruder hat sie wieder verlassen, er hat zu tun. »Seien Sie so nett, den Schiedsrichter zwischen uns zu spielen. Diese junge Rotznase hat mich alte Vettel tituliert!« »Sagen Sie ihr bitte, sie möchte mich nicht als junge Rotznase bezeichnen!« »Bloß weil sie jung ist, hat sie noch lange kein Recht, mich mit Dreck zu beschmeißen.« »Darf ich mich nach dem Altersunterschied zwischen den Damen erkundigen?« »Fast zehn Minuten. Meine ältere Schwester, verehrter Herr, weist mich ständig zurecht, weil ich tatsächlich noch einen Mann brauche. Jeden Tag, das will ich nicht behaupten, aber wöchentlich einmal schon.« »Stellen Sie sich bitte vor, auf ihren Schwiegersohn hat sie sich gelegt.« »Wenn es bei meinem Mann nun mal nichts mehr gibt, weshalb ich mich auf ihn legen sollte!« Dragoman erkundigt sich bei den beiden Hexen, was sie trinken möchten. Micike, die Bedienung, bringt zwei Doppelte.

Ein großer schnauzbärtiger Mann trauert seinen verpaßten Lottochancen nach. Ein kleines Mädchen steht neben seiner pockennarbigen Mutter, fingert an deren öligen Zotteln herum, langweilt sich. Es beäugt eine Tante im Pelzmantel, die exakt alle fünf Sekunden ihre Zahnprothese zurechtrückt und ihre Zunge herausstreckt. Ein bärtiger Hüne legt seine Hand auf die Hand der Mama. Kommt ein kleiner Mann daher und schikaniert unter irgendeinem Vorwand den Verehrer der Mama. »Wenn es etwas gibt, was ich hasse, dann sind es kleine Arschlöcher, wie du eines bist.« So der Bärtige. Der kleine Mann läßt sich nicht unterkriegen, sie wissen einiges voneinander: »Warum? Wer bist du schon? Glaubst du, du bist dem akrobatischen Tanz noch gewachsen? Dich haben sie schon längst aus dem Programm genommen.« »Verschwinde, du Malariamücke, sonst setzt es was!« Dicke Männer, dicke Frauen. Dragoman und das kleine Mädchen wechseln einen Blick, sie beobachten die alte Dame im Pelzmantel, die die Szene durch ihr tickhaftes Zungerausstrecken gleichförmig skandiert.

Die Stühle gab es hier schon, noch bevor Dragoman das Land verlassen hatte. Die Tapete an den Wänden ist neu. Außerhalb der Wand schlängeln sich unlackierte Rohre im Kreis. Der große Experte für Lottoscheine: »Da hört sich doch alles auf! Rum!« Die Familie hat ihn verlassen, sogar die Matratzen hatte er ihnen unter dem Hintern weg verkauft, flüstert Micike Dragoman zu. Neben ihm sitzt ein Schlachtenbummler, der seiner Mannschaft überallhin folgt; wenn sich ein Mensch ausdauernd darum bemüht, kann er eine Familie auch auf diese Weise ruinieren. Dabei war er ein guter Ehemann, ein rot getüpfeltes Kopftuch umgebunden, schüttelte er auf dem Gang das Staubtuch aus. Am Sonnabend aber war es nicht auszuhalten mit ihm. Die Frau mit den ungewaschenen Haaren sagt ihrem Freund: »Es kriselt. Begreif doch endlich, wir sind in eine Krise hineingeschlittert.« Der bärtige Hüne denkt nach: »Die teure Knackwurst gibst du dem Hund und die billige mir.« Onkel Sanyi, der Himbeersaft trinkt, stellt Onkel Józsi, der ein Glas Bier vor sich stehen hat, die Frage: »Erinnerst du dich an Dezsö, den Schlächter? O je, hat der eine aggressive Frau! Jeden Tag, bei Wind und Wetter, vormittags und nachmittags geht der arme Dezsö spazieren, um wenigstens für eine Weile dem Gekeife dieser Harpyie zu entgehen.« Die alten Herren gehen Wasser abschlagen. Die Tante im Pelzmantel läßt ihre Zunge nun schon alle vier Sekunden hervorschießen. Der als Arschloch beschimpfte kleine Mann kehrt in das Espresso zurück und stellt sich breitbeinig vor den Bärtigen: »Ich bezahle deinen Schnaps, und du jagst mich weg wie einen Hund, wie verträgt sich das?« Worauf der Große entgegnet: »Und Gas und Strom, wer zahlt das für dich?« Daraufhin der Kleine: »Jetzt hast du einen Bart, aber du warst auch schon mal eine Frau. Sogar Kinder hast du schon zur Welt gebracht. Was willst du von der Frau? Das Ideal eines richtigen Schiffskapitäns war sie, bevor ihr eine gedungene Person mit Hilfe einer Wasserpistole Salzsäure in die Visage gespritzt hat. Erst jetzt gehört sie dir!« Der kleine Mann wendet sich klagend an Dragoman: »Ihr ganzes Geld gibt er für Ärzte aus, mal läßt er sich zur Frau und mal zum Mann umspritzen.«

Herein schleicht sich Melinda. Die Bedienung legt eine andere Platte auf. Twist again, eine fünfundzwanzig Jahre alte Nummer. Anfang der sechziger Jahre hatte er auf Feten mit Laura und anderen danach getanzt. Kobra war für diesen Tanz auch damals bereits zu alt. Und Tombor zu träge, was dasselbe ist. Bei einer jener an Wochenenden überfüllten Tanzveranstaltungen, in jenem längst verflossenen Sommer, tanzte Melinda mit Dragoman, beide beobachteten sie Antal Tombor. Der stand einfach nur so da. Er seinerseits beobachtete sie ebenfalls. Sie genossen seinen Segen, badeten im Glanz seiner Augen. Nach hinten gebogener Oberkörper, Anspannung der Schenkelmuskeln, anschwellender Schoß, manchmal ließen sie einen Takt aus, Sich-Wiegen, Getragenwerden auf einer Woge, in sich verharrende Spannung, Antal Tombor fixierte das Gesicht seiner Frau, dann stahl er sich davon, und eine halbe Stunde später wurde er schon in einem anderen

Zimmer der Wohnung von Melinda gesucht. Antal tanzte nicht, dafür saß er in einem Sessel, ihm gegenüber ein Mädchen, das ihr schon aufgefallen war, als sich die beiden durch die überfüllte Diele gezwängt hatten. Antal steht auf und sieht zum Fenster hinaus, während diese schweigsame Mieze sich an ihn lehnt und an seinem Schlips herumfummelt. All das registriert Melinda sehr wohl. Tombor verzieht den Mund zu einem Lächeln, wie jemand, der sich über die Situation lustig macht, eine Sekunde später aber legt er seine Hände vor aller Augen auf die Hüften des schwarzhaarigen Mädchens, wie um zu zeigen, daß ihm das zusteht, daß ihm gehört, worauf er seine Hände legt. Melinda macht dem Spuk ein Ende, indem sie Antal zu sich bittet. Ein bißchen bleiben sie allein, doch das von Kopf bis Fuß in Schwarz gekleidete Mädchen kommt wieder zum Vorschein, bringt ein Saxophon und reicht es Tombor. Und er spielt darauf, zwischendurch sagt er seiner Frau ganz leise etwas, mit dem Mädchen wird er jetzt weggehen, denn das weiß, wann ihm nach einem Saxophon zumute ist. Das Mädchen ist von neuem verschwunden, doch kurz darauf kommt es zurück mit einer Flasche armenischem Kognak und drei Gläsern. Tombor läßt die Musik, trinkt den Kognak und bringt das Mädchen im Auto nach Hause.

Dann fährt er nach Ófalu. Am frühen Nachmittag geht er hinaus zum alten Friedhof, um unter den wild wachsenden Obstbäumen Saxophon zu spielen. Unten plätschern die Bäche dahin, worin barfuß die Frauen stehen und die Wäsche bleuen. Tombor springt in das Bassin, das vom Wasser der Bäche gespeist wird. Dann geht er in den Hotelgarten. Diese Franziska ist ziemlich gefährlich, denn so ein Trampel sie einerseits ist, so abwechslungsreich kann sie andererseits kochen. Stets bittet sie Tombor in die Küche, öffnet die Backröhre und sieht in gebückter Haltung hinein. Sie weiß, daß Antal nicht nur die Pastete mustern wird, überall ist ihr massiger Körper sonnengebräunt. Mit den Schlüsseln klirrend, wiegt sie sich in ihrer Rolle als Hausfrau in Sicherheit.

Den Balkon ihrer Wohnung im Dachgeschoß des Hotels hat Franziska gegen neugierige Blicke abgeschottet, dahinter sonnt sie sich splitternackt. Auf dem Friedhofshügel, von wo aus er den Balkon im Auge hat, spielt Toni auf seinem Saxophon. Antals Weisen lauscht sogar der wortkarge und vertrottelte Viehhirt, der frühmorgens Ófalus Kühe durch ein langgezogenes Hornsignal aus ihren Behausungen lockt, um sie auf die blaue Weide zu treiben. Tombor musiziert für jene Frau. Franziska liegt auf dem Rücken, das eine Knie angewinkelt. Antal wartet, er hat es nicht eilig. Sogar die Briefe öffnet er nicht sofort, und auch die guten Nachrichten nimmt er nicht sogleich zur Kenntnis, sollen sie doch im Vorzimmer des Bewußtseins warten. Der Tag wird kommen, da ihn alle möglichen Vorzeichen zu Franziskas Bett führen werden. Melinda will ihm nach Ófalu hinterherfahren, will ihn zurückholen, was sie ihm sagen wird, hat sie noch nicht entschieden: »Ich werde Antal noch informieren, daß ich einen Schnupfen habe, drei Schals muß ich mir um den Hals würgen, ich leide an Appetitlosigkeit, heute morgen habe ich nur ein bißchen Müsli und Joghurt gegessen, doch als der Bus der Linie 5 über die Elisabethbrücke fuhr, betrachtete ich ziemlich gutgelaunt die Donau.«

Dragoman und Melinda stehen in einem baufälligen, quietschenden Aufzug. Ursprünglich wollten sie im Lustigen Wels zu Mittag essen, aber sie haben beschlossen, die Zeit lieber im Bett der selbstmörderischen Fanny zu verbringen. Melinda nach hinten gewandt: »Was willst du von mir, du Pferdefuß? Warum scherst du dich nicht endlich zurück in dein Amerika? Würde ich dir einen Jungen zur Welt bringen, dann wäre der auch so ein großer Greifvogel wie du.« Dragoman gibt die gewünschte Antwort: »Du wirst schon alles richten. Schön wäre es, wenn du auch mich in deine Ordnung einfügen könntest, in deinem Schatten möchte ich zur Ruhe kommen. Als würde ich durch das Laub eines Ölbaums den Himmel leuchten sehen.« An Melindas Seite strebt Dragomans Männlichkeit nach neuen Höhen, wie die Gotik, in den gestohlenen Stunden schikanieren sie sich gegenseitig. Manchmal verdichten sich die Beleidigungen und die Versäumnisse zu einem schier undurchdringlichen Geflecht.

Im Haus gibt es einige alte Frauen, die ihrer Beziehung wohlwollend gegenüberstehen. Auch der einäugige Uhrmacher, dessen blindes Auge mit einer Seidenklappe abgedeckt ist, grüßt Melinda ziemlich freundlich. Der Uhrmacher hat einen sehr wilden Kater, der anderen Katzen solche Tatzen verpaßt, daß die blutige Spuren davontragen. Amal hat von dem Kater ihre eigene Meinung, der Uhrmacher lacht sie aus. Amals junger Freund, Kálmán, stellt Handgreiflichkeiten in Aussicht. Das reicht dem einäugigen Uhrmacher, er krempelt sich die Hemdsärmel hoch: »Na, komm du nur runter ins Erdgeschoß, du Stückchen Streichkäse, mit dir mach ich den Beton glatt!« Kálmán geht lieber nicht runter, weil er sich die Hände an der dreckigen Visage des Uhrmachers nicht schmutzig machen will. Ans Geländer des Rundgangs lehnt sich – ein altes Standbild – ein verschrumpeltes Männchen, ein ehemaliger Pfeilkreuzler, der sich in den harten Jahren des Sozialismus als hart durchgreifender Schließer im Zuchthaus Verdienste erworben hat und sich jetzt als freiwilliger Polizist betätigt. Wenn er sieht, daß jemand an Dragomans Tür klingelt, fängt sein Schnurrbart an zu beben. In jeder kritischen Phase hat er diesen Gecken ausspioniert, beobachtet und angezeigt. Er steht auf seinem Posten, den ganzen Tag lungert er vor seiner Tür herum, vielleicht würde sich doch etwas in seinen Gesichtskreis verirren, was zur Anzeige zu bringen wäre. Während der Stunden des Berufsverkehrs allerdings bleibt in seinem Wachabschnitt ein schwacher Punkt. In dieser Zeit entfällt vor Dragomans Wohnungstür die intensive Beobachtung, weil der gute Nachbar gegen einen geringen Sold die Armbinde des freiwilligen Polizisten anlegt und an der Straßenecke den Verkehr regelt. Wenn die Ampel auf Grün umspringt, scheucht er die Autos über die Kreuzung, und wenn rot aufleuchtet, hält er sie mit erhobenem Arm zurück. Er steckt voller Erfolgserlebnisse, die Autos leisten seinen Anordnungen Folge. Bei Grün fahren sie, bei Rot halten sie an. Daß der ganze Verkehr auf seine Erlaubnis wartet, ist ja klar. Eines nur ärgert ihn, daß an der nächsten Straßenecke irgendein Idiot, ein feister Kerl mit heraushängender Zunge, dasselbe macht. Erlaubt und verbietet, noch intensiver als der alte Herr, weil er bei Grün überschwenglich lächelt und bei Rot sein düster drohendes Gebärdenspiel einsetzt. Der Idiot hat größeren Erfolg als der Herr Nachbar, einige aufmerksame Autofahrer winken ihm sogar zurück. Und der greise Büttel erntet nur Spott. Schlecht sind die Menschen heutzutage. Viel hat er zu leiden um der Ordnung willen. »Also, Herr Dragoman, sagen Sie doch selbst, gibt es was Beßres als Ordnung?«

An der Ecke des Tompkins Parks

Vom Nordfenster meines New Yorker Arbeitszimmers kann ich den East River und den Vorsprung des Lower East Side sehen. Weiter westlich das Empire State Building, abends beleuchtet, das Turmlicht jeden Tag in wechselnden Farben. Aus dem Westfenster meines Zimmers blicke ich auch auf das World Trade Center. Das erste mythologische Wolkenkratzerensemble der Welt. Authentischer Blickwinkel der Stadt ist das obere Profil. Eine Statue, geschaffen aus ungleichen Abschlüssen von Dächern und Türmen, vertikalen Säulen. Wenn ich bis Sonnenaufgang arbeite, stehen die erst blaß rosa, dann in Purpurstrahlen brennenden Türme vor blauem Hintergrund. Jede Morgendämmerung ein Fest. Und schließlich der Abend, in den du dich stürzt, rötlichgelbes Lampenlicht, ziegelrote Mauern, New York ist eigentlich eine fleischfarbene Stadt.

Zum Zauber gehören auch der Schmutz, die Verwahrlosung, die improvisierte und überholte Eisenzeit, die mannigfachen körperlich-seelischen Deformierungen. Auch die Gefahr, für Schwache und Kranke kein guter Ort, New York ist eine brutale Stadt. Freilich mußt du nicht unbedingt dorthingehen, wo du am deutlichsten gewahr wirst, daß du ein Nichts bist. Wenn du dich aber hinbegibst, dann wirst du damit konfrontiert werden. Oder eben damit, daß auch du jemand bist. Du selbst mußt dich akzeptieren, sagt die Stadt. Der Erfolg ist dein Erfolg, die Niederlage deine Niederlage. Besser schon unaufgeklärte Verbrechen als Übertreibungen bei der Aufklärung. Die Menschen haben das Gefühl, etwas für sich selbst tun zu können. Reserviert sind sie nicht, wenn du ihnen zuhörst, erzählen sie dir gern ihren Lebenslauf. Ernste, freundliche, gutmütig lächelnde, ein bißchen unsichere, intelligente, oftmals über sehr großes Wissen verfügende, jedoch nicht wirklich geistreiche Kollegen. Nicht sonderlich ironisch, objektiv gut erzogen. Es gibt einen Punkt, an dem ihr Interesse aufhört. Lange Zeit hatte ich Sehnsucht nach Europa, wo die Luftfeuchtigkeit nicht höher ist, als meinem Allgemeinbefinden guttut, wo die gleichmäßige Rotation der Jahreszeiten Anteil hat an der Pracht der sanften Übergänge. Ich stellte mir vor, in den Budaer Wäldern oder am Seeufer von Ófalu spazierenzugehen. Von der Politik würde ich mich fernhalten, nicht ohne der Literatur Zeit zu widmen, und auch den irdischen Freuden würde ich mich nicht versagen, die mir verbleibenden Jahre würde ich in der Atmosphäre idyllischen Grams verbringen. Ertragen würde ich, was auch andere ertragen, ich würde vorsichtiger leben, als mir angenehm wäre, doch ich würde Zeit haben für unzeitgemäße Meditationen. Ein solch zurückgezogenes Leben würde Möglichkeiten für komprimiertes Sein und dichte Texte eröffnen. Vornehmlich in der feuchten Augusthitze neigte ich zu einer solchen Sicht der Dinge. Irgendwohin hätte ich mich vielleicht aus New York zurückziehen können, aber so richtig wußte ich doch nicht, wohin. Siegen wollte ich über das Klima, mein Gesicht zuckte, der Schweiß rann mir von der Stirn, wenn ich den Arm hob, spürte ich Schmerzen in der rechten Schulter, auf der Straße bekam ich keine Luft, das Surren der Klimaanlagen machte mich rasend, der abrupte Wechsel von Warm und Kalt verursachte Erkältungen, schwach fühlte ich mich, und ich hatte den Eindruck, daß die Stadt meinem körperlichen Wohlbefinden abträglich war. Die Buchstaben verschwammen mir vor den Augen, ich mußte mich auf dem Bett ausstrecken. Ich sah den Klauzál tér. Dann stiegen einige Bilder vom benachbarten Tompkins Park in mir auf. Allmählich wich der Krampf von mir, die beiden Plätze ähnelten einander. Freilich sucht sich der Mensch gern neue Zielscheiben für seinen Haß. Irgendeine Kraft in uns hat es sich in den Kopf gesetzt, daß uns etwas schon allein deshalb nicht gefallen kann, weil es nicht das ist, wovon wir in der Kindheit umgeben gewesen sind. Klima und

Essen sind schlecht, die Waren minderwertig, der Kapitalismus ist brutal und dem Untergang geweiht, der Größenwahn kleiner Leute. Lange Zeit wehrte ich mich gegen New York.

Zuvor hatte ich daheim in Ungarn in der intimen Mythologie freiwilliger Heimatverbundenheit gelebt, woran Kobra und Tombor sowie Jeremias gleichermaßen ihren Anteil hatten; ähnlich wie sie war ich aus eigenem Antrieb ein Leibeigener des Staats. Diese Mythologie könnte ich auch als nationalsozialistischen Realismus bezeichnen, der auf Dauer nicht in episch-heiterer Gelassenheit zu ertragen war. Nach den Zuchthausjahren antwortete ich auf die Frage nach dem Befinden: »Danke, es geht mir sehr gut.« »Sehr gut?« »Ja, sehr gut.« »Wie kommt das?« »Sie lassen mich in Ruhe.« Dann herrschte ich mich selbst an. Was spielst du hier den alten chinesischen Diener? Hände und Füße hast du, Staatsgrenzen aber nicht. Glanz und Trubel haben es dir angetan, danach steht dir der Sinn. Es liegt in der Natur des Lichts, daß es sich zum anderen Licht hingezogen fühlt, daß es sich in der Pußta nicht gleichmäßig verteilt. Die Weltstadt ist eine Herausforderung, ein Wettkampf, eine Kraftprobe. Auf der freien Kampfbahn kannst du nun zeigen, was in dir steckt! Zumindest in der Zeit meines Weggangs waren Sieger und Verlierer auf den Budapester Kampfbahnen vorbestimmt.

Dadurch, daß er sie zum Weinen oder Lachen bringt, wird von unsereinem die Weltstadt gemacht. Ich unternehme einen Spaziergang, zu sehen gibt es immer etwas. Dem Triumphbogen zugewandt, hält ein Farbiger eine Rede, Zuhörer hat er nicht. Beim Schreiben genügt es, den folgenden Satz zu überblicken, beim Spazierengehen genügt es, den Blick bis zur nächsten Straßenecke freizuhaben. Hier im Dorf war ich von den aggressiven Reizen, die von den heimischen Themen ausgehen, weitgehend unabhängig, hier konnte ich mich gegen die Außenwelt abschotten, ich entdeckte die Vorzüge eines beschaulichen Lebens. Seit meiner Kindheit war dies die erste Wohnung, an deren Türpfosten die Mesusa angebracht war. Der kleine Zylinder war ebenso rot angestrichen wie die Korridortür, an der sich große Messingschlösser befanden.

Ich gehe davon aus, daß alles – Arbeit, Kunstwerk, Kreatur – ein menschliches Phänomen ist, da es gemacht worden ist. Weiterhin gehe ich davon aus, daß jedes Werk auch vom Aspekt des ästhetischen Erfolgs her zu beurteilen ist. Wenn nicht nur das Schöne, sondern auch das Häßliche eine Ästhetik hat, wem überhaupt wäre dann diese Kategorie abzusprechen? Denken wir beispielsweise im Fall von Auschwitz an die Ästhetik des Empfangsorchesters und des sorgsam gemähten Rasens. Hier im Donauraum bist du notgedrungen ein Moralist. Ein freier Ästhet kannst du nur im Westen sein. Ich gebe zu, daß die Verhältnisse für eine Praktizierung des Moralismus hierzulande vermutlich günstiger sind als anderswo. Die Frage ist, wer welches seiner Organe trainieren möchte. Schön sein wollen selbst die strengsten Moralisten. Wie ich höre, soll es sogar eine Militärästhetik geben. Eine Ästhetik besitzt auch das internationale Bankensystem. Ja, sogar jedes Verbrechen und jede Abweichung vom rechten Weg, jede Greueltat haben ihre ästhetische Besonderheit. In unserer Jugend wollte sich mein Freund Kobra mit diesem Standpunkt nicht abfinden. Seine emotional bestimmten letzten Argumente verstehe ich, doch sehe ich es nicht gern, wenn er das schöne Biskuit mit einem Guß aus Moral überzieht. Das Leben der Räuber ist kein schlechteres literarisches Thema als das der Heiligen.

Alles in allem habe ich bei unseren Treffen am meisten gesprochen. Mit dem Verzicht auf ein gut Teil deiner Redezeit zu meinen Gunsten hast du dich als generös erwiesen. Melinda bin ich dankbar dafür, daß sie unsere Begegnungen organisiert. Ich sähe es gern, wenn deine Aufmerksamkeit bis zum Morgengrauen nicht nachließe. Melinda kann ruhig einnicken. Was trinken wir, Meister? Was rauchen wir, Meister? Wie schon mehrfach zusammengefaßt, verehrter Freund, die Lage ist die, daß mein Haus abgebrannt ist, während meine Frau Selbstmord begangen hat. Das läßt sich auch als eine Art Bankrott begreifen. Schön und gut, könnte ich sagen, ich habe ein akademisches Jahr, um etwas zuwege zu bringen. Schön und gut, könnte ich sagen, ein Buch über Budapest. Schön und gut, ich habe die Eigentumswohnung meiner Mutter geerbt. Schön und gut, sogar Geld habe ich in der Hosentasche. Schön und gut, meine Aufenthaltsgenehmigung werden sie aller Wahrscheinlichkeit nach verlängern. Trotzdem aber ist mir das alles ziemlich verdächtig. Trotz eines Rufs an die Universität, trotz bevorstehender Emeritierung, trotz Führerscheins und amerikanischer Kreditkarte ist mir die ganze Chose schrecklich verdächtig.

Durch mein Weggehen haben die Erinnerungen an meine Budapester Jugendzeit einigermaßen deutliche Konturen angenommen. Sie sind umrahmt. Die eine oder andere Figur tritt gerade aus dem Rahmen heraus. Während ich draußen meine Haken schlug, zog Kobra beispielsweise eine beschriebene Seite nach der anderen aus der Schreibmaschine heraus. Neben common sense Entdeckungen gibt es auf jeder Seite etwas zu lesen. Halsstarriger Ochse, unablässig dreht er das Mühlrad im Kreis. Daß meine Ankunft anfangs für einige Aufregung sorgen würde, damit war zu rechnen. Aber wen gelüstet es schon nach pausenloser Aufregung? Möglicherweise ist die Stadt doch kein Mauseloch, sondern für mich eine Mausefalle. Sollte das mit dem Altwerden zusammenhängen? Meine Dilemmata nötigen Kobra lediglich ein Lächeln ab. Die Einfalt derer, die nichts aus dem Gleichgewicht bringen kann. Der Hirte läßt seine Herde nicht im Stich. Von einem fahnenflüchtigen Priester halten die Gläubigen nicht allzu viel. Nur daß ich kein Priester bin, im Gegenteil, ich bin ein Antipriester. Demgegenüber besitze ich kein so solides Haus, keinen so anständigen Hof wie ihr. Melindas Haus verfügt über eine gewisse Ausstrahlung, meine ausgedehnten

Streifzüge durch die Stadt lassen mich immer wieder dorthin zurückkehren. Oder die alte Wohnung in dem alten Haus auf dem alten Platz. Unermüdlicher Fleiß steckt in diesen Gebäuden. In der Veranda kann ich mich der familiären Senilität überlassen, hier kann ein älter gewordener Mann meines Schlags auf seine Vagabundenjahre zurückblicken. Sollte das ein guter Ort zum Sterben sein? Mit dem Stallgeruch meiner Schaffenskrisen will ich euch verschonen. Meiner Selbstgespräche kann man leicht überdrüssig werden. Melinda schützt ihre Familie, Kobra seine nächtlichen Träume, denn ich gehe erst morgens schlafen, während er im Morgengrauen aufsteht. Allesamt sind sie Frühaufsteher, diese Budaer Bürger. Sag, bist du nicht der Sklave deiner intuitiven Automatismen geworden? Solltest du nicht eigentlich einen Arzt aufsuchen, um den vegetativen Zwang deiner Schreibsucht behandeln zu lassen?

An jedwedem Punkt des Erdballs ist Dragoman zu Hause, doch nirgendwo ist er an seinem Platz. Was wir durch unsere Mütter und Väter von wem mitbekommen, dagegen gibt es ebenso wenig einzuwenden wie gegen das Nachlaßinventar der uns zufallenden Erbschaft, worauf wir schließlich keinen Einfluß haben. Eines aber ist tatsächlich unannehmbar, nämlich daß ein eigentlich von mir abhängiger Faktor – der ständige Wohnsitz – mein Denken bestimmt. Wenn du mich fragst, ob der Verstand stolz sein soll, dann lautet meine Antwort: Ja. So stolz er nur sein kann! Deshalb weide ich mich nicht an meinen Identitäten. Im Gegenteil, eher entziehe ich mich ein bißchen meinen Determinationen. Wer seine Identitäten pflegt, das ist mir aufgefallen, der sucht nach einem Vorwand, um sich aufblasen zu können. Mit irgendeinem Sammelbegriff identisch zu sein, das ist meine Sache nicht. Wer den anderen identifiziert, der verhaftet ihn gewissermaßen auch. Um der intimsten, der sprachlosen Sprache lauschen zu können, spreche ich viele Sprachen. Kleider machen keine Leute.

Die Lage ist die, meine Lieben, daß ein entsprechender Ort mit einer entsprechenden Frau zusammenhängt. Dein Platz ist dort, wo sich deine Frau aufhält. Dein Platz ist dort, wo sich die Frau deines Herzens wohlfühlt. Auf die Dauer allerdings habe ich es zu einer solchen Intimität nicht gebracht, so wenigstens meine ich. Dadurch, daß die Frau, die mir gefällt, in der Namensspalte ihres Personalausweises anders heißt, jemandes Namen trägt, der mein Freund ist und der mit keiner einzigen Silbe erwähnt hat, daß er beabsichtigt, sich scheiden zu lassen, wird die Sache nicht einfacher. Gast und Fisch bleiben kaum drei Tage frisch. Allerdings hat mich Jeremias mit der Sichtung seines Nachlasses beauftragt, seine Beobachtungen soll ich zu einem Werkganzen zusammenfügen. Gewiß spürte er irgendeine merkwürdige Schwäche in sich, wie auch ich sie spüre. Die Fragmentemacher erkennen sich gegenseitig. Die wahren Werke kommen nicht von unsereins, nicht von den luziden Schwätzern.

Ich bitte dich, lieber David, wenn die Zeit gekommen sein wird, streu meine Asche von der Kettenbrücke in die Donau. Dich darum zu bitten kam mir erst heute in den Sinn, als ich Lauras Urne von der Kettenbrücke in die Donau geworfen habe. Laura stand ich am nächsten, für mich bist du derjenige, zu dem ich mich am meisten hingezogen fühle. Das wäre also deine Aufgabe. Warum gerade in den Fluß und warum gerade an der Stelle? Ich weiß, fragwürdig ist und bleibt es, inwieweit die Idee nicht wider den guten Geschmack verstößt. Auch dies in Betracht gezogen, ändert sich an meiner Meinung nichts, daß dieser fluide Punkt in der Donaumitte Budapests ästhetisches Zentrum ist. Von hier aus ist die Stadt am schönsten. Der Graf und der Ingenieur haben zwischen West und Ost eine sinnlich einfühlsame Brücke geschlagen. In der Mitte der Kettenbrücke liegt für mich die Mitte Mitteleuropas. Dort verdiene ich eine absolut diskrete Nachbeerdigung. Allein sollst du bei dieser Zeremonie sein. Die Leichenbestatter werden dir die Urne übergeben. Ich bitte dich, nimm das Gefäß aus Porzellan unter den Arm, um dich mit der Straßenbahn – um Gottes willen nicht mit dem Taxi! – zur Kettenbrücke zu begeben. Lieber in Wasser als in Schlamm oder Staub will ich mich streuen lassen. In dem Bündel findest du alles, was von deinem Freund geblieben ist. Wirf mich mit beiden Händen in die Wogen, gib acht auf die grünlich graue Färbung. In meinem Wasserbett kannst du mich liegen sehen. Anfassen wollen mußt du mich nicht, selbst mit geschlossenen Augen wirst du mich sehen. Sooft du von nun an über die Kettenbrücke schreitest, sollst du immer an mich denken. In der Einsamkeit des Spaziergangs kannst du anerkennen, daß ich zu fast all deinem Wissen meine Kontribution geleistet habe. Ach ja, Dragoman, der Provokateur. Er wirft den roten Ball in die Höhe, und der fällt nicht. Dort auf der Kettenbrücke weht es uns durch die Lüfte, dort lungern wir herum, von dort springen wir in die Donau. Den arglosen Passanten auf der Brücke rufen wir zu: Hast du keine Lust, mein Herz, zu einer Sight seeing Tour durch die Tiefenschichten? Aus den Fluten der Donau tauche ich auf, komm zu mir, Kobra Khan. Ich bin es, der längst entschwundene Dragoman, der unter der Brücke hervorlugt und dich ansieht. Du brauchst nicht zu zittern, du kleiner gebändigter Erotoman. Hör mich an, du alter Gauner, mitnehmen will ich dich, wohin, das ahnst du nicht. Mit mir hinab ziehe ich dich in den braunen Grund. Du gehörst der Erde, ich dem Wasser, du dem Feuer, ich der Luft. Du, mein Freund, möchtest allem Anschein nach sternengezeichnet leben. Wenn schon nicht mit einem gelben Stern, dann doch unter einem roten Stern.

Es ist wahr, Meister, all das spielt sich hier auf Erden ab, in sehr großer Entfernung vom Abendstern. Wenn ich beispielsweise zum Fenster meiner alten und heruntergekommenen Wohnung hinaussehe, dann sehe ich andere Dinge, als, sagen wir, in der Oleander utca, wo nicht einmal alle fünf Minuten ein Fußgänger vorbeikommt. Ich gehe hinunter auf den Klauzál tér, von Langeweile keine Spur. Das mag ich auch am Tompkins Park, der eher ein volkstümlicher als ein herrschaftlicher Ort ist, denn jeden Sonntag wird hier, besonders bei winterlichem Frost, von der Armenküche Suppe an die meist farbigen Obdachlosen verteilt, die mit dem Kochgeschirr in der Hand, von einem Fuß auf den anderen tippelnd, Schlange stehen. Wer in Budapest keinen Arbeitsplatz hat, ist der noch immer ein gemeingefährlicher Arbeitsbummelant? Wenn jemand nicht arbeitet, sollte er einen Entlassungsschein von der Nervenklinik in Händen halten. Zum Aufstehen hat er keine Lust? Weil die Arbeit anstrengend und langweilig ist? So jemand wird in die geschlossene Abteilung der Psychiatrie eingewiesen? Das würden sich die Obdachlosen vom Tompkins Park nicht gefallen lassen, auch würde ihre Gewerkschaft großen Lärm machen. Andererseits ist hier auf dem Klauzál tér berittene Polizei nicht erforderlich, um für meine Sicherheit zu sorgen. Demgegenüber dürfte ich auf dem Klauzál tér nicht dagegen demonstrieren, daß im Hafen ein mit Atomraketen bestückter Kreuzer vor Anker liegt. Daß du gegen eure eigene Armee über Lautsprecher zu Felde ziehen kannst, ist nicht allzu wahrscheinlich. Letztlich wäre das auch deshalb nicht möglich, weil Ungarn, wie man weiß, weder über ein Meer noch über einen Atomkreuzer verfügt. Tatsache ist, daß ein solches Geschrei im Tompkins Park ziemlich wenige Menschen interessiert. Und es soll nicht unerwähnt bleiben, daß um der Sicherheit willen, um jegliche Ruhestörung auszuschließen, vier bis fünf Polizeiautos dort ihre Runden drehen und daß gegebenenfalls bei Funkanforderung auch vierzig bis fünfzig andere sogleich zur Stelle wären. Die Menschen werfen einen Blick auf das Flugblatt, na ja, die kommunistische Partei Amerikas. Ein netter alter Mann verteilt die Flugblätter, einige junge Mädchen sind mit von der Partie und ein boy, der sich an dem Mikrophon zu schaffen macht. Der Klauzál tér ist etwas anderes. Hier brauche ich das Fenster nicht zu öffnen, hier muß ich nicht einmal die Augen aufmachen, um vor mir zu sehen, was in dieser Wohnung zu Weihnachten vierundvierzig passiert ist. So lange wie ich wohnt niemand in dem Haus; als ich geboren wurde, hatte die Wohnung vier Zimmer, nach dem Krieg wurden uns Mitmieter hineingesetzt, in den sechziger Jahren gelang es meiner Mutter, durch eine Teilungsaktion die Mitbewohner und das Badezimmer loszuwerden. Weshalb sie in der Küche illegal eine Duschkabine einbauen mußte.

Als die Wohnung noch vier Zimmer hatte und der Klauzál tér das Herzstück des mit Brettern eingezäunten Ghettos war, Ende 1944, erschoß der eine der beiden jungen Männer, die Armbinde und Jagdstiefel trugen, sich offensichtlich gern militärisch kleideten, im Wohnzimmer eine junge Jüdin, die sich weigerte, ihnen zu folgen. Sie schossen auch einen alten Mann nieder, der sich erhob und mit versagender Stimme fragte: »Sehen Sie, was Sie da tun?« »Wollt ihr endlich Ruhe geben, dreckiges Judenpack?« So fragte der eine junge Mann, nachdem er den Alten abgeknallt hatte. Ich erinnere mich an das flüchtige Lächeln des Todesschützen, mit dem er mir, dem Augenzeugen, zu verstehen geben wollte, daß er den Anschauungsunterricht in Betragen für geistreich hielt. Ruhe war eingekehrt. Möglicherweise war an dem jungen Mann ein Volksschullehrer verlorengegangen. Vielleicht war er sogar einer, auch das ist nicht auszuschließen. Das Gesumm der Fliegen wollte er hören, und solange ihm das nicht möglich war, marschierte er, ohne uns eines Blickes zu würdigen, vor sich hinstarrend, unheilverkündend auf und ab. Er verfügte über eigene radikale Methoden und den dazu passenden Humor. Schließlich deutete der andere junge Mann auf meine Mutter. Totenstille. Alle sahen meine Mutter an. »Darf ich Sie darum bitten, daß Sie mich nicht hier, nicht vor meinem Sohn erschießen?« Ich drückte ihre Hand: »Bleib!« Hand in Hand standen wir da und beobachteten sie. Der zuvor geschossen hatte, sagte: »Wenn sie nicht will, laß sie. Wer von den Juden partout nicht einsieht, daß wir nur ihr Bestes wollen, dem ist nicht zu helfen.« Tatsächlich.

Am Tompkins Platz wohnen vielerlei Verrückte, vielerlei Volk, wievielerlei, das aufzuzählen, würde lange dauern, so etwas aber könnte unter ihnen nicht passieren und hätte auch nicht passieren können. Die einen könnten nicht sagen, daß die anderen ermordet werden sollen. Für so einen Text würdest du hier keinen Käufer finden. Eines allerdings kann vorkommen, daß du, nachdem du durch die Haustür eingetreten bist und bereits mit dem aus der Hosentasche gefischten Schlüssel die Wohnungstür aufschließt, von hinten, durch die Lederjacke hindurch, von rechts und links eine Messerspitze spürst, die sich zwischen die Schulterblätter bohrt. Mein Geld, meine Brieftasche und sogar meine treue Pfeife müssen daran glauben, meinen Lieblingsfüllfederhalter indes in seiner extra Tasche haben sie glücklicherweise nicht bemerkt. Alles in allem aber fühle ich mich im Tompkins Park relativ sicher, wo so viele Nationen am Sonntagvormittag gemeinsam einen Straßenball veranstalten und alle auf die ihnen eigene Weise nach der jeweils fremden Musik tanzen. Gib mir die ganze Flasche, damit ich dich nicht bei jedem Glas erneut belästigen muß. Wenn die Bilder aus den von Spinnweben überzogenen Winkeln der Vergangenheit zum Vorschein kommen, stellt sich der Durst ein.

In einer Kneipe am Meeresstrand spielte Dragoman für Kobra alte Jazznummern. Das Publikum umringte sie allmählich, die Unterhaltungen verstummten, Dragoman hämmerte auf das Klavier ein und sang dazu. Irischen Kaffee tranken sie, wer weiß, wieviel, das mag die Wirkung der Nachmittagssonne gewesen sein. Plötzlich hatten sie das Gefühl, jetzt hinausgehen und sich am Strand aalen zu müssen. Vom Tosen der Flut wachten sie auf. In der Nähe befand sich eine lange verwitterte Holzmole, sie konnten der Versuchung nicht widerstehen, von dem ins Meer hineinragenden Ende in den

Ozean zu springen, obwohl es schon kühl geworden war. Nachdem sie eine Weile geschwommen waren, packte sie plötzlich das nackte Entsetzen. Die Wellen nahmen an Stärke zu, kein Land in Sicht. Lange dauerte es, bis sie es schafften, wieder festen Boden unter die Füße zu kriegen. Wieder auf der Raseninsel am Meeresstrand, keuchten sie fröstelnd im Mondschein. Irgendein unwiderstehlicher Lachanfall, der zusehends in Weinen überging, bemächtigte sich ihrer. Die Arme auf die Knie gestützt, hockten sie einander gegenüber. Feierlich verziehen sie einer dem anderen und sich selbst alles. In letzterem mochten sie schon geübt sein. Sie genehmigten sich ein üppiges Fischmahl, dann gingen sie zurück in die Kneipe und tranken Wildtruthahnwhisky kombiniert mit Starkbier, um schließlich bis zur totalen Erschöpfung die schwergewichtigen Kupferpfeile auf die Korkzielscheibe abzufeuern.

Dragoman erklärt, daß er nur am Rand eines Massengrabs bereit wäre, das Wort Wir zu benutzen. Ja, mit wem zusammen er in eine Grube hineingeschossen wird, mit denen ist er vielleicht wirklich eins. Mit irgendwelchen Kerlen auf der Straße aber, wieso denn das? Die Straßen in Europa ähneln einander so sehr, vor allem von Amerika aus gesehen, vom endlosen Amerika der Einfamilienhäuser mit Garten. Von dort aus gesehen, gleichen einander die von Lissabon bis Budapest um die Jahrhundertwende entstandenen eklektischen Straßen erstaunlich. In ähnlichen Straßen ähnliche Typen in den Kaffeehäusern. Ihre Gehässigkeiten hält Dragoman für ein folkloristisches Element. Weltbürger und Emigrant bedeuten eigentlich ein und dasselbe. Unter anderem heißt es, daß er die lokale Politik nicht verinnerlicht. An der Ecke des Tompkins Platzes hängt Dragomans Schicksal nicht davon ab, welcher Präsidentschaftskandidat den Sieg davonträgt. Nicht über ihm, sondern neben ihm findet die Politik statt, im Fernsehen. Die Regierung zwingt ihm nicht irgendwelche vertrackten Rollen auf und beschneidet ihn auch nicht in seinen Aktivitäten. Ein Politiker kann nicht umhin, Phrasen zu benutzen, die seinem Publikum gefallen. Je origineller deine Aussagen sind, desto weniger Chancen hast du als Politiker. Das hat nicht nur für Diktaturen, sondern auch für Demokratien Gültigkeit. Der literarische Wert einer Rede vermindert deren politischen Wert.

Im Herbst sechsundfünfzig bin ich hiergeblieben. Über meinen Körper, dachte ich, seien sie die Herren, nicht aber über meinen Verstand. Natürlich beherrschten sie auch den. Als meine Freunde nach und nach aus den Zuchthäusern entlassen wurden (von ein, zwei Ausnahmen abgesehen, die sie einige Jahre zuvor in einer früheren Modesaison in einem unbezeichneten Grab verscharrt hatten), als die Knospen der Konsolidierung allmählich zu sprießen begannen, hielt ich die Zeit für gekommen, endlich zu verschwinden. Bis dahin wußte ich genug über Anstrich und Kehrseite jener großen Erfindung namens Verstaatlichung. Im weiteren wollte ich mich nicht mehr ausforschen lassen. Daß sie meine Texte aus politosemantischen Überlegungen regelmäßig ablehnten, das hielt ich lediglich für das Symptom einer Unterentwicklung, ebenso wie eine hohe Säuglingssterblichkeit. In diesem Sinne äußerte ich mich auf einer Tagung des Schriftstellerverbands. Auch einem englischen Journalisten, den ich zufällig traf, erzählte ich das. Im Kreis meiner Kaffeehausgesellschaft, worunter sich auch der eine oder andere Spitzel befand, sagte ich nichts anderes. Als Reaktion darauf druckten sie keine einzige Zeile von mir. Die überwiegende Mehrheit meiner Bekannten, so stellte ich fest, ertrug die politische Reglementierung ihrer bürgerlichen Existenz ganz gut. Als ich die Art und Weise verglich, in der meine Freunde vor meiner Verhaftung und nach meiner Entlassung redeten, gelangte ich zu der Einschätzung, daß die Menschen an die praktische Anpassung auch ihr Denken anlehnen. In den sechziger Jahren war unser Bewußtsein noch bestimmt von den vielen Todesurteilen und den in den Zuchthäusern Verschwundenen, noch schwindelte uns der Kopf vom Niedersausen des Knüppels auf unsere geschundenen Körper. Von öffentlicher oppositioneller Solidarität konnte damals keine Rede sein. Freunde gab es natürlich. Ich bekannte mich zu einem nüchternen bürgerrechtlichen Standpunkt. Warum sollte ich nicht das Recht haben, meinen Wohnsitz jederzeit zu verlassen, sofern ich in der Lage wäre, die Reisekosten aufzubringen? Warum sollte ich meine Ideen nicht drucken lassen dürfen? Wie komme ich dazu, mich abhören und benoten zu lassen? Allein durch den Umstand, daß ich hier wohne, trage ich dazu bei, daß ich ein Leben lang von den Zensuren eines Superlehrkörpers abhänge. Degradieren lassen hatte ich mich, und das nicht ohne meine Zustimmung. Um existieren zu können, mußte ich zusammenschrumpfen. Trotzdem wurde ich eines Tags abgeholt und in die Gyorskocsi utca gebracht, monatelang blieb ich in Untersuchungshaft, und obwohl das Gericht die Anklage der staatsfeindlichen Hetze verwarf, sagte mir ein Oberst bei meiner Entlassung, falls ich nicht wieder einfahren wolle, solle ich mich ducken. Ein freier Bürger würde ich hier in absehbarer Zeit nicht werden, so ein Gefühl hatte ich. Ich bin doch kein Maulwurf, dachte ich, daß ich mich in die Muttererde vergrabe.

Wie ich höre, gehört es sich hier, unglücklich zu sein und alles dezent zu verachten. Das verraten einem auch die Bücher und Filme. Das tragische Verhältnis zum Sein haltet ihr hier für menschlich. Die Falle. Die Mausefalle, aus der es keinen Ausweg gibt. Besserenfalls die Krise, gegen die es eine Medizin nicht gibt. Meine Studenten in Amerika hätten sich an Joseph K.'s Stelle der Wirksamkeit der fiktiven Verhaftung entzogen, sie verstanden nicht, warum er auf seinem Platz blieb, um vor einem Phantomgericht hoffnungslos seine Unschuld zu beteuern, sie hätten sich schnell aus dem Staub gemacht und wären nach Amerika gegangen. Das geht nicht? fragt der Amerikaner, dann hat sich irgendein Fehler in die Vorstellung eingeschlichen, dann muß man anders an die

Sache herangehen. Das geht nicht, sagt ein anständiger Mitteleuropäer. Es hat den Anschein, daß das unser Schicksal ist. Verdammt noch mal, meine Freunde, es geht nicht, laßt es euch nicht verdrießen. Um nichts auf der Welt will es gehen, weder von rechts, noch von links, noch von der Mitte, weder so noch so, hol's der Teufel! Wo die Amerikaner von einem Fehler sprechen, redet ihr von Schicksal oder Struktur.

Impressionismus und Kubismus, Marxismus und Psychoanalyse, Surrealismus und Strukturalismus sind Phänomene, die mit nationaler und staatlicher Kommunität nichts zu tun haben. Mit zwei Dutzend Menschen sind sie verbunden, die sich in verschiedenen Großstädten treffen. Von Jerusalem aus Gift und Galle speien gegen Babylon, ein bekanntes prophetisches Muster. In Babylon dient auch die Priesterdirne Babylon. Ich bin ein Großstadtmensch. Wo ich gerade bin, dort geht es mir gut. In New York kann ich auf Rollschuhen und singenderweise durch die Straßen ziehen, ich lebe davon, daß ich schriftlich oder mündlich über Dinge nachdenke, die mich interessieren, sogar meine Bücher sind in einigen Buchläden anzutreffen. Beim Telefonieren denke ich nicht daran, daß man mich abhören könnte. Ich sehe zum Fenster hinaus, immer bemerke ich am Himmel ein Flugzeug. Ich gehe hinunter auf die Straße, schwarze Müllsäcke, Schwarze zerfetzen einen alten schwarzen Teppichboden. Eine Farbige mit auffallend rotem Mund erzählt einer in den Abfällen herumstochernden baglady eine endlose Geschichte. Kalt ist es. Der dicke Trödler sitzt in immer wärmerer Kleidung vor seinem Laden und liest die Zeitung. Auf einer Bank neben einem Kabarett starrt sanftmütig, die weiße Mütze nach hinten geschoben, ein junger Schwarzer Löcher in die Luft, raucht Gras und ist sehr ruhig. Im Vorgarten der Universität schlicht und bequem gekleidete New Yorker. Händchenhaltend gehen die Studentenpärchen spazieren, nachdenklich, erklärend, sich unterhaltend. Dunkelheit breitet sich aus, rotgelbe, samtfarbene Stimmungsbeleuchtung in der ganzen Stadt. Auf dem Nachbargrundstück tanzen Puertoricaner, sich auf Nakken und Fersen abstützend und das Kreuz zu einer steilen Brücke durchdrückend. Schmiedeeiserner Gitterzaun, auf den Stufen sitzen schöne Mädchen. Ich grüße Chinesen und Ukrainer, Polen und Mexikaner, Deutsche und Juden, Weiße und Schwarze, Gelbe und Braune. Auf dem Kopf ein Mikrophon, laufen sie in rosa Kutten, Wattemäntel in grellen Farben, ein schnurrbärtiger Mann mit Schirmmütze und großem Hund. In meiner Wohnung gibt es sowohl Mäuse als auch Kakerlaken. Ich stürze aus dem Supermarkt an der Ecke, der Geruch der chemischen Spülmittel ist mir immer mehr zuwider. Zwar stecken die minderwertigen Fressalien in bunten Verpackungen, billig aber sind sie nicht. In der Kneipe hocken Einsame vor dem Fernseher und sehen sich Monster mit ausgestopften Schultern an. Hektische jüdische Familien mit vielen Kindern, rundliche Lateinamerikaner mit noch mehr Kindern. Das eine Haus wird durch ein Stahlgerüst gehalten, auf einer plattgetretenen Bananenschale rutschst du aus, nein, ein Beinbruch ist das nicht. Mit Hilfe eines Kochlöffels dirigiert ein kleines Mädchen in einer Küche. Auf diesem Parkplatz werden gelegentlich Raubüberfälle verübt, in dieser schäbigen chinesischen Gaststätte kannst du genießbares Essen für zu Hause bestellen. Ein muskulöser schwarzer Jugendlicher, auf dem Kopf eine Lederkappe, am Handgelenk ein mit Stahlnägeln ausgeschlagener Lederriemen. Gehweg mit einer in Eisen gefaßten Bordsteinkante. Starke, rot angestrichene, gußeiserne Wasserrohre für die Feuerwehr. Auf Schritt und Tritt ist der Bürgersteig mit Pech und Asphalt ausgebessert. Klotzige Gegenstände, improvisiert und zuverlässig.

Der Stern des Abendlands sammelt Geheimnisse, um sie verraten zu können. Ein schlechter Spieler, der keine Reklame für sich macht. Was hast du gegen den Olymp der Stare und gegen den auf ihm gedeihenden Polytheismus einzuwenden? Eine demokratische Religion. Richtig ist ein Projekt dann, wenn es Aussicht auf Erfolg hat. Warum solltest du nicht mit dem Strom schwimmen? Was verkrampfst du dich? Warum überläßt du dich nicht einfach der Strömung? Je mehr ein multisexueller Schmetterling seine Gestalt verändert, desto eher ist eine Kontinuität gewährleistet. Gibt es eine höhere Bestätigung als die, begehrt zu werden? Viele wollen dich kaufen, ansehen und mit nach Hause nehmen. Viele wollen mit dir schlafen. Viele wollen an dir teilhaben, dich anfassen, zerfleischen, verzehren. Das ist Seligkeit. Auf ideeller Stufe existiert der Star nicht mehr. Samt seiner letzten Rätselhaftigkeit haben sie ihn erworben. Das ist die Erfüllung. Wen stört es schon, daß der Star früher anders war als jetzt? Daß er einen Gesinnungswandel, also auch eine Erneuerung durchzumachen vermag, ist nur ein Beweis für seine unerschöpflichen Energien. My dear Kobra, du mit deiner Treue bist ein zurückgebliebener Holzklotz. Natürlich läßt sich auch das Wissen um unsere Niederlage verkaufen, daß wir den bitteren Kelch bis zur Neige leeren müssen. Nur wenige Wörter hat das Englische aus dem Ungarischen übernommen, Husar und Tschako aber doch. Also dann, Jungs, in Husarenmanier mit dem blanken Schwert gegen Maschinengewehre! Verkäufliche historische Folklore auch das, ein fernöstliches Exotikum, ganz im Sinne der Samuraigeschichten, doch nicht ihr werdet den Preis dafür bekommen. Eure Gesichter haben noch nicht gelernt zu strahlen wie eine Leuchtreklame. Altmodisch seid ihr, meine Lieben, und schamhaft. Ihr klammert euch an die Fiktion, daß nicht nur das Geld eine Zunge hat. Ich habe den Eindruck, daß ihr die europäischen Fragen, wer und was wir sind, allzu ernst nehmt. Inwieweit du West- oder Osteuropäer bist beziehungsweise, den Sprachschnitzer möge man mir verzeihen, Mittelosteuropäer, inwieweit du Ungar oder Jude bist, das interessiert in Amerika genau genommen niemanden. In jener schmutzigen und verrückten Stadt sind die Menschen so geworden, wie sie werden konnten. Mehr war nicht möglich.

Die Stadt ist fähig, an die Administration so zu denken, als wäre sie ein geregeltes Provisorium. Und du, Herr Professor, seit ich dich verlassen habe, schreibst du von nichts anderem als davon, daß du die Regierung gern als ein geregeltes Provisorium betrachten würdest. Nicht gut genug, wie der Engländer sagt.

Solider bürgerlicher Ehebruch

Bei einer Explosion blieb Dragoman am Leben, die Mauer war nicht auf ihn herabgestürzt. Bei einem Autounfall saß er nicht auf der Seite des Zusammenstoßes. Unmittelbar vor seiner Nase krachte vom fünften Stock ein Dachziegel zu Boden, nur eben nicht auf seinen Kopf, weil er stehengeblieben war und sich nach einer Frau umgedreht hatte. Fast wäre er von einem Auto überfahren worden, doch seine Freundin, die er erst seit wenigen Stunden kannte, hatte ihn zurückgerissen. Ein eigenartiger Brief flatterte ins Haus, Dragomans sechster Sinn sagte ihm, daß es eine Briefbombe sei, vorerst schob er das Kuvert beiseite und versuchte, seine bizarren Ahnungen zu verscheuchen. Dann ersann er Geschichten mit Briefbombenkomplikationen. Schließlich fischte er den Brief aus dem Stapel hervor, lächelte ihn verstohlen an und holte die Polizei. Verrecken wirst du, flüsterte ihm in New York eine Stimme auf ungarisch durchs Telefon zu. An den Grenzen gibt es manchmal Unannehmlichkeiten, die Zöllner vermuten, daß bei Dragoman etwas zu finden sei, und tatsächlich entdecken sie ein Stück Haschisch. In der Türkei widerfuhr ihm das einmal, sie steckten ihn ins Gefängnis, dieses befand sich auf einer Insel, anfangs machte er dort Geschäfte, doch dann entschloß er sich zur Flucht, ein griechischer Fischerkahn rettete ihn aus dem Wasser. Seine Regierung hatte keine Schritte unternommen, ihm zu helfen, nachdem sie davon in Kenntnis gesetzt worden war, daß es sich um Rauschgift handelte. Das Inselgastspiel hinter sich lassend, suchte er in New York die erstbeste Bar auf, plötzlich mußte er sich hinter der Theke flach auf den Bauch legen, weil Sekunden später eine wilde Schießerei losbrach. Die Polizei verdächtigte ihn als Komplizen, denn offensichtlich schien er von der Ballerei schon vorher gewußt zu haben, der Büfettier behauptete, Dragoman sei schon in Deckung gegangen, als noch gar nichts los gewesen sei. Wie er sein verdächtiges Verhalten erklären könne?

Dragoman verstand die Botschaften, die an sein Ohr drangen. »Eine Unke bist du, ein Hiobsbote, nichts als Unglück bringst du mir!« sagte Sheryll, seine Freundin. Natürlich gefiel es ihr auch nicht, daß Dragoman in einem Pariser Studio von der Polizei mit einem minderjährigen Mädchen überrascht wurde, so daß eine Anklage wegen Pädophilie zur Debatte stand. Professoren setzten sich für seine Freilassung ein, sogar der Präsident der Republik war über die Affäre informiert. Dragoman durfte Frankreich verlassen, allerdings wurde ihm zu verstehen gegeben, daß eine erneute Einreise nicht erwünscht sei. Zur Versöhnung begab er sich mit Sheryll auf eine Hochzeitsreise, einmal wurden sie ausgeraubt, ein andermal gerieten sie in einen Hurrikan. Schluchzend nahm Sheryll Abschied von dem schlafwandlerischen Dämon: »Du ziehst die Katastrophen an, honey, als wären es Explosionen von harmlosen Knallfröschen.« Nach dem Bruch setzte sich Dragoman in die Bradley's Bar in der Fünften Avenue, trank, ohne den Schlips zu lockern, dreizehn Jack Daniels, während er verdrießlich vor sich hinmurmelte: »Dumme Versicherungsgans.«

Von der Murder Incorporated holte er ein Angebot ein, für wieviel sie John Dragoman, den bekannten Kritiker, beiseiteschaffen würden. Sie verlangten einen hohen Preis, und das schmeichelte ihm. Für fünfunddreißigtausend könnte er sich selbst aus dem Weg räumen lassen, soviel Geld hatte er gerade noch. Ob er sich wohl den Fängen der Organisation würde entwinden können? Oder am Ende würde gar er den armen Meuchelmörder erledigen? Mit dem Tod gibt es keine Probleme, dem Selbstmord aber kann er nicht mehr abgewinnen als der Selbstbefriedigung. Also kann man tatsächlich nicht mehr auf einen anständigen Mörder hoffen? Auf einen, der außer dem Kopfgeld auch noch andere Gründe hat, weshalb er Dragoman kaltmachen will? Denn was für ein Mann ist das schon, der niemanden hat, der ihn ordentlich umbringen möchte? Soll er wirklich seinen eigenen Mörder bezahlen? Wenn Dragoman von jemandem hörte, daß er sein Feind sei, dann strahlte er. Du sollst das Eisen schmieden, solange es heiß ist. Schnell rief er den vermeintlichen Feind an und beleidigte ihn auf raffinierte, nicht wiedergutzumachende Weise, um ihn so noch mehr zu motivieren. Aber fünfunddreißigtausend Dollar, wieviel die Dienstleistung der Murder Incorprated kosten würde, die könnte er auch anders verjubeln. Schon wieder geht es den armen Schluckern irgendwie besser! Ein unbedeutender Onkel kann sich für weniger als zehntausend Dollar ins Jenseits befördern lassen. Warum eigentlich sollten wir eine so kleine Summe nicht in Ungarn verpulvern?

János Dragomans Mutter wurde in Abwesenheit des Sohnes beerdigt. János war gerade unauffindbar, zu Fuß durchquerte er Galilea, und während er im See Genezareth badete, entschloß er sich zum Bleiben. Mitten auf dem See schwimmend, fühlte er sich in Sicherheit, weil er vor keinem Meisterschützen Angst zu haben brauchte, der seinen Kopf ins Visier nehmen könnte, unendliche Ruhe ergriff Besitz von ihm. Das dunkelblaue Schillern des Wassers, der durchschimmernde Seegrund und die vom Sonnenschein roten Bergspitzen mit ihrem Traumschweben unsagbarer Leichtigkeit boten sich dar. Jetzt würde einfach alles gelingen. Jetzt würden zwei Fische und zwei Brote ausreichen für alle. Jetzt würde der Geist stärker sein als das Fleisch. Jetzt verstand Dragoman, so wähnte er, auch das Gleichnis des letzten Abendmahls. Wenn schon der Mensch durch sein Verschwinden die Jünger betrübt, dann soll er hier wenigstens eine gute Botschaft zurücklassen. Daß sein Tod eine weltgeschichtliche Wende einleitet, weiß der junge Mensch noch nicht, daß aber die Kunde von den Geschehnissen auf dem Ölberg auch auf den Tempelplatz dringt, ist ihm nicht verborgen geblieben. Die

Öffentlichkeit ist vorbereitet, die Scheinwerfer sind eingeschaltet. Der Sohn überantwortet sein Leben dem Gesetz des Vaters mit derselben Härte, wie es ihm durch das Gesetz des Vaters genommen wird. Durch seine Taucherbrille beobachtete Dragoman in der blauen Glut unter dem Meeresspiegel die Verwerfungen des Sandes und die darauf flimmernden Lichthöfe.

Nach Jerusalem lud man ihn zu einem narrativen Seminar ein, nach Paris zu einem Vortrag über die europäische Identität aus amerikanischer Sicht und nach Amsterdam, um unter dem Titel *Die Großstadt und die Kultur* aus Anlaß der Ernennung Amsterdams zur Kulturhauptstadt der Europäischen Gemeinschaft eine Rede zu halten. Ein Globetrotter ist er geworden, nach allen Seiten präsentiert Dragoman den modischen Autor, er gibt sich weltmännisch, seine Mobilität nimmt erheblich zu. Einmal passiert es, daß sich Lauras Urne im Koffer von selbst öffnet, ein Teil der Asche seiner Frau war nicht mehr zu retten. In wachsender Anzahl tauchen auch Ungarn in New York auf, und alle wollen sie Dragoman einen Besuch abstatten. Junge Autoren schicken ihm ihre Manuskripte. Daheim in Ungarn wird sein Name gelegentlich sogar schon in Druckwerken erwähnt, seine zunehmende Berühmtheit erfüllt so manchen mit Stolz, ein junger Mann rief ihn von Budapest aus an und bat ihn um ein Interview für den ungarischen Rundfunk. Von Kontinent zu Kontinent hetzt du deine Seele, je mehr Haken du schlägst, desto oberflächlicher wirst du, würde Laura sagen.

Im Hotel erwarteten ihn Kobras Bericht von der Beerdigung und der Wohnungsschlüssel. Deine Mutter hat den Wunsch geäußert, daß Du nach Hause kommen und hier wohnen solltest. In ihrem Bett solltest Du schlafen. Warum nicht? Ein paar Wochen kann ich getrost im Bett meiner Mutter schlafen. In ihrem schönsten Nachthemd war János Dragomans Mama gestorben, auf einem gestickten Damastkissen. Das

Kinn hatte sie sich zuvor selbst mit einem Musselintuch hochgebunden, die Augen aber standen offen, als man sie fand. Dragoman bekam das Foto seiner Mutter, das der Hausarzt, der von Amalia, der Nachbarsfrau, als erster benachrichtigt worden war, in diesem ihrem Zustand angefertigt hatte. Der Arzt holte aus seiner Tasche die Polaroidkamera hervor, und während Fanny auf der herausgezogenen Platte zum Leben, genauer gesagt zum Tode, erstand, schlug er die Hacken dezent zusammen und erklärte in ehrfurchtsvoller Kopfhaltung: »Etwas Morbideres, gnädige Frau, werden von nun an weder Sie noch ich erfinden können.« Dragomans Mama und der Arzt hatten nämlich miteinander gewetteifert, wer dem anderen morbidere Geschichten würde erzählen können.

Im Treppenhaus ihres ehemaligen Wohnhauses begegnete er beim Hinaufgehen einer Dame mittleren Alters, mit der er irgendwann einmal zusammen gespielt hatte, doch erkannte sie ihn nicht, und er redete sie nicht an. Mit dem in seiner Hosentasche befindlichen Schlüssel gelang es ihm mühelos, die Tür aufzuschließen. Er ging durch die Wohnung, öffnete die Fenster und setzte sich auf das breite Bett seiner Mutter, das jetzt mit einer Kamelhaardecke zugedeckt war. Wieder jenes Bild vom Schlagertexter und Jazzpianisten Döme Dragoman, auch hier stützt er sich verloren auf sein Klavier. Zu viele Klamotten sind es, die einen in dieser Wohnung umgeben, nachdem sich János Dragoman allmählich an die Umgebung gewöhnt hat wie die Füße an die Schuhe, kann er es doch nicht ertragen, daß ihn so viel Plunder umgibt. Er lädt die Mädchen ein, damit die zwischen Mamas Seidenblusen und Unterröcken herumstöbern. Sogar in der Rákosi-Ära schaffte es Döme, für Fanny aus Paris schöne Klamotten bringen zu lassen. So viele Gäste kamen in die Bar und hörten Döme Dragoman gern zu. Einige Schallplatten und Tonbänder sind geblieben. Bis zum Schluß war er einer der besten ungarischen Jazzpianisten, sofern er sich zusammenriß.

Jetzt verschleuderst du alles, das ist etwa so, als würdest du dir die eigenen Haare ausreißen, sagte Melinda. Sie fragte Dragoman, weshalb er es bisher vermieden habe, seiner alten Heimat einen Besuch abzustatten. »Wahrscheinlich hätte ich kommen können, und vermutlich hätte ich keinerlei Unannehmlichkeiten zu befürchten gehabt. Doch wenn ich unter angenehmen Umständen hierherkommen kann, dann bin ich kein Emigrant, sondern ein im Ausland lebender ungarischer Staatsbürger, der nach vielen Jahren im Ausland nun auch eine Weile im Inland leben könnte. Warum sollte ich mir nicht so etwas wie eine Emigration nach Budapest leisten? Wenn ich mich jetzt von der New York University in den Ruhestand versetzen und mir von dort meine bescheidene Rente nachschicken ließe, dann könnte ich hier in der Wohnung meiner Mama ein schönes Leben führen. Frühmorgens würde ich schwimmen gehen, vormittags daheim arbeiten, mittags in einer Gaststätte essen und anschließend auf verschlungenen Pfaden einen ausgedehnten Spaziergang unternehmen, der mich nachmittags in Jeremias' Wohnung führen könnte, wo ich ein Stockwerk tiefer eine Einladung von dir zu einem Glas Tee gern entgegennähme. Urteile selbst, liebe Melinda, was braucht ein radikaler Essayist vor allem? Nun, eine bescheidene, aber sichere Leibrente. Würde ich mich hier niederlassen, müßte ich nicht einmal den kleinen Finger rühren, um für den Lebensunterhalt Geld zu verdienen, ein Taugenichts könnte ich sein, ein Schwätzer, ein Kaffeehausgänger, ein Vagabund, ein Budapester Oblomow.«

Ein Gläschen Rum zum Tee wäre vielleicht nicht schlecht. Eine Prise indisch-englischer Assam, ein gehäufter Teelöffel russischer Tee, fein gewürzt mit rauchigem chinesischem Geschmack. In seiner nicht allzu unordentlichen Küche der Wohnung auf dem Klauzál Platz klaubt Dragoman aus den verschiedenen schönen Teedosen die Nachmittagskomposition zusammen, in seinen beiden Koffern transportiert er auch Teeblätter und eine kleine Keramikkanne. Ausgiebig und eitel läßt er sich loben, mit Lappalien gibt er sich nicht zufrieden, für den Charakter der Mischung muß man ein Gespür entwickeln. Ein betäubendes Aroma verströmt der Sud, wenn auch vornehme Zurückhaltung ein Fingerzeig sein könnte, sage ich, Melinda Kadron. Woraufhin János Dragoman jenen Spruch zitiert, wonach der Idiot auf den Finger sieht, während der Lehrer auf den Mond zeigt. Dragoman behauptet, der Idiot sei er, womit er zum Ausdruck bringen will, daß er mich ansieht. Das habe ich bemerkt. Es klingelt. Zur rechten Zeit. »Wissen Sie«, so der Hausarzt, »gegenüber der gnädigen Frau hatte ich einen unschätzbaren Positionsvorteil. Auch lebend sind die vielen Alten hier um mich herum ziemlich morbid. Die verehrte Frau Mutter des Herrn Professor war bis zu ihrem Tod eine Schönheit und in ihrem Humor unschlagbar.« Zum Glück ging der Arzt bald wieder, Melinda machte es sich für zehn Minuten auf der Kamelhaardecke bequem, während Dragoman den Telefonstecker herauszog. Ein unverschämter Gedankenleser ist er, glasklar durchschaut er, wovon Melinda spricht und beschäftigt sich mit deren Hintergedanken.

Ein Bild aus den letzten Jahren zeigt meine Mutter mit sehr großen Pupillen und glänzenden Augen. Auf dem Hof nahm sie die Kinder an der Hand und ging mit ihnen hinaus auf den Platz tanzen. Wöchentlich einmal mußte ihr Masseur die Massage durch eine Sexualbehandlung ergänzen. Dafür erhielt er ein entsprechendes Zusatzhonorar. In Briefen erklärte mir meine Mutter außerordentlich freimütig, weshalb sie mich um eine Anhebung ihrer Apanage bittet. Verzichtete sie auf diese regelmäßige Betreuung, und überließe sie sich ihren Launen, so würde mich das, wie sie mir auseinandersetzte, am Ende mehr kosten. Amalia, die Vertraute meiner Mutter, gab ihrer Überzeugung Ausdruck, daß nicht einmal die Hälfte des Geldes für den jungen Mann aufgewendet worden sei. Sie, die beiden alten Frauen, seien lieber in gute Gaststätten gegangen, sie besaßen zuverlässige Informationen, wo man in der

Stadt gut essen konnte. Weißt du, Amalia, so Fanny, so richtig gut essen kann man nur mit einem alten Ehemann oder mit einer Freundin. Den alten Ehemann haben wir zu Grabe getragen, und in Gesellschaft eines neuen Liebhabers würde ich nicht gern schlürfen und schmatzen, würde ich mir nicht gern die Finger ablecken, in deiner Gegenwart aber geniere ich mich nicht. Dazu noch hast du Ahnung von kulinarischen Genüssen. Die analytische Fähigkeit deines Gaumens, liebes Amalchen, weiß ich zu schätzen. So wie du ißt nur eine Kennerin. Vieles wußte die Mama zu diesem Thema zu sagen, denn sie beobachtete die Mitmenschen beim Essen. Am wichtigsten sei die Ausdruckskunst, behauptete die Mama, und ließ sich mit eurhythmischer Vollkommenheit in den Sessel plumpsen.

Strizzi, Hurensohn, Windhund! Laß mich aus deiner Höhle heraus! Zur Entschuldigung des frauenräuberischen Hausherrn sei vorgebracht, daß sich in seiner Kredenz ein so reichhaltiges Angebot an Getränken befindet, das lediglich durch den vorhandenen Platz für die Flaschen eingeschränkt wird. Möglicherweise werden wir im nächsten Jahr nicht hier sein, möglicherweise werden wir im nächsten Jahr vor dem Untersuchungsgefängnis mit Paketen für unsere Männer Schlange stehen, und ich werde dann zwei Pakete in der Hand haben. Dragoman erkundigt sich: »Möchtest du ein bißchen Fleischbrühe? Rinderschwanzstück, Haxe? Soll ich Lende braten?« Nur einen einzigen Menschen gibt es auf der Welt, bei dem es mir fast so gut schmeckt, als hätte ich gekocht. Und der bist du, du alter Gauner. Mästen und unter den Tisch trinken tut er mich, der elende Verführer. Da auf dem Platz steht die Markthalle, dort gibt es einen koscheren Weinausschank, an der Ecke Andikas Quarktaschen und Milchshakes, niederträchtig nudelst du mich und erschleichst dir mein Vertrauen. Sterbliche Mädchen sprichst du von ihren Sünden frei. Manchmal habe ich den Verdacht, daß du hinter deinen geschlossenen Augen mit ganz anderen Dingen befaßt bist.

Der Umstand, daß ich ein System dahinter vermute, wirft den Schatten eines leichten Zweifels auf die Selbstvergessenheit meines Eroberers. Antal ist noch schlimmer. Seine Phantasie stiehlt sich von mir hinweg in die Räumlichkeiten des Filmstudios. Die Männer sind immer zerstreuter. Bei dir steht die Sache ein bißchen anders, du röchelst höchstens etwas zu viel. Und Röcheln kann viele Ursachen haben: Wut, Wollust, Agonie. Auf einem Stehbankett beispielsweise ist Röcheln nicht üblich. Wie sich Blut aus einem Handtuch nicht auswaschen läßt, so kann auch der Blutgeruch aus der Luft eines Treppenhauses nicht entfernt werden. Die Blutflecken sind ins Parkett eingedrungen.

Einen Mord hat es in unserem Haus in der Oleander utca noch nicht gegeben, auch gegen sich selbst hat dort noch niemand die Hand erhoben. Nur der natürliche Tod hat sich seine Opfer geholt, wobei er sich aber viel Zeit gelassen hat. Bisher lebten in diesem Haus alle sehr lange. Eher schon ergreifen sie die Flucht, denn sein Heil kann niemand ertragen. »Ich habe keineswegs die Absicht, dir Melinda wegzunehmen«, versicherte János Toni. »Ich bin doch kein Hühnerdieb. Ich bin doch kein Wegelagerer. Nur mit deiner Erlaubnis möchte ich ein angenehmer, nicht mehr ganz junger Hausfreund sein. Sei nicht so verkrampft, Baby. Du solltest Melinda nicht daran hindern, gelegentlich zu mir hinaufzuhuschen, wir haben nicht die Absicht, dir irgend etwas wegzunehmen.« Jetzt husche ich gerade. Solange Dragoman hier in der Stadt wohnt, tragen mich meine Füße zu ihm, nehme ich in dem fleischfarbenen Marmortreppenhaus den gemächlichen Fahrstuhl, um zu ihm zu gelangen. Es dauert eine Weile, bevor Dragoman die Tür aufschließt. Mein Kommen wird beobachtet. Bei den weiblichen Hausbewohnern bin ich nicht sonderlich populär. Einmal verfolgte er mich, ich hatte die Flucht ergriffen, jeder konnte sehen, daß er barfuß und im Schlafanzug hinter mir herrannte. Trotzdem wurde ich beschimpft, was ich schon wieder mit ihm anstellte.

Dragoman läßt mich herein. Man könnte meinen, mit seinen Armbewegungen zelebrierte er etwas. Empörend diese Behaglichkeit, mit der er seine Beine über die Sessellehne baumeln läßt, als hätte der Sessel nur darauf gewartet. Eine Stunde später überkommt mich in meiner körperlichen Befindlichkeit eine derartige Ruhe, daß ich den leichten Regenschauer nach dem Blitzen und Donnern als echte Zauberei empfinde. Mein Vater hat ihn mir an die Seite gegeben, Dragoman erfüllt eine Aufgabe, er hat sein Wort gegeben.

Wenn die Männer auf die Polygamie zu sprechen kamen, konnte ich mit ihnen auf keine Weise einen gemeinsamen Nenner finden, die Polyandrie dagegen war mir schon immer eine sympathische Vorstellung. Daß dieses ménage à trois funktioniert, dafür würde ich schon sorgen. Das wäre eine Formel, um Tonis Gewissensbisse wegen seiner ständigen Abwesenheit von daheim zu lindern. Er hätte eine Vertretung. Solche erfolgreichen Hünen träumen davon, daß dort, wo sie fehlen, die Traurigkeit ihr Lager aufschlägt. Während sie lustig und vergnügt ihrer Wege gehen, bedauern sie uns schrecklich. Die Kinder mögen Dragoman, meine Lügen weniger. Auf Lügen reagieren sie viel sensibler als Toni. Statt Antal könnte ich Dragoman quälen und beschimpfen, könnte ihn mit meinen hysterischen Anfällen beglücken, könnte auf Schritt und Tritt Skandale entdecken, und er würde mich nicht nur trösten, sondern sogar zum Lachen bringen. Zum Markt würde er mich begleiten, den Einkaufskorb schleppen, Mohrrüben putzen, Kartoffeln schälen, professionell würde er, sagen wir, meine Ohren würdigen, meine Schläfen, meinen Dutt und meine sich selbständig machenden Locken, während ich koche. Nuanciert würde er sich in Anerkennung über meine Kochkünste auslassen, er würde das Essen gewiß nicht nur herunterschlingen und mit vollem Mund vor sich hinmurmeln: »Schmeckt sehr gut, bestens, mein Häschen, so was Gutes habe ich lange nicht mehr gegesssen.« Bei seinen Komplimenten strengt sich Antal nicht allzu sehr an, geistreich sind seine Einfälle nicht unbedingt zu nennen. Seit achtzehn Jahren sind wir jetzt verheiratet. Er könnte friedlich in Ófalu arbeiten, den Berg schleifen, und wenn ihn nach einer Frau gelüstete, könnte er mit dem Fahrrad zu Franziska hinüberfahren. Tatsache ist, daß seine Annäherungsversuche seltener werden, während mein Verlangen nicht abgenommen hat, allerdings wächst mein Verdacht, daß mein Gemahl immer weniger zwischen meinem und seinem Hintern zu unterscheiden vermag. Tagebuch, werde rot. Toni erlaubt sich sogar, in meiner Gesellschaft ungeniert zu furzen.

Betrachten wir nur die Kräfteverhältnisse, dann wäre Toni sicher in der Lage, János zu erschlagen. Allerdings erwähnt Toni manchmal voller Anerkennung den linken Haken, mit dem ihn Dragoman in der Klasse VI/A des Gymnasiums einmal zu Boden gestreckt hat. János korrigiert: »Ein Kinnhaken war das schon, aber Antal schüttelte lediglich den Kopf, in seinen Augen flackerte ein eigenartiges Leuchten, er tat einen Schritt auf mich zu, ich wich nicht zurück. Er legte mir die Hand auf die Schulter: ›Das war ein schöner kleiner Schlag.‹« Spaßeshalber trommelte János manchmal mit den Fäusten gegen Tonis Brust: »Was für eine große Bestie! Was für ein Ochse! He, Baby, Hackfleisch mach ich aus dir!« Mit seinem massigen Körper reizt mein Gemahl die Schwächeren. Wildfremde legen sich mit Antal hysterisch an, dann machen sie sich an ihn heran. In den langen Jahren unserer Ehe neigte ich schon zu der Annahme, daß ein Mann unter zwei Zentnern eigentlich kein richtiger Mann, sondern eher ein Weihnachtsbaumschmuck ist.

Hier in den Mäandern des Oleanders wünsche ich meinen Lieben nichts anderes als mir selbst. Wohl an die tausend fühlen wir uns hier im Umgang miteinander in einer sonderbaren Offenherzigkeit zu Hause, durch Freundschafts- und Liebesbande, durch geschäftliche und politische Beziehungen sind wir derart miteinander verwoben, daß du diese Gang auch als Clan, Großfamilie oder Sippe bezeichnen könntest. Blutsverwandter ist der, mit dem du schon geschlafen hast. Verwandt ist auch der, mit dem du einen gemeinsamen Partner hast oder hattest. Durch Antal habe ich zu vielen meiner Mitbürgerinnen verwandtschaftliche Bindungen bekommen.

Ein Jahr nach seiner Ankunft ist auch Dragoman in die lokalen Verhältnisse ziemlich verstrickt, was ich mit einiger Genugtuung zur Kenntnis nahm. Zwischen dem Klauzál tér und der Oleander utca hat er verschiedene Routen erkundet. Die Nachmittage verbrachte er bei mir, ich beobachtete ihn bei seinem geschäftigen Treiben, bei seiner Lektüre, bei seinen tiefsinnigen Unterhaltungen, zu denen er sich von Ninon verleiten ließ, die so hingebungsvoll den Geschichten zuhörte, daß sogar die Erwachsenen um sie herum verstummten. Ich war vielleicht noch aufmerksamer. Frauen, die gut zuhören können, sind in der Regel auch als Hausfrauen geeignet. Intensiv schmatzend erkunden sie mit Hilfe der Zunge den Geschmack der Speisen, gute Köchinnen sind sie, Wohlgerüche verbreitend und von feinem ästhetischen Empfinden. Auch wissen sie sehr genau, daß Worte nicht immer klirren müssen.

Ich weiß, mein Lieber, gern schon würdest du das Weite suchen, allmählich wird es dir hier ein bißchen zu eng. In deinen Träumen delirierst du von der schwindelerregenden Schönheit der Wüste, von achtspurigen Autobahnen. Und von der Hitze, die dir entgegenschwappt, wenn du aus deinem gekühlten Oldsmobile aussteigst. Eines Morgens bist du aufgeschreckt, könntest du noch einmal, im Battery Park gegen die Brüstung gelehnt, die Freiheitsstatue sehen, dann wärest du davongekommen, dann würdest du geloben, die Halbinsel Manhattan nie mehr zu verlassen. Jetzt allerdings liest du in meinem Haus auf der Galerie des Wohnzimmers Eduard Mörikes *Mozart auf der Reise nach Prag*. Zusätzlich gibt es einen leidlichen Birnenschnaps. Es hat den Anschein, als hätte die Hausfrau die Schmökerecke einzig für dich eingerichtet, sogar an einen Schemel für die Füße ist gedacht. Neben dem Sessel steht das Regal, wo Glas, Aschenbecher und Pfeifenbesteck Platz finden, alles in Reichweite. Auch die Bücher, in denen du blättern willst. Die Frau des Hauses läßt den Gast in Frieden und erhebt keinen Anspruch darauf, daß er sich mit ihr beschäftigt. Von den Reden der Männer braucht sie nicht unendlich viel, sie gibt sich mit wenigen zufrieden. Sie liest lieber oder vergnügt sich anderweitig. Antal will einen Film drehen, eine ähnliche Geschichte wie die unsere, in einem ähnlichen Haus wie dem unseren, er sieht sich mehrere Einfamilienhäuser mit Garten an, gegen eine hohe Summe würde das Filmstudio einen Mietvertrag abschließen. Es soll genau so eines sein, wie das hier, bloß daß er im eigenen Haus nicht gern von Schauspielern etwas nachspielen lassen würde.

Die Welt ist nicht das, was ich bin, aber auch nicht das Nicht-Ich ohne mich. Antals Profil läßt sich als eine Strategie beschreiben. Erfolgreich ist er, weil er Kontinuität und Fortsetzbarkeit verspricht. Er ist weder routiniert noch berechnend. Vermutlich hat Antal seinen Platz und seinen Weg schon von Säuglingsbeinen an gefunden. Nach jeder Niederlage ist er wieder auf die Beine gekommen, eher geschickt als unbeholfen kann er sich durchaus wehren, wer ihn zerfleischen will, der wird sich an ihm die Zähne ausbeißen. Allesamt sind wir ziemlich schwer zu verdauen. Immer bleiben wir jemandem im Halse stecken. Einmal ist es der Kaiser, ein andermal der Zar, der einen Erstickungsanfall bekommt, schlucken kann er uns nicht, und ausspucken will er uns nicht. Antal ist sich darüber im klaren, daß sie alles von ihm wissen, daß sie ihm alles nehmen können. Doch möglicherweise ist es auch damit vorbei. Es gibt Reformen, sie geraten ins Stocken, rinnen weiter, dauern an, solange wir andauern. Politiker und Handwerker behalten sich gegenseitig im Auge.

Alles sprechen wir nicht aus. Wozu sollte man alles aussprechen? Was du nicht in Worte kleidest, das teilst du vielleicht durch eine Grimasse mit. Dinge gibt es, die ein Erwachsener allein deshalb nicht artikuliert, weil sie offensichtlich sind. Antal zieht die Krallen ein, und von Politik begreift er nur soviel, wie für sein Fortkommen notwendig ist. Gern setzt er an unserem Mittagstisch seine selbst zubereiteten Gerichte den Autoritäten und Antiautoritäten vor. Während wir Welsgoulasch verzehren, können auch die politischen Konflikte suspendiert werden. Und anschließend ist die Situation schon ein bißchen anders. Jeder hat Geschichten, die er erzählen kann. An dem großen grünen Tisch sitzen die flügellahmen Recken, konservative Reformer, radikale Reformer, Patrioten, die Niedergang und Vergeblichkeit beklagen, wir essen und trinken, wir hecheln alles durch und winken ab, weil rein gar nichts geht. Dann gehen wir auseinander, legen uns schlafen, und am nächsten Tag tun wir wieder, was zu tun ist. Irgendwie gehen die Dinge ihren Gang. Irgendwie reifen Zusammenhalt und Rücksicht. Ich mag Körper und Stoffe, ich fasse gern alles an. Ich mag Gehacktes mit Brötchen, in Milch eingeweicht, gern vermenge ich gekochte Lunge mit Reis. Die Blätter des Wilden Weins an der Hauswand röten sich. Auf der Tischdecke jetzt nur ein Glas und meine Ellenbogen, meine Augen heften sich auf das Antlitz der Bäume, auch sie sehen mich an, ob ich nicht lüge.

Melindas Kreise

Im Wasser des Schwimmbades, aus der Tiefe kommend, höre ich die Monologe meiner Familie, geschmeidig mich windend, die Schwimmflossen durch kleine ruckartige Bewegungen betätigend, gelange ich von einem Beckenrand zum anderen. Wohin ich auch treibe, meine Kinder und mein Bauch sind noch immer durch irgendeine pfiffige Nabelschnur miteinander verbunden. Warum eigentlich habe ich sie zur Welt gebracht? Eine interessante Frage! Damit sie sind. Auch damals, als ich mir erstmals meinen Sohn István vorstellen konnte, der einfach nur so von innen gegen meinen Bauch boxte, schwamm ich hier im Kaltwasserbassin des Lukács Bads. Und dann kam er zum Vorschein, an die fünf Kilo wog er. »Ein richtiger Bischof!« entfuhr es der Hebamme. Der freundliche Riese erschien vor unseren Augen. Ziemlich dünn war ich gewesen, und in den letzten Monaten hatte mein Bauch unglaublich an Umfang zugenommen. Nirgendwo sonst wurde ich dick, nur die hervorspringende Melone blähte sich auf. Eine verblüffende Form, die der Bauch angenommen hatte, einsam ragte er in die Landschaft, daß die Leute ihre Blicke nicht abwenden konnten. Wenige Wochen vor der Entbindung stöhnte ich: Dieses Menschenkind da drinnen ist mir jetzt ein bißchen zu viel, ich bitte dich, komm endlich heraus! Dann erhörte er mein Flehen, übel richtete er mich zu, fast hätte er mir den Leib zerfetzt. Draußen hörte ich Hundegebell, Straßenbahnklingeln, am bewölkten Himmel wiegten sich die Baumkronen im Wind, die Wände waren mit lindgrünen Kacheln verkleidet. Von allen Menschen stand mir die Geburtshelferin damals am nächsten. Vielleicht war das die wichtigste Zeit in meinem Leben. In meinem Verlorensein mit dem ersten Kind war ich ganz ich selbst. Die Plazenta wollte dem Kind nicht folgen, von innen haftete sie an der Gebärmutterwand, durch Hineinlangen mit der Hand mußte sie losgelöst werden. Der Arzt tat, was er konnte, doch meine Gebärmutter wollte sich nicht zusammenziehen. Atonische Blutung nennt man diesen Zustand. Zwei Ärzte machten sich hektisch an mir zu schaffen, sie verabreichten mir Injektionen mit Kontraktionsmittel für die Gebärmutter, verordneten Blutplasma, pumpten mich voll mit Infusionen und Transfusionen, recht flau war mir zumute, alles um mich herum war mir irgendwie entrückt, zwar registrierte ich die Aufregung, aber die berührte mich nicht sonderlich. Um ein Haar, so sagt man, wäre ich verblutet, jedenfalls war ich sehr schwach. Früher sind die Mütter daran bei der Geburt gestorben. Dem geschickten OP-Pfleger, der mich mit feinem Gespür an der richtigen Stelle anpackte, mich mit einer entsprechenden Bewegung hochhob und trotz der blutenden Öffnungen fast schmerzfrei auf die Bahre hinübertransportierte, war ich dankbar. Dankbar war ich und gehorsam. Der einen Säuglingsschwester, die mich im Stillen unterwiesen hatte, ließ ich durch Antal einen großen Strauß Rosen bringen. Als sie mir den eingemummelten Jüngling in die Arme gaben, erkannte ich in ihm sogleich die Gesichtszüge meines Mannes und meines Vaters, und ein wenig auch meine. Würdige Ruhe ging von ihm aus, nichts Zerknittertes, Rotes und Gequältes konnte ich an ihm wahrnehmen, Friedfertigkeit strahlte er aus.

Nur wenig Belohnungen können die Freude aufwiegen, die es macht, einen Säugling auf den Arm zu nehmen. Ich gab ihm die Brust, István arbeitete wie eine Pumpe, wenn er nicht anständig leertrank, hatte ich Schmerzen. Beide waren wir an gründlicher Arbeit interessiert, zu zweit waren wir eine Maschine. Erstmals im Leben war ich damals eine äußerst umsichtige Strategin, die ihre Zeit meisterhaft einteilen und die zu erwartenden Schwierigkeiten vorhersehen mußte. Was für mich schlecht war, das war es auch für ihn; folglich mußte ich darauf achten, daß für mich alles angenehm zu sein hatte. Das Bettchen meines Sohnes plazierte ich im Garten unter einem alten Nußbaum so, daß der Nußbaum und er sich gegenseitig anfreunden konnten. Dann freilich Brustentzündung, Wundwerden der Brustwarzen, die anfänglichen Ungeschicklichkeiten beim Abpumpen, ewige Müdigkeit und die Betrübnis der Einsamkeit, weil Toni gerade zu dem Zeitpunkt als Kameramann nach Indien gehen mußte. Zu meiner Überraschung erwies sich meine Mutter dienstbar wie eine Nonne. Für Männer hatte sie sich schon mehr als genug abgerackert, nun plagte sie sich mit diesem kleinen Weisen aus dem Morgenlande ab. In einen richtigen Rauschzustand versetzte sie der erste Enkel. Auch heute noch sind sie es, die sich in der Familie am besten verstehen. Zwei Monate dauerte es, bevor ich mich in meinem Jungen auskannte, daß ich nicht nur bei jedem kleinen Laut aufschreckte, sondern gleichzeitig wußte, daß er jetzt deshalb aufbegehrte, weil er sich den Arm zwischen den Bettgittern eingeklemmt hatte oder weil er sich auf den Bauch drehen wollte, weil es ihn nach Essen gelüstete, weil es ihn zwar nicht nach Nahrung verlangte, ein bißchen Tee aber und Liebkosungen dennoch wohltäten.

Mit einem Kind bekommt der Mensch, was ihm zusteht, gib weiter, was du erhalten hast. Die Geschichte beginnt nicht und hört auch nicht auf mit dir. István ist ein korrekter und schamhafter Herr, nicht einmal während des Stillens zeigte er Unruhe oder Hast, er ist der geborene Spezialist, in heiterer Gelassenheit durchschaut er unsere Affären. Alles war auf ihn konzentriert. Auf dem Bauch liegend, drehte er sich im Kreise, hob den Kopf, griff fest zu, vom Weinen hielt er nicht viel, freundlich schnitt er Grimassen. Wenn ich mich neben ihn legte, erschien mir sein Gesicht interessanter als von oben.

Nachdem Antal aus Indien zurückgekehrt war, raste er fortwährend zur Apotheke, und zu den Ärzten sah er auf wie zu Halbgöttern. Der eine hörte in Istváns Herzen ein kleines Rasseln, der andere nicht, der dritte ebenfalls, der vierte wiederum nicht. Noch weiterer zwei Ärzte bedurfte es, um

Antal zu beruhigen; mit dem bloßen Anblick unseres Riesenbabys gab er sich nicht zufrieden. Er schlief allein, mied meinen Körper, der jetzt nicht für ihn bestimmt war. Wenn ich dem Baby die Brust gab, blickte er zur Seite. Die Apothekerinnen waren nett zu ihm, freundlich lächelnd sah ihm die ganze Straße nach, wenn er István im Känguruhsitz vor der Brust umhertrug. Mehr erwartete ich von ihm nicht. Gelegentlich sah er beim Füttern, Baden, Anziehen und Wickeln zu. Wenn ich wegging und er mit dem Kind allein im Hause blieb, säuberte er Istváns Hintern mit so erbarmungswürdiger Miene, daß ich bei meiner Rückkehr in den Augen unseres Jungen ein Fünkchen Schadenfreude zu entdecken meinte. Ich machte István keine Vorwürfe, daß mich die Mutterschaft als Lebensaufgabe vollkommen in Anspruch nahm und dementsprechend auch erfüllte. Wenn wir aber irgend jemanden besuchten, wenn wir nur in der Oleander utca spazierengingen oder wenn ich in der Bimbó Tscharda ein Glas Rotwein trank, der mir wieder schmeckte, dann fühlte ich mich allmählich wieder als Mensch. Aufmarsch der ganzen Familie, ich mit den Freunden vorneweg, hinter mir Antal mit István im Känguruhsitz vor der Brust, der eine überlegene, jedoch zufriedene Miene aufsetzt. Sein ganzer Hofstaat begleitet ihn: mein Vater, meine Mutter, Tanten, Freundinnen und einige Kinder aus der Straße. Ein phantastisches Leben hat dieser Lauser. Zwischen schönen, weißen, wogenden Dingen schlummert er, und wenn er aufwacht, hätschle ich ihn, er schläft auf der Terrasse, hört gute Musik und das Säuseln der Blätter. Jeder möchte ihn auf den Arm nehmen, jeder lächelt ihn an. Schön muß es sein, ein Baby zu sein. Wenn István die Augen öffnet, streichelt ihm meine Mutter den Kopf und hält alle seine Lebensäußerungen für humorvoll, sensibel, ja sogar für weise.

Bei der Entbindung und beim Stillen ist der Körper vollkommen anders, als ich ihn bisher kannte. Brutal decken sich meine Interessen mit denen meines Sohnes, wenn István streikt, macht mich das krank. Das ist jetzt nicht die Zeit der Geschlechtsorgane, sie haben das Ihre getan, sie können warten. Nur Narben und stechenden Schmerz gibt es dort. Demütig erlebt das Menschenpaar seine Unwissenheit. Jede Samenzelle ist anders strukturiert, jede Eizelle ein Mysterium. Aus wieviel Samen entsteht eine Pflanze? Wer vergeudet uns? Das Staunen ist des Vaters, das Geschundenwerden der Mutter. Ich gehe schon und säubere meine Brüste. Nach dem Stillen und Abpumpen mache ich mich fröstelnd und zitternd über das Essen her. Für ihn esse ich, und er will einfach nicht essen. Wenn István viel getrunken hat, wächst mein sittliches Selbstbewußtsein. Zwischendurch dösen wir beide. Antal schleppt viel Milch und Obst an, hingebungsvoll verschlinge ich alles, als gäbe es nichts Geziemenderes auf der Welt zu tun. Die Macht der Familie expandiert, Antal verteidigt seinen Schlupfwinkel im Studio. Herbst wird es nun, das schwerste habe ich hinter mir, István liegt in seiner Wiege auf der Terrasse, die Schwäche läßt nach, ein bißchen müde sind wir geworden, aber schlecht war das nicht. Von der Seite wärmt mich die Sonne und strahlt mich überschwenglich an. Auf der Leine trocknet Säuglingswäsche, nur die paßt, von der ich glaubte, daß sie zu groß sei. Warum erfüllt es den Menschen mit Stolz, wenn sein Kind groß ist? Den Kopf kann es bereits schön anheben, manchmal allerdings plumpst er wie ein Apfel zu Boden. Mit der Faust schlägt es um sich, der Daumen findet den Weg zum Mund, es kann greifen, uns ansehen und lallen. »Wenn du ein optimistisches Weltbild brauchst«, so Antal, »schaff dir ein Baby an, binde es dir vor die Brust, zieh mit ihm durch die Straßen, und du wirst feststellen, daß die Menschen nett sind.«

Der junge Herr zieht alle Aufmerksamkeit auf sich. Gerade jetzt heult er auf dem Balkon, ich weiß nicht, was er hat. Ein chinesischer Bankier ist er, ein weinseliger Kanoniker, er aalt sich in den verschiedenen Namensgebungen, die sämtlich Zeugnisse für die Schwäche unseres Geistes sind. Während des Gähnens streckt sich der ganze Körper. Schrecklich gern schwimmt er im Wasser umher, und wenn Antal ihn im Fahrstuhl auf- und abfahren läßt, so hat er auch dagegen nichts einzuwenden. Ich in meiner Angst schließe die Augen und prophezeie, daß unser Junge ein Leben lang im Erdgeschoß wohnen und mit seinem Analytiker aufarbeiten wird, weshalb es ihn vor Wolkenkratzern und schnellen Fahrstühlen graut. Gleichwohl beobachte ich, daß István das Fliegen besonderen Spaß macht und daß es ihm rein gar nichts auszumachen scheint, wenn er in den Graben stürzt. Hoppe, hoppe Reiter, wenn er fällt, dann schreit er ... Dieses Spiel auf den Knien meines Vaters bereitete mir ebenso Vergnügen wie auch István. Zu rhythmischen Albernheiten, törichtem Gebrumm lassen wir uns derart hinreißen, daß die Augenblicke Perlen an einem unsichtbaren Zwirnsfaden sind. Seit neuestem entdecke ich zunehmend Häuser, Gärten und Pflanzen, woran ich Freude finde. Eine gute Zeit für meine Neigung zur Neugier, schon als kleines Mädchen hielt ich Maulaffen feil, stundenlang stand ich am Fenster oder im leichten Mantel im Garten, wo ich das Knospen bewunderte. Den alten Frauen in der Kleinstadt, die sich ein Kissen auf das Fensterbrett legen, um sich so bequem hinauslehnen zu können, fühle ich mich verbunden. Wenn ihnen schon die Füße wehtun, verfolgen sie die Ereignisse auf der Straße in einem Rückspiegel. Das Zusammensein mit einem Säugling ist die reizvollste Art der Einsamkeit. Während unser Junge von seinem Känguruhsitz aus in die Welt hinausblickt und rechts und links die Gegend observiert, kann ich mich dessen vergewissern, daß es eine Kontinuität gibt. Dann kommen die Perioden, vom Trotzalter bis zur Präpubertät, als Sprecherin kann ich jetzt nur so viel sagen, daß István einstweilen vor allem an der Ornithologie, der Vulkanologie und der Dichtung interessiert ist. Sein erstes Märchen im Alter von zwei Jahren handelte von einer Ameise, es war einmal eine Ameise, die zwar beim Kopfwaschen weint, dafür aber schön Klavier spielt, und wenn sie nicht gestorben ist, lebt sie heute noch.

Seither schreibt er eher kosmogonische Märchen, in denen unser Erdball ein kleines quäkendes Dickerchen ist.

Meinen Schützlingen statte ich Hausbesuche ab, ich hocke in den Küchen ihrer auf den Hof gehenden Ein- bis Zwei-Zimmer-Wohnungen. Die Eltern und die Nachbarn schütten mir gern ihr Herz aus, heutzutage findet der Mensch selten jemanden, der richtig zuhören kann. So selbstsüchtig und unaufmerksam sind die Menschen, in scheinbarer Zweckbestimmung jagen sie verschiedensten Zielen nach, daß sie nicht einmal ihrem Kind die Möglichkeit geben, sich zu artikulieren. Sie reden lieber, statt zuzuhören. Manchmal habe ich das Gefühl, daß das Gerede nur eine Art Entleerung ist. Meine Fähigkeit zu staunen ist grenzenlos, diese netten Eltern nutzen meinen Märchenhunger aus. Irgend etwas wollen sie von mir, oder sie haben Angst vor irgend etwas, weshalb sie sich mehr entblößen, als ihnen lieb sein kann.

In der Zeit der Ungläubigkeit suche ich nach dem Sicheren, dem Greifbaren, dem Körperlichen. Die erste Begegnung mit einer Schizophrenie und einem Inzest hat mich aufgewühlt. Aber der hundertste Fall? Der Mensch eignet sich einen gewissen berufsspezifischen Zynismus an, er weiß, daß die gute Absicht vorhanden ist, der Weg aber auch morgen wieder in die Kneipe führen wird. Der Geist ist willig, doch das Fleisch ist schwach. Der größere Teil des Menschen besteht aus bröckligem Material, das nicht allzu widerstandsfähig ist. Es lohnt, die äußeren Schichten loszulösen, wenn anders nicht möglich, dann mit Hilfe der Augen, weil die Wirklichkeit jenseits davon zu finden ist. Wirklich ist nur, was Kraft besitzt. Das Kalkgerippe ist nicht wirklich. Nicht wirklich ist die schwächliche Fügsamkeit, weil sie sich vom Tod nur wenig unterscheidet. Der Tod wäre nicht wirklich? Nein, nicht wirklich. Nur der Friedhof und die Erinnerung und unser leergewordener Platz sind es. Sehr wirklich ist das Kind. Die Erwachsenen sind nicht imstande, sich um dieses zu kümmern, vielleicht wollen sie es auch gar nicht. Nach einem Abenteuer bleibt irgendwie immer das Kind, an das man nicht gedacht, das man vergessen hat, übrig. So im allgemeinen habe ich den Eindruck, daß auch die Erwachsenen nicht erwachsen sind, irgendwie sind sie unreif, als wären sie noch nicht geeignet dafür, sinnvoll mit ihrer Zeit umzugehen, sowohl sich selbst als auch anderen gegenüber sind sie ungeschickt. Ziemlich viel unwichtige und ziemlich wenig wichtige Dinge machen sie. Den Kopf ihres Kindes stopfen sie mit allen möglichen Dummheiten voll. Wertlose Massenware, die lieben sie, statt Stille ständigen Krach, und ihrem Kind längere Zeit in die Augen sehen, das können sie schon gar nicht. Ich stehe vor einer Wohnungstür, wen werde ich dahinter antreffen? Je besser ich das allgemeine Muster kenne, desto prachtvoller erscheint mir das besondere. Ich trete ein und lade mir familiäres Unglück auf. Wieder im Treppenhaus, verdränge ich bereits das Gehörte, schaffe mir ein bißchen Leere im Gehirn, damit es sich auf die nächste Erschütterung vorbereiten kann. Fünf Minuten später beginnt in der Nachbarstraße eine andere Geschichte. Auf dem Nachhauseweg in der Straßenbahn versuche ich, an meine lästigen Schutzbefohlenen nicht denken zu müssen, wenn auch nicht anderntags, am dritten Tag aber brauche ich sie wieder, der Anblick fremden Mißgeschicks lindert meine eigenen Sorgen. In den fremden Häusern vergesse ich meine Familie und mein zerrissenes Herz. In der Straßenbahn lasse ich meine Blicke über die Fahrgäste schweifen, wie gleich sie von weitem sind und wie rätselhaft aus der Nähe. Bisweilen ahne ich, was sie sagen werden, doch des öfteren erlebe ich Überraschungen, nie kann ich meiner Sache sicher sein. Dem einfachen Menschen bleiben kaum Wahlmöglichkeiten. Auch mich selbst betrachte ich als einfache Frau. Wir sind weder sehr weise, noch sehr diszipliniert, durch die Schwierigkeiten mit der Selbstbeherrschung gerät unser Leben aus der Bahn, und bestraft wird nicht immer derjenige, der es verdient hätte.

Einzig deshalb bin ich fähig, so glaube ich, meine Arbeit in der Erziehungsberatungsstelle seit nunmehr elf Jahren auszuüben, weil ich irgendwo eine Hurenseele bin. Die Zwangsläufigkeit, mit der ich Tag für Tag vier- bis fünfmal in das Leben anderer Leute verstrickt werde, lasse ich mir ein Vergnügen sein, und ebenso flexibel ziehe ich mich wieder zurück. Große Gefahren lauern auf dich, wenn du tatsächlich jemandem helfen willst. Unsereins, die wir die Hilfe professionalisiert haben, vermeidet dezent allzu persönlichen Einsatz. Der Wahn der Güte und der Ruf nach praktischer Nächstenliebe dürfen keine Macht über mich gewinnen. Auch der Perfektionismus ist nicht sympathischer als die Pflichtvergessenheit. Heilig kann nur derjenige sein, der nicht weiß, daß er es ist und von dem auch andere nicht wissen, nicht einmal im nachhinein, daß er es war. Was existiert wirklich? Was kann ein Mensch für den anderen tun? Ausreichend Liebe erfährt niemand, jeder wird vergessen, jeder hat Grund zum Klagen. Verlassene Problemkinder sind wir, neigen zu dem Irrtum, nicht das bekommen zu haben, was uns zusteht.

Und alles wendet sich zu etwas anderem, zu dem, was es ursprünglich hat sein wollen. Die Generation meiner Lieben hat die Erfahrung machen müssen, daß die Absicht Revolution und die Tat Einschüchterung bedeutet. Hinter vorgehaltener Hand ein guter Rat: Verkriech dich in der Tiefe eines Maulwurfsgangs, such die körperliche Nähe der anderen. Auf der Terrasse meines Hauses sitzend, denke ich: Auch das Wenige ist viel. Die Welt verschlingt mich, ich bin, die ich bin, gern empfange ich Besucher. Mitgefühl habe ich mit den Bleibenden. Wer unten ist, der bleibt. Wer schwach ist, der bleibt. Wer durch sein Herz oder seine Trottelhaftigkeit zurückgehalten wird, der bleibt. Ich weiß, daß mein Haus besser ist als die Wohnung meiner Schützlinge, ich weiß, daß auch unser Einkommen höher ist, trotzdem aber bin ich der Meinung, daß der Unterschied zwischen meinen Schutzbefohlenen und mir relativ ist. Wir essen, trinken und sind unkeusch à la hongroise. Was also ist schlecht? Schlecht ist es, das Leben verkümmern, verblassen, grau werden und verblöden zu lassen, zu ersticken. Ein mutiges Leben halten die meisten Menschen für schlecht. Gerade deshalb verhindern sie einen solchen Weg. Unsere falschen Vorurteile sind es, die einer Entfaltung des Lebens im Weg stehen. Die meisten Menschen sind von der Richtigkeit ihrer unrichtigen Urteile überzeugt. Selten zeigt sich das Schlechte in seiner reinen Form, stets ist es bemüht, sich als Gutes darzustellen, weshalb ich meine, das kollektive Verbrechen ist gefährlicher als das einsam begangene, denn wenn viele gemeinsam zu dem Schluß gelangen, daß das Schlechte eigentlich gut sei, dann sind die Folgen unabsehbar schlimm. Möglicherweise gibt es das Schlechte als solches, ein eigenständiges Schlechtes, so etwa wie die Unsittlichkeit des Todes. Als religiös gesinnter Mensch weiß ich um die Anwesenheit des Teufels in mir, als religionsloser halte ich das ganze Gerede vom Teufel für ein dummes Märchen.

»Ach, Melinda, die du meine herbstliche Pulsfrequenz anschwellen läßt, wie könnte ich mich dir empfehlen, wenn du vor lauter Überdruß Grimassen schneidest? Welche Möglichkeit gäbe es, deine Anmut zu verführen? Vergebens flehe ich dich vor deinem Türchen an, du lachst mich aus.« So trieb Dragoman im vergangenen Sommer auf der im Aprikosenlicht gleißenden Terrasse seine Possen. Worauf ich ihm wie folgt antwortete: Verehrter Ritter, zügeln Sie sich! Und fallen Sie nicht mit der Tür ins Haus. Euer bockhaftes Verlangen empfinden wir als aufdringlich, jovial und übermäßig selbstzufrieden. Leiden, mein Herr, leiden sollt Ihr um meines Besitzes willen. Ich werde dir gehören, denn wer mich wirklich will, dem wird es gegeben sein, aber ein langer Weg wird es sein, ein Weg der Qualen, bevor du mich erobert haben wirst. Mich zu fassen allerdings wird auch dir nicht gelingen. Das vermögen auch Antal Tombor, mein Vater und meine

Kinder nicht. Lediglich verkrallen können sie sich in mich. Zu fassen bin ich nicht einmal für mich selbst. Irgendwelche Reue ist mir fremd. Nicht nur, daß sich die Momente meiner Vergangenheit nicht korrigieren lassen, ich will es auch nicht. Wenn ich Euch, Herr János, liebgewonnen haben werde, dann wird es so, wie es ist, gut sein, dann wird es in meiner Hand zu lesen gewesen sein. Was dich nun betrifft, mein Lieber, so würde ich an deiner Stelle vor einer solchen Eventualität lieber zittern. Für dich habe ich die kokette Melinda erfunden, die sich bisher im Halbdunkel verborgen gehalten hatte. Einem Blendwerk magst du huldigen. In dieser meiner unausweichlichen, ja einfältigen Zweideutigkeit werde ich mich dir zu Füßen legen. Denn wie es zu erwarten und wie es normal ist, Antal Tombor, meinen Gemahl, und meine beiden Kinder, István und Ninon, werde ich nicht verlassen, darauf kann ein jeder, wer auch immer, Gift nehmen, das ist ein Axiom-Myom. Nun allerdings ist die Zeit gekommen, um mir die Sinne verwirren zu lassen und meinen Gemahl zu belasten. Antal wird wissen, daß mir das zusteht, daß es so fair ist. Für meinen Roman mit Ihnen, Herr Dragoman, habe ich mit langem Dulden bezahlt. Vor der Menopause würde ich gern noch einmal aufleuchten. Denkt nur ja nicht, ich wüßte, was für eine diese Melinda ist. Mich kann ich ebenso wenig beherrschen wie diese Schränke, von denen ich, noch bevor ich es geschafft hätte, Ordnung zu machen, gewissermaßen vergesse, was ich in ihnen gefunden habe.

Und du, Ritter, was willst du von mir? Was willst du von der Frau deines Freundes? Willst du mich sehen, bis der Tod uns scheidet? So lange nicht? Wie lange? Eine Zeitlang? Oder willst du dich vielleicht doch jeden Abend mit einer Dame unterhalten, die ihrem Naturell gemäß lieb und treu ist, nüchtern und sparsam, mit einem Wort maßvoll romantisch? Willst du mich in deinen Schädel Einzug halten lassen, so daß du mich von dort nicht mehr wirst ausquartieren können? So daß ich nicht nur fremdes Parfüm an deinem Hals spüren werde, sondern auch, an wen du gerade denkst? Soll ich dich zähmen, ist es das, wonach du dich sehnst? Nichtsahnend kamst du daher, und plötzlich brachtest du alles durcheinander. Ich weiß, was ich von dir will, ist absurd. Begehr Nummer eins: Sei ein einsamer Cowboy, der davonsprengt in die sternenlose Nacht. Begehr Nummer zwei: Dessenungeachtet bleibe schön an meinem Rockzipfel hängen. Die düsteren Gedanken allerdings wissen etwas, was das leichte Herz nicht zur Kenntnis zu nehmen wünscht, Reisende sollst du nicht aufhalten, gehen Sie ruhig, Herr Professor. Lassen Sie den Klauzál tér hier, zusammen mit mir, den lärmenden alten Kartenspielern und den Huren des Tango Espresso, lassen Sie uns hier zurück wie eine Federwolke. Weiterhin angenehme Leibesübungen! Das Geschehene begreife ich so, daß auch dein Verdampfen eine Art Liebeswerben war. In der dir eigenen Bescheidenheit hast du dich selbst eingerahmt. Vielleicht werde ich in einem Monat von dir aus Manila eine Ansichtskarte bekommen, von dort wirst du mir deine Küsse schicken.

Nach einem zehntägigen Sommerurlaub rannte ich, ganz außer Atem, zwei Stufen auf einmal nehmend, hinauf zu Dragoman. Schon im Korridor schmiegten wir uns eng aneinander, und vielleicht vergaßen wir, die Tür abzuschließen. In den vergangenen zehn Tagen hatte Dragoman gelesen, gekocht, Klavier gespielt und vor allem auf mich gewartet. Auch ich bin in dieser Zeit in einen schrecklichen Zustand geraten. Wie von Sinnen bin ich, wenn ich János nicht um mich spüre. Meine Schenkel bewegend, schiebe ich blitzschnell den Schlüpfer über mein haselnußbraunes Becken, entledige mich aller Klamotten. Ich werfe ihn auf die Schultern, er spießt mich auf, ich reite auf ihm, über ihm schwebend, bin ich eine Bauchtänzerin. Und er beobachtet mich. Die Seuche, die mich an den alternden Männerkörper bindet, lasse ich über mich ergehen.

Achtunddreißig Jahre alt bin ich. Zur Vollkommenheit des Menschen gehört auch sein Tod. Was mir zusteht, habe ich vom Schicksal bereits erhalten. Ich glaube sogar, über Gebühr gut bezahlt worden zu sein. Dennoch wache ich jeden Morgen wie ein besessener Kartenspieler auf, der ein neues Blatt in Händen hält. Es kommt vor, daß mich meine Augen im Spiegel erschrecken, nun ja, und daß auch die Monster Akteure des Welttheaters sind, ist mir kein Trost. Nicht nur mit ihm kann ich im Bett Frieden schließen, sondern auch mit mir, und das ist der Grund für meine Anhänglichkeit an Dragoman. Nackt recke ich mich in seinem Fenster, blicke hinunter zum Spielplatz, stehe unter Dragomans Achsel.

An demselben Nachmittag wollte auch Toni Dragoman einen Besuch abstatten. Die durch Herunterdrücken der Klinke sich öffnende Tür, die im allgemeinen mittels Schlüssel von innen verschlossen wird, leistete dem Eindringling keinen Widerstand. Lautlos trat Toni ein, wir bemerkten ihn nicht, er wurde Zeuge unserer wehklagenden Vereinigung. Wie angewurzelt stand er auf einem Fleck, um sich schließlich ebenso unauffällig zurückzuziehen. Im Treppenhaus verspürte er Lust umzukehren und János totzuschlagen, während er mich erwürgen wollte. Er tat es nicht, ging weiter und stolperte über eine tote Taube. »Zweifellos hat sich Melinda wohlgefühlt«, dachte Antal. »Soll sie sich ihr ganzes Leben lang nur meine Stimme anhören? Auch dieser umherirrende Dragoman kehrt heim in einen Hafen.« Antal zog durch einige Kneipen, aber was er gesehen und gehört hatte, konnte er nicht vergessen. »Was soll jetzt werden?« fragte Antal in der ihm eigenen Naivität. Noch an jenem Nachmittag, als ich aus dem Bett stieg, um ins Badezimmer zu gehen, spürte ich den Rasierwassergeruch meines Mannes. Ich drückte die Klinke der Wohnungstür hinunter; sie war offen. Ich dankte Gott, daß ich noch lebte.

Richtig beleidigt verschanzt sich Antal in Ófalu, wo er pflanzt, hackt, Honig schleudert, unsere Himbeeren ißt, eignen Wein trinkt und mit Häuser bauenden diebischen Chauffeuren in der Kneipe sitzt. So pfiffig ist er zum Glück noch, daß er den großen Nußbaumklotz zum Sägewerk bringt und sich drei Tischplatten herausschneiden läßt, zwei für uns und eine für Franziska. Er ist viel allein, die Stunden in dem herbstlichen Haus ohne mich schleichen langsam dahin, nie zuvor hat er so viel an mich gedacht. Jeden Nachmittag fährt er mit dem Fahrrad ans Seeufer bis zum Gartenrestaurant Sackgasse. Schon seit einer Woche hat er mich nicht angerufen. Er hat sich eingeigelt. Gäbe es im Haus ein Telefon, würde ich dich anrufen, doch du, mein Herz, schmollst jetzt lieber, obwohl du auf deiner Fahrradtour zur Sackgasse an einer roten Telefonzelle vorbeikommst und obwohl du genügend Geld bei dir hast. Unheilverkündend ahne ich, ohne auf die Vision näher eingehen zu wollen, daß du die irdischen Reize des Diana Espresso, wo sowohl die Mutter als auch die Tochter hübsch sind, obwohl letztere schon eher einer Diana entspricht, links liegen läßt. Beide sind sie gekränkt, wenn Antal nicht bei ihnen einkehrt. Über dem Kaffee brütest du vor dich hin, den irren Blicken von drei, vier Urlauberinnen weichst du aus, und obwohl du wegen meiner Treulosigkeit noch immer düsteren Gedanken nachhängst, scheinst du den Blick der einen zu erwidern. Nach reiflicher Überlegung, so stelle ich mir vor, konsumierst du in der Sackgasse zwei Gläschen selbstgebrannten Slibowitz, untröstlich schweifen deine Blicke über den rötlichen Spiegel des Sees, und dann hältst du die Zeit für gekommen, einen frisch gefangenen Zander vom Grill zu dir zu nehmen. Der Tierarzt aus der Nachbarschaft setzt sich zu dir an den Tisch, Winter wie Sommer marschiert er zwischen seinen Säuen und Ziegen lediglich mit einem Badeanzug bekleidet umher. Sogar reden kann er mit ihnen, und man könnte sagen, nur mit ihnen, denn seine Frau hat ihn sitzenlassen, und mit dir: »Gott zum Gruße, verehrter Herr Tombor, das bißchen Rattengift will vertilgt werden. Eines nur sei gesagt: Böbe ist eine großartige Frau. Schade bloß, daß sie trinkt. Dann schläft sie mit jedem. Leider ist sie nicht treu genug. Der Herrgott hat Böbe mit außerordentlicher Schönheit gesegnet, mit dem Verstand aber war er ein bißchen knausrig. Manchmal reicht ihr ein Doppelter, um sich mit einem Mann einzulassen. Ich bin weggezogen, es wird an meine Tür geklopft, wie ein nasser Sack, so betrunken ist sie, fällt Böbe ins Zimmer hinein, ich bringe sie ins Bett. Am nächsten Tag rufe ich im Büro an, daß ich einen freien Tag nehme, ich kaufe alles ein, Fressalien, was zu trinken, alles, was sie braucht. Ich koche ihr ein Kalbsgoulasch mit Nockerln, wie es nicht besser zum Eucharistischen Weltkongreß in der Haupt- und Residenzstadt gegeben haben kann. Doch als ich mit dem Mittagessen fertig bin, ist Böbe bereits verschwunden.« Unter den Dorfbewohnern wird der Tierarzt »Schwager« genannt, weil er solche Augenbrauen hat wie der Herr der Welt. Die Feuersglut unter dem Kessel betrachtet ihr, den anschwellenden Mond, der Riesling schwindet dahin. »Sollen sie doch im eigenen Saft schmoren, Böbe und ihr Kerl. Sollen sie doch ihre Glieder zusammenschmeißen, wie Vorder- und Hinterteil des Hammels im Kessel, der unter freiem Himmel durch Holzkohle erhitzt wird, wenn gerade, sagen wir, Hammelgoulasch gekocht wird. Ich, mein Freund, rühre nicht um, was nicht umzurühren ist. Ich bleibe hier in Ófalu schön ruhig auf meinen vier Buchstaben sitzen und lade keine Frauen zu mir ein. Mir reicht es, wenn ich an Böbe denke.« So der Tierarzt, du hörst ihm zu, mein Süßer, und gehst nach Hause. Du verstehst nicht, warum ich dich quäle. In deinem Sicherheitsgefühl verletzt, sind dir jetzt irgendwie auch die vergleichenden berührungstechnologischen Studien mit Franziska kein richtiger Trost. Fremde Städte und fremde Frauen erscheinen dir in der Phantasie nicht mehr als etwas Wunderbares. Auch du selbst willst nicht auf jeder Station anders sein. Du könntest getrost verstehen, daß eine gesunde Frau, die auf die vierzig zugeht, sich einen kleinen emotionalen Strudel leistet. Irgend etwas gibt es in einer Ehe immer, wenn sie nur lange genug dauert, wofür man sich rächen kann. Ist der andere untreu, dann dafür, folgt er dir auf Schritt und Tritt, dann zeigst du's ihm eben deshalb. Sowohl dem, der dir davonschwirrt, als auch dem, der sich an dir festklammert, ziehst du eins über den Schädel. Das Stänkern von Männern muß man nicht allzu ernst nehmen. Ein jeder sollte sich mit dem zufriedengeben, was er bekommt. Wem es nicht reicht, der soll sich anderswo trösten. Man muß die Männer nicht sonderlich bedauern. Lieben muß man sie, das ist etwas anderes.

Denn wie sollte ich meinen guten Antal auch nicht lieben? Wir fahren nach Ófalu, der verhätschelte alte Wagen gibt seinen Geist auf, wir müssen den Abschleppdienst anrufen und das Auto nach Fehérvár in die Werkstatt bringen lassen. Wie werde ich mich jetzt in Ófalu sonnen, wie meine schon ziemlich braunen Schenkel mit Kakaobutter einreiben? Mir ist es wichtig, schon im Mai ein bißchen Farbe zu haben. Während des Ritts durch fremde Gefilde, jetzt und immerdar, betrachte ich meinen dünnen Bauch und meinen straffen Hintern mit Antals Augen. Eines ist sicher, Franziska bringt mehr auf die Waage. Doch bestimmt geht sie auch nicht fremd. Quenglig bin ich, und Antal schikaniere ich nach Herzenslust, er soll ruhig beleidigt sein, die feinen Nadelstiche spüren, er soll sich nicht so sicher fühlen im Sattel, nicht eine so unverletzliche Bestie sein. So weit treibe ich das Spiel, daß er seine Unzufriedenheit mit mir schon zeigen könnte. Statt mich nun seinerseits durch kritische Äußerungen zu meiner Person zu ärgern, erklärt Antal mit seinem brummigen Baß lieber, daß er in Fehérvár eine gewisse Gaststätte kennt. Dort werden wir mit frisch gezapftem Bier und noch lauwarmen, außen knusprigen und innen lockeren Grammelpogatschen beginnen. Auf die Schilderung der Speisenfolge will ich hier verzichten. Hätte es nicht den kleinen Ärger mit dem Auto gegeben, Gott weiß, wann ich in jenes phantastische Restaurant gelangt wäre, wo sich der mit Knoblauch gewürzte Lammbraten und der leichte trockene Tramini als unübertrefflich erwiesen. Später hatte ich mit Kollegen vom Amt in Fehérvár zu tun (irgendeine erziehungspsychologische Konferenz), und, nicht ohne mit meinen intimen Ortskenntnissen zu prahlen, führte ich die Auserwählten dorthin. Es herrschte unerträgliche Hitze, die Luft war stickig, das Essen mittelmäßig. Der Zauber ließ sich nicht wiederholen.

Etwas aus der Ansammlung des Künftigen sehe ich jetzt so, als wäre es bereits geschehen. An einem Abend in der Oleander utca, der Abstecher nach Ófalu lag bereits hinter ihm, sah mich Antal hier auf der Veranda so erstaunt an, als würde er mich zum ersten Mal sehen. Er ging zu Boden, Schaum vor dem Mund. Epilepsie? Gehirnblutung? Schlaganfall? Als er wieder zu sich kam, blickten mich Kinderaugen an, und der Arzt traf bereits einen nachdenklichen kleinen Jungen im Sessel an, der sich an nichts mehr erinnern konnte, der kindlicher geworden war als unsere Kinder. Wie ein Hund, so lief er hinter mir her und kauerte zu meinen Füßen. Um ihn zum Lachen zu bringen, kitzelte ich ihn, ich gab auf ihn acht, damit er sich beim Essen nicht bekleckerte. Gern schleppte er Pakete, schälte Kartoffeln und leierte irgend etwas durch den Fleischwolf. Auch meine beiden Schuhe aneinanderzuschlagen, bereitete ihm Vergnügen. Wir zogen nach Ófalu, dort gab ich ihm die Hacke in die Hand, doch dummerweise beseitigte er auch das Gemüse. Ich ließ ihn die Wände tünchen, aber er arbeitete nicht gut genug. Ziemlich geschickt stellte er sich an, als es galt, den Nußbaum zu schütteln, und von der Erde sammelte er die Falläpfel auf. Einfach alles konnte man mit ihm machen, religiöse Einsamkeit und absolute Pornographie ergaben sich an seiner Seite. Wenn ich ihn etwas fragte, was den Horizont eines Vier- bis Fünfjährigen überstieg, sank er, ein bißchen traurig geworden, in sich zusammen und sagte nach einer kleinen Pause leise: »Das weiß ich nicht.« Er lag neben mir, klammerte sich an mich, jetzt war er mir treu. Ein wenig spielerischer mag er auch gewesen sein. Jetzt, nachdem er so tief gesunken war, schenkte er mir mehr Liebeswonne als je zuvor, das zuzugeben bin ich der Wahrheit schuldig. Sein Lächeln wurde zu einem unangefochtenen himmelblauen Strahlen. Manchmal versteckte er sich in meinem Kleiderschrank und kicherte, wenn ich ihn fand. Um jeden Preis wollte er mir die Fußsohlen küssen, dabei bin ich sehr kitzlig, bloß daß er das vergessen hatte. Oder vielleicht auch nicht? Meinte er etwa, daß ihm nun alles erlaubt sei? Ich entzog ihm die Füße, das machte ihn ganz wild, er überwältigte mich, nahm meine Fußsohle in Besitz, strich mit seinem Bart darüber und benetzte sie keuchend mit seinen heißen Lippen. Ich erhob mich und verpaßte ihm kurz und bündig zwei Ohrfeigen. In der Ecke vergoß er richtige Tränen.

Allmählich klärte sich Antals Selbstbewußtsein auf, er gewann seine Sprechfähigkeit zurück und wurde von Tag zu Tag klüger. Ein bißchen mehr kindliche Einfalt als früher blieb in seinem Gemüt zurück. Seine Finger auf meiner Haut tasten sich zärtlicher darüber hinweg als gewohnt. Wie sich das Wasser eines Sees durch einen hüpfenden Kieselstein kräuselt, so ergeht es meinem Rücken durch Antals Berührungen. Das vergangene Jahr hat dem Ärmsten ganz schöne Prüfungen auferlegt. Wie ein Sohn, so ist er mir ans Herz gewachsen, ich lasse ihn nicht weg von mir. Von Antal gehen auch weiterhin freundliche Ströme aus. Wenn nichts dazwischenkommt, fahren wir nächste Woche mit den beiden Kindern in die Hohe Tatra zum Skilaufen.

Viertes Kapitel
Von der Pubertät der Männer mittleren Alters

Frühe Erfahrungen
Marginalien zu einer alten Zeitschrift
Amalia
Fanny und die anderen
Duett zum Jahr der Wende
Provisorisches Endspiel

Klara und Laura, David und Antal, na und ich trafen uns jeden Mittag, um gemeinsam etwas zu unternehmen, bei schönem Wetter gingen wir an die Donau, erzählt Dragoman. Laura besaß ein Kielboot, Antal ein Ruderboot. Das Kielboot war der Kreuzer, das Ruderboot der Torpedozerstörer, und wir fünf waren die große Armee, deren Admiral selbstverständlich Antal war und deren Vizeadmiral ebenso selbstverständlich Laura. Sie beide waren die Kapitalisten, die abstoßende Macht des Eigentums. Kobra beobachtete in der Jolle unablässig Klaras braunen Rücken, auch dies ein zwanghafter Besitzanspruch, ein instinktiver Kapitalismus. Nebenbei bemerkt war unser Freund schrecklich langsam geworden, was mir unglaublich auf die Nerven ging, und er war nicht mehr imstande, sich angesichts meines Humors vor Lachen zu kugeln. Zwischen ihnen tobte eine verhängnisvolle Liebe, was keinem der beiden erlaubte, sich anderen Jagdgefilden zuzuwenden. Wir wandten unsere Blicke von Klara und Davids menschlicher Schwäche ab, die nur durch ihre überbordende Perversion zu entschuldigen war, nämlich daß es sich fast um Blutschande handelte, da sie Cousine und Cousin waren, Kobras, beide verstanden sie sich darauf, andere schmerzlich, weil nachhaltig, zu verletzen, und gerade deshalb sind sie von der ausgesuchten Höflichkeit eines Mandarins. Zwei ineinander verschlungene Schlangen winden, sich anglotzend, ihren Hals.

Laura und ich waren überzeugt davon, daß es geschmacklos sei, Liebe und Freundschaft miteinander zu vermischen. Freundschaft soll großmütig, brüderlich und frei von Eifersucht sein. Wir behaupteten, daß die Freundschaft höher entwickelt sei als die Liebe, weil jene ihrer Begrifflichkeit nach selbstlos sei. Aus Eifersucht könne man sogar töten, aus

Freundschaft dagegen sei Derartiges unvorstellbar. Sie sollten sich rechtfertigen, so sagten wir den Kobras. Wir, Laura und ich, waren die Freidenker und Aufklärer des achtzehnten Jahrhunderts, Klara und David die Romantiker. Sie hatten den Anspruch zu fühlen, was der andere dachte. Klara stampfte mit den Füßen auf: »Wie kann man nur so ein Holzklotz sein?« Möglicherweise hätte ich manchmal besser gewußt, woran Klara dachte, sie aber meinte, in mir fehle jene kalte Flamme, mit der David leuchte und die auch in Klara vorhanden sei. Auch ich spürte in ihrer Beziehung irgendeine atavistische Verflechtung. Es gab eine Geschichte von ihnen, wonach sie schon mit fünf Jahren nackt zusammen geschlafen hatten, wofür ihnen irgendeine Hexe von Kindermädchen am Morgen gehörig den Hosenboden versohlte. Zum Kriegsende dann waren sie zusammen, zwei elfjährige Gefährten. Eng Seite an Seite, gemeinsam hungernd. Kobra als volkstümliches Element, Klara als Superurbane. Kobra als Untermann, Klara als Akrobatin. Die Tatsache allerdings, daß einer ohne den anderen nicht existieren konnte, mündete in intellektueller Schwäche.

Laura und ich waren geselliger, gieriger und neugieriger, obschon wir es oft miteinander versucht hatten, verzichteten wir doch immer wieder darauf. Dennoch konnten wir aufeinander bauen, ins Kino gingen wir immer zusammen, oder aber wir schlenderten einfach umher und waren uns selbst genug. Meist gingen wir nicht ohne den anderen irgendwohin, allerdings als zwei voneinander unabhängige Menschen, die bei einer Party flirten dürfen, mit wem sie wollen. Wenn ich keine Lust hatte, nach Hause zu gehen, konnte ich bei Laura schlafen. Ihr Papa freute sich sogar darüber, so hatte er wenigstens jemanden, dem er erzählen konnte, was für ein Durcheinander in seiner verstaatlichten Fabrik herrschte, wo man ihn für die Zukunft höchstens als Mechaniker zu dulden bereit war. Antal hatte eine schwarzhaarige Kellnerin, auf die er nach Schließung des Lokals wartete, um mit ihr im Getriebe nächtlicher Vergnügungen zu entschwinden, schließlich hoch in die elterliche Wohnung, denn der Papa hatte nichts dagegen einzuwenden. Von uns, den Grünlingen, distanzierte sich Antal in seinem Erwachsenenleben. Lauras Familie besaß auf der Insel Lupa ein kleines, auf Pfählen stehendes Wochenendhaus, das hatten sie nicht verstaatlicht, dort ruderten wir hin, legten an und tranken auf der Terrasse Rummilch. Proviant nahmen wir mit, doch der erwies sich immer als zu wenig. Ich will nicht mit Fingern auf Antal zeigen, der mit einer gebratenen Gans nicht viel Umstände machen und sie verschlingen würde. Mit Garnierung! Laura war üppiger, Klara nervöser. Laura mochte es, wenn man von ihrem Bauch aß, Klara aß gern von Lauras Bauch. Er war der Tisch, darauf häuften sich Käsebrote mit grünem Paprika an. Besser, das Essen ist auf mir als in mir, sagte Laura, die auf ihre Linie achtgab. Wenn Laura erst einmal anfing zu essen, ließ sie es sich so gut schmecken, daß ich spürte, mit welcher Glückseligkeit sich die Speise in dem muskulösen Körper mit dem stämmigen Knochenbau in pure Nährkraft verwandelte. Dieser Leib verbrannte einfach alles, Stuhlgang hatte er regelmäßig, leicht und verhältnismäßig wenig. Appetitlich anzusehen war er, ein wohlriechender Stoff von entsprechender Festigkeit und ziemlich elastischem Gewebe, gleich dem besten englischen Tuch aus dem Textilwarengeschäft, du kannst es ruhig zerknautschen, im Handumdrehen hängt es sich wieder aus. Laura wußte immer, welches Verhalten angebracht war. Sie wußte, was sie sich erlauben konnte. Was sie allerdings keineswegs daran hinderte, sich gelegentlich haarsträubende Dinge zu leisten. Dreistigkeiten und Prassereien gleichermaßen. Wenn Laura paradierte, dann ließen die Blicke der Männer, die sich auf sie hefteten, ihren Körper Funken sprühen. Stets hatte Laura Reserven auf Lager, die sie von irgendwo hervorzauberte, wenn nichts anderes, dann eine Tüte klebrige Himbeerbonbons. Hatte sie nicht einmal die zu bieten, dann bat sie mich zu sich herauf. Was schließlich ein neues Kapitel in unserem unterbrochenen Romanfluß eröffnete.

Zweifellos wegen meiner Eltern graute es mich in der Pubertät ganz erbärmlich vor der Ehe. Keine Sklavenhaltergesellschaft, der ich mehr ausgeliefert sein könnte als meiner goldigen und schrecklichen Gemahlin. Die Ehe ist so etwas wie der Patriotismus. Es ist kein Zufall, daß sie seitens der Politiker so große Unterstützung findet. Denn tatsächlich, was kann interessanter sein, als daß du dich in die Wogen des späten Groß-Budapester Nachmittags stürzt, um eine Frau zu ergattern? Oder eventuell bestellst du dir in einem dementsprechenden Etablissement, wo du Fleisch lebend verzehren kannst, ein frisch und warm serviertes Wunder, in einem der Hotels, das in der einen Sprache öffentliches Haus, in der anderen Sprache geschlossenes Haus genannt wird. Laßt uns Dragoman mit dem gebotenen Takt auf seinem Weg begleiten. An einer gelben Straßenecke angelangt, biegt er nach rechts ab und tritt durch das erste Tor. Klassizistisches Mietshaus, rundes Treppenhaus, großer Hof mit Gartenrestaurant, an dessen grünem Lattenzaun Wilder Wein, aufsteigende Gerüche von Spießbraten und Sauerkraut. Auf den hellrosa Marmorstufen liegt in der Mitte eine leicht zerlumpte rote Decke. An der schweren braunen Tür ziemlich hoch eine Messingklinke. Drinnen dezentes Summen der Klingel. Eigentlich hätte Dragoman jetzt in einer längeren philosophischen Dichtung Weltprobleme zu lösen, nun aber steht er hier vor dieser Tür und wird alsbald Madame Kalypso erblicken. Sie ist die denkwürdigste Universalschwiegermutter aller Zeiten. Wie ein alter weiser Kellner, der dich ansieht und sogleich um deinen Zustand Bescheid weiß, weshalb er dir eine gute Sauerkrautsuppe mit Knackwurst bringt oder etwas Ausgefallenes, so weist sie dir eine Frau zu, deinen Gesichtsausdruck einschätzend und ein paar Worte mit dir wechselnd. Die verwegeneren Gäste sind natürlich nicht nur an Madame Kalypsos Mädchen interessiert, sondern auch an ihr selbst, die immer wieder bestürmt wird. Dragoman verspürt Lust, sich aus dem Staub zu machen. Bevor er einfach nur so die Treppe hinuntergeeilt wäre, öffnet ein Zimmermädchen mit einer schwarzen Haube auf dem Kopf die Tür, läßt ihn in die Diele eintreten, ein bißchen muß er sich noch gedulden. Auf Knopfdruck wird eine Wand beiseitegeschoben, und in malvenfarbenem Licht steht vor Dragoman auf der Bühne eine mächtige Frau mit feuerrotem Haar. Grüne Lidschatten, der Mund orangegelb geschminkt, kornblumenblauer Morgenmantel. »Zum erstenmal, kleiner Prinz, tatsächlich? Einen Preisnachlaß willst du und etwas Herzergreifendes? Ich weiß, mein Liebling, was es heißt, eingeweiht zu werden, ich weiß schon, was ich dir schicken werde, setz dich erst einmal hin, und leere das Gläschen mit mir auf die Freundschaft. Es würde mich freuen, wenn unserer Stätte der Kunst gelänge, auch die jüngste Generation für sich zu gewinnen, wenn du auch ein andermal hier einkehrtest. Und jetzt breite ich den schwarzen Talar über dich und lasse dich erst dann darunter hervorkommen, wenn die vor dir steht, die du sehen sollst. Einen guten Rat nur will ich dir geben, kleiner Prinz, dies ist keine Prüfung. Du hast keinerlei Aufgabe zu lösen. Amüsier dich und hab keinen Respekt vor der Professionalität.«

Surrende Geräusche höre ich, trotz des schwarzen Stoffs spüre ich, daß das Licht in Rot übergeht. Aus dem Hintergrund ertönt ein Klavier. Als mir das Tuch vom Kopf genommen wird, sehe ich nur den Klavierspieler: ein glatzköpfiger Mann mit weißem Stock und schwarzer Brille, blind aber ist er ebenso wenig wie du und ich. Ein Glöckchen ist zu vernehmen, und hereinschwebt Dragina. Eine eigenartige Namenskoinzidenz. Sie schürzt die wulstige Oberlippe, in ihren Augen ein verschmitztes Lachen, strohblonde Haare, der ganze Körper zeigt noch die Bräune des Sommers, sie trägt eine zitronengelbe Mantille, darunter absolut nichts, sogar die Schamhaare sind flachsblond, von der Sonne ausgeblichen. »Willst du mich?« fragt sie, ich nicke, nur mit dem

Daumen streichelt sie mein Gesicht und sagt: »Komm!« Dem scharfen Beobachter fällt auf, daß Dragoman ergeben den Kopf senkt, er weiß, dies hat zur Folge, daß ihm das wellige braune Haar in die Stirn fällt. Vermutlich blickt Dragina auf dem Flur zurück. Durch eine kleine Halsbewegung beordert János die entfesselten Locken zurück an ihren Platz. Kanarienvogelgezwitscher, Dragina umarmt Dragomans Nacken von hinten.

»Mein kleiner Eroberer, matt werde ich an dir, und jetzt will ich dich ein wenig in Schwung bringen, schließ geschwind das Zimmer ab, lauf ein bißchen umher, ruhig durchatmen, du kannst auch zum Fenster hinaussehen. In der Zwischenzeit setze ich mich auf den Puff und strecke meine langen Beine aus. Bei der Puffmutter gibt es viele Puffs. Falls du es nicht wissen solltest, ich bin eine skandinavisch-polnische Mischung, adlig und stolz. Wenn du einige Male durch das Zimmer marschiert bist, sieh mich an. Ja, ich bin hier, das ist nur mein Zimmer, hierher dürfen die anderen Mädchen nicht kommen, hier bist du nur bei mir. Nicht bei der ollen Kalypso, zu der ich mich jetzt lieber nicht äußern will. Weißt du, mein Herz, das ist kein Telefonthema. Sag doch, mein Süßer, wieviel hast du bei dir?« Hundert Forint, sage ich. In was für Scheinen, fragt sie mich. In Zwanzigern. »Und was hast zu gehört, wieviel es kostet?« Fünfzig, soweit ich weiß. »Und wieviel wolltest du zahlen?« Sechzig. »Kavalier! Denn es gibt auch Kunden, die feilschen. Ich weiß nicht, wie das kommt, obwohl ich spüre, daß so jemand ein mieser Kerl ist, entscheide ich mich trotzdem für ihn. Einmal ist ein Mann auf mir gestorben, dabei war er noch gar nicht so alt. Dann ist mir so ein widerlicher Patron untergekommen, der alles dafür hergegeben hat, nur damit ich mit ihm im Taxi zum Farkasréter Friedhof fahre und mich dort mit ihm auf ein Grab lege.« »Auf das Grab seiner Mama?« »Natürlich. Woher weißt du das? Steht das in irgendeinem Roman? Du, ich quatsche nur deshalb so viel, damit du ein bißchen locker wirst, denn ich weiß ja, daß du zum ersten Mal bei einer Frau bist. Sicher schlägt dir das Herz bis zum Hals, du Ärmster. Gib alle fünf Zwanziger her. Ich will, daß du total blank bist. Entweder leihst du dir was oder mußt den Gürtel etwas enger schnallen, aber wenigstens denkst du an mich.«

Noch bevor du dich hierher neben mich legst, sieh doch von dort, von deiner stehenden Position aus, zwischen meinen beiden Schenkeln deine hüglige Domäne an, wenn du Mut dazu hast. Siehst du? Sie gehört dir. Pirsch dich vorsichtig heran. Damit wir uns nicht gegenseitig um die süße Erregung bringen. Sich nähern und sich entfernen. Vermeiden solltest du plumpes Herumstoßen. Lust und Schmerz treten bei mir gleichzeitig zur Tür ein. Erst nur ein leichtes Berühren, und nun bohre dich hinein, verwüste mich, mein einziger Geliebter. Und laß uns wildromantische, stürmische Kehllaute ausstoßen. So sprach das blonde Wunder und gab einen solchen Laut von sich. Selbst durch die fernen Urwälder ging ein Schaudern. Dragina hat kleine spitze Brüste, der ganze Körper ist hager und verbreitet unergründliche Wohlgerüche. Am linken Arm erkenne ich die eintätowierte Identitätsnummer von Auschwitz. Eine Polin? Eine Skandinavierin? Neunzehn Jahre war sie alt, ich fünfzehn. Als sie zurückkam, hatte sie niemanden mehr, sie traf die Madame. Manchmal wachte sie vom eigenen Schreien auf, sie träumte von Auspeitschungen. Sie trug einen Pelzmantel, es kam vor, daß sie von einem Auto abgeholt wurde, mal nahm sie mir Geld ab, ein andermal nicht. Um zu ihr gehen zu können, verkaufte ich meine Bücher im Antiquariat. Sie ließ die Hüften kreisen, atmete tief, röchelnde Geräusche entrangen sich ihrer Brust. Dragina beherrschte ihre Öffnungen, doch schaffte sie es auch, sich meiner Macht unterzuordnen. Schrecklich gern machte ich ihr Liebesgeständnisse, was sie außerordentlich belustigte. Mit mir, so sagte Dragina, könne sie am besten politisieren. Sie führte mich ins Hinterzimmer des Bordells. Die Mädchen schluckten schaumig-weißliche Gurkenkolben. Viele Schenkel. Dann nahm mich Dragina an der Hand, und wir gingen wieder zurück in ihr eigenes Gemach. Vorgestellt hatte sie mich nun, und jetzt setzen wir die ganze Sache ihr zuliebe fort. Schlank wie ein Mont Blanc Füllfederhalter, trug sie ein langes, durch einen Reißverschluß zusammengehaltenes Korsett. Wozu, das blieb ihr Geheimnis. Mach auf, sagte sie, und streckte den Hintern heraus. Dann heiratete sie, und neunzehnhundertsechsundfünfzig siedelte sie mit ihren Kindern nach Neuseeland über. Allmorgendlich joggt, schwimmt und segelt sie in der eigenen Bucht.

Marginalien zu einer alten Zeitschrift

Vor einigen Jahren, kurz nach dem Feuer, nach Abschluß einer längeren eurasischen Vortragsreise und Konferenzserie, traf ich zusammen mit Laura wieder in New York ein. Schon stadteinwärts im Taxi kam uns die Verzauberung entgegen: gigantisch und schofel. Wir packten die Koffer aus, es war angenehm, sie für eine Weile in die Kleiderkammer zu verbannen und meine neue Errungenschaft auszuprobieren, die Zedernpfeife. Laura und ich begaben uns im sympathisch alt gewordenen und vertraut knarrenden Fahrstuhl namens Modernistic hinunter auf die Straßen von East Village, die weder reich noch prachtvoll wirken, Fremde ein bißchen abschrekken, den Einheimischen aber, die zeitweilig deutsche Touristen ausrauben, lieb und teuer sind. Von den eigens zu dem Zweck abgeschrägten Bordsteinkanten ist es an den Straßenecken unproblematisch, mit dem Rollstuhl auf die andere Seite zu gelangen. Jetzt entlockte ich Laura irgendeine kleine Anerkennung: »Sind wir zu Hause angekommen? Alles andere sind Ferienorte. Akademische Dienstreisen in die Provinz.« Bei unserem ukrainischen Schlächter kauften wir Schinken und Sülze, bei dem koreanischen Gemüsehändler Apfelsinen und Tomaten, bei der italienischen Bäckersfrau mit der Hakennase Brot, alle freuten sie sich, uns wiederzusehen und erkundigten sich danach, wo wir den Urlaub verbracht haben.

Die Europäer halten die Stadt gern für ein bißchen dümmlich, weil sie Angst haben vor ihr, denn hier finden sie nicht nur Europa, sondern die ganze Welt. Die nicht-weiße Welt befremdet die Europäer, und deshalb rümpfen sie die Nase, wenn sie von New York hören. Von außen gesehen, ist die Hauptstadt ihrer Rolle unwürdig. Wenn die Große mit sich allein zurechtkommt und sich nicht sonderlich um die anderen Kleinen kümmert, dann kann sich die Kleine damit trösten, daß die Große in vielerlei Hinsicht unwissender ist als sie. Da sie eigentlich herkommen möchten, aber nicht kommen, schimpfen sie lieber auf die Hauptstadt. Daraus kann auch eine gute Literatur entstehen. Nehmen wir nur die jüdischen Propheten, die vom provinziellen Jerusalem aus das weltstädtische Babylon einer moralisierenden Kritik unterziehen. Jedenfalls habe ich hier in New York für meine Babylon-Satiren das interessierteste Publikum und den besten Marktpreis.

Ja natürlich, in jenem Frühherbst Anfang der achtziger Jahre standen die Intellektuellen auch in New York unter Druck: Die Rechte krakeelte, und die Liberalen waren still. Dennoch aber stand es außer Frage, daß ich publizieren und dozieren durfte, was ich dachte, und weder der Bürgermeister noch der Präsident hatten dabei ein Wörtchen mitzureden. Was läßt sich die Politik von der Literatur gefallen? Diese Frage würde hier auf Unverständnis stoßen. Die zweihundert Jahre Verfassung haben die Frage sinnlos gemacht. Die Atmosphäre allerdings war mir nicht angenehm, dummer konservativer Triumphalismus, persönlich werdende geistige Rechenschaftsforderung, nach und nach erschienen die militanten Schriftsteller der jüdischen Rechten auf der Bildfläche, der europäische kritische Relativismus war nicht wirklich angebracht. Wir, die Konferenztouristen, gaben allerdings an zahllosen Punkten der Welt hübsch formulierte Erklärungen zur Freiheit des Schriftstellers ab. In Budapest, das wußte ich, würde vermutlich auch ich unter der Last des Verbotenseins existieren müssen, würde zu Verschwörerspielen gezwungen sein, nur um anderen zugänglich zu machen, was ich geschrieben habe. In meinen Augen hat die metropolitane New Yorker Buntheit etwas phantastisch Groteskes und Ergreifendes an sich. All unsere Zeit dem Studium der verschiedenen Repressionen und Frustrationen zu widmen, ist nicht vonnöten. Von hier aus gesehen, handelt es sich dabei um

Angelegenheiten von lokalem Interesse. Über einem gewissen Niveau bildet die Nationalkultur keine Grenze, und für die internationalen fahrenden Ritter hat der Nationalstaat nicht mehr Bedeutung als für den Strauchdieb ein Komitat. Es reicht, wenn wir die Hälfte unserer Zeit aufbieten, um uns mit solchen zurückgebliebenen Historien zu beschäftigen. East Village ist jener Ort, wo ich es mir noch am ehesten erlauben kann, Ungeheuer und Heilige vor allem als Romanfiguren zu betrachten.

Gehe ich allein über die Avenue A, dann stoßen gemütlich herumstehende junge Leute zwischen den Zähnen hervor: smoke, smoke oder sensi, sensi. Freilich heißt das noch lange nicht, daß du deshalb taivanesisches Sensimilia bekommst, vielmehr wird es Kraut aus dem Central Park sein. Ein kleiner schwarzer Junge bietet ein riesengroßes Tonbandgerät an. Jeder, dem er die Sache, unterm Arm in einen Sack eingewikkelt, zum Kauf empfiehlt, ahnt, daß es sich um heiße Ware handelt, aber was solls, die Güter sind mobil. Es könnten durchaus dreimal soviel Polizisten in der Stadt Streife durchführen und solche Jungs kontrollieren, aber das würde den Wählern hier nicht gefallen. Wegen einiger Prophezeiungen, die sich bewahrheitet hatten, war es Professor Dragoman gelungen, in den Ruf einer Art Hexenmeister zu geraten, so besucht er nun also eine echte Hexe in ihrer Werkstatt, wo sie Tarockkarten legt und, während sie auf ihre Klienten wartet, am Fenster steht und liest. Im Hinterzimmer kann sich der vertrauenswürdige Kunde am Wohlgeruch südostasiatischer und mittelamerikanischer Gräser berauschen. In Ordnung, wenn wir Hexen und Hexer sind, meint Dragoman Ecke sechste Avenue / achte Straße mitten im Gewimmel, das ihn in Hochstimmung versetzt, insbesondere dann, wenn wir auch den uns gebührenden Respekt und die entsprechenden Zuwendungen erwarten dürfen! Der Stammeshäuptling wird sich immer in die Brust werfen, und die Hexe wird ihn immer auslachen. In der Nachbarstraße ein Straßenball, die Orchester wechseln sich gegenseitig ab, eine Frau hüpft auf Stelzen umher, sie lockt die Kinder zum Tanz an. Der Vertreter der Ortsbehörde bringt seine Freude darüber zum Ausdruck, daß so viele verschiedene Menschen in diesem Gemeinwesen miteinander gut auskommen, und er zählt eine Reihe von Völkern auf, für ebenso erfreulich hält er es weiterhin, daß zum Fest der fünften Straße sogar ein Orchester aus der neunten Straße gekommen ist. Die Wahrheit ist, daß mir Tränen in die Augen traten.

Auf dem Bürgersteig Schundromane, Wittgensteins Forschungen, Schopenhauer auf englisch und sieh eine an, ein Heft, unten gelb, oben rot, ein bekannter ungarischer Titel: Társadalmi Szemle, Gesellschaftliche Rundschau. Theoretische Zeitschrift der Partei der Ungarischen Werktätigen. Die Dezembernummer von 1949, auf dem Titelblatt Stalin, damals feierte die fortschrittliche Menschheit seinen siebzigsten Geburtstag. Der Händler, ein eigenwilliger Schwarzer, breitet gute philosophische Bücher in Originalzellophanverpakkung auf einem Teppich aus, und alles verkauft er für genau die Hälfte des Neupreises, keinen einzigen Cent billiger, gefeilscht wird nicht, in seiner Redeweise wirkt er eckig und hochmütig. »Wissen Sie, was das ist?« frage ich den jungen Mann, nachdem ich ihm den einen Dollar für die Gesellschaftliche Rundschau übergeben habe. »Nein, aber ich wußte, daß Sie das Heft kaufen werden.« »Warum gerade ich?« »Weil jede Ware ihren Herrn findet«, erwidert er und dreht mir den Rücken zu. Ich nehme die auf schlechtem Papier gedruckte und vergilbte Broschüre in die Hand. Der Händler sieht sich in seiner Überzeugung bestätigt, daß selbst der unglaublichste Bafel die Chance hat, einen Käufer zu finden.

Dezember 1949. Auch das dankbare ungarische Volk schickte dem großen Stalin einen Güterwaggon voller Geschenke, von den enorm vielen Modelleisenbahnen und -schiffen sowie von den Kinderzeichnungen, auf denen unser lustiges, schönes und glückliches Leben dargestellt war, wurde eine Ausstellung organisiert. In den Schaufenstern der Fleischerläden war der Generalissimus zu sehen, modelliert aus gefrorenem Schweineschmalz. Für eine Schmalzstatue bekamen die Bildhauer so viel Schmalz, wie ihr Werk auf die Waage brachte; sie fühlten sich zur Monumentalität hingezogen. Angst habe ich jetzt vor diesem Heft keine. Damals hatte sich die Angst in unsere Herzen geschlichen, wie der Herbst nach Paris. Hier muß ich mir jetzt nicht jeden Nachmittag bis sechs, manchmal noch länger, in der Interpretation des Blechblasorchesters des Staatssicherheitsdienstes die Stalinkantate anhören. »Denn Stalin ist unser Kampf, und Stalin ist Frieden, und mit Staaalins Naaamen wird schöner die Weelt!« Klangvoll hat sich mir die mehrere hundert Mal eingeübte Melodie in die Ohren hineinposaunt. Den Mieter aus der Nachbarwohnung, einen Staatssekretär, haben sie aufgehängt, dafür zog die Ästhetik der Politischen Polizei ein. Das Wesen der Wende in den Bombardons und Pauken zu überhören, war ausgeschlossen. Der Staatssekretär war der Schwiegersohn des Staatspräsidenten, ein untersetzter, kleiner und selbstbewußter Mensch, ebenso wie auch seine Frau untersetzt, klein und selbstbewußt war. Und eines schönen Tages hängen sie ihn einfach auf. Wer kann sich da noch in Sicherheit wiegen? Von meinem Fenster aus konnte ich die Tuba sehen, über dem Orchester leuchteten starke Glühbirnen, an der Wand hingen rote Draperien mit Goldbuchstaben. Nach einer gewissen Zeit übte auch der dröhnende Chor zusammen mit den Blechbläsern. So zerstückelt wirkte die Stalinkantate noch feierlicher.

Allmorgendlich auf dem Weg zur Schule traf ich Kobra am Rondeau, der sich, was sonst wäre von so einer zwielichtigen Gestalt zu erwarten gewesen, im moralischen Sumpf umhergetrieben hatte. Doch darüber solltet ihr lieber ihn ausfragen. Jedenfalls wohnte er bei einer gewissen rothaarigen Tante

Eva, die als Damenschneiderin arbeitete und an der Seite ihres vertrottelten alten Mannes vieles vom Leben wußte. Wir gingen zusammen zur Schule. Auf dem Rondeau, dem einstigen Hitler Platz, fielen zeitlos die Blätter der Platane, und aus einem der vornehmen alten prachtvollen Mietshäuser trat Zoltán Kodály heraus, dessen Bart weiß geworden war, auch er zeitlos. Wenn er auf dem Balkon der Musikakademie erschien, drehten sich unten im Zuschauerraum alle nach ihm um, und stehend applaudierten sie ihm. Wenn er uns in der Andrássy út, aus der damals vorübergehend eine Stalinstraße geworden war, entgegenkam, neigten wir den Kopf vor ihm, und kopfnickend erwiderte der alte Meister unseren Gruß. Wir liefen in Richtung Oktogon, der jetzt Platz des 7. November heißt und früher Mussolini Platz genannt wurde. Wir sprachen vom Rondeau, der Andrássy út und dem Oktogon. Welchen Namen du benutzt, auch das eine Weltanschauung und ein verräterisches Zeichen. Zwei Ecken weiter mußten wir den Bürgersteig verlassen. Vor zwei ganzen Gebäudeblöcken an der Bordsteinkante schwere Stahlketten, aufgehängt an Betonpfosten, die zugleich als Blumenständer fungierten. Geranien, die Blumen der einfachen Seelen, waren die Lieblingsblumen des Staatssicherheitsdienstes. An den Türen und Ecken des Häuserblocks standen die Wachen im Pelz mit umgehängten Maschinenpistolen; über die Kette stieg niemand hinweg, niemand wollte sich mit den Posten einen Scherz erlauben, niemand suchte die Nähe der Häuserwände. Der Kern der beiden Blöcke, das ehemalige Haus der Pfeilkreuzler, war die Andrássy út 60, wo jetzt ein Außenhandelsunternehmen residiert, doch eine Marmortafel, die Kunde geben würde von der Geschichte des Hauses, gibt es nicht. Es war interessant, jeden Morgen die neuesten Entwicklungen zu beobachten, denn dieses Gebäude, das auch die Zentrale der Politischen Polizei der Volksdemokratie war, schluckte nacheinander die großen herrschaftlichen Mietshäuser des Häuserblocks, später auch die des benachbarten Komplexes, und nach Erledigung des einen Projekts bot sich sogleich die

Beschlagnahme anderer Wohneinheiten an. Die Bewohner wurden ausquartiert, emsige Maurer richteten die leeren Räume für die Bedürfnisse der Behörde her. Auf jedes Fenstersims gelangten Blumenkästen, in den zum Hof gehenden Gebäudeflügeln an viele Fenster Gitter. Man sagt, links und rechts von der Tür des Befehlshabers hätten hinter Riesenschreibtischen zwei Majore gesessen, Modekomiker des bevorstehenden Jahrzehnts. Wir vermuteten, daß mehrere unserer Bekannten, die versucht hatten, über die Grenze zu kommen, aufgeflogen waren und hier saßen. Das größte Verbrechen bestand darin, dich hinwegstehlen zu wollen aus dem Bannkreis dieses Hauses. Damit sie dich nicht mehr in den Keller schleppen können. Als größtes Verbrechen galt es, wenn du beweisen wolltest, daß du dir selbst und nicht dem Staat gehörst. Wenn nun der Mensch nicht stehenbleibt und weiterläuft, dann muß man ihn abknallen wie ein störrisches Haustier.

Bevor ich in dem aufregenden politischen Zeitgemälde fortfahre, muß ich kurz auf Kobra eingehen. Also dieses gutmütige Schaf, dieser Junge vom Lande, war ein kaum zu rettender Naivling, als er, ich glaube, im Herbst neunzehnhundertsiebenundvierzig, aus seinem Dorf mit dem unaussprechlichen Namen, mit einem Herrenmantel bekleidet, nach Budapest kam. Stellt euch vor, so primitiv war er, daß er von Homoerotik keinen blassen Schimmer hatte, oder er wußte auch nicht, was das Wort »warm« bedeutete. Wie viele Male kreischte ich in der Klasse: »Bist du ein warmer Bruder, mein Herzchen? Pfui, du Schwein, nimm deine Pfote weg von mir!« Und wiegte mich in den Hüften. Staunend sah Kobra mich an. Es war ihm nicht ganz klar, daß die Ironie mit ihrer Ironie oder im Stil der Zeit die Negation mit ihrer Negation konfrontiert wurde. Trotzdem war er aus einem guten Stoff gemacht. Tatsache allerdings ist, daß Menyus Csillag seine Hand auf Kobras Schenkel legte. Aus seinem gottverlassenen parochialen Winkel war unser Freund in kurzen Hosen angekommen. Ich sehe, daß Kobra, dieser Depp, sich aus Menyus Csillags Streicheln überhaupt nichts macht, daß er nur eben höflich ist, daß er ihn nicht kränken will. Vielleicht bildet er sich ein, dieses Handauflegen sei eine eigenartige Budapester Spezialität, also ein überzogener Ausdruck von Freundschaft. Anderntags in der Pause kläre ich die Jungfrau vom Lande auf, daß es nur dann einen Grund dafür gibt, sich das Hätscheln gefallen zu lassen, wenn eben das seine Intention ist, nämlich wenn er mit dem Menyus rumschwulen will, dessen Papa auch schon ein Homo war, nur daß er zugleich mit Frauen konnte, wodurch Menyus zustande gekommen ist. Wenn ihn aber nicht danach verlangte, dann solle er Menyus gegenüber nicht so nachgiebig sein, mit einem Wort, er solle ihm eins auf die Finger geben, wie eine junge Frau, die Angst vor dem Feuer hat, denn sonst werde ihn die öffentliche Meinung der Schule in die Schwulenkaste stecken, und dort könne er schmoren.

Menyus, mein Kätzchen, sagte ich, dieses Küken gehört nicht dir. Laß es für meine kleinen Mädchen, ihnen will ich es als Futter vorwerfen, wie den Hennen die Maiskörner, um einen passenden Vergleich zu gebrauchen. Geh, du böser Junge, unter die Arkaden des Wochenschaukinos, dort kannst du deinen schmächtigen, pickligen, geilen Körper feilbieten. Drück dich bei den Transvestiten in der Kaschemme deines Vaters herum, den Neuling aber, den es nach Budapest verschlagen hat, solltest du mir überlassen, ohne Murren, mein lieber Menyus, mir. Ich werde ihn darin unterweisen, wie er die Wörter Passion und Apassionata auszusprechen hat, werde ihm Vermeer- und Kandinsky-Reproduktionen zeigen, weil notre charmant Kobra noch ein ungeschliffener Diamant ist. Ich werde ihn mit Lektüre versorgen, auf den markierten Wegen des Geistes soll er sich auf Wanderschaft begeben. Ich wünsche nicht, daß er mit dir in finsteren Löchern herumlungert und sich in selbstverachtenden Haßausbrüchen ergeht. Menyus, mein Kätzchen, faß den Zauberkreis deiner verführerischen Lüsternheit etwas enger, gib dich mit dem kleinen Helgoland zufrieden, in dessen blonden Locken deine Krallen ohnehin schon pflügen. Hör auf deinen alten Ratgeber und Förderer, vor dem sittenreinen Volksgericht wirst du noch einmal einen Advocatus Diaboli gebrauchen können. Weißt du, Menyus, mein armer Freund, du siehst nur, daß der kleine Kobra im vergangenen Sommer aus seinen Sachen herausgewachsen ist und mit aller Macht versucht, mit Hilfe einer nassen Bürste, das wellige braune Haar nach hinten zu zwingen. Eines aber siehst du nicht, nämlich daß der Junge gefährlich ist. Würde der deinen Weg einschlagen, dann wäre er ein rauflustiger und entschiedener Schwuler, der würde das Messer zücken, der hat so einen konsequenten Blick. Wenn du nicht willst, daß ich dir die Visage poliere, Menyus, dann zieh Leine und stör nicht meine Kreise.

So unterzog ich Menyus einem Wechselbad, eigentlich aber stellte ich den kleinen Kobra unter meinen persönlichen Schutz. Zusammen gingen wir jeden Morgen ins Schwimmbad, ins Hallenbad, ins Lukács, es kam aber auch vor, daß wir früh halb sieben ins Palatinus pilgerten, im Morgengrauen über die Donau und die Insel spazierten, das machte Spaß, zur Schule kamen wir regelmäßig zu spät. Uns streckend schwammen wir im Becken unsere Bahnen, zwischen Nacht und Tag eine klare Trennlinie ziehend. Im gleißenden Septemberlicht war alles ebenso wie jetzt. Vergiß nicht, süße Melinda, die du damals vielleicht noch nicht einmal existiert hast, der Körper ist ewig. Enfin, der kleine Kobra bekam von seinem Papa vom Land Geld für einen Anzug. Ich schleppte ihn zu meinem Schneider, zu Herrn Gulicska, der für unser aller Eleganz verantwortlich war. In seiner kleinen Werkstatt nähte er von mitgebrachten Stoffen Herrenanzüge, in die Produktionsgenossenschaft für Schneider trat er nicht ein: »Lieber Herr Dragoman, dorthin gehe ich erst dann, wenn sie mich hintransportieren. Meine kleine Werkstatt werde ich nur mit der Gefängnisschneiderei vertauschen.« Der bekanntermaßen kinderliebe Kobra lobte die Töchter des Schneiders, wie schön und klug sie seien, Herr Gulicska nickte: »Umsonst, Herr Kobra, Handwerkerarbeit.« »Wo tragen der Herr das Werkzeug?« stellte der Schneider, kniend und ehrerbietig, während er das Maß vom Hosenbein nahm, die entscheidende Frage. »In meiner Tasche«, sagte Kobra. Er hatte nämlich immer ein Pfadfindermesser mit mehreren Klingen bei sich, eventuell eine Flachzange und verschiedenes Schreibgerät, die Tasche befestigte er an seinem Fahrradsattel. Der Schneider tat so, als müßte er husten, und wandte sich von Kobra ab. Ich nahm das Unschuldslamm unter meine Fittiche, so schwirrten wir durch die Lüfte zu Blake, zu Coleridge und zu Shelley. Ein Ding der Unmöglichkeit, daß du kein Englisch kannst. Du wirst es lernen. Täglich hundert Wörter, macht in einem Vierteljahr neuntausend, damit kannst du schon lesen. Kobra wußte nicht einmal, was mit Baghavad Gita anzufangen. Mon petit campagnard, Ihre Edukation ist scheußlich vernachlässigt.

Kobra bewunderte alle Klassenkameraden, den einen deshalb, weil er Klavier spielte, das war meine Wenigkeit, den anderen, weil er Saxophon blies, das war Tombor, den dritten, weil er Jugendmeister im Schmetterlingsstil war, den vierten, weil er unter der Bank nach der Partitur Beethoven-Sinfonien dirigierte, den fünften, weil er sich als flammender Revolutionär erwies, den sechsten, weil Kobra ahnte, daß er in der Klasse der ebenfalls flammende Resident der Konterrevolution sein könnte, den siebenten, weil er Gershwins *Rhapsodie in blue* mit krächzender Stimme dudeln konnte. Die sich öffnenden Bücherschränke der Freunde kamen Kobra vor wie eine sommerlich gekleidete schöne Frau, die vor ihm das weiße Leinenkleid aufknöpft, worunter sich nur ein gebräunter Bauch befindet. Durch einen Sprung vom Turm versetzte sich der Zögling, der Famulus, in Dostojewski und Proust; Raskolnikow war er und der älter werdende eifersüchtige Swann, obgleich Meister Kobra über die Eifersucht selbst, so glaube ich, nicht viel mehr wußte als das, was ihm Bori Székely davon zuteil werden ließ. Versuchsweise fragte ich ihn nämlich, ob er mit Bori ernste Absichten habe. Der Meister wurde unsicher. Denn meine Absichten, sagte ich, seien todernst. Würdest du zu meinen Gunsten verzichten? Es war ihm zu Ohren gekommen, daß Bori Székely im Schwimmbad den anderen Kobras Liebesbrief vorgelesen hatte, vielleicht um ihn zu verspotten, vielleicht aber auch, um damit zu prahlen. Mit Bori hatte ich tatsächlich todernste Absichten, kurzfristige. Uns ins Gästebuch eintragen, uns vorstellen. Brüderlich und herrschaftlich eine lebenslange Unsicherheit beginnen lassen. Das Gedicht sei ein treuer Freund, anhänglicher als ich und Bori, mochte Kobra gedacht haben, wie das Fressen für den Hund, so hätten sie auch ihn vergessen. Mit Csokonai und Apollinaire hatte er sich getröstet, als wir bei ihm klingelten, und wir nahmen ihn mit ins Royal Revü Varieté, oder wir drückten uns in der Nähe der Plantage Bar herum, wo uns Sanyi Madár, der größte und eleganteste Junge in der Klasse, wenn er gerade dort war, ohne weiteres hineinschleuste, weil seine Mama, außer daß sie sich mit Silber beschäftigte, Teilhaberin war. Kobra verhielt sich Bori gegenüber ziemlich blöd, ich gab ihm eine Chance, er aber würdigte das Mädchen kaum eines Wortes. So war ich selbst gezwungen, mich um Boris Vergnügen zu kümmern, deren perlendes Lachen Kobra auffallend kühl zur Kenntnis nahm. Kobra hatte sich damals schon eine Brille machen lassen, er trank Wein und hatte die Stirn zu behaupten, in seinem Mund spüre er den Geschmack von Metaphern. Durch Sanyi Madár bekamen wir in der Plantage zum Himbeersaft auch Rum, und wir sahen uns Sziszi Hencidays Tanz an, Bori kicherte am laufenden Band, weil Sziszi einen so komischen Hintern hatte. Für Kobra, das sah ich, war Sziszi ein roter Wirbelwind, eingehüllt in Erstaunen.

Die Budapester hatten im allgemeinen geistreiche Antworten parat, die der Verstand des Meisters aus der Großgemeinde erst Stunden später begriff. Die Stadt hielt er für einen Urwald, voller prachtvoller Menschenexemplare, wie beispielsweise mein Papa. Als Pianist und Bohemien ist er mit Journalisten und Dichtern befreundet, in Spielsalons und auf der Pferderennbahn fühlt er sich zu Hause, er kennt die Gewohnheiten und die Figuren des Nachtlebens, und nur seine Schamhaftigkeit hindert ihn daran, mich mit seinen Geschichten zu betören. Ein glatzköpfiger eleganter Mensch, gefärbter Kinn- und Backenbart, die Hemden trug er spiegelglatt gebügelt. Eine Nachteule war er, breitkrempiger Hut, kurze englische Pfeife, hochgeschlagener Mantelkragen. Die prachtvollsten gehörten zu einer aussterbenden Art. Auch die Sonderlinge unter den Zeitgenossen verließen die Schule, gingen außer Landes, und manche schieden sogar aus dem Leben. Einige wurden ganz von der Politik geschluckt, verdingten sich als Parteifunktionäre, Soldaten, Gefängnisinsassen, mit einem Wort, sie wurden aufgesaugt von irgendeinem Anstaltshaushalt. Es kam vor, daß es jemandem gelang, in den Westen abzuhauen. Gegangen war er, weil er gespürt hatte, daß die Türen zuschlagen und vielleicht nie mehr geöffnet werden. Dann wurden die Grenzen dichtgemacht, und ständig wuchs die Sehnsucht danach, die Grenze zu verletzen. Die Lektüre wurde weniger, die privaten Leihbüchereien wurden geschlossen, der Bestand der öffentlichen Bibliotheken wurde gemäß einem zentralen Index gelichtet. Es ist klar, daß wir um jeden Preis an die auf dem Index stehenden Bücher herankommen wollten, Botschaftsbüchereien suchte ich auf, Ausweiskontrollen, Unannehmlichkeiten. Aus dem Radio verschwand der Jazz, aus der Klasse der weltstädtische Umgangston. Und es verschwanden die in die Tiefe gehenden Unterhaltungen, in denen noch alles offen war und kein einziger Standpunkt ausgegrenzt werden konnte. Nicht zuletzt meinem Einfluß war es zu verdanken, daß entschieden nur eines zählte, nämlich ob der Text interessant oder langweilig war, die Frage von Richtigkeit oder Unrichtigkeit stellte sich nicht. Um uns herum allerdings fand die Unterscheidung von richtig und unrichtig eine immer bedrohlichere Verbreitung. Unrichtig bin ich, sagte ich, ja sogar verkommen, in allen Fasern meines Seins bin ich ein schändlicher und in Fäulnis übergegangener abtrünniger Affe, so sagte ich, nachdem ich Schdanows (Stalins Mitarbeiter für ideologische Fragen) merkwürdige Essays über die sowjetische Kunst und Literatur gelesen hatte, die in ihrem hellblauen Pappeinband überall in Budapest angeboten wurden und aus denen ich die Zukunft unserer geistigen Heimat herauszulesen versuchte. »So wird es sein«, brach es aus mir hervor, »und das dicke Ende wird erst noch kommen, und zu guter Letzt wird es nichts anderes mehr geben, nur noch das. Das Geschwafel ist einfach unerträglich, und das Lachen über die unfreiwillige Komik bleibt mir im Hals stecken.« »Sollte die Betrachtung der Weltgeschichte Euer Gnaden ermüdet haben?« fragte Kobra. Meine Antwort darauf will ich aus Gründen der Schicklichkeit hier nicht wiederholen.

Frühes Anbrechen der Dunkelheit an Winternachmittagen, vom Flanieren auf dem Weg nach Hause, sämtliche Fenster der Faust der Diktatur des Proletariats in der Stalinstraße hell erleuchtet. Vielleicht begreift gerade jetzt jemand, daß er entweder unterschreiben oder Schmerzen erleiden muß. Wir beobachten, wie sich eine Tür des Häuserblocks öffnet und ein gebeugter Mann in einem schäbigen Mantel heraustritt. An der gegenüberliegenden Ecke wird er von einer Frau erwartet, sie rührt sich nicht von der Stelle, sie wagt nicht, dem Mann entgegenzugehen. Der geht zu ihr hin, und zögernd stützt er sich auf die Frau. »Mein Gott, deine Zähne!« Wimmernde Laute gibt er von sich, der Mann: »Wie ein Hund, so haben sie mich getreten und am Boden liegend mit ihren Stiefelspitzen bearbeitet.« Wir gingen weiter. »Was heißt, wie einen Hund? Wer tritt denn einen Hund und bearbeitet ihn, am Boden liegend, mit den Stiefelspitzen?« So korrigierte Kobra diesen Menschen stilistisch. Eine Weile tauschten wir keine Gedanken darüber aus, wie es mit einem Mann so weit kommen kann, daß er seiner Frau weinend um den Hals fällt, weil man ihn geschlagen hat. Was mochten sie mit ihm angestellt haben? Wir kamen darin überein, daß ein Mensch, den man schlagen kann, ohne daß er zurückschlagen darf, all seine Männlichkeit braucht, um die Schläge gut zu ertragen. Von jemandem habe ich gehört, daß es angebracht sei, zu schreien und zu jammern. Kobra meinte, daß er sicher nicht jammern würde. Da Kobra noch niemals geschlagen worden ist, wissen wir nicht, ob das mehr als ein eitles Versprechen ist. Ich bin schon geschlagen worden, und damals habe ich nicht geschrien, Kobra gegenüber allerdings argumentierte ich so: »Schmerz ist keine Schande. Wenn du jammerst, sind sie schneller zufrieden. Letztendlich schlagen sie so lange zu, wie es ihnen Spaß macht. Sie sind in der Überzahl und verkraften es besser als der, den sie schlagen.« Von solchen Dingen sprachen wir in jenen Tagen.

Amalia

Als Dragoman die Wendeltreppe aufwärtsstrebt, begibt sich Amalia, die nette Nachbarin, Wohlgerüche verbreitend, aus der Höhe hinab. In die Kirche will sie, dann einkaufen. Die sechzig hat sie bereits überschritten und geht stark auf die siebzig zu, zwar schreitet sie langsam, dafür aber federnd, auf jeder Stufe gibt sie der Spitze ihrer Stöckelschuhe eine leichte Drehung, was ihren Hüften ein angenehmes Wiegen verleiht. Dragoman empfindet sie noch immer als schön, Amalia war die zweite nackte Frau, die er umarmen durfte. Vierzig Jahre liegt das nun zurück. Von Amalia redeten damals die Kinder auf dem Hof, die Frauen auf dem Gang und die Männer unten auf dem Platz an den Kartentischen. Aber sogar im Keller des koscheren Weinausschanks der jüdischen Gemeinde. Großer blonder Dutt, sinnliche Lippen und üppiger Busen, und all das ruhte auf einem stabilen Unterbau, Amalia war von ansehnlicher Statur. Ihr vorangegangener Mann war vom dritten Stock auf den gepflasterten Hof hinuntergesprungen; noch bevor sein Gehirn verspritzte, blieb ihm Zeit hinaufzurufen: »Amalia, ich liebe dich!« Verständlich. Die Messingplatte auf Amalias Türschwelle glänzte, die Speisekammer stand voller Aprikosenmarmelade, ein lachender Gruß vom Sommer. Der nachfolgende Ehemann konnte jeden Morgen in ein liebevoll gebügeltes Hemd schlüpfen, und neben dem Tee erwartete ihn schon ein frisch gebratenes Schnitzel. Vom Lavendel, den sie zwischen die Bettwäsche gesteckt hatte, roch es in Amalias Zimmer gut.

Nach seinem vierzehnten Geburtstag folgte Dragoman Amalia in gebührendem Abstand bei deren vormittäglichen Besorgungen. Dragoman lief der Frau hinterher. An einem dieser Vormittage redete er Amalia in der Markthalle von hinten an, sogar für die eigenen Ohren hatte seine Stimme einen komischen Klang: »Den Korb würde ich tragen.« Eine Milchflasche, Sauerkirschen, ein lebendes Huhn und Eier befanden sich darin. Als sie die Küchentür erreichten, sprach Dragoman wieder mit der Tollkühnheit eines Todessprungs aus, was ihm am Herzen lag: »Auch beim Entsteinen würde ich helfen.« Er fand Einlaß, und das war nun wirklich schwindelerregend. Auf ihrem Hocker durfte er sitzen, vor ihrer weißen Emailleschüssel, worin sich die vielen ausgeweideten, schillernden Sauerkirschleiber, deren Blut schon unter sie gesickert war, anhäuften. In der Zwischenzeit hatte Amalia, die Vollkommene, den Hals des Hühnchens schon nach hinten gestrafft und mit Hilfe eines Küchenmessers, dessen Klinge dünn geworden war, so geschwind durchgesäbelt, daß dem armen Vogel zum Wehklagen nicht viel Zeit blieb, und auch die Zuckungen auf den Küchenfliesen dauerten nicht lange. Amal zerlegte ihn und nahm ihn aus, mehrere entstehende Eier fand sie im Inneren, worüber sie sich sehr freute, weil das in der Suppe gut schmecken würde. Auf einmal fragte Dragoman die Hausfrau, ob er sie küssen dürfe. Amalia lachte herzhaft, wunderte sich ein bißchen, dachte ein bißchen nach, und dann sagte sie ja, bitteschön. Lediglich das Messer legte sie weg. Noch nie zuvor hatte jemand seine Zunge in Dragomans Mund hineingeschoben. Amalia hatte eine fleischige, weiche und sich faul wälzende Zunge. Dragoman versuchte, Amalias schwere Brüste, deren farbige Mitte in die Höhe lugte, aus dem Büstenhalter herauszulösen. Die Nachbarsfrau rieb ihren Bauch an dem Jungen, die Leinenhose des Jünglings wurde feucht. Komm, sagte Amalia, und zog Dragoman ins Zimmer, wo in der Ecke separat vom Ehebett neben dem Radio ein Sofa stand, das über und über vollgepackt war mit Kopfkissen, Federbetten und Daunendecken. Das Bett war mit einer rosa Plüschdecke zugedeckt, und zwar auf eine Weise, daß sie einen eckigen, quadratischen Aufbau schuf, so regelmäßig, wie eine hohe Erdbeer-Sahnetorte, wovon einem die Zähne zusammenkleben. Gern hätte sich Dragoman auf dieses Bett gehechtet, aber das wagte er nicht.

Amalia drehte das Radio an, erst kam »Lauter Tränen ist mein Zimmer«, dann waren die Wasserstandsmeldungen zu hören. Die Zeit der großen Sommerregen, von Paks bis Mohács schwoll die Donau an, Amalia behauptete, Hochwasser zu lieben. Auf dem Schrank Pflaumenkompott mit Rum, Wachsblumen, ein Kruzifix. Hinter einem hübschen gestickten Vorhang in der Ecke befanden sich eine Dusche und ein Bidet, installiert von ihrem früheren Mann. Eine Freundin von ihm behauptete, daß Amalia sich an den intimen Stellen rasierte und parfümierte. Einmal habe sie gesehen, was jene Frau mit ihrem Körper anstellte, weil sie drinnen gewesen sei bei ihr. Daß Amalia den ganzen Körper mit irgendwelcher Schönheitsmilch einschmierte, das galt damals fast schon als unsittlich. Irgendein Parfüm, dessen Duft Dragoman nur an Amalia spürte, mußte sie haben, aus irgendeinem Blumenextrakt und wer weiß, woraus noch, braute sie es zusammen.

Und jetzt stand sie hier vor Dragoman, das vorn zu knöpfende Kleid geöffnet, ihn ein bißchen von sich wegschiebend, etwas suchte sie in den Augen des Jungen. Wenn Amalia an den älteren und jüngeren Männern aus dem Haus auf ihren muskulösen, keineswegs aber schlanken Fesseln vorbeieilte, wie ein gut gefedertes Fahrzeug, mußte sie selbst über das eigene Hasten lächeln. Jemand, der auf der Straße ihren Hintern betatscht hatte, bekam mit der Rückhand eine solche Ohrfeige verpaßt, daß er nach der Polizei schrie. Niemand konnte anders, als ihren Gruß mit einer wohltuenden Überraschung zu erwidern. Es gibt Leute, die sich für eine solche Schwäche rächen wollen. Manch einer hatte das Gefühl, einfach etwas Schlechtes über die blonde Amal sagen zu müssen. Natürlich grüßten auch die beim nächsten Mal wieder leutselig. Irgendwie gab es ein geheimnisvolles Maß dafür, auf welche Weise und bis zu welchem Punkt die Boshaftigkeit getrieben werden konnte, wenn man auf das Idol des Hauses zu sprechen kam. Die Mitbewohner hatten für dieses Maß ein

Gespür, was den anderen aus den umliegenden Häusern abging, sie erkannten nicht die Grenze des Anstands und ritten ständig auf denselben Fragen herum. Wie auf ein geheimes Zeichen gaben sich die Mitbewohner bei solchen Gelegenheiten verschlossen und lenkten das Gespräch auf ein anderes Thema. Denn wir grüßten Amalia Tag für Tag, die schon zum Sommeranfang im roten Seidenkleid, die hellblonden Arme und Waden freilassend, auf ihrem unsichtbaren Laufband vor unseren Augen dahinschwebte. Beim Fleischer bekam sie das schönste Kotelett, die Milchfrau auf dem Markt stellte ihr in einem Porzellantopf saure Sahne zurück. Wenn irgendwann einmal Möbelpacker mit ihren Tragegurten vor Amalias Wohnungstür erschienen wären, hätte das ganze Haus den Kopf hängen lassen.

Als sich ihre Körper voneinander trennten, war im Radio die Chappy Jazzband zu hören. Mit dem angefeuchteten Zipfel eines zurechtgelegten Handtuchs säuberte Amalia zuerst Dragoman, weil er ein bißchen blutverschmiert war, dann warf sie sich einen Morgenrock über und guckte zum Fenster hinaus. In der Ecke eine Nähmaschine, auf den Regalen Wäsche, Amalia war Näherin, ihr Mann Taxichauffeur. Solche Taxifahrer können es sich erlauben, vollkommen überraschend in der eigenen Wohnung aufzutauchen. Über dem niedrigen Sofa, auf dem eine rote Decke lag, war ein Wandteppich mit rötlichen Blumenmotiven angebracht. Rot war der Wecker und auch der Leinenbezug des Sessels. Nur der Vorhang nicht, das wäre schon zu aufreizend gewesen, der Vorhang war zitronengelb. Rot ist Amalias Lieblingsfarbe, ihre Großmutter ist Türkin, aus Bosnien hat sie der Großvater mitgebracht, als er dort beim Militär war. Die türkischen Frauen sind dienstwillig, die Männer haben es gut bei ihnen, Amalia ist darauf bedacht, es auch selbst nicht schlecht zu haben. Nach einer kurzen Unterhaltung hatten sie wieder Sehnsucht danach sich zu vereinigen, sowohl hier als auch da, sowohl auf die eine wie auch auf die andere Weise, der

Mensch probiert vieles aus. In einem unerwarteten Augenblick keuchte sie heftig und sagte eigenartig röchelnd-gedehnt, daß es schön sei! Danach lagen sie abgeschlafft nebeneinander. Erneutes Abtrocknen und Hinaussehen zum Fenster. Im Radio waren schlimme Worte gegen die klerikale Reaktion zu vernehmen. Die hinauslugende Amalia wartete einen geeigneten Moment ab, um Dragoman schließlich fast hinauszustoßen auf den Gang. »Geh jetzt!« Dragoman ging hinunter auf den Platz, als der Taxichauffeur mit heraushängender Zunge und der dunkelblauen Schirmmütze in der Hand gerade um die Ecke bog. Im Treppenhaus war Amalia immer beherrscht, niemals intim. Geheimnis und Herausforderung waren ihr angenehm.

Dieser Taxichauffeur schaffte es nicht, Amalias Schoß zu befruchten, obwohl die gern ein Kind gehabt hätte. Sein Nachfolger, ein Busfahrer, war ein glücklicher Mensch. Amalia brachte ein Mädchen zur Welt. Über viele Jahre gab es einen beständigen Tagesablauf. Am frühen Nachmittag kam der Chauffeur von der Arbeit nach Hause, zog Amalia ins Bett, zur Vesper aß er dann Hackbraten und trank Wein. Er schnappte sich die Anglerausrüstung und ging zur Schule, um seine Tochter abzuholen. So nebenbei erkundigte er sich, ob sie im Schulhort die Hausaufgaben gemacht habe und ließ sich am Donauufer nieder, nördlich von der gesprengten Elisabethbrücke, wo Studentinnen mit einem Buch in der Hand auf den Stufen saßen und Liebespärchen sich küßten. Hier nahm der Busfahrer mit seiner dicken Tochter und den Regenwürmern Platz. Während er das Auswerfen des Angelhakens vorbereitete, sang ihm das kleine dicke Mädchen alles vor, was sie im Schulchor gelernt hatte. Der Vater glaubte daran, daß seine Tochter Opernsängerin werden würde. Amal fragte zu Hause: »Boci, könntest du nicht aufhören mit dem Geplärr?« An einem Nachmittag nun, als der Autobusfahrer nach Hause kam, hatte der kleine Freund vom dritten Stock, der Sohn eines Offiziers, das kleine dicke Mädchen beim Spiel mit der Pistole seines Vaters erschossen. Alles war bei ihnen passiert, drinnen im Zimmer. Amalia buk gerade in der Küche mit Marmelade gefüllte Hörnchen für die Kinder. Drinnen war Wispern zu hören, ein bißchen waren sie vermutlich auch verliebt. Amal begriff überhaupt nicht, daß der Knall des Revolverschusses aus ihrem Zimmer gekommen war. Eine Hinrichtung hatten die Kinder gespielt. Der Junge aus dem Haus hatte das Leben des knienden Mädchens durch einen Genickschuß ausgehaucht. Nein, es wird nie mehr aufstehen, und Opernsängerin wird es nicht werden. Der Junge aus dem Haus dachte, er hätte alle Patronen aus dem Magazin herausgenommen, eine hatte er aus Versehen drinnen gelassen. Der Offizier wurde eingesperrt, der Junge in eine Erziehungsanstalt gesteckt, die Mutter tauschte die Wohnung. Nur Amalia und der einst glückliche Busfahrer blieben. Immer häufiger kam der Mann mit seiner Angelrute und dem leeren Eimer torkelnd von der Donau zurück. Eine Flasche Wein nahm er mit ans Ufer, mit der Angelei plagte er sich nicht sonderlich ab, einem jeden erzählte er, was seiner Tochter widerfahren war. Er behauptete, bis auf den heutigen Tag nicht begriffen zu haben, wie so etwas vorkommen könne. Er freundete sich mit einem Menschen an, dessen Frau das einzige, wohlbehütete Enkelkind gut eingemummelt zum Schlafen auf den Balkon hinausgebracht hatte, und es sei nicht einmal schrecklich kalt gewesen, aber das Baby sei über die Luftröhre ausgekühlt, und als sie es, voller Begeisterung den pelzgefütterten Schlafsack umarmend, hereingeholt hätten, habe es nicht mehr gelebt. Für gewöhnlich hatte auch dieser alte Mann eine Flasche Wein bei sich. Am Hals hatte der Busfahrer eine Warze, sie entzündete sich und schmerzte, durch einen kleinen operativen Eingriff entfernte man sie, eine Woche später wurde er telegrafisch in die Krebsklinik beordert, nicht lange darauf trug Amalia Schwarz.

Fanny und die anderen

»Habe ich schon von meinen Großeltern erzählt? Von der baumlangen Großmama Elsa und dem winzigen Großpapa Vilmos?« fragte Dragoman. Ich reichte ihm seinen Kaschmirmorgenmantel, sein Teeglas in dem Metalleinsatz, den Fußschemel, sein Pfeifenbesteck und bat ihn, mir seine Großeltern vorzustellen.

Im zweiten Stock wohnten sie auf dem Rondeau, über der Konditorei Stück, gegenüber von ihnen stand Zoltán Kodály im Fenster und machte Atemübungen. Damals waren Atemübungen in der Budapester Luft noch vorstellbar. Seither kamen die Volkswagenbesitzer mit ihren luftverpestenden Maschinen und inhalieren nun gegenseitig die Auspuffgase. Der Großpapa mochte ungefähr hundertsechzig Zentimeter groß gewesen sein, die Großmama zirka hundertachtzig. Zu dritt saßen wir am schön gedeckten Tisch. Ein bißchen nach vorn gebeugt überragte uns die Großmama mit ihrem schmalen, gelben Vogelgesicht. Trotz seiner Winzigkeit saß der Großpapa würdevoll am oberen Ende des Tisches, von morgens bis abends trug er eine Fliege. Zum Essen band er sich eine Damastserviette um den Hals, so hatte er zusammen mit der Schleife vier Ohren. Hinter der Prothese, die er mit Hilfe der Zunge vor- und zurückbewegte, kamen kraftvolle Töne hervor. Die selbstbewußte Stimme eines in den Ruhestand gegangenen Weingroßhändlers mit silbergrauem Haar. Hier gab es keinerlei Durcheinander und Betrugsmanöver. Unanfechtbar stellte der Großpapa fest, was als erträgliche und was als infame Panscherei zu betrachten war. Reinen Wein gibt es sehr selten, folglich hat die Panscherei mit Realität zu tun. Seinen Durst löschte der Großpapa mit Mineralwasser, Wein trank er nur nebenher schlückchenweise als Delikatesse, fast als Likör. Wir saßen am abgeräumten Abendbrottisch, der

Großpapa fragte mich über meinen Tagesablauf aus, über meine Lektüre, und aus seiner Überzeugung, daß Flaubert besser sei als Stendhal, was ich bestritt, machte er keinen Hehl. Für ihn war *Madame Bovary* der Gipfel der Weltliteratur, Poesie und Präzision, sagte mein Großvater ein bißchen polternd und fügte hinzu, daß es in dem Roman keinerlei Panscherei gegeben habe. In der Mitte von Großpapas strengem schwarzem Bücherschrank befand sich die Plakettensammlung, auf der rechten Seite standen die deutschen, auf der linken die französischen und die englischen Klassiker mit dem vergoldeten Einbandrücken. Ohne daß er erneut eine denkwürdige Passage von irgendeinem Klassiker gelesen hätte, legte sich der Großpapa nicht schlafen. Széchenyi war sein Ideal. Es müsse einem zu denken geben, sagte er, daß der größte ungarische Titel dem größten Bürger und nicht einem Feldherrn verliehen worden sei. Ein großer Geist, sagte der Großpapa. Großpapa besaß eine deutsche Ausgabe von Széchenyis Tagebuch. »Das, mein Lieber, ist ein wahres Drama, dieser Mensch wollte die bürgerliche Entwicklung und befürchtete, einen Blutstrom hervorgerufen zu haben. Welcher ungarische Politiker hat sich seither schon für einen Antichristen gehalten? Er verließ seine Familie und verbarg sich hinter der Maske des Narren, erniedrigte sich. Sich selbst klagte er an, daß er es nicht geschafft habe, seine Eitelkeit genügend strengen Prinzipien zu unterwerfen. Noch habe ich keinen interessanten Roman über diesen Menschen zu lesen bekommen, der Graf, Husarenoffizier, Diplomat, Organisator, Gesellschafter, Schürzenjäger, romantisch-zynischer Schriftsteller und ein gottesfürchtiger Mensch gewesen ist. Graf Széchenyi wußte noch, daß die Ehre immer etwas Persönliches ist.« Die Pläne des Grafen für Baumpflanzungen in den Budaer Bergen waren dem Großpapa ebenso vertraut wie die Scherereien mit der Kettenbrücke. Graf Széchenyi war der erste Bürger der Hauptstadt. Nur eines beklagte Großvater Vilmos, nämlich daß der Graf in der Frage der Emanzipation der Juden nicht sonderlich liberal gewesen ist. Darüber ein bißchen melancholisch geworden, erzählte der Großpapa von den alten Ruderachtern, vom Sportklub, dessen Gründungsmitglied er war, und er zeigte Bilder, auf denen er als Teilnehmer an einem Wettgehen zu sehen ist, was der Komik nicht entbehrt, schließlich steht er im Stadtwäldchen im Sportdreß auf dem Siegerpodest. All das um die Jahrhundertwende.

Zum Museum der schönen Künste hatten sie es nicht weit, jeden Sonntagvormittag unternahmen sie dorthin einen Spaziergang, vor einem Gemälde verbrachten sie manchmal bis zu zehn Minuten, obwohl sie sie alle schon viele Male gesehen hatten, dann eilten sie hinaus ins Freie, um den Seheindruck nicht mit dem anderer Kunstgegenstände zu verwechseln. Auf den Promenaden des Stadtwäldchens unterhielten sie sich, das Wort gehörte der Großmama, der Großpapa hakte sich von unten bei ihr ein, man könnte auch sagen, daß er sich an ihr festklammerte. Großmama Elsa legte dar, was sie von den Wundern des Bildes heute für besonders wunderbar hielt. Mit zur Seite geneigtem Kopf sann der alte Herr über das nach, was Großmama Elsa aus der Höhe an verschiedensten Ideen auf ihn herabströmen ließ, und kopfnickend und kichernd billigte er einige wenige Momente dessen, was seine Gemahlin an Gedankengängen freisetzte.

Ja, bei den Großeltern war es dunkel, Geruch von alten Möbeln, schwache Beleuchtung, Kälte, an den Wänden bombastische Gemälde in alten Rahmen, auf den Regalen Porzellan und Elfenbeinfiguren. Anziehend war diese Wohnung nicht gerade, trotzdem siedelte ich im Alter von fünfzehn Jahren zu den Alten über. Ich verließ meine Eltern, von ihren Dramen, von den Kapricen meiner Mutter hatte ich genug, lieber schon hörte ich mir Papa Vilmos an, der seiner Überzeugung Ausdruck verlieh, daß der Mensch das einzige Kunstwerk sei, das sich selbst korrigieren könne.

Monatlich einmal zog meine Mutter aus und wieder ein, zusammen mit Sissy, dem Kanarienvogel, in seinem schönen Messingbauer, und einem senfgelben Lampenschirm. Mit den Taxifahrern hatte sie fortwährend Streit, weil sie sich nur unter größten Schwierigkeiten mit ihrer Habe ins Auto hineinzwängen konnte. Um meine Mutter zu ärgern, setzte sich mein Vater ans Klavier und tat so, als könne er seiner Frau zum Abschied nicht mehr geben als stimmungsvolle Musiknummern. Nach hinten gewandt teilte er ihr mit: »Heute abend wird Nusi singen.« Normalerweise hätte meine Mutter gesungen. Tat sie das nicht, dann wußten die Gäste in der Bar, daß es bei Dragomans atmosphärische Turbulenzen gab. Mit seiner törichten Bemerkung hatte mein Vater Öl ins Feuer gegossen. Im Davonstürzen riß meine Mutter einen Wandteller von seinem angestammten Platz, schmetterte ihn zu Boden und zerstampfte ihn. Mein Vater war bei solchen Gelegenheiten schrecklich zufrieden. Er schlenderte zum nächsten Porzellanladen, kaufte die exakte Kopie jenes scheußlichen Wandtellers und hängte sie an ihren Platz. Die abscheuliche Fähigkeit dieses Geschenks aufzuerstehen und die nicht zu brechende Halsstarrigkeit meines Vaters reizten meine Mutter einmal so sehr, daß sie mit dem Vogelbauer und dem Lampenschirm gar nicht erst hereinkam, sondern von der Diele aus einen Blick ins Wohnzimmer warf, ob der Teller wieder da sei. Da er da war, schleuderte ihn meine Mutter auf den Boden und zog mit ihrem Kram wieder ab. Wohin ging sie? Nach Csillebérc in ein kleines Wochenendhaus, das mein Vater vorausschauend und günstig noch in den dreißiger Jahren erstanden hatte. Große Terrasse, großes Bett, Dusche, viele Kleider, Kosmetika und natürlich auch zahlreiche Lampen, den Lampenschirm mußte meine Mutter nur um des Theaters willen mitschleppen.

Aus Wut verspielte ich nach einem solchen Abgang beim Pokern die Ballschuhe meiner Mutter. »Woher, du unverschämter Patron, nimmst du die Gewißheit, daß ich nicht mehr zum Ball gehen werde? Hiermit setze ich dich davon in Kenntnis, daß ich auf dem Opernball sein werde, und zwar mit einer Einladung, jawohl, mit einer Einladung. Wenn dein Vater seine ehrenvolle Pflicht schon wieder ignoriert, mich wohin auch immer zu begleiten, ganz wie es mir beliebt und wonach ich Lust und Laune verspüre, dann wird der Baron bereitwilligst zur Stelle sein. Deine Mutter ist eine erstklassige Frau, die einen Leibwächter braucht, um vor Belästigungen sicher zu sein. Ohne einen Mann macht eine Frau irgendwie nichts von sich her. Der Baron steht mir gut, freilich dürfen wir nicht vergessen, daß ich ihm ebenfalls gut stehe.«

Ein Zentimeter kurzes graues Haar im Bürstenschnitt, gebräuntes Gesicht, starke Backenknochen, stets war der Baron in der Nähe meiner Mutter zu finden. Unentwegt verbreitete der Baron ausgelassene Heiterkeit und den Eindruck brüskierender Gesundheit. Er besaß rein gar nichts, nur eine Golfhose aus Hirschleder, Wanderschuhe, ein Tweedsakko und eine Jagdtasche, in der alles zu finden war, was man unter Lagerverhältnissen brauchen könnte, von der Nähnadel bis zur Bibel. Ohne diese Tasche ging der Baron nicht aus dem Haus. »Sei auf der Hut!« zitierte er lächelnd die Losung der Pfadfinder. »Was wollen Sie von meiner Mutter, Baron? Nicht mal schön ist sie. Zumindest nicht mein Geschmack.« Von Mai an war meine Mutter am Nudistenstrand des Palatinus Bads anzutreffen. »Deiner Mutter begegnet zu sein, mein lieber János, war für mich ein größerer Gewinn als der Verlust, den ich mit der Enteignung meines fünfhundert Hektar umfassenden Grundbesitzes hinnehmen mußte.«

Obwohl mich die Mama neun Monate lang gestillt hat, waren ihre Brüste doch schön rundlich geblieben, die kleinen rosa Brustwarzen zeichneten sich unter dem T-Shirt deutlich ab. Arme, Beine, Hals, alles war lang und zierlich an ihr. Seine Eifersucht versteckte mein Vater hinter einem phlegmatischen Gehabe, mit dem Baron hatte er sich abgefunden, vielleicht war er ihm sogar gewogen. »Es ist wahr, deine Mutter betrügt mich, aber sie lebt wenigstens.« Mit unglaublicher Grazie hatte der Schutzengel sie alle beide aus höchster Gefahr errettet. Der Papa war aus Bor zurückgekommen, zu den dreihundert von den dreitausend gehörte er, auf der Straße war er in einen offenen Kanalschacht gesprungen, er machte sich aus dem Staub, geriet aber in die Klauen der Gestapo, von wo er mit einem Kohleneimer in der Hand zum Haupteingang hinausspazierte. Er kam nach Hause zur Mama, zum Klauzál tér. »In gewisser Hinsicht glücklich« wähnte er sich: Im November neunzehnhundertvierundvierzig wurde in diesem Stadtteil das Ghetto errichtet. Der Papa konnte im eigenen Bett schlafen, mußte nicht umziehen, konnte Klavier spielen und sich leise an uns wenden, die wir zu seinen Füßen hockten: »Meine Vögelchen, seid lieb!« Gern saßen wir um ihn herum, draußen wurde geschossen, der Papa spielte. Manchmal mußte er hinuntergehen, fleißig bearbeitete er den gefrorenen Boden mit der Spitzhacke, die Toten mußten unter die Erde gebracht werden, auch wenn jemand um seine Hände Angst hatte. In Bor war mein Vater vollkommen grau geworden, einen Bart hatte er sich stehen lassen, er sah älter aus, als es seinem Alter entsprochen hätte, einmal wurde er zwar abgeholt, eine Woche später aber gelang ihm die Flucht zurück zu meiner Mutter ins Ghetto. Was in der Zwischenzeit mit ihm passiert war, das ist bis auf den heutigen Tag ein Rätsel. Sollte er damals jemanden getötet haben? Um ein Haar wäre meine Mutter in dieser Zeit erschossen worden.

Der Papa war am Leben geblieben, aber müde geworden. Meine Mutter, deren Vitalität ungebrochen war, auf ihren langen und ereignisreichen Einkaufstouren zu begleiten, dazu war er zu bequem. Was sollte er machen, wenn meine Mutter beispielsweise einem respektlosen Stoffhändler eine Ohrfeige verpaßt? Manchmal ging meine Mutter einzig deshalb von zu Hause weg, um sich mit jemandem anzulegen. Sehr gern sorgte sie für Gerechtigkeit. Die Männer, deren Frauen schwere Einkaufstaschen trugen, schnauzte sie an. Sah sie eine Mutter, die ihren Sprößling vermöbelte, dann verprügelte sie diese. Entsetzlich, wie schlecht sich die Menschen in die Situation eines anderen hineinversetzen können, beklagte sich meine Mutter. An der gegenüberliegenden Ecke hielt sich der Baron in Bereitschaft. Mein Vater saß lieber in seinem Zimmer bei einer schwaches Licht verbreitenden Tischlampe und las Kurioses über Walfische, Amazonen und Seuchen; die Bridgepartien meiner Mutter bis zum Ende auszuhalten, dazu wäre er nicht fähig gewesen. Manchmal stand er im Dunkeln am Fenster und sah auf den Platz hinaus. Wieder machte er triumphal kitschige Schlagertexte. Das aber geschah nur nebenbei, und auch wenn es zutrifft, daß wir alle davon lebten, war dennoch meine Mutter die Hauptakteurin in der Wohnung.

»Baron, wir gehen weg von hier!« ordnete meine Mutter an. Der Baron half beim Packen, er wußte schon, was er zusammensuchen mußte, wo sich die Reisetasche und die Toilettenartikel befanden. Leutselig verabschiedeten sich die beiden Männer bis zum baldigen Wiedersehen. Mein Vater war einigermaßen gefaßt. Meist konnte er sich ausrechnen, daß er meine Mutter am nächsten oder übernächsten Tag mit brennenden Kerzen auf dem Tisch erwarten durfte. Stets drückte meine Mutter siebenmal auf den Klingelknopf, damit wir wußten: Sie kommt. »Würde dreimal nicht genügen?« fragte einmal mein Vater. Nein. In der Tür stand immer meine Mutter vorn, der kleinere Baron hinter ihr. Irgendwie versuchte meine hundertachtzig Zentimeter lange Mutter, ihre Beine in Ordnung zu bringen, in phantastischen Netzstrümpfen verbarg sie ihre langen Schenkel. Freundlich schlug sie meinem Vater auf die Schulter, schon gut, Alter, wenn du dich anständig benimmst, bekommst du mich zurück. Manchmal, wenn sie ein bißchen beschwipst war, schluchzte die Mama an der Brust meines Vaters: »Mein

Gott, mein Gott, warum mußtest du ausgerechnet an mich geraten, du unglücklicher Schafskopf?« Mein Vater streichelte ihr den Kopf: »Süße Fanny, ein Glückskind bin ich.«

Im Frühjahr neunzehnhundertsiebenundvierzig wurde meine Mutter überzeugte Zionistin. In einem Kibbuz wird sie felsigen Boden urbar machen, bewässern wird sie, Apfelsinen ernten, Traktor fahren, in der Gemeinschaftsküche im Kessel kochen, abends Theater machen und modernes Jazzballett unterrichten, vielleicht auftreten und singen, morgens maschinell Kühe melken, und abends wird sie die Königin des Podiums sein. Meinen Vater allerdings konnte sie sich nur schwer in einem solchen Kibbuz vorstellen. »Döme, Sie sind ein dekadenter, urbaner Kleinbürger! Ein hoffnungsloser Fall. Sie, mein Junge, wären imstande, ein ganzes Leben in ein- und demselben Winkel zu verbringen. Sehen Sie doch ein, mein süßer Liebling, Sie beengen mich, selbst sind Sie nicht mehr in der Lage, sich zu erneuern, und deshalb wollen Sie auch mir nicht erlauben, mich weiterzuentwickeln.« Immer wenn meine Mutter ideologische Differenzen mit meinem Vater hatte, siezte sie ihn. Danach wandte sich meine Mutter an mich, um einen Verbündeten zu gewinnen. »Die Füße deines Vaters haben hier auf dem Klauzál tér Wurzeln geschlagen, zwischen Schachtischen und Klettergerüst, die Vögel nisten auf seinem Kopf, und die kleinen Mädchen nehmen seinen Bart als Springseil.« Mein Vater blinzelte nur und sagte kein einziges Wort, nach und nach erschien ein Lächeln auf seinem Gesicht, meiner Mutter zufolge ein eklig-widerlich-säuerliches. Ein normaler Abend bestand für den Papa darin, daß er in der Tango Bar – damals war sie schon eine Bar und kein Espresso – hinter dem Klavier plauderte, vor sich hinsummte und in Träumereien versunken war.

Meine Mutter hatte also beschlossen, mit uns ins Land Israel zu gehen. Fast wäre alles in Ordnung gewesen. Mein Vater war Jude, mit dem Plan hatte er sich abgefunden, und er war beschnitten. Auch ich hatte mich damit abgefunden, war aber nicht beschnitten. Der Baron hatte sich ebenfalls damit abgefunden; doch nicht genug, daß er nicht beschnitten war, nicht einmal Jude war er. »Tódor wird das ideale Kibbuzmitglied!« begeisterte sich meine Mutter. »Ein vielseitiger, sachkundiger, muskulöser und anspruchsloser Landwirt ist er.« »Warum sollte ich nicht auch Jude sein?« sinnierte der Baron. Für einen agnostischen Kopf ist der Judaismus akzeptabel, wenn auch nicht verlockend: »Eine Station auf der Wanderschaft der Beschaulichkeit.« Schon während des Krieges hatte der Baron an einen demonstrativen Übertritt gedacht, weil ihm die unfaire Behandlung der Juden nicht gefiel. Nach gründlicher Überlegung zog er es vor, Kommandeur einer jüdischen Arbeitsdienstkompanie zu werden und seine Leute wohlbehalten zurückzubringen. Zur Belohnung hätten sie ihm fünfundzwanzig Hektar von seinem Land gelassen, doch in der Angelegenheit eines Offizierskameraden hätte er dessen antihumane und antidemokratische Gesinnung bezeugen müssen. Diese Feststellung wäre vielleicht sogar zutreffend gewesen, doch der Baron verzichtete auf eine solche Rolle und auf die fünfundzwanzig Hektar. Gern hörte er dem Spiel meines Vaters in der Tango Bar zu, er trank Kognak, alle Viertelstunde dachte er sich einen Satz aus, holte das in Leder gebundene Notizbuch hervor und nahm die Eintragung mit Hilfe eines dünnen Bleistifts vor. Wenn er viel Kognak getrunken hatte, las er mir einige Sätze vor. Trotz meines zarten Alters war ich nämlich gegen Mitternacht im Tango anzutreffen. Sie waren so tiefsinnig, wie die Aphorismen der in den chinesischen Restaurants in Glückshörnchen versteckten rosa Zettel. »Sofern ich eine Gotteshypothese brauchen sollte, wäre ich schon lieber Jude als Christ«, sagte der Baron. »Wenn aber der Mensch die wesentlichen Entscheidungen, namentlich die religiösen, selbst trifft, dann klären sich die technischen Dinge von allein.« So beruhigte der Baron meine Mutter und auch sich. Allerdings hatte ich den Verdacht, daß der Baron eine Gotteshypothese nicht nötig hatte.

Die Ursache für unsere Auswanderung war der große Slómó, Chef und Guru eines zionistischen Kulturklubs, der die Auswanderung organisierte. Vom radikalen Geist des großen Slómó heimgesucht und durchdrungen, wäre meine Mutter nicht nur ins heilige Land, sondern auch zum Nordpol gezogen. Mit ihrem Schuhmacher und ihrer Fußpflegerin hatte sie sich ohnehin schon überworfen. »Das stimmt nicht, meine Füße wachsen nicht mehr. Die Füße einer achtunddreißigjährigen Frau können gar nicht wachsen. Lästern Sie mit anderen, mit mir nicht!«

Ich mußte ins Krankenhaus gehen, dort wurde die Operation vorgenommen. Der Rabbi war anwesend, der Sandak, der Gevatter, war der große Slómó, auf seinem Schoß hätte ich liegen müssen, wäre ich ein Säugling gewesen. »Ein beschnittenes männliches Glied läßt sich leichter säubern und ist angeblich schöner«, sagte der große Slómó; daß er seines für schön hielt, war ihm anzusehen. Ärgerlicher war schon, daß vermutlich auch meine Mutter so dachte. Betäubt wurde ich nicht, es tat sehr weh. »Mama, der große Slómó ist ein großer Idiot«, sagte ich, nachdem ich die Hose wieder anhatte. »Du hast recht, mein Junge, ein großer Idiot, nichts anderes«, stimmte meine Mutter mir zu.

Es begab sich allerdings im Jahr der Wende, 1948, daß auch der große Slómó eine Wende vollzog. Es sah schon so aus, daß er uns, seine kleine Mannschaft, binnen kurzem über Berg und Tal, durch die böhmischen Wälder in die amerikanische Zone führen würde, nach Bayern, und von dort aus sollten wir unseren dann schon weniger gefährlichen Weg nach Haifa fortsetzen. Es sah ganz so aus, als würde er das Risiko des Auffliegens und einer Bastonade bewußt eingehen. Doch für alle unerwartet entzündete sich in seinem Verstand das Licht der marxistisch-leninistischen Ethik derart intensiv, daß er sich sogleich als deren Lehrer verdingte. »Ein bescheidener Arbeiter der kommunistischen Werttheorie bin ich«, sagte er seinen Bekannten düster. Bescheiden, weil er einen anderen Menschen gefunden hatte, der noch vollkommener war als er selbst: Jossif Wissarionowitsch Stalin. Dieser Mensch wurde nicht durch die Morallehre qualifiziert, sondern er qualifizierte die Kategorien der Morallehre.

In einem blauen Leinenkostüm hatte sich meine Mutter aus dem Haus abgesetzt. Mit dem großen Slómó war sie in ein Hotel am Plattensee gefahren, dort allerdings stellte sich heraus, daß der große Slómó nicht genug Geld bei sich hatte. So etwas Komisches mochte meine Mutter gar nicht. Der Baron war nie ohne Geld; noch bevor sie loszogen, steckte ihm mein Vater unauffällig ein paar Scheine zu: »Damit du nicht in eine peinliche Situation gerätst, mein lieber Tódor.« In solchen Dingen konnte sich meine Mutter nicht beklagen, sie bedauerte lediglich, daß mein Vater keine radikalen Ideen hatte. Der Baron nickte ergeben. Mit einem Wort, dort in jenem Hotel am Plattensee kam dem großen Slómó die Erleuchtung, gleichsam auf seinem Weg nach Damaskus, vielleicht auch aus Empörung über die bürgerliche Kleinlichkeit und den kleinbürgerlichen Formalismus meiner Mutter. Jene kleine lokale Religion tauschte er gegen die weltrevolutionäre Entwicklung ein. »Das hier unter unseren Füßen ist das heilige Land. Hier müssen wir den Sozialismus aufbauen, ein Land für die Menschen. Was bedeutet der religiöse Nationalismus eines kleinen Volks gemessen am Weltkommunismus?«

Zwei Wochen lang sprachen mein Vater und der Baron melancholisch dem Bier zu. Herzzerreißende Abschiedsnummern sang mein Vater im Tango. An einem Freitag dann zündete mein Vater eine Kerze an und ließ aus einer bekannten Gaststätte warmes Essen bringen. Der Baron war perplex. Woher wußte mein Vater Bescheid? Etwas wußte er tatsächlich, aber nichts Genaues. Braungebrannt, in einem klatschmohnroten Kleid, traf meine Mutter ein. Siebenmaliges Klingeln, ich machte die Tür auf, hinter mir mein Vater und der Baron, alle drei mußten wir ziemlich unglücklich ausgesehen haben. Während der zweiwöchigen Abwesenheit meiner Mutter war ich einigermaßen verdrießlich gewesen. Ich ging nicht in die Schule, verheimlichte den operativen Eingriff, um nicht ausgelacht zu werden. Allmählich heilte die Wunde, ich lief leicht gekrümmt, zögerlich vorsichtig hielt ich die Hände davor. Meine Mutter ließ volltönendes Gelächter hören: »Bübchen, was ist denn los mit dir? Wie eine Mutter im Kindbett, so stehst du da. Und warum tippelst du mit so komischen winzigen Schritten?« Sie drehte und wendete sich, und schon saß sie am oberen Tischende. Voller welthistorischem Optimismus und kämpferischer Entschlossenheit steckte sie. Sie klärte uns darüber auf, daß der Zionismus – durch die Brille des historischen Materialismus betrachtet – überholt sei. Verhängnisvoll. »Tatsächlich, mein Goldstück?« erkundigte sich mein Vater. Im ersten Moment glaubte er in seiner Naivität, der große Slómó sei gestorben, doch dann wurde er vorsichtiger und fragte: »Und wie denkt der große Slómó über diese Sache?« »Im wesentlichen gibt es keine Meinungsverschiedenheit zwischen uns«, sagte meine Mutter zurückhaltend. Über die Augen meines Vaters legte sich ein Schleier. »Wir fahren also nicht?« fragte der Baron, das Aas. Er nämlich hatte die kleine Operation verschoben, waren doch die technischen Probleme zweitrangig. Meine Mutter konnte sich nicht einmal mehr daran erinnern, wohin wir überhaupt gegangen wären. Ich packte. »Ich gehe zu den Großeltern«, sagte ich. »Aber warum denn, Bübchen? Warum denn?« Mein Vater senkte den Kopf, der Baron nickte unvoreingenommen.

Duett zum Jahr der Wende

Weggehen müßte man von hier, sagte Dragoman im Herbst neunundvierzig zu Dragoman, der Schuljahresbeginn und der Rajkprozeß lagen bereits hinter ihnen. Sie hatten gehört, daß aus der Grenzsperre eine Minensperre werden sollte, der Krieg hatte ihnen eine Lektion erteilt, wo du eingesperrt bist, von dort mußt du verschwinden. Hier mußt du leben und sterben, that's it, entgegnete Kobra, der in der Zwischenzeit angefangen hatte, englisch, französisch und russisch zu lernen. Der große Patriot läßt sich nicht aus seiner Heimat vertreiben. Der große Patriot wird höchstens deportiert. Das Propellerprojekt muß allerdings einer Prüfung unterzogen werden. Es könnte ein Fall eintreten, in dem man darauf zurückgreifen müßte. In ein lebendes Unterdonauboot verwandeln wir uns, unter dem Bauch ein Propeller, im Mund ein Gummischlauch, dessen anderes Ende durch Kork, der mit Hilfe von Zweigen getarnt wird, an der Oberfläche bleibt. Bis nach Mohács paddeln wir stromabwärts, dort tauchen wir unter, und in Jugoslawien steigen wir wieder auf. Im übrigen hat Kobra Titos Namen in seine Bank geritzt, wenn auch von unten, wo es nicht auffällt. Als der am meisten verfluchte Ketzer gefällt Kobra dieser Mensch, der unlängst noch, während des Krieges, sowohl vom Londoner wie auch vom Moskauer Rundfunk glorifiziert worden ist. Die Jugoslawen waren es in Europa, die am hartnäckigsten und erfolgreichsten Widerstand geleistet hatten. Sie haben sich am wenigsten mit Feigheit besudelt. Und von dort aus dann weiter. Solange du die fünf Kontinente nicht durchquert hast, laß dich nirgendwo nieder. Zwecks Geländeinspektion paddelten sie bis nach Mohács, schliefen im Zelt, im Kielboot auf dem Rücken liegend, schaukelten sie die breite Donau stromabwärts, das machte größtes Vergnügen. In einem toten Flußarm badeten sie, und von einer gesprengten Schleuse sprangen sie ins

Wasser, grün war es, tief und tödlich. So empfanden sie mit sechzehn Jahren, 1949. In Mohács hörten sie, daß vor der Grenze im Wasser ein Drahtnetz gespannt sei, das beiseitegezogen werde, um offiziell genehmigte Schiffe passieren zu lassen. Über die Grenze zu schwimmen, war doch nicht so einfach, die Idee des Weggehens wurde vertagt.

Zehn Jahre später unterhielten sie sich in Gesellschaft über das Propellerprojekt, die Freunde lachten herzhaft, Kobra und Dragoman konnten sich auch weiterhin nicht einigen, wo die Anbringung des Propellers sinnvoller gewesen wäre, unter dem Bauch oder über dem Hintern. Von unten kann er deine Männlichkeit verletzen, von oben kann er bemerkt werden; der Plan war noch immer nicht fehlerlos; der an der Tischecke sitzende Spitzel aber spitzte die Ohren. Das war um so nötiger, als Dezsö, der Spion, seit frühester Jugend schwerhörig war. Dragoman machte sich einen Spaß daraus, ihn zu ärgern: »Eine bizarre Idee, mein lieber Dezsö, sich mit solchen Anlagen als Spitzel zu verdingen, daran ist etwas Heldenmütiges. Wenn du willst, diktiere ich dir schön langsam eine politische Erklärung. Ich bin gerade aus dem Gefängnis entlassen worden, die kannst du verkaufen, Kumpel. Warum sollte ich dir nicht helfen? Schließlich waren wir Klassenkameraden, schon damals bist du immer um uns rumgetanzt. Mein lieber Dezsö, du bist unser Leibspitzel. Mit einem Wort, aus dem inneren Kreis bin ich in den äußeren Kreis entlassen worden. Ich sage nicht, daß ich darin keinen Unterschied sehe, das sage ich keineswegs, denn dort drinnen kann ich nicht nach dem Fräulein rufen und beispielsweise einen Wodka bestellen, also man kann auch die Anthropologie des Gefängnisses studieren. Und ich muß dir gestehen, Dezsö, es gibt eine ganze Reihe von Gefängnissen, in denen ich noch nicht gewesen bin, also die empirische Datenbasis ließe sich noch erweitern. Notiere, Dezsö, nicht nur ihr beobachtet uns, auch wir beobachten euch. Beobachten kann man auch zu Boden gestreckt. Schade, mein lieber Dezsö, daß deine Prosa so ohne jede Würze ist, denn aus den guten Spitzelberichten werden die Historiker der Zukunft wichtige Informationen beziehen. Aus der Sicht quellenkritischer Zuverlässigkeit allerdings mag eine so pseudowissenschaftliche pedantische Figur wie du, mein Alter, mit seiner betont unpersönlichen Attitüde für die Zukunft ein geeigneter Gewährsmann sein.

Nicht lange nach dieser Unterhaltung wurde gegen Dragoman ein polizeiliches Ermittlungsverfahren eingeleitet. Er selbst wurde verhaftet, seine Freunde erhielten der Reihe nach Vorladungen, monatelang saß Dragoman in Untersuchungshaft, doch obwohl die Staatsanwaltschaft Anklage erhob, wurde sie von der Richterin verworfen. Der Vorwurf der Anklage lautete, Dragoman habe in Gesellschaft erklärt, wo die Grenze geschlossen sei, dort sei jeder ein Sträfling, selbst der, der sich auf freiem Fuß befinde. Da Dragoman derartige Dinge nicht nur dachte, sondern mit unbedachter Freimütigkeit des öfteren auch äußerte, konnte die Anschuldigung nicht vollkommen falsch sein. Interessanter war da schon, daß ein solcher Gemeinplatz überhaupt Gegenstand einer Anklage sein konnte, na und daß sie niemanden unter seinen Freunden fanden, der bezeugt hätte, daß Dragoman tatsächlich so etwas gesagt hatte. Niemand konnte sich an eine derartige Äußerung erinnern. Und Dezsö wollten die Behörden nicht auffliegen, das heißt als Zeugen der Anklage auftreten lassen. Blieb ein Mädchen, halb Nutte, halb verrücktes Aktmodell, dem sie erfolgreich Angst gemacht hatten und das ein entsprechendes Protokoll unterschrieb, die inkriminierte Äußerung gehört zu haben. Allerdings war Cecilia ein fahriges Wesen, ihr Erinnerungsvermögen und ihre Vergeßlichkeit waren vollkommen unberechenbare Größen, einmal mikroskopisch und ein andermal kaleidoskopisch. Sie hatte Angst, wegen illegaler gewerbsmäßiger Prostitution interniert zu werden. Vor Gericht gab sie sich noch konfuser, als sie in Wirklichkeit war, und nicht einmal daran konnte sie sich erinnern, wer an jenem Abend im Café Metropol zugegen gewesen war, daran aber sehr gut, daß Dragomans Lieblingslied die Internationale sei, die habe er fortwährend vor sich hingedudelt: »Wacht auf, Verdammte dieser Erde!« Der Verteidiger, ein ehemaliger Offizier des Staatssicherheitsdienstes und Spitzel später auch als Rechtsanwalt; er hatte die Richtung gewechselt wie einige Leute, die hinter ihm standen. Er hatte leichtes Spiel mit der Anklage und erreichte, daß Dragoman nicht nur mangels Beweisen, sondern sogar mangels strafbarer Handlung freigesprochen wurde. Eine ziemliche Sensation war das damals, neunzehnhundertdreiundsechzig, als die Mehrheit der politischen Gefangenen aus den Gefängnissen herauskam und die später häufig erwähnte Konsolidierung begann. Die meisten gelangten damals nach fünf bis sechs Jahren Haft erstmals auf freien Fuß, und Dragoman, der nur von siebenundfünfzig bis neunundfünfzig gesessen hatte, obwohl auch ihm die zwei Jahre mehr als gereicht hatten, brüstete sich damit, nun schon zum zweiten Mal eingefahren zu sein.

Damals, neunzehnhundertsiebenundvierzig, war es schwer, nicht zu spüren, daß es mit der kleinen Freiheit, die auf den deutschen Zusammenbruch folgte, aus und vorbei war. Vorbei war es in der Schule mit der Klassenbücherverbrennung, den frechen Antworten, dem Gemeckere und dem ständigen Wechseln der Plätze, der beliebigen Sitzordnung. Vorbei mit den herumblödelnd rhetorischen Diskussionen über Victor Hugo oder Mallarmé, über Ady oder Babits. Die schulische Demokratie hatte ihren Geist aufgegeben, bis neunundvierzig hatte sich die Ärmste halten können. Im alten Gymnasium hatten wir ein Mehrparteienparlament, zwei gedruckte Zeitungen und ein unabhängiges Schulgericht, das lediglich moralische Urteile fällte. Bei den Zensurenkonferenzen waren unsere Abgesandten zugegen, Vertrauensmänner, die ein Vetorecht besaßen. Nach dem Krieg hatten wir den Lehrern die Hörner gestutzt, ihre unpassende und mitunter launische

Diktatur gestürzt. Beispielsweise durften die Lehrer einen Schüler nicht mehr schlagen. Nur noch nach seinem Können und Wissen wurde ein Lehrer beurteilt. Nach prachtvollen Menschen suchte die lernbegierige Jugend, doch sie fand nur traurige Familienväter, vom Scheitel bis zur Sohle plumpe Männer, nikotingelbe Finger und große Taschenuhren. Vor Kobra stand der Chemielehrer und brüllte ihn an: »Sehen Sie sich doch bitte die Ärmel meines Sakkos an! Was nehmen Sie wahr? Zerschlissen. Sehen Sie sich auch mein Hemd an! Ebenfalls zerschlissen. Für ein neues Hemd und Sakko reicht mein Gehalt als Biologie- und Chemielehrer an einem Gymnasium nicht aus. Also wissen Sie, all mein Können und all meine Kraft investiere ich in die Chemiestunde, und Sie lesen Gedichte. Sagen Sie doch selbst, werde ich dafür ausreichend bezahlt, um solche Beleidigungen einfach so hinzunehmen?« Das trieb Kobra die Schamröte ins Gesicht. Reuevoll und mitfühlend sah er den Chemielehrer an. Irgendwie aber hatte es sich trotzdem so ergeben, daß er die paar Jahre hindurch las. Bis auf den heutigen Tag kann er sich an die Manschetten des Chemielehrers und an die eigene Scham gut erinnern. Viel ist das zwar nicht, insofern aber kann von der Existenz des Herrn Lehrers als einer unvergänglichen gesprochen werden.

Damals fingen Kobra und Dragoman sowie der sich ihnen anschließende Tombor mit ihren Besuchen bei Jeremias an. Melinda hatten sie schon in der Wiege kennengelernt. Alle drei schafften sie es, den kleinen Wurm zum Lächeln zu bringen, am leichtesten Dragoman, denn über seine possenreißerischen Grimassen nicht zu lachen, war kaum möglich. Wenn Melinda quenglig wurde, nahm meist Tombor sie auf den Schoß. Die Teekanne und das Obst aus dem Garten standen auf dem Tisch. In einer großen Holzschale Nüsse und Mandeln, die mit entsprechenden Werkzeugen zu knakken waren. Sie erzählten von den Ereignissen in der Schule. Kobra hatte nicht erkannt, daß die sowjetischen Romane die Gipfel der Weltliteratur waren. Unter anderem deshalb war er aus dem Schülerverband ausgeschlossen worden, sein Lehrer ließ ihn im Vertrauen wissen, daß eine Aufnahme zum Studium an einer Universität immer unwahrscheinlicher werde. Antal Tombor erklärte, er sei kein Romanleser, ihn interessierten Fotografie und Angeln, also verbuchten sie ihn als Trottel. Als Geste der Solidarität gegenüber Kobra legte Dragoman das eigene Mitgliedsbüchlein des Schülerverbands auf das Lehrerpult. Richtig erleichtert und glücklich bin ich, sagte er Kobra, und bedankte sich, daß dieser ihm die Gelegenheit zu einer solchen Erleichterung gegeben habe. Mitglied? Warum nicht Geschlechtsglied? Es ist nicht gut, irgendwo Mitglied zu sein. Jeremias bemerkte, er habe nur einen Gesinnungsgenossen, Oliver, den Papagei. Wenn Jeremias schreit: Idioten, dann krächzt auch Oliver: Idioten! Wie sollte ich versprechen können, was ich in Zukunft denken werde? Ich bin doch nicht der Feind meines Verstands.

Wir würdigten die neuesten Weisheitssprüche unseres Schuldirektors, war er doch schon rechter Antibolschewik, dann liberaler Demokrat, und schließlich brachte er es zum Marxisten-Leninisten; gefragt war Fitneß, er hatte sich seine Flexibilität bewahrt. Je mehr Gesinnungswandel, desto größer der Erfolg. Von seinem Rednerpult sandte er mit demselben zuckenden Augenzwinkern seine forschenden und Zustimmung heischenden Blicke, wie er es schon immer getan hatte, in den Turnsaal, wo das Schülerpublikum im Dunst chronischen Fußgeruchs stand, um sich seine Festansprachen anzuhören. Den Reden unseres Direktors schrieben wir keinerlei vernünftige Bedeutung zu, hörten wir doch, daß sie sich gleichblieben, stets ging es darum, daß er der Direktor war. Kobra, der große Selbsttäuschungskünstler, hatte eine eigene Sicht der Dinge: »Betrachte ich die Propaganda als ein Geschöpf, dann ist ein jedes für sich genommen interessant, ganz gleich, was es von sich gibt. Die guten muß man nicht aussondern. Sowohl der Schuldirektor ist eine Person wie auch der unverschämte Schüler, sie spielen ihre Rolle in ein-

und derselben Vorstellung.« Toni drehte damals schon Kurzfilme, Kobra schrieb Erzählungen, Dragoman reflektierte und gab Kommentare ab.

Aus dem Mietshaus, in dem wir wohnten, verschwand Onkel Laci, der unbestechliche kommunistische Journalist, zu den jugoslawischen Genossen hatte er ein allzu gutes Verhältnis gehabt. Auch der Student aus der Nachbarschaft verschwand, kahlköpfig und mit wenigen Zähnen kehrte er sieben Jahre später aus Sibirien zurück und begriff noch immer nicht, an was für einer klerikalen Verschwörung er beteiligt gewesen sein sollte. Am Ende der Türbankreihe tuschelten, sich einen ernsten Anschein gebend, die sechzehnjährigen Funktionäre. Voller Überheblichkeit, wie sie solche verdächtigen und feindlichen Elemente anders nicht verdient hatten, beobachteten sie Kobra und dessen Freunde. Auch in der Umgebung der Schule war es düsterer geworden. Kaffeehäuser, Hotels, Kinos, Bordells, Antiquariate wurden geschlossen. Kleine Geschäftsräume in den Seitenstraßen wurden in Ladenwohnungen umgewandelt, an einer Erweiterung des Angebots bestand kein Bedarf. Es verbreitete sich der sozialistische Realismus, die neue Ästhetik, zusammengebastelte, zusammengeschusterte Plumpheiten. Zuvor ganz normale Klassenkameraden schnappten mit einemmal über. Übrigens nette Idioten waren sie, wir kannten uns schon aus der Zeit, da wir noch grün hinter den Ohren waren. Daß der eine oder der andere im Kopf nicht mehr ganz klar war, als wäre er von irgendeiner Krankheit befallen, das konnte die Erinnerung daran, was für ein netter Ochse er gewesen war, nicht auslöschen. Wir drei waren ebenso wenig Marxisten, wie wir Stendhalisten geworden wären, obwohl wir uns in unserem Stil ziemlich stendhalianisch gaben. Sogar in unseren Gesprächen untereinander saßen wir auf hohem Roß. Jemand von uns warf einen großen Namen in die Debatte, ging ausführlich auf eine augenfällige Leistung von ihm ein, schwor auf ihn und fegte die Idole der beiden anderen vom Tisch, die sich jedoch so einfach nicht überrumpeln ließen. Nichts bereitet mehr Genuß, als die seelischen Idole unseres besten Freundes niederzutrampeln, meinte Dragoman. Genüßlich stampften Kobra und Dragoman gegenseitig auf ihren auf dem geölten Fußboden liegenden Hüten herum. Das taten sie, statt sich zu prügeln, alle beide hüpften und tanzten sie auf dem Hut des anderen herum. Die zwei armen Hüte mußten daran glauben, während Kobra und Dragoman von da an auch im Winter barhäuptig gingen. Mit Bálint und seinen Leuten, den Scheißkerlen, den politischen Eminenzen, war es nicht einfach zurechtzukommen, wir wußten nicht, woran wir bei ihnen waren. Manchmal versuchten sie, sich bei uns einzuschmeicheln, dann wiederum intrigierten sie schamlos gegen uns. Überall verbreiteten sie, daß wir keine Marxisten, daß wir Formalisten und dekadent seien, für Kobra sei bürgerlicher Objektivismus charakteristisch, für Kobra bürgerlicher Subjektivismus, und Tombor titulierten sie als rechtsabweichlerischen Bucharinisten und Narodnik. Angesichts der Tatsache, daß Bucharin hingerichtet worden war, konnte auch dies nicht als eine angenehme Qualifikation begriffen werden.

Kobra sagte, er sei kein Antimarxist, sondern Postmarxist, dies allein dadurch, daß er die Möglichkeit habe zu lesen, was seit Marxens Tod passiert sei. Und was ist danach passiert? Diese Frage wurde dem Erzähler im allgemeinen vom Zuhörer gestellt. Was würde nach Marx kommen? Das war es, was Kobra interessierte. Bálint lächelte sarkastisch. András merkte sich alles. Wie Scharlach, so wollte Kobra den Marxismus hinter sich bringen, seine Begriffe gefielen ihm, damit schien die Welt besser geordnet werden zu können. Er bewunderte Marx als Autor, vielleicht weil er so befreiend unverschämt war, die mächtige Bestie bewunderte er, wie sie sich durch das Dickicht einen Weg bahnte. Den ersten Band des *Kapital*, der noch anständig geschrieben war, hatte er sogar zweimal gelesen, bevor er ihn im Regal zwischen die anderen großen Autoren einreihte, die so in ihrer Menge strahlende Geister von Kobras Polytheismus wurden. Was ihre Lieblinge anging, so hatten sich die drei Freunde auf Montaigne und Erasmus geeinigt, auf Spinoza und Voltaire, und aus Anstand nannten sie natürlich auch Kant, ihn aber hatten sie kaum gelesen, er war ihnen zu schwer. Ein Konsens bestand darin, daß das alte Regime abgewirtschaftet hatte. Materiell und moralisch, aus der Sicht einer perspektivischen nationalen Politik hatte es verloren. Dem stimmte auch Jeremias zu. Ein kluger Nationalismus hätte unter den Deutschen einen opportunen Neutralitätsstatus erreichen können. Die Herren waren nicht klug genug und besaßen zu wenig Rückgrat. Auch an die neuen Machthaber machten sie sich heran, sofern die es ihnen erlaubten. Wenn sich jemand allzu sehr mit dem identifizierte, was er besaß, mit dem also, was man ihm wegnehmen könnte, so verurteilten wir das als Haltlosigkeit. Dieser Satz fiel auf Jeremias' Terrasse, dem Hausherrn lief ein Schauder über den Rücken.

Im siebten gymnasialen Schuljahr, sechzehn Jahre war ich alt, nahm der erste Schultag einen ungewöhnlichen Verlauf. Als ich die Klasse betrete, sitzen alle in den Bänken, nur zwei stehen am Fenster, Kobra und Tombor. Die in den Bänken Sitzenden blicken streng drein, begeistert und ernst sind sie, proletarische Kampflieder singen sie. Bedrohlich erwartungsvoll wird der Eintretende vom Kollektiv fixiert: Was wird er tun? In die Bank soll er sich setzen und gemeinsam mit uns singen. Eine Klasse, ein Kollektiv, ein Herz und eine Seele. Aber wenn er uns nicht braucht, dann soll getrost auch er sich ans Fenster stellen! Dann soll er so tun, als würde er mit verfaulter bürgerlicher Eleganz zwanglos plaudern. Was er bekommen wird, das wird ihm gehören. Ich geselle mich zu David und Toni. Belesen und spöttisch waren sie, Hemingways *Fiesta* und Huxleys *Narrenreigen* waren ihre Lieblingsbücher, sie hielten sich für kleine Tacitusse. Wir kamen darin überein, uns die Neuverteilung der Rollen des ungarischen Nationaltheaters anzusehen, da wir nun schon einmal im

Inneren des Zaunes hängengeblieben waren. Zu ihnen trat ich also, und ich wußte, daß wir nun alle drei einen gelben Stern trugen und daß der Boden unter unseren Füßen heiß werden könnte. Ein intelligenter Mensch sollte ein Gespür für die Gefahr haben. Der Spieler muß wissen, womit er spielt.

Ich sah, daß die ungestümen Jugendlichen durch totale Liebe und totalen Haß mit der Politik verbunden waren. Bei politischem Fieber, in der Ära der Politik also, bist du nicht weise, würdig und nachgiebig, sondern viel eher leidenschaftlich und ungerecht. In der Zeit der neuen religiösen Ekstase schaffte es die Familie nicht, die Politiker, die Männer und Frauen, zu mäßigen. Was ist die Liebe, gemessen an jener verzehrenden Leidenschaft, wie sie in der Politik zum Ausdruck kommt? Im Kreis militanter Politiker erscheint die Liebe angesichts des legalen Gefühls politischer Begeisterung als Ehebruch. Die Politik fordert den ganzen Menschen, menschliche Marionetten hievt sie an die Macht und läßt sie wieder in der Versenkung verschwinden. Nicht nur derjenige, der mit der Macht übereinstimmt, sondern auch derjenige, der sich ihr widersetzt, vermag nur daran zu denken. Entweder pro oder kontra, auf dem Altar der Macht opferst du deinen Verstand. Selbst der Opferpriester ist ein Opfer. Viele junge Menschen haben sich vermutlich gerade danach gesehnt, nach einer Partie, der sie sich mit Leib und Seele verschreiben können, selbst um den Preis körperlicher Entbehrungen und Qualen. Worin der Verlierer tatsächliche Schläge erhält. Halbherziges Leben genießt in der Ära der Politik keine Achtung, die Lauen werden von Gott ausgespien, Wahrheit ist wichtiger als Brot. Blutzeugen und Helden, Ungeheuer und Verräter braucht die Religion der Politik. Und den Kämpfer begleiten die alten Ermutigungen: Solange du aufstehen kannst, darfst du nicht aufgeben, lieber sollst du dich dem Tod in die Arme werfen. Ein vaterlandsloser Geselle, ein Schuft, dem sein elendes Leben teurer ist, als die Ehre der Heimat. Und so weiter. Versammlung von romantischen jungen Freiheitskämpfern und Tyrannen. Der Revolutionär muß sich darauf vorbereiten, daß er früher oder später töten muß. Der Revolutionär ist das höchste Entwicklungsstadium des Menschen. Tatsache ist, daß sich dort, wo es Helden gibt, auch Niedergetretene finden. Wo es viel Pathos gibt, findest du viel Angst. In rauhen Zeiten, die vor allem von der Nachwelt als rauh angesehen werden, ist die Politik die Fortsetzung des Kriegs mit anderen Mitteln, ein Bürgerkrieg ohne Schlachtszenen. Hast du schon einmal eine Revolution ohne Blutvergießen gesehen? In der Schule meditierten wir noch darüber, ob es gegebenenfalls erlaubt sei zu töten. Hier sitzen wir nun mit den eindringlichen Zeichen der Zeit auf unserem Angesicht, sämtlich im Großelternalter, die Erinnerung an jene Jahre ist bereits ein überstrapaziertes Panoptikum. Entrückt die mythologische Jugend, die sich danach sehnte, sich zu verbünden, Befehle zu erteilen, mit Überkommenem zu brechen, die Flucht zu ergreifen, zu schießen, kein Geständnis abzulegen, auszuharren und, ja natürlich, gefährlich zu leben. Zu wissen, daß jeden Morgen die Überfallwagen ausfahren oder ausfahren können. Zu wissen, daß auch der kein Idiot ist, der sich versteckt. Vielleicht wird es Menschen geben, die eines Tages vom Kleinkarierten der Reform und der bürgerlichen Familie genug haben werden, vielleicht werden wieder die zornigen gefährlichen Typen auftauchen, die an der verrückten und rauhen Historie irgendwie Gefallen finden, so wie an der Berg- und Talbahn.

An der Ecke Andrássy út/Izabella utca konntest du neunzehnhundertneunundvierzig nicht mehr durch das große Schaufenster der ehemaligen Konditorei auf die Torten, Kristalleuchter, Samtvorhänge und Marmortische sehen. Undurchsichtige Glasziegel schlossen die Fenster von der Außenwelt ab, die alte gutbürgerliche Konditorei Lukács war zum Klubraum des Staatssicherheitsdienstes umfunktioniert worden. Eine hübsche Stimmung muß da drinnen sein, dachten wir. In dieser Konditorei lernten unsere späteren Märtyrer und Freunde ihre Rollen, um sich bei der Gerichtsverhandlung, ohne zu stocken, selbst anklagen zu können. Die Verhafteten bekamen Kuchen und Schlagsahne, wenn sie von einem fortgeschrittenen Entwicklungsstadium Zeugnis ablegten und ihre Antworten, die sie auf die dereinst an sie gerichteten Fragen zu geben haben würden, wie aus der Pistole geschossen auswendig herunterleierten. Die Vorbereitungsperiode hatten sie bereits hinter sich, die Folter und das Gebrochenwerden, als dessen baulicher Rahmen der in das unterirdische Verlies geleitete Wasserlauf, die Höhlenbäche dienten, worüber der Gefangene auf einem Holzrost stehen durfte. Nicht einmal das Stehen sollte einfach sein für ihn. Unter sich sieht der Mensch in die bräunlichen Wassermassen des tosenden Baches. So wird auch unser Körper vom Nichts ins Nichts übergehen. Der Mensch hat schon begriffen, daß ihm alles widerfahren kann. Der Körper unterweist die Seele in seinen Argumenten. Die Menschen verleumden, ja verurteilen sich sogar selbst zum Tode. Nichts hat mehr Gültigkeit, wenn der Häftling im Keller allein bleibt, wenn er auf allen Vieren in die Zelle kriecht, wie ein entkräftetes Tier. Und wenn du anderntags das Vernehmungsprotokoll unterschrieben, wenn du dich erlöst hast, dann kommt das Bad, dann kannst du dich erholen, jetzt muß die Sache nur noch abgewickelt werden, jetzt wirst du schon Mitwirkender sein in der Theatervorstellung. Aus dem Keller hebt dich der Fahrstuhl in den Himmel empor, in das von Goldengeln, Kronleuchtern und Girlanden wimmelnde, nach Schlagsahne schmeckende und nach Vanillezucker riechende Paradies im Erdgeschoß. Der Vater eines unserer Klassenkameraden war Kameramann, seiner Frau und seinem Sohn erzählte er, und der wiederum uns, die Verhandlung, die mehrmals inszeniert werde, filmten sie ohne Wissen der Angeklagten. Der Angeklagte wisse nicht, welches die eigentliche Verhandlung sei. So schnitten sie dann die endgültige Filmfassung zusammen. Sollte das alles nur wegen des Films sein? Aber wo ist der Film?

Gesichter sah ich, eingehüllt in eine unnahbare Trunkenheit. Millionen Spatzen saßen jeden Nachmittag auf den Linden und Platanen, verwandelten so die Stalinstraße in eine einzige vibrierende Zwitscherarmada. »Aus den Wänden kommt die Angst. Hast du keine Angst vor mir, daß ich dich verpfeifen werde?« fragte Dragoman Kobra. »Was solltest du verpfeifen?« »Du bist ein kluger Schachspieler. Wäre auch ich ein kluger Schachspieler, dann täte ich gut daran, Angst zu haben vor dir.« Wir betrachten die Häuser, wie beständig sie doch sind, sie überleben die Regime, erst machen die Nationalsozialisten aus dem Lager eine Folterkammer, dann die internationalistischen Sozialisten, später wird es wieder in ein Lager zurückverwandelt. In einem ehemaligen gutbürgerlichen Kinderzimmer werden die Verhörten einer Bastonade unterzogen, erhalten sie ihre Stockhiebe auf die Fußsohlen. Die Gleichgültigkeit der Wände empfinden wir als verlogen, die Wände sehen so manches, sie wissen vieles, die Wände haben Ohren, aber auch Angst haben die Wände. Die Abenddämmerung lügt ebenfalls, doch selbst hinter der Arglosigkeit der Spatzen lauert eine Finte. In der Tiefe des Selbstbewußtseins breitet sich die Rumpelkammer der unsagbaren Hintergedanken aus. Wo es eine unterirdische Bautätigkeit gibt, dort lassen sich immer weitere Stockwerke in die Erde graben. Keller unter Keller. Und dort, von der Welt isoliert, nimmst du das Spiel selbst in die Hand, bist dein eigener Folterknecht. Bis zu welchem Punkt bist du bereit, deinen Freund zu schonen, ihn nicht in den ganzen Rummel hineinzuziehen? Wie lange läßt du dich seinetwegen schlagen? Im Keller gibt es auch Leute, die meinen, dein Freund, unter uns gesagt, rennt mit dem Kopf gegen die Wand. Er übertreibt die Sache, berücksichtigt die Wirklichkeit nicht. Absichtlich läßt er sich ausschließen, obwohl er wissen sollte, daß der Mensch drinnen nützlicher ist als draußen. Wer auf der Mitgliederversammlung gegen ihn stimmt, der hilft ihm, wer ihn ausspioniert, der hilft ihm. Ein anständiger Mensch ordnet seine Prinzipien nicht persönlichem Befangensein unter. Der Anstand fordert von dir, daß du deinen Freund öffentlich kritisierst.

Bálint aus der Türbankreihe brüstet sich hinten tatsächlich damit, daß er als freiwilliger Mitarbeiter in einem Wagen des Staatssicherheitsdienstes an die Grenze gefahren sei, um zionistische und kongregationistische Schulkameraden, die über die Grenze flüchten wollten, auffliegen zu lassen. Die interessante Koinzidenz nötigte Bálint ein vielsagendes Lächeln ab. Die religiösen Reaktionäre begegneten sich. Die Stirn gewölbt, ein intelligenter Junge, angenehm spöttisch, doch hinter dem Sarkasmus stand Macht, er war bereits Kreissekretär. Noch ging er zusammen mit uns in eine Klasse, aber er gehörte schon zu denen, die sich in der Pause gegenseitig suchten und auf dem Flur tuschelnd ernste und geheime Angelegenheiten der kommunistischen Bewegung verhandelten. Ein Unbefugter durfte sich da nicht einfach zu ihnen gesellen. Sieben Jahre später war Bálint bereits ein begeisterter Anhänger der Entstalinisierung, ein vielversprechender Naturwissenschaftler, voll skeptischer Klugheit, der sein Studium in Moskau absolviert und sich umgesehen hatte, die Augen waren ihm geöffnet worden, nun baute er auf die demokratische Renaissance des Kommunismus. Damals aber, im Herbst neunundvierzig, hielt Bálint die Festrede zu Stalins Geburtstag. Von einem Steinadler sprach er, von einem felsenfesten und beherzten Willen, der unbarmherzig und unversöhnlich den Weg der Wahrheit verfolgt. Stalin, der Held des Willens, der nicht viel redet. Auch Bálint redete nicht viel. Er war bemüht, sich weder durch Angst noch durch Mitleid noch durch Erinnerungen an die Freunde weichmachen zu lassen. Für mich hatte er nur spöttische Blicke übrig. Aus dem Roman *Die Wolokolamsker Chaussee* zitierte er jenen Teil, daß man das geschwürige Fleisch herausschneiden und wegwerfen müsse, weil sonst der ganze Körper verfaule. Die gesamte kleine Rede kreiste um diesen einen Gedanken, und zwischendurch wiederholte er immer wieder das Attribut des Verfaulens, jedesmal den Blick auf mich gerichtet.

Zu diesem Zeitpunkt war ich aus dem Schülerverband bereits ausgeschlossen worden. Das eine Verbrechen: Ideologisch habe ich mich dem rechtsabweichlerischen bürgerlichen Humanismus und Objektivismus des von der Partei schwer kritisierten Georg Lukács angeschlossen. Tolstoi und Dostojewski, so hatte ich gesagt, seien bedeutender als die Sowjetschriftsteller. Und das andere Verbrechen: In einem Klassenaufsatz über den Dreijahresplan hatte ich lieber von einem müden Arbeiter berichtet und mich auf einen ironischen Gedankengang zu den begeisterten Phrasen in den Zeitungen eingelassen. Als der Ungarischlehrer die bereits zensierten Aufsätze in der Klasse zurückgab, mied er meinen Blick. Das nicht ohne Grund, denn mein Aufsatzheft hatte er als einziges zurückgehalten. Am Schluß der Stunde sagte er: »Dragoman, ich war leider gezwungen, dein Heft dem Genossen Direktor zu übergeben. Zwar habe ich einen ziemlich breiten Rücken, aber was zuviel ist, das ist zuviel. Für deinen Aufsatz kann ich die Verantwortung nicht übernehmen.« Der Herr Lehrer sagte, die Sache habe seinen Kompetenzbereich überschritten. Der Krug gehe so lange zum Brunnen, bis er breche. Er halte es für taktisch unklug, den Bogen zu überspannen. Wir mochten unseren Ungarischlehrer. Im rostbraunen Shetlandsakko und in grauer Flanellhose flanierte er nach dem Klingelzeichen Hand in Hand mit der Turnlehrerin über den Flur. Im Knopfloch trug er eine Nelke und in der äußeren Brusttasche ein Kavalierstaschentuch; scharfes und edles Rasierwasser benutzte er. Manchmal lud er mich zu sich in die Wohnung ein, um mir Bücher zu leihen. Fast jedes Buch, dessen Lektüre er mir vorschlug, war mir eine kleinere Offenbarung. Selbst mittelmäßige Bücher schienen mir gelegentlich großartig zu sein, ähnlich wie ein Roman, den wir erstmals in einer Fremdsprache lesen. Ich glaube, auch ich war unserem Literaturlehrer sympathisch. Doch er sagte: »Dragoman, du bist der Schule entwachsen, für die Zukunft würde ich einen außerschulischen Privatunterricht empfehlen.« Das war schmeichelhaft, dennoch hatte ich so ein Gefühl, daß er vor allem die mit mir einhergehenden Schwierigkeiten loswerden wollte. Ich wurde vor einen Disziplinarausschuß zitiert, der piepsende Physiklehrer, der Parteisekretär der Schule, in dessen Stunden ich für gewöhnlich schlief, war der Vorsitzende der Kommission. Der Humor dieses Physiklehrers war derart unterentwickelt, daß ich mir durchaus vorstellen konnte, was von ihm gemunkelt wurde, nämlich daß er neunzehnhundertvierundvierzig im Parteidienst der Pfeilkreuzler gestanden habe. Allem Anschein nach liebte er das Parteileben. Der Ankläger war ein Schüler, ein späterer Freund von mir, ein kluger und gebildeter »grimmiger Kommunist«, wie man damals sagte. Um dich geht es, wir wollen dir doch helfen, nicht gegen dich, sondern für dich sind wir, sagte er, vielleicht um mir zu vermitteln, daß ihm die Entwicklung meines Schicksals durchaus wehtat. Er hob mein Aufsatzheft in die Höhe und ließ es wieder fallen. Dieser Aufsatz ist die Plattform des Feindes, sagte er, so tief bist du gesunken. In gewissem Sinn empfand ich es als schmeichelhaft, daß man meiner harmlosen schulischen Improvisation eine derart große Bedeutung beimaß. Der Direktor und der Disziplinarausschuß kamen in die Klasse und verlasen den Beschluß, wonach ich aus dem Schülerverband ausgeschlossen werden sollte. Vorläufig, so hieß es, werde man mich nicht von der Schule weisen, doch sollte ich die ideologische Brunnenvergiftung fortsetzen, dann könne es auch dazu kommen. Als ich aufstehen mußte, um meinen Mitgliedsausweis des Schülerverbands nach vorn zu bringen und auf den Lehrertisch zu legen, um dann das Klassenzimmer zu verlassen, da ich nicht mehr berechtigt sei, an der Mitgliederversammlung teilzunehmen, erhob sich David und legte ohne viel Aufhebens sein Mitgliedsbüchlein neben meines und begleitete mich hinaus auf den Flur. Zu einer solchen Solidaritätsbekundung hatte Toni keine Gelegenheit, da er der einzige in der Klasse war, der es irgendwie geschafft hatte, bei der Mitgliederwerbung für den Schülerverband vergessen zu werden. Heute allerdings ist er vielerorts Mitglied und im Osten wie im Westen Großpreisbesitzer.

Zusammen mit David und Toni luden wir den Herrn Lehrer zum Rudern ein, die Annahme der Einladung war ein ziemlich mutiger Schritt, ein bißchen unbehaglich allerdings fühlte er sich schon. Der Herr Lehrer saß im zweiruderigen Kielboot auf dem Platz des Steuermanns, erstaunlich groß sein Bauch, aber auch die Schultern waren breit, jedenfalls vermied ich, seinen Körper anzusehen. Als wir uns bereits ein gutes Stück vom Bootshaus entfernt hatten und uns draußen auf der Donau befanden, erklärte der Lehrer, er sei ein bürgerlicher Liberaler, schwere Jahre stünden uns bevor, und seiner Meinung nach lasse sich Literatur nicht mit Hilfe des Marxismus erklären. Für Literatursoziologie sei er brauchbar, für mehr nicht, sagte er, für die Ästhetik sei er ungeeignet. Wir kamen auf den Terror zu sprechen, die üblichen vorsichtigen Vorbehalte, die Idee sei schön, nur die Ausführung sei problematisch, edle Ziele ließen sich nicht durch unedle Mittel erreichen und so weiter. »Der Terror ist das Opferfest der Geschichte«, sagte ich. »Auch dann, wenn du das Opfer bist?« »Als Opfer muß man geboren werden, der eine kann zur Thora aufgerufen werden, der andere nicht«, entgegnete ich überheblich. Der Herr Lehrer verstand das nicht. Auf dem Nachhauseweg saßen wir in einer italienischen Eisdiele vor unserem bunten Eisbecher wie heimliche Trinker. »Dieses Eis«, so ließ ich mich vernehmen, »ist die Buße für die entfremdete Idee.« David konnte über mein hegelianisches Wortgeplänkel lachen, der Herr Lehrer hatte Hegel offensichtlich nicht gelesen. »Den Weltgeist verlangt es nach dem Bordell«, flüsterte David. Im Autobus sah uns der Herr Lehrer schon ein bißchen beleidigt an, als wir ihm erzählten, wie wir von der obligatorischen Demonstration am Ersten Mai im allgemeinen abhauten und wie phantastisch dann die Donau sei, ein solches Maß an Komplizenschaft überschritt seine Möglichkeiten, darauf konnte er sich nicht mehr einlassen, schließlich hätten es auch andere hören können, was wir da von uns gaben. Viel Spaß, Jungs, sagte der Herr Lehrer, und stieg plötzlich aus, früher, als es sein Weg nach Hause gerechtfertigt hätte, davon waren wir überzeugt.

Provisorisches Endspiel

Mein Garten macht mir keine Schande, meine Nuß- und Sauerkirschbäume, meine Birn- und Feigenbäume mit ihren alten Stämmen stehen unter den jungen Budaer Gärten außer Konkurrenz, diese Bäume stammen noch von meinem Großvater, Jeremias' Vater hat sie angepflanzt, János, der 1830 geboren wurde, 1848 freiwilliger Freiheitskämpfer war und 1897, im Alter von siebenundsechzig Jahren meinem Vater das Leben gegeben hat, Jeremias, der ebenfalls geduldig bis zu seinem einundfünfzigsten Lebensjahr mit der Zeugung wartete, bis er als Frucht einer leichtsinnigen Nacht mit der Mama mich zusammengeschmiedet hat, damit der Garten einen Rechtsnachfolger bekommen würde, denn nach Papas Meinung waren der Garten und das Haus ein wahrer Familienroman, und zwar derart, daß es hier auf dem Berg keine andere Villa gab, die seit Mitte des vergangenen Jahrhunderts dieselbe Familie in ihrem Schoß tragen würde. Bewohner und Wohnung haben auf diesem Grundstück einander auf das innigste durchdrungen, so sehr, daß sich mein Vater dem Haus verpflichtet fühlte und sich um seine Rückgewinnung bemühte, und deshalb überließ er es mir, ich sollte die Verantwortung dafür übernehmen. Eines nur verstehe ich nicht, weshalb er mir als Zündschnur Dragoman ins Haus gesetzt hat, wenn ich nicht daran denken soll, Papa könnte an dem Gedanken Gefallen finden, daß sich hier Liebesromane belauben wie die Ulmen im Garten, deren Blattränder bereits braun geworden sind.

Mir hat der Papa diese Liegenschaft überlassen, viertausendachthundert Quadratmeter. Neulich fand sich ein Rechtsanwalt ein, zuvor hatte er telefonisch um Erlaubnis nachgesucht, mir einen Besuch abstatten zu dürfen; seinen italienischen Seidenschlips zurechtrückend, sagte er: »Gnädige

Frau, zwanzig Millionen lege ich Ihnen morgen auf den Tisch, wenn Sie uns Haus und Garten verkaufen.« »Uns?« »Ja, uns anspruchsvollen Bauherren.« Unser Haus würden sie abreißen, das Grundstück aber sei von unschätzbarem Wert. Die zwanzig Millionen würden sich für sie lohnen. Er deutete an, daß es noch einen Verhandlungsspielraum gebe, wir könnten auch bis auf fünfundzwanzig Millionen hochgehen, denn seine Auftraggeber, zu denen ein Unternehmer, ein berühmter Künstler und auch ein hoher Politiker gehörten, bestünden auf diesem Panorama. Einem dreiblättrigen Kleeblatt gleich würde hier für drei Familien das phantastischste postmoderne Haus gebaut werden. In der Mitte würde sich ein Meditationsturm befinden, die immergrüne üppige Vegetation auf der Dachterrasse würde das von außen hereinblikkende Auge täuschen, einen Garten gäbe es dort, ein Penthouse, grünes Gras mit zum Verwechseln ähnlichen Plastikmoketten, jene gekrümmte Rauchglasbegrenzung, durch die man hinaus, aber nicht hereinsehen kann. Dort könnten wunderbare Feste stattfinden, und auch der kleine Teich im Garten würde aufleben, mit himmelblauen Kacheln würden sie das Becken auslegen, mit einem Wort, hier würde dem Zeitgeist entsprechend ein architektonisches Meisterwerk aus dem Boden gestampft werden, ein Haus, wie es in Ungarn einmalig wäre. Doch wenn ich das Grundstück auf gar keinen Fall verlassen wollte, dann könnte ich mich in ein vierblättriges Kleeblatt verwandeln, wäre also die vierte Besitzerin, wodurch ich in eine exklusive Gesellschaft hineingeriete. Er wolle hinzufügen, daß sowohl der hohe Politiker als auch der Unternehmer und die Opernsängerin, die unserer Heimat durch ihre Auftritte im Ausland viel Ehre machte, mich, meine Familie und meinen Freundeskreis, zu dem seines Wissens namhafte Oppositionelle gehörten, gern näher kennenlernen würden. In meinen Augen mochte er ein merkwürdiges Leuchten wahrgenommen haben, denn er ereiferte sich immer mehr; er mochte sich in dem Glauben wiegen, daß mir sein Angebot gefällt, vielleicht auch er, und er gestand, der erfolgreiche Unternehmer sei er selbst, denn wenn jemand kein Idiot sei, dann bleibe der Erfolg beim Immobilienhandel nicht aus, man müsse schon besonders begabt sein, um damit nicht viel zu verdienen. Wenn es um ihr Wohnen geht, verwandeln sich die Menschen in rasende Furien, und so schimmerte durch einen Nebelschleier bereits hindurch, daß ich ihm allmorgendlich in seinem Meditierstübchen gewiß bei seinen Atemübungen würde zulächeln dürfen. Ich fragte ihn, ob er sich mit transzendentaler Meditation beschäftige. Er erstarrte förmlich. Woher ich das wisse? Auch an Relaxationskursen habe er teilgenommen. Mit seiner Rechten schlug er auf den Tisch: »Tension!« Und mit der Linken streichelte er den Tisch: »Relaxation!« Ich schenkte ihm mein schönstes Lächeln und warf ihm einen herrlichen roten Mostapfel an den Kopf, dann noch einen, danach folgten Walnüsse, Birnen bekam er nicht, seinen Burberryanzug versuchte ich zu schonen. Auch so kreischte er, daß er mir die Rechnung für die chemische Reinigung schicken und daß ich mich schon noch umsehen würde, über seinen Freund, den Politiker, werde er mir die Äpfel gnadenlos heimzahlen. Brauchte ich unbedingt einen Feind? Sicher würden wir noch miteinander zu tun haben! Auch Apfelsinen gab es in der Obstschale, mit schier unfehlbarer Treffsicherheit erreichte ich von der Terrasse aus dennoch mein Ziel, den gelblich sandfarbenen Anzug dieses verdammten Modegecken mit der Halskette. »Ich werde noch in dein Haus kommen, du Wildkatze!« So war von ihm zu vernehmen. Also das Haus gebe ich nicht her. Bombardieren kann man dieses Haus, wer es aber mir oder meinen Kindern wegnehmen will, den reiße ich in Stücke.

Und auch der Papa wird zurückkommen! Augenblicklich bin ich noch allein, aber diese Abenteurer werden heimkehren, die alte Ordnung wird sie wiederhaben. Der Papa wird seine weltlichen Narrheiten aufgeben. Warum sollte er sich nicht im eigenen Garten begraben lassen wollen? Mein Vater wird ebenso hier im Garten liegen, wie auch mein Großvater hier liegt und wie ich es einst tun werde. Es ist keineswegs gleichgültig, wo ein Mensch seine ewige Ruhe findet. Ich schlafe in jenem Bett, in dem mich meine Mutter empfangen hat. Mir träumte schon, daß mein Sohn und meine Tochter, grau geworden, als Mann und Frau im Garten sitzen. István im Liegestuhl mit einer Decke zugedeckt. Leise plumpsen die großen Williams Christbirnen ins Gras, das ich von Zeit zu Zeit mähe. Ein Rasenmäher hat auf dem Grundstück nichts zu suchen, seinen Einsatz würde ich als Schändung empfinden. Das Haus führt sein eigenes stilles Leben in der Zeit. Hier wechseln nicht die Bewohner, die Sitten, die Klassiker und die Rituale. Mit äußerster Vorsicht erweitern wir uns, und möglichst vermeiden wir jegliche Zerstörung. Das Neue ist in unseren Augen ebenso zweifelhaft wie der Neureiche. Das Neue zu lieben ist nicht leicht. Die schönen alten Maschinen, die schönen alten Bücher, die schönen alten Mäntel, das schöne alte Geschirr, sie alle gilt es zu erhalten. Es dauert lange, ehe sich der Mensch an einen Gegenstand gewöhnt, und es dauert auch lange, bevor wir ihn überhaupt bemerken, bevor wir wahrnehmen, wie er sich anfaßt, wie kühl er ist, welchen Widerstand er leistet, bevor wir aufmerksam werden auf den Beingriff unserer Haarbürste und unseres Wiegemessers.

Gern fährt János nachts und passiert die Grenze im Morgengrauen. Nach dem Abschiedsfest setzte er sich frühmorgens ins Auto, fuhr in Richtung Wien, in der Gegend von Mosonmagyaróvár stellte er das Auto auf dem Seitenstreifen ab, stieg aus und machte sich zu Fuß auf zur Grenze, um über den Stacheldraht zu klettern. Er wird gefaßt, redet kein Wort, sie filzen ihn, er ist im Besitz eines gültigen Reisepasses und Visums; amerikanischer Staatsbürger ungarischer Abstammung ist er, die Aufenthaltsgenehmigung für Ungarn ist vorschriftsmäßig verlängert und mit den entsprechenden Stempeln versehen. Die Grenzsoldaten verstehen das nicht, sie bombardieren ihn mit Fragen, auf die sie keine Antwort bekommen; sie liefern ihn in die nächste Nervenheilanstalt ein. Amerikanisches Sakko und Kreditkarte, sie informieren die Botschaft, die sich an Kobra wendet. Dragoman hockt hinter der Glastür der Eingangshalle der offenen Anstalt für Arbeitstherapie. Plötzlich steht er auf und durchquert, nur auf die schwarzen Steinfliesen tretend, den Raum, kehrt dann an seinen ursprünglichen Ort zurück, kauert sich wieder hin und blickt durch das Glasfenster hinaus auf den Schloßpark. Nach seinem unbegreiflichen und grundlosen Versuch, die Grenze zu verletzen, verbringt Dragoman ein Jahr in der Ófaluer Nervenheilanstalt. Einige Monate lang hockt er wortlos in der Eingangshalle, hinter der Tür, beobachtet durch die Glaskassetten die Misteln auf den Platanen und die Krähen, die schwerfällig aufstieben, wenn der Krankenwagen einen neuen Patienten bringt. Lässig sitzt er auf seinen Fersen, die Ellenbogen auf den Knien, die Hände vor dem Mund gefaltet. Wenn Dragoman erhobenen Hauptes, jedoch gesenkten Blicks tänzelnd durch den Saal schwebt, dann öffnen die Kranken vor ihm eine Gasse. Niemand unternimmt den Versuch, sich ihm in den Weg zu stellen. Wer es aus Unkenntnis aus Versehen dennoch tut, der wird von Dragoman ohne Ansehen der Person zur Seite gestoßen, um sich schließlich wieder auf die regelmäßige Atmung zu konzentrieren.

Wer taucht an der Rampe auf, die kleine schwarze Psychologin oder die große blonde? Müssen beide Türflügel geöffnet werden, dann geht Dragoman bereitwillig beiseite. Niemanden würdigt er auch nur eines einzigen Wortes, doch wer ihn anspricht, den sieht er manchmal aufmerksam an. »Ich kann mir vorstellen, daß er simuliert«, sagt die kleine schwarze zur großen blonden Dozentin. Um Dragoman herum tobt das Leben, er hört zu, worüber sich der blondgelockte Psychiater, der bebrillte Doktor Samu, das Gesicht der Sonne zugewandt, mit Kinga, der kleinen schwarzen, und mit Bori, der großen blonden Dozentin, unterhält. »Professor Dragoman, haben Sie keine Lust, eine Zigarre mit uns zu rauchen?« fragt ihn Doktor Samu. »Die eine Dame, die winzige Kinga, meint, es sei möglich, Sie simulierten und seien nur hergekommen, um Jogaübungen zu machen, interessanterweise nicht auf Kosten des ungarischen Staats, sondern der amerikanischen Versicherungsgesellschaft, wodurch die bescheidene Gastfreundschaft gewissermaßen in harten Devisen entgolten wird, wenn auch nicht unserer Anstalt, dafür aber der Ungarischen Volksrepublik, die uns einschließt. Obwohl Ihr solider Valutahintergrund und der Devisenhunger des genannten Staatsverbands sich auf so glückliche Weise treffen, sei betont, daß Sie nur solange hierbleiben müssen, wie sie unser nicht überdrüssig werden. Natürlich können Euer Gnaden auch eine kleine Oppression bestellen, einen Elektroschock, eine chemische Zwangsjacke, was Ihnen beliebt. Wir können auch ein bißchen Strom in die Dusche leiten, und wenn Ihnen der Sinn danach steht, auch in Ihren Penis, gegen Dollar peinigen wir Euer Hochwohlgeboren auf jede gewünschte Weise. Doch sollten Sie sich dem Selbstzüchtigungstrip entwinden können, hätten Sie dann nicht Lust, Herr Professor, heute abend in unserer Gesellschaft, wenn sich die Kranken bereits schlafen legen, zu einer Bridgepartie und zwangloser Konversation bei entsprechenden Speisen und Getränken, angenehmer Hintergrundmusik und einigen fesselnden Kunstgegenständen?« Doktor Samu hat den Eindruck, daß Professor Dragoman ihn sehr gut hören und verstehen kann. Kingas Stimme wirkt auf die Pfleglinge beruhigend: »Herr Dragoman! Ich weiß, daß Sie von dieser Einladung keinen Gebrauch machen können, und obwohl Sie Doktor Samus sonderbare Rede vielleicht amüsiert, sehen wir einmal von der ätzenden Ironie ab, wofür Doktor Samu, daran habe ich keinen Zweifel, sein Fett abkriegen könnte, wüßte ich nicht auch, daß es unserem bärbeißigen und witzig staunenden Chef bereits gelungen ist, Ihre Sympathie zu erringen. Eben deshalb wäre es durchaus möglich, daß Sie heute abend unsere bescheidene Gesellschaft mit Ihrer Anwesenheit beehren würden. Ich möchte Sie jetzt nur darum bitten, der Ausübung meiner medialen Eröffnung zuzustimmen. Meine Aufgabe besteht darin, Ihr Begehr, Ihre Botschaft an die Welt zu erahnen, während Sie mich nur ansehen, intensiv ansehen sollen, damit ich sozusagen von Kopf bis Fuß unter die Wirkung Ihrer Erklärung gerate. Sind Sie mit Ihrer Dolmetscherin zufrieden, dann signalisieren Sie dies bitte durch einmaliges zustimmendes Schließen der Augenlider. Nun, Herr János, wenn wir hoffen dürfen, Sie einmal als unseren Gast in meinem Haus begrüßen zu dürfen, dann schließen Sie bitte das linke Auge ein bißchen.« Nach einer gewissen Zeit schließt Dragoman das linke Auge.

So ist das also. Den eigenartigen Schmelz in Kingas Stimme, als sie mir telefonisch von der neuesten Entwicklung berichtete, hätte ich nicht deuten sollen? Meint sie etwa, daß sie mich wird ausstechen können? Ich dankte ihr dafür, daß sie mich über die Rekonvaleszenz unseres guten Freundes informiert, und schon am nächsten Tag hockte ich dort bei meinem selbst im Sarg treulosen Liebsten. Einen schmuddligen Kieselstein drückte ich ihm in die Hand, den hatte er mir einmal als Talisman gegeben, wenn ich nervös bin, fingere ich daran herum, lasse ihn zwischen Daumen und Zeigefinger hin- und herrollen. Dragoman ließ ihn fallen. Ich hob ihn auf, drückte ihm den Stein in die Hand, er ließ ihn fallen. Genau siebenhundertsiebenundsiebzigmal wiederholten wir das. Als ich Dragoman später diese Zahl nannte, lachte er herzhaft. Natürlich hatte er mitgezählt, und natürlich wußte er, daß ich weiß, auch er zählt, um mich auf die Probe zu stellen, und er legte für uns beide ein kabbalistisches Maß fest. Die Prüfung hatte ich bestanden. Die folgende Aufgabe bestand darin, daß er selbst mir den Kieselstein zurückgibt, damit nicht ich ihn seinen Klauen entreißen muß. Dreihundertdreiunddreißig, sagte ich mir katholisch. Auch das klappte, er gab den Stein zurück. Von da an war alles schon ein Kinderspiel, es dauerte nicht mehr lange, und Dragoman hatte seine Sprache wiedergefunden und kehrte zu uns zurück. Starrsinniger Kalvinist und starrsinniger Jude, dort im Wohnzimmer werdet ihr sitzen, und dort werden der Großvater und die Großmutter sein, dort werden die Freundinnen und Freunde sein, die Rivalen und die Komplizen, die Erwachsenen und ein Säugling, in dem ein Erlöser schlummert, alle, die ich gern um mich habe, werden sie dort in meinem Haus sein. Denn, meine Lieben, keinen tyrannischeren Willen gibt es auf der Erde als den Willen der Liebe.

Inhalt

Erstes Kapitel
Melinda Kadron stellt sich vor

Zweites Kapitel
János Dragoman entschwindet

Drittes Kapitel
Von den Stadien der Liebe zwischen
Melinda und Dragoman

Viertes Kapitel
Von der Pubertät der Männer mittleren Alters

Die Bücher von György Konrád
im Suhrkamp Verlag:

Die Intelligenz auf dem Weg zur Klassenmacht
(György Konrád und Ivan Szelényi). 1978
suhrkamp taschenbuch 726 (1981)

Der Besucher
Roman. 1978
suhrkamp taschenbuch 492

Der Komplize
Roman. 1980
Sonderausgabe (1984)

Der Stadtgründer
Roman. 1980
suhrkamp taschenbuch 633

Antipolitik. Mitteleuropäische Meditation
1985. *edition suhrkamp 1293*

Geisterfest
Roman. 1986
suhrkamp taschenbuch 1646 (1989)

Stimmungsbericht
1988. *edition suhrkamp 1394*

Melinda und Dragoman
Roman. 1991